蒋子龙文集

第 1 卷

蛇神

龙志亚 题

人民文学出版社

图书在版编目(CIP)数据

蒋子龙文集:全14册/蒋子龙著. —北京:人民文学出版社,2013
    ISBN 978-7-02-009897-2

Ⅰ.①蒋… Ⅱ.①蒋… Ⅲ.①中国文学—当代文学—作品综合集 Ⅳ.①I217.2

中国版本图书馆CIP数据核字(2013)第110554号

责任编辑 包兰英
装帧设计 刘 静
责任印制 苏文强

出版发行 人民文学出版社
社   址 北京市朝内大街166号
邮政编码 100705
网   址 http://www.rw-cn.com

印   刷 北京季蜂印刷有限公司
经   销 全国新华书店等

字   数 6400千字
开   本 720毫米×1020毫米 1/16
印   张 455.75 插页28
印   数 1—1000
版   次 2013年10月北京第1版
印   次 2013年10月第1次印刷

书   号 978-7-02-009897-2
定   价 1580.00元(全十四卷)

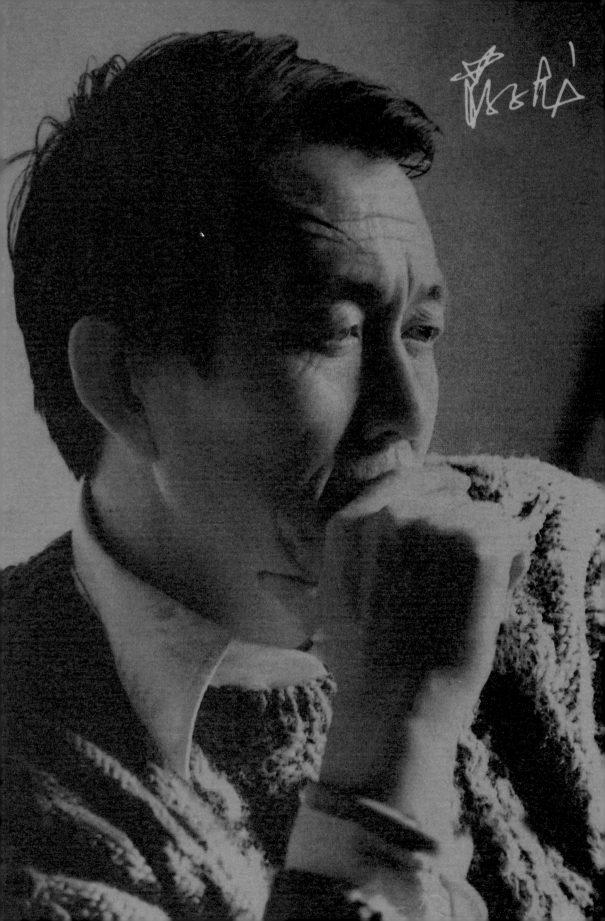

前　言

这是我的第一部长篇小说，像"长房长子"，自然格外重视。

由一九八六年第一期《当代》杂志长篇号发表，然后由我一向非常推崇的人民文学出版社成书。不想它生不逢时，也遗传了我"多灾多难"的文学命运，在本该是像过生日一样只说"好话"的《蛇神》讨论会上，就有人发难，随后升级到中央一级的大报上。

河北省一"爱嚼舌根的人"，竟将北京的种种闲话传播到天津，我为了不破坏跟心目中"皇家出版社"的关系，只好写信给当时的社领导，取消出书的计划，采用"肉烂在锅里"的策略，将书稿给了天津百花文艺出版社。天津不是批我吗？反正臭就臭在天津了！

许多年以后，"百花"的版权一到期，应相识多年的编辑包兰英君所约，就又将此书拿到人民文学出版社重新出版修订本，算是了却心愿。

这是一部纯虚构的小说，我有意把故事的大背景放在南方的山区，不想竟引得四面八方来对号入座。那是一个对文学神经过敏、多疑多虑的时期，人人都喜欢对号入座，又极端恐惧和厌恶被对号入座。天津人民艺术剧院把《蛇神》改编成大型话剧，由当时的院长孔祥玉演男一号，公演后几乎每个有名有姓的角色都有人对号。有些掌握一定权力的人，想借小说中对"文化大革命"的描写制造一场政治事件，以期阻挠话剧的演出……过了很久，我才偷偷地买票去看了一场。

在所有被牵连到《蛇神》风波的人中，有两个人的态度让我感动和崇敬。一位是河北省梆子剧院被吴祖光先生誉为"国宝"的演员裴艳玲，

1

有人风传《蛇神》中的女主角写的是她，她听了只是微微一笑，不置一词。为此我又专门写了一部关于她的纪实小说《长发男儿》，在整个采访过程中她也只字不提《蛇神》的事。我之所以写后面这部纪实小说，就是想告诉读者一句话：《蛇神》中的花露婵不是裴艳玲。裴艳玲身上那种吸引我的、独特的东西，一旦变成花露婵就不复存在了。如果按裴艳玲的气质来写花露婵，《蛇神》将是另外一个样子。

另一位是张贤亮。在当年的中国作家协会主席团开会的时候，一位副主席当着我的面问张贤亮："看了子龙的《蛇神》吗？里面的邵南孙就是写的你。"张贤亮哈哈一笑："邵南孙是子龙心目中的男子汉。"何等智慧，何等气度，不愧是见过大阵势、境界不俗的张贤亮！

写一篇小说引起一番争论，甚至酿成一场风波、一个事件，也许有人认为这是一种幸运，我却感到烦了、累了。我希望人们忘记我和我的作品，让我安静而从容地生活、写作、休息。当时的新潮小说出尽风头，像我这种角色正好躲起来喘口气，好好调整一下自己的步伐。想不到总有人要拿我磨牙……

或许作家可以算做"感情上的运动员"，要经受各种感情运动的锻炼，全面提高感情素质，才有可能在某个项目中取得好成绩。创作就是一种激情，作家的全部技巧还不就是打开闸板、疏导感情的激流，让自己顺水而下吗？幽雅和精心雕琢往往会成为真实和诚恳的障碍，而诚恳对作家来说是至关重要的。别的不敢说，《蛇神》是诚恳的。

在当代"心理小说"中已经没有理想的地盘了，理想人物更是声名扫地，甚至会受到责难。作者在感情上钟爱备至的人物，在艺术上却常常会给这个人物帮倒忙，下不了绝笔，这就是由于我格外珍惜花露婵，反而局限了对这个人物的刻画一样。看来创作不仅是一种激情的宣泄，作家还要有一种超感觉的能力，有时要超越自己的情感，服从艺术的规则。

当时那些急于否定《蛇神》的人，读的还都是《当代》上发表的删节本，那是个掐头去尾的《蛇神》（被删掉了两万字左右），这种砍削很可能是一种有好处的整形和修理，把小说的缺点和当时被认为"敏感的东西"都砍掉了。但我更希望他们能根据"全须全尾"的《蛇神》发议论。着什么急呀，等到单行本印出来，甚至放它两年再说。文学不是信奉"在所有批评家中，最伟大的，最正确的，最天才的是时间的论断"吗？

倘若命中注定在创作道路上不会有安宁，那么我就高高兴兴地接受这个现实：人们可以咒骂它或颂扬它，厌恶它或喜欢它，只要不轻视它，不无动于衷，不是不屑一顾，作家还有何求？我喜欢就作品论作品，没有人规定谁应该写什么，不应该写什么，我不想以简单的格式和各种习惯性的规范把自己的小说束缚住。

否定自己的昨天来肯定今天，同肯定自己的昨天来否定今天一样愚蠢。创造的本质就是要变、要动，不可能死抱住一种模式不放。作家也和生活一样是不断发展变化的。文学的概念同世界的概念、人的概念一样变得无比复杂了，社会对艺术的选择越来越多样化，艺术对生活的选择也应多样化。

多元是这个时代的理想呢，还是标志着失去了理想？我想当今的文坛也是这样："二八月乱穿衣！"《蛇神》是我这条蛇正在蜕皮时的产物，不管读者认为我是有毒蛇还是无毒蛇，蛇蜕却是无毒的，可以入药。当然不能排除我一辈子也许都蜕不下这张皮的可能性。我不想丢掉自己，只想认识自己。

《蛇神》如果引起议论，最不安定的因素大概就是邵南孙了。他独有的荒诞的命运不是我有意安排的，我无权说生活应该怎样，不应该怎样，我只能说生活就是这样。一切荒诞都来自现实，邵南孙行为中那种种出人意外的落差，并不比这几十年我们生活中的反复无常更令人惊奇。想想我们所经历的一切，觉得中国人无论做出什么举动都是可以理解的。我以为用荒诞的手法写荒诞已不足为奇，用现实手法写荒诞则使荒诞更烈更深更真。

我就想通过对邵南孙命运的感受来体验和理解历史送给我们的礼物。"现实就像梦和雾一样捉摸不透"，小说中有梦的生活，花露婵则是一个生活的梦。把梦的生活和生活的梦纠葛在一起，或者说把"文化大革命"中疯狂的正常和正常的疯狂融为一体,就有可能使小说达到应有的真实和深度。

鬼知道每个活人的心灵的内在辩证关系有多么微妙,邵南孙的性格始终处于变化和矛盾之中,在他身上有许多相对立的因素,嘴上说的不一定是心里想的,外在行为不一定都标明他的内在品质,性格和行为总是有矛盾,当然也有统一的时候。我想写出一个非常复杂、非常矛盾的真实生命。

我小心翼翼但又渴望能揭示当代知识分子复杂的心理活动、复杂的性格,包括毫不隐瞒地解析自己的灵魂。人们已经厌恶了压抑、虚伪和贫乏无知。我想邵南孙身上那股压抑不住的报复心理会让一些人难于接受,不知从什么时候开始中国人推崇宽宏大量,认为报仇是奴隶的感情,是弱者的表现。宁肯在底下暗争暗斗,阳奉阴违,唯唯诺诺,没有个性。这是消磨民族精神的一种瘟疫,一百多年来给我们酿成了多少灾难!创造阿Q形象的鲁迅先生却是极端鄙视"阿Q精神胜利法"的。

不会有人误解我是在宣扬报复主义吧?

我不推崇复仇主义,只想分析生活的质量、人的质量,艺术应该具备现实的真正的品格。邵南孙的报复情绪来自对生活的恐惧,当他经受了一系列的精神摧残之后,十几年来禁锢得很紧的感情,突然像炸弹一样爆炸了,强烈得连他自己都不能自控,我更无法左右他的行动。其实世界上到处都有报复的言论和行动,发生在邵南孙身上真的那么不可理解吗?何况他又是个狭隘、自私的家伙……

文学作品应该深入到民族的心理层次,作家有权选择文学自身的时代意识,我塑造邵南孙这样一个知识分子形象的目的就在于此。不要把知识分子都看作是"受难的圣者",当代社会心理潮流不是强调认识自我、强化自我吗?只有敢于剖析自己才谈得上"认识"和"强化",才有可能提高人的质量和生活的质量。

我找不到一个好的形式来表达自己心里想要表达的一切,就采用两个时间层次,这是最省事的办法。"过去的故事"不单指"文化大革命"，"现在的故事"也不只是眼前发生的事情。历史和现实互相映照，互为因果。这样写跟小说的内容相符，一幕一幕的，戏剧舞台就是社会大舞台的缩小。我写不了史诗，也不想把小说写得很长——拉开长篇的架势，细针密线，广为铺陈。即便如此，我也是前半部写得从容，到后面就有点急躁，也许是邵南孙把我折磨得不耐烦了。我追求紧凑、集中，把所有别人能够猜到、能够想到的东西全部省去，作家跳跃再快也没有读者的想象快。马拉美曾说，一部作品里本质的东西正在于不能表达里。

重要的是内容，无论如何不能让形式束缚内容。但形式选择不好就会妨碍内容。只要有助于艺术思维的深化，能加强故事的哲理性，能从新的角度展现人的性格、挖掘新的情节纠葛，能给人一种新鲜的艺术感染，管它是老套子还是新花招，统统可以拿来为我所用。要么不写，要写就应该有一点新东西，或人物，或故事，或思想，即使失败也不要躺在别人的尸体上。只要有生命、有变化、有不加美化的真实就行。

记不得是哪个外国人提过这样一句口号："作家不应该有什么理论！"脑袋要长在自己的肩膀上，不能长在别人的胳膊上。否则人家一抢胳膊你就得发晕。我的本分就是按照自己所看到的那样认识世界，而不是按照别人能够理解的那样去描写世界。

写到后来我也拿邵南孙没办法了，仿佛不是他走投无路，而是我陷入了绝境。"美只有一种"，而包围它的有一千种丑。照此写下去我只能从三楼的阳台上跳下去了！幸好小说结尾的时候邵南孙又回到大自然中去了，大自然养育他，保护他，抚慰他，也许还会净化他的灵魂，他舍此别无更好的出路。至于他能否在铁弓岭长期呆下去，能否跟柳眉幸福地生活在一起，只有天知道。

蒋子龙

2012年2月1日

序

历史和现实像两条缠在一起撕咬恶斗的蛇,从混沌初开打到人类文明的尽头(假如文明有尽头的话);从天堂打到地狱(假如有天堂和地狱的话)。

现实之蛇一口咬住历史之蛇的脑袋,三吞两咽就将历史吃进去一大截。历史却决不甘就范,虽成现实之蛇的腹中食,却在现实的肚子里乱咬一气,甚至把现实的胆吞进嘴里,再拼命甩着尾巴,将现实之蛇卷了起来。

死的是历史,但闪闪发光。

想忘记它不可能,想不看它也办不到。

现实之蛇虽然内部受伤,丢了苦胆,仍然生吞活吃,死缠不放,蜿蜒前行。

我是属龙的。每天晚上却看到有无数条蛇向我袭来。

李时珍在《本草纲目》里对毒蛇倒充满了感情:"能透骨搜风,截惊定搐,为风痹、惊搐、癫癣恶疮要药,取其内走脏腑,外彻皮肤,无处不到也。"

1

据说蛇肉、蛇血、蛇胆、蛇蜕、蛇皮、蛇蛋、蛇粪、蛇头、蛇尾、蛇眼睛、蛇睾丸等均可入药。

蛇毒更为珍贵,可治血栓病,遏制癌的转移,当然也可以杀人。

现在的故事之一

　　一路都是触目惊心的提示——"←∨∨急弯直上"、"∕∨∨∨连续急弯";一路都是惊叹号——"危险!""窄路!"

　　好心的山里人还嫌这样提醒不解气,在经常出事故的地方干脆竖起一块块大标语:"前面易翻车!""前面常出事故!""替你的家人想想吧!"……

　　这不是人走的路。当初是山鬼跳舞踏出来的一条小道。只有铁弓岭的人才相信,这些可怕的路牌绝不是危言耸听,可以说是由在此丧生的人们的亡灵建起来的。只要能引起司机的注意,让玩轮子的人别打盹儿,别走神儿,别眼花,别开快车,别急转弯,无论用什么词句吓唬他们一下都不算过分! 在这样的山间土道上,死亡是一瞬间的事。然而死亡后的麻烦事却很多。汽车可以不要了,死者的遗物也可以马虎,但尸体呢?"活不见人,死不见尸"——如何向亲属交代? 四百里铁弓岭号称"动物的乐园、昆虫的王国",一个大活人落入这深山老林里都十分不妙,何况是一具没有生命的躯体,那就更惨!

　　尽管如此,世上不怕死的人仍然层出不穷。

　　白色面包车就像一个发疯的精灵,在这鬼跳舞的山道上仍然保持着六十迈的时速,全不把一个个迎面扑来的惊叹号放在眼里,而且满不在乎地鄙视一切天地鬼神以及大自然的规律和暴力,竟在傍晚出发,连夜翻山。正常人在白天行车尚且胆战心惊,冒九死一生的危险。铁弓岭的夜晚,连动物也不敢轻易出窝,倘不是被逼红了眼,不是碰上了诸如奔丧、吊孝之类十万火急的倒霉事,有谁肯拿生命当儿戏,冒这九死一生的风险呢？更何况汽车司机还是个外号叫"二姨"的小伙子，细心少语，说话娘娘腔儿，真实姓名叫刘二根。车上坐着一个披麻戴孝的汉子，旁边放着一个献给死人的花圈，还有一个也许是送给活人的花篮。

在铁弓岭这个神秘的王国里，最大的精灵、最可怕的魔怪是铁弓岭本身。由于它优越的地理位置，奇特的山脉走向，形成了它特殊的气候条件，各种各样的动物和植物都可以在这儿建造自己的安乐窝，昌盛不衰地繁衍后代。这里什么怪事、什么稀奇的东西、什么反常的现象都有，如果人们只凭借经验、习惯和正常的思维，在铁弓岭这个秘不可测的宇宙里肯定会到处碰壁！山这边晴，山那边阴，山顶上狂风暴雨、雷电交加，外带雷电轰不开、风暴吹不散的浓雾。雾、雨、风、电协调一致，竞相施威。面包车像个可怜的小爬虫，在艰难地挣扎着，尽管它有足够的油和电，开足马力也闯不出铁弓岭的魔掌。打开全部车灯，也无法穿透那如墙如布的雨帘和大雾。

一闪即逝的电光，照出了群山那狰狞凶恶的嘴脸，仿佛立刻就要从四面八方压下来，把面包车碾成泥浆。从四周黑森森的原始森林里传出一阵阵令人毛骨悚然的吼叫声，似要吞掉一切生灵，把面包车推下万丈山崖。文明人连同他的现代化工具，在铁弓岭的暴力面前，显得那么孤单可怜、软弱无力。前进无法，后退不得，阴森可怖的黑暗中藏着杀机，山野间各种奇怪的声音汇成轰轰隆隆的鬼叫，一声紧似一声……

一夜之间仿佛经历了春夏秋冬四个季节，铁弓岭腹部的河流湖泊里可以游泳，炎热如盛夏，铁弓岭西北面的卫士山顶却覆盖着长年不化的积雪。明明是从亚热带出发，却一次又一次穿过热带雨林和温带的地貌。阴晴无定，风雨无定，说来就来，说散就散，一会儿东风，一会儿西风，一会儿南风，一会儿北风，一会儿旋风，风向不定，一时一变，气象学和地理学上的概念全被铁弓岭搞乱套了！

当脏稀稀泥糊糊的面包车终于爬出了铁弓岭，像个醉鬼一样摇摇

晃晃地闯进福北城时,它却又冻得打哆嗦,险些没有翻倒。车和人都
渐渐清醒了⋯⋯

这里是温带。惊蛰早过,已近春末夏初,仍然寒意料峭。天空飘
洒下一场似雪非雪、似雨非雨、似冰雹非冰雹的东西,大小犹如米粒。
砸在人脸上像沙石,落进脖颈里立刻化为凉浸浸的冰水,撒在马路上
则如同给柏油路面又盖上一层薄冰。大卡车翻下护城河,载满乘客的
公共汽车冲上便道闯进饭馆,至于两车顶牛或撞断电杆和小树的事情
更是时有发生。总之,这样的早晨是够热闹的了。

但最倒霉的还是那些骑自行车的人,在拐弯时稍有不慎就会摔个
大跟头,如果遇有紧急情况使用了前闸,车轱辘打横,也会摔个仰面朝
天。拥挤处若有一个人摔倒,就会引起连锁反应,像踢倒一溜立起的
砖头,一个压一个,哗啦啦倒下一大片。

天空像一张奸人的脸,阴沉沉不动声色地看着这一切。然而每逢
这样的天气,人们却像过年一样开心,以中国人特有的善良、忍耐、乐
天和幽默的品格,宽厚地对待大自然的恶作剧。摔倒的人嘿嘿一笑,
旁边看热闹的人哈哈大笑,自己摔倒不觉特别倒霉,被别人刮倒顶多
也就是抱怨几句。不会像往常那样斗嘴吵架,肝火大发,更不会拔拳
相向。大街上时有车倒人翻,大家嘻嘻哈哈,发出各种各样的笑声。

面包车在红楼剧场门前停住了。

这儿的气氛却有点异样,剧场门前也有一条宽阔的柏油大道,一
头通向五月广场,另一端连接福北市的闹区。

在这里摔跤的人照样有,却很少有人大呼小叫,更少有行人嬉笑
喧哗。摔倒的人只觉尴尬不觉好笑,即使有人摔得过疼,顶多也就是
咧嘴苦笑一下,借以自嘲,掩饰其狼狈。亲眼目睹别人倒在地上出洋
相的人,似乎也感觉不出这有什么可笑之处。因而,大家默默地摔,默
默地看,默默地走,默默地骑,默默地幸灾乐祸⋯⋯偶尔也能听到一两
句低沉而凶狠的咒骂声。但听不清是骂人还是骂天气,骂街的人无所
指,听的人也不拾茬儿。世上有愿意拾金钱的人,哪有愿意拾骂的呢?

人们走在这儿为什么变得如此庄严肃穆,不敢有任何轻薄非礼的

举动呢？莫非这儿是块风水宝地，能驱邪镇魔，让一切从这儿路过的人都不得不肃然起敬？红楼剧场的风水当然不小，它是福北地区的"人民大会堂"，最雄伟，最豪华，最宽敞。剧场里的设备也最齐全。本地区重要的会议都在这里召开，各界的大人物到福北来讲课或作报告也非红楼剧场不行。外地的名演员、大剧团来福北演出更是要登红楼剧场的舞台……剧场所坐落的这个红楼地段，也堪称是福北市的"首都"，是城中之城。建筑优美奇特，街道宽阔整洁，环境幽静。全市最高级的"干部楼"、"专家楼"都建造在这一带。著名的"地委大院"——地委和市委及直属各部门领导人的家属宿舍，就在红楼剧场的左侧。在普通老百姓的眼里，红楼一带是神仙住的地方，是"福北的天堂"，谁能不对它高看一眼？！

其实，行人走到这儿不敢嬉笑是另有原因。近来，红楼剧场变成了福北地区的"八宝山"。

十年冤狱，哪个庙里都有屈死鬼。因此现在平反昭雪的事就特别多。为了安顿已死的灵魂，也为了抚慰还活着的灵魂，一个接一个的追悼会在这里举行。但不是所有人的追悼会都能够登红楼剧场的大厅，要按照死者的级别和名望排队挨个儿，决定先后的次序，确定追悼会的规模——先是地委级的领导干部，其次是市、区、县、局级的领导干部，然后是各界知名人士……

人们走在这儿，怎能不发瘆？怎能不生出一些悲戚之情？即使是跟死者毫无关系，八竿子也打不着，没有感情，掉不下眼泪，至少也得摆出一副愁眉苦脸、痛哉惋惜的样子。人嘛，感情的奴隶，社会的动物。社会变了，感情怎可不变？前些年，社会上流传着一句警言："生活里没有观众席！"这岂不是说，人人都应该是演员？

今天，有幸成为红楼剧场追悼会主角的，正是一个优秀的演员。请看剧场门前的讣告：

　　我市第三届人民代表大会代表、省政治协商会议第三届委员、著名京剧演员、地区京剧团前副团长花露婵同志，在"文化大革命"中被迫害致死。现定于三月十七日上午九时,在红楼剧场为花露婵同志举行追悼会……

她真美,美的清雅,美的纯洁,美的让人眩晕。看上去她还像个小姑娘,脸上没有化妆,头发和睫毛也未加任何修饰,微微笑开的双唇像一朵小巧的荷花。在花骨朵一样好看的鼻梁上端,生着一对大得惊人的眼睛,乍一见面给人的印象很强烈,仿佛占去了小半个面孔,破坏了整个脸部线条的娇柔和谐的布局,却表现出一种特有的力和美。她像在梦中一样微笑着,带着希望的、忧悒的、遥远的目光……

她的眼睛和每一个人都打着招呼,而且不影响她和所熟悉的人进行倾心交谈。今天任何一个见到她的人都不可能无动于衷,或是喜欢她、崇拜她、感谢她,或是嫉妒她、憎恨她、嘲笑她,爱、哀、悔、怨、恨……不论是哪种感情,人们对她都动了心,动了真情,难以再保持心境的平和——

她还是那样妩媚、天真、脱俗,好像是从另一个世界里望着她的领导、同事、朋友和敌人。她真的不计较过去的恩恩怨怨?不,不可能!她也是人,而且是个感情极为丰富的演员。她那被苦酒反复浸泡过的心房,不可能像她现在甜美的笑容一样被所有的人爱,她也爱所有的人。

她在问:

"你现在满意吗?"

"你有些后悔了?"

"别难受,我这样不是挺好吗?"

……

不同的人听到了她不同的问话,在心里发出了不同的惊叫:

"花露婵!"

"你……"

"露婵!"

……

红楼剧场的前厅里掀起一阵骚动,这是从每个人心灵深处刮起的风暴,它带来的慌乱和不安,几乎破坏了追悼会上应有的肃穆哀伤的气氛。太悲则易怒,怒生恨;缺德则心虚,心虚就怕鬼!所有的人都脚步庄重,表情沉痛,活人跟活人之间也多半只点头不吭声,非张嘴不可也是慢语轻声。每一个刚来的人都要站在她的照片前端详一会儿,这一刹那,在她的目光中看到了自己的灵魂,看到了自己的全部生活。各人的心境和神情都不一样,极端复杂,也许都是真诚的。死人的目光就是透视活人灵魂的摄像机,能把人们此时此刻的心理状态准确地拍摄下来、记录下来。难怪这些来参加追悼会的人受到如此强烈的震撼,这一瞬间连感情都得到了净化。有人想哭,痛痛快快地大哭;有人想笑,不敢大笑也在心里偷笑;有人想下跪,有人想捅自己一刀,也有人想点燃一包炸药,把在场的所有人连同红楼剧场统统炸毁。但是,没有一个人出声,没有一个人动作,大家都低下头,默默地找一个合适的位置站定。

她,依然笑得那样甜。

谁都难以相信有着这样一副容貌的人会死去。没有一个人能够看上她一眼就把眼光挪开。等你离开之后,这脸这眼神就将深刻地印在你的记忆里。她不是那种只有一张漂亮脸、内涵却很肤浅的演员,那种演员无论脸蛋子长得多么好看,让人一眼就可以看透,不想再看第二眼。她的脸永远看不透,就因为她的目光很深,老有新的内容、新的发现。然而,照片四周的那一圈黑框儿,下面吊着的那朵洁白的小花,提醒人们,这张脸实际已经不存在了。她显得那么孤寂、那么纤弱,周围连一个亲人都没有。然而她又是多么骄傲……

过去,这面大墙上挂过梅兰芳、马连良、裘盛戎、白杨、上官云珠、赵丹等戏剧和电影界大明星的照片。以后换成了党的主席毛泽东和国家主席刘少奇的大幅照片,再以后换成了马、恩、列、斯、毛,再再以后换成了伟大统帅一个人身穿绿军装的巨照,再再再以后又换过几回……如今,她也是一个人独占这面洁白的大墙,居高临下地望着大千世界……

在她的照片下面立着一大排花圈,有地委领导同志送的,也有宣传部、文化局和各剧团送的。这些花圈也像演员一样，一天变换一个角色、调换一个位置。今天放在左边，上面挂张白纸条哀悼花露婵，散会后搬回库房。明天站在右边，换上一张白纸条又去哀悼另一个亡灵。人间的许多事情，只注重形式，而不是内容。你糊弄我，我糊弄你，活的糊弄死的，死的糊弄活的。大家心里都明白，但不可戳穿这可爱的必不可少的小小骗局！

今天这场追悼会的主持人是新上任的地区文化局局长周凤起。在这种场合他也许是最镇定自若的一个，早就站到前面自己应该站的位置上，耐心地等待着，等时间一到他就宣布开会。花露婵追悼会筹备组的人不时地跟他商量一些问题，他条理清楚地下达着各种指示，头脑冷静地掌握着幕前幕后的各种重要情况。他思虑周到，任何一点反常的现象都会引起他的警觉，今天来参加追悼会的人特别多，使他不解。他在当局长之前当过多年组织处长，有举办各种会议的经验。原来他估计，像这样性质的追悼会，再加上今天天气不好，虽然通知了一百人，能来八十人就不错了。谁知一下子来了这么多人，光是签到的就超过了一百五十人。显然有许多是戏迷和花露婵的崇拜者，他们得到消息不请自到。还有一些看热闹的人，站在院子里，堵在门口边，看见一个文艺界的名人进来就扭过脸去瞧，然后交头接耳地议论半天。周凤起的心里大为不满，他们来这里是为了看活人，而不是悼念死人。不该来的来了这么多，该来的却不来！最使他犯愁的就是花露婵的亲属至今一个没到，应该由死者亲属站立的地方还空着。按这里的惯例，追悼会上应该有死者亲属讲话，结束时由领导同志向这些亲属表示慰问，没有这两项程序追悼会就好像有重大的缺陷。也许可以让花露婵的好朋友或同学讲几句话，渲染气氛。挑选谁比较合适呢？方月萱、武班侯……不行！没有一个合适的人，周凤起很快就打消了这个念头。现在惟一的指望就是吴性清的悼词了……

吴老夫子站在一个角落里，不和任何人交谈，也不敢看花露婵的遗容。看得出这个不善激动的人正尽力克制着已经激动起来的情绪。他对她太熟悉了，不用看墙上的照片，他甚至可以闭上眼睛，花露婵就能出现在他面前——在舞台上戏装重彩的花露婵、台下身着便装的花露婵和在牛棚里一身鬼服打扮的花露婵,在他眼前叠映。他那已经负荷过重、屡出故障的心脏,几乎承受不住这里沉重的空气。他本不愿意出这个风头——代表地委宣传部和文化局党委向花露婵致悼词,他宁愿站在人群里在心里默默地回忆一番、悼念一番。可是从文化系统再也找不出能为花露婵念悼词的合适人选,他好在也当过几天京剧团的团长,总算能称得上是花露婵的"老领导"。更重要的是他对死者的痛惜、尊敬和怀念,使他无论如何也不能拒绝为这样一个人致悼词。

他终于还是忍不住抬起头,同花露婵的目光相遇了,胸腔内一阵抖动,万端感慨撕扯着他的良知和感情,一股莫名其妙的冲动像铁钳子一样拧住了他的五脏!

过去的故事之一

旌旗飘飘龙蛇影,
剑戟森森日月明。
日前交锋齐会阵,
归来卸甲麟儿生。

"好！好！"台下的叫好声像炸了窝。

花露婵好像在京剧旦角的传统唱腔里揉进了汉调的成分,如珠走玉盘,响遏行云。几乎一句一个彩,观众越叫好,演员的精气神越足,到要好的地方那拖腔层层翻高,气势开阔,豪情横溢。再加上细腻的传神,优美的身段,好一派雄心万丈、气压千军的大将风采!

行啦,花露婵这头一天就打响了,真露脸!

站在侧幕后边的邵南孙如醉如痴,他可能比花露婵本人更要高兴、更为得意!他给她出主意出对了,《破洪州》剧情跌宕,既有厮杀的激烈场面,又有大段的抒情唱腔,大起大落。她表演得骨肉均匀,修短合度,声情并茂,在舞台上活脱脱树起了一个刚强勇武、英姿勃勃的穆桂英。这个形象是那样可敬、可爱、可钦、可佩。人保了戏,戏也保了人。她那嗓音、扮相、身材等十分优越的天赋条件,得到了淋漓尽致的发挥。懂行的观众会从各个侧面看出她身上蕴藏着很深厚的功力,不懂行的人也会看得目瞪口呆,很觉过瘾。方月萱怎么能跟她比？方的嗓音和身上功夫不行,只能靠扮相靠逗,演一些调情的剧目是一绝,却决没有花露婵这样的端庄典雅。花露婵叫响了,有这样一身好活儿的演员无法不叫响！

忽然，邵南孙心里一激灵，她越红、名声越大，不是离自己越远了吗？真是人心不足蛇吞象。以前他从不敢奢望要得到她。可是，昨天晚上在植物园的湖边，当她躺倒他怀里，他可以疯狂地亲吻她的时候，他在心里发誓，一定要得到她，否则就终生不娶！但以"前台"这个下三烂的身份是不能向她求爱的。那只会被别人耻笑为神经病，还会给她带来很多麻烦，甚至有辱她的声誉。最后不仅好事难成，还要闹得满城风雨，声名狼藉。自己无所谓，反正是白丁一个，毫无牵挂。而且有昨晚她那番情意，自己付出什么代价也都值得了。但有损于她一根毫毛的事也决不能干，要考虑周全……

有人拍他的肩膀，是导演牛英贤："小邵，你去催催武班侯，快该他上场了。"

邵南孙的眼睛不愿离开台上的穆桂英，他的袄袖里还温着热茶壶，她一会儿下场来就得喝，便随口说："我是'前台'，叫他的跟包去催吧。"

"孙子，你今天怎么也乍刺儿！你'前台'不管催场管什么？"牛英贤火了。

邵南孙看看他，也来了火气，心想：呀！下边拿我不当人，上边也拿我不当人。你拿什么架子？京剧团的导演可不像话剧导演，武班侯的《挑滑车》用你导？花露婵的《破洪州》用你导？排现代戏的时候你顶多指挥指挥龙套，不过是个高级"小跑儿"。在主演那儿受了气，也往我头上泄！邵南孙就用一种不咸不淡的口吻说："武老板名气大、架子大，我这个小人物请不动。你们团长、导演身份高，脸面大，还是你们亲自去请吧。"

"我在这个团无法干了！"牛英贤气哼哼地转身走了。

台下喝彩声不绝，后台却在窝里乱了。

团长吴性清是个大好人，在一旁无可奈何地说："小邵，还是你去吧，你对他们这些大主演还能应付一气，我们去更不行。"

邵南孙很同情团长，这位吴老夫子是搞理论的，原是文化局艺术处的副处长。京剧团扩大了阵容，临时被拉来将就材料，当了个活受罪的团长。他缺乏行政领导才干，又是个面慈心善的好好先生，除去能指挥邵南孙，别的人他一个也拨拉不动。文化局长丁介眉派这么一个挂名的人物来，是为了自己好控制京剧团的实权。吴性清不愿当这个团长，愿意去做自己的学问。可是有人却盯着要抢这个团长的位子。因为按惯例，各地戏曲剧团的团长都由名角儿担任。这个剧团武、花、方三足鼎立，让谁当正的，让谁当副的，老也摆不平，只好找出吴性清这么个临时代理人。当团长名义好听，可吴性清挨顶受气也多，在团里的地位和处境比邵南孙好受不了多少。如果邵南孙若再跟他闹别扭，他就没法干了。邵南孙很同情他，也理解他的难处，只好硬着头皮说："好吧，我去试试。今天方、武二位大主演脾气特大，领导排名次不公，我们只好给头头擦屁股。"邵南孙说着话从祆袖里掏出小茶壶递给吴性清："吴团长，这回得劳您驾，等会儿花老板下了场，您把水递过去。不能因为她通情达理好说话，我们就慢待人家，咱可不要欺软怕硬。您说对吧？"

　　邵南孙这一手也很坏，你不叫我给心爱的人捧茶壶，我叫你团长亲自伺候她。吴性清哪想得到那么多。今天地委佟书记和文化局丁局长陪着那么多领导人来看戏，只要不出娄子，叫他干什么都行。

　　邵南孙来到武班侯的化妆室，这位大名角儿半躺在沙发上，眼睛望着天花板，左手举着香烟，正在一口接一口向天花板吐着烟圈儿。他直挺挺地伸着两条腿，跟包的正给他穿靴子。拿过一双，小心翼翼地往他脚上一试，他连眼皮也不抬，更不哼一声或暗示一下，一扬脚就把靴子踢飞了。每次上台前，跟包的给他穿靴子就是一关，他不吩咐该穿什么靴子，完全靠跟包的猜测他的心气儿是高兴还是不高兴，是三分高兴还是七分高兴。一般情况是很高兴就拿三寸厚底儿的，五分高兴就拿底子不到二寸厚的靴子。可是也不都是这样，武班侯的心思千变万化，脸色变化莫测，跟包的常常闹错，有时高兴了穿薄底，不高兴反而穿厚底。还有时一只厚底一只薄底的就上了台，一条腿长一条腿短，那是为了要笑观众，或者不知跟谁怄了气。这样一位反复无常的大爷,谁能伺候得了?连拿三次靴子不对他的心思,就要吃他一脚。今天已经是第二次了,二寸厚的靴子又被他踢飞了。看来这个名义上是跟他学艺,实际是给他当跟包的小伙子,今天非得吃上他一脚不可,说不定还得饶上一腿。而这个农村小伙子,据说还是他的"内侄"。

此时跟包的神色紧张,不知所措。邵南孙实在有点看不下去。这有点太过分了!解放已经十多年,梨园界内部的某些老规矩却一点没变。不了解内情的人把这样的大演员看得很神秘,认为他们如何了不起,许多风流多情的大姑娘、小媳妇主动送上门来。看看内幕,他们的身上又有多少人味儿?不知武班侯这位"内侄"图个什么,也许是为了离开农村,想跟他这个所谓的姑父学几出戏,将来混个饭碗,找个前程。

跑包的见邵南孙来了,求救似的望着他。邵南孙摆摆手不让他出声。停了一会儿才开口:"刘庆,你不看看今天是什么日子,第一场演出,武老板压大轴,台下都是行家和头面人物,老板心里有根。换厚底儿的来!"

跟包的没敢动,他第一次拿的就是厚底儿,被踢飞了。邵南孙向他使眼色,他嘀嘀咕咕又把厚底靴子提过来,谨谨慎慎地给武班侯穿上。武班侯没有再犯性,从沙发上直起身子,异常客气地说:"老邵,请坐。"

"武老板,您准备好,快轮到您上台了。"

"我演了一辈子戏,从未误过场!"武班侯从桌上拿起一包大中华香烟,弹出一支递过去,"抽烟。"

"我不会,谢谢!"邵南孙没有坐下,他猜不透这位大主演,今天为什么忽然对他这样客气起来。

"老邵,你这么年轻,人又十分精明能干,为什么不唱戏?如果你看得起我,从今天起我教你几出戏,以后给我当下手,不比当这个'前台'强百倍?"他话虽这样说,眼睛却不看邵南孙,显出一副傲慢的恩赐于人的派头。

不管邵南孙平时怎么沉机默运,万万没有想到武班侯会对他来这一手。不管是真是假，武班侯能说出这样的话就是天大的面子了。干唱戏的这一行，艺术就是一切，"一招鲜，吃遍天"。"山后练鞭"，有了一身惊人的技艺，名誉、地位、金钱、权力全都可以朝它要。活儿头就是命根子，朋友间什么都可以让，在活儿上不能让。父子、夫妻、兄弟也是一样。宁赠一亩地，不赠一出戏，今天武班侯是怎么啦？许多年轻的演员想巴结他还靠不上前呢。如果真能拜他为师，把他身上的玩意儿学到手，将来在京剧界也决不会默默无闻的。邵南孙笑了：

"武老板，您真会开玩笑。您看我这个样子，眼大无神，其貌不扬，腿脚梆硬，年已二十有六，还学什么戏！能为演员们做点服务性工作，余愿足矣！"

"别来这一套，你瞒得了别人，还能瞒我？"武班侯看了他一眼，突然起身穿戴行头，邵南孙借着帮他扎靠，掩饰住了自己的慌乱和窘困。他怀疑武班侯看破了他对花露婵的感情。

武班侯说："以前我演过一出戏，说的是曹操接见匈奴的来使，他怕自己个子矮小，被匈奴人看不起，就让崔琰冒充自己，他则手提大刀，扮成卫士。戏词儿上说崔琰眉目疏朗，须长四尺，甚有威严。结果人家使者却说：'魏王雅望非常，然床头提刀者乃英雄也。'我看你老邵就是那个站在床边扮成卫士的曹操。"

虽然他未必知道邵南孙和花露婵之间的真实关系，但这番话仍然使邵南孙心里一震。这才是闯荡江湖的老梆子，眼睛真贼！他赶紧催促说："您赶紧到前边候场吧。"

"你慌什么，岳飞还没出场呐，我有件事请你转告团长，我没来之前，方月萱和花露婵挑班，票价是一块二。我来了之后票价改为一块五。观众花一块五是来看我武班侯，多出的这三角钱怎么分配？我明天等你的回话。"

"这……武老板，您是京剧表演艺术家，我想不会计较这点钱的吧？"

"不对，我计较的就是钱！你要不为钱，回家干点什么事不好，何必在团里当这个下三烂？"他说完不再答理邵南孙，迈着高宠那种挺胸晃臂、傲视一切的步子出台去了。

他的无理，他的直截了当，几乎使邵南孙目瞪口呆。像他这样的人说出这种话，而且是在上台之前提出这样的要求，显然是放份儿、要价码。他这样做是对自己身份的过分看重，还是过分看轻？邵南孙自以为对演员了解得不算少了，在这位名角儿面前，他感到还是上当了。你把这样的名人无论想象成多么低级，也不会过分。然而连这样的人也可以随便嘲笑他、看不起他，这深深地刺痛了他做人的自尊。

剧场传来一阵掌声。怎么？他一出场就得了个"碰头好"？邵南孙急忙赶到前台，倒要看看这个艺术家的"艺术"如何。侧幕后面站满了本团的演员，连刚下台的花露婵和早下台的方月萱也都没有卸装，坐在台侧看武班侯的演出。大家都想看看他这个"文武老生带红净"，到底有多大能耐！台下吹破了大天也没用，演员不论是多大角儿，就得上了台比画。再说这个"东方大戏院"的舞台可不是那么好上的，马连良在这里演《王佐断臂》，由于一时疏忽"断臂"没有藏好还栽了跟斗，十年不敢重登这个舞台。

一九四六年这个城市闹大水，有天晚上梅兰芳的《贵妃醉酒》正演到一半儿，剧场里灌进脚脖子深的水。台上的演员都有点慌神了，台下有些戏迷观众仍然纹丝不动，听得摇头晃脑，一直坐到散场。

一个演员，要想征服全国，先得征服这个文化古城；要想征服这个戏迷城，先得征服"东方大戏院"。今天是头一场，演员们心里都有点紧张，方月萱的《拾玉镯》是卖了力气的，剧场的效果却一般，更证明这儿的观众不好伺候。到花露婵的《破洪州》一上场，剧场的气氛才逐渐热起来，等花露婵在这个戏里的表演达到高峰，观众的情绪也达到高潮，真是满堂彩！但也给下面要上场的演员带来很大困难。现在就看武班侯最后这一锤子了，他如果没有两下子，活儿头不高出一招，根本就接不了花露婵的场，到台上也压不住阵。

花露婵看见邵南孙从后边出来，向他摆摆手，叫他靠近点，用嗔怪的目光盯着他："刚才我演出的时候你为什么不看？"

邵南孙小声解释："我一直看到您唱那一段二黄原板，……我这里出帐去观察动静,胡笳渐渐不传声。团长就叫我去催场……"

"效果怎么样?"花露婵的眼睛里透露出心中的兴奋。

"棒极了,您没看到台下都炸窝了。"

"你反正尽说好话。"花露婵顾盼温柔,想把自己的快乐分一半给邵南孙。周围那么多人,她似乎无所顾忌,并不想严密封锁自己的心,藏住两个人之间的感情。相比之下,邵南孙这个男子汉倒显得谨小慎微,畏畏缩缩。

"我从来没有对您说过假话,您头一炮打响了,'东方大戏院'被您镇住了……"邵南孙一回到剧团就失去了他在植物园里的那种勇气,不敢看花露婵的脸,生怕被别人发现他心里的秘密。

"孙子,给我去泡壶茶!"方月萱在一边受不了他和花露婵的这种谈话,他们一唱一和,邵南孙专会抬高花露婵,实际不就等于冷落和贬低她方月萱吗?她的声音不高,可是语气里充满主演对仆从的蔑视。

邵南孙的脸腾一下红了,在自己崇拜的女人面前受到这样的羞辱,他感到不可忍受,无地自容。每逢他生气,那双老是埋下的眼睛就抬起来了,显得胆大包天,直视对方,眼神像剑锋一般锐利和灰冷。花露婵第一次看到他生气,他生气时的脸可真是生动,有一种男性的刚勇,体现了一个有主见的人那股内在的精神力量。她理解他尴尬的处境,知道他为什么生气,他男人的自尊怎么受得了这般待遇呢?何况还有她在身边。花露婵站起身,"我也要去灌茶,让我给你捎来。"

这怎么可以?怎么能让她代自己伺候别人?邵南孙赶紧从花露婵手里接过小茶壶,"我来,您坐着别动。"

方月萱说:"让他去,他不管送水还管什么?"

邵南孙真想回身把茶壶摔到她脸上去,但他早就学会了克制自己。等他打水回来,两个主演还在谈论他,连花露婵的神色也显得很不高兴了。

"我看你对这个小跑儿倒挺亲热,是不是想收他当跟包?要不就是想招他做驸马!"

"行了,他不是小跑儿,是'前台',是医学院毕业的大学生,当过话剧团的编剧,写过剧本!"

"你怎么知道?"

"我问过他……"

为了维护他做人的尊严,花露婵也许敢把什么都讲出来。可是作为一个男人,难道能靠一个爱自己的女人来当保护伞吗?他赶紧把茶壶递过去,"二位老板,请用茶。"

团长吴性清又过来支使他:"小邵,赶紧通知全体演员,不要卸装,演出结束后,佟书记陪省里领导同志要上台跟演员合影。"

邵南孙借机离开了两位女主演。观众的掌声也把他们的眼光吸引到台上,原来武班侯并不是靠亮出什么"绝活"才得了彩,他是靠吃透了人物,是人拿住了戏,而不是让戏拿住了人。通过念和做把高宠那种狂傲、急于出战的心情表现得感情充沛且又不温不火:"岳元帅,为大将在临阵交锋,不死而带伤,生而何欢,死而何惧……"

果然名不虚传,到底姜是老的辣。武班侯的表演看上去一点都不吃力,游刃有余,偷气换气不露痕迹,控放自如。戏却演得有力度,性格化,他演的是高宠,不是演武班侯,也不是演自己那一派。强烈的顿挫和节奏感使演出的人物气势磅礴,威武豪壮。实际上他今天晚上也是一次大亮相,在后台观阵的本团演员似乎也都服气了,连花露婵都认可了。她点着头:"活儿真漂亮,戏不离技,技不离戏,要叫人唱戏,不是戏唱人。"

方月萱脸上的表情是复杂的,她嘴里在低声跟花露婵扒贬武班侯:"这叫什么玩意儿,偷工减料,观众也瞎了眼了,硬给叫好。"心里想的却是另一套,观众都是势利眼,他的资格老,名气大,大家都知道他,刚一出场就给他叫好。自己一时半会儿在名气上压不过他,倒应该笼络他。他是文武老生,跟自己不犯相;听说还是个老色狼,大概不难对付。如果能结成俩打一,甚至仨打一、四打一,那就不用犯愁花露婵这个同行当的冤家了……

邵南孙对武班侯的印象也有点改变。一个演员只要上台能成一棵菜,装龙像龙,装虎像虎,往台上一站浑身都是戏,满台有戏,你还要求他什么呢？你管他台下是人还是鬼，艺好遮百丑！

《挑滑车》里没有多少唱段，只有几支曲牌，武班侯却唱得满宫满调，唱出了当时的气氛、环境和人物心情。遒劲挺拔，受托于感情，犹如身临其境。到挑车时，那身段更帅，显出精湛的武功，连续大摔叉，给人的感觉却不是卖弄技巧，为摔而摔，显得得心应手，无往不利，给观众以很大的享受和满足。最后他身子直挺挺像一根棍儿一样，朝后摔倒在舞台上，完成了高宠的悲剧。大幕在热烈的掌声中徐徐落下。

掌声还在响，观众要求谢幕，要看看演员。等大幕再拉开时，首长们正好在观众的掌声中走上舞台，和演员们一一握手、照相。但是，这道大幕再也拉不开了，团长和导演把演员们召集到舞台上，正想按照一流主演、二路角色、三路角色、四路角色、龙套上下手、狮子老虎狗，排次序站队。可是武班侯还直挺挺地躺在舞台中央，像死了一样。任团长、导演和各色想见首长的人等，千呼万唤，他连眼皮也不睁。

"武老板，您怎么啦？"

"武班侯同志，快起来，还没谢幕哪！"

"首长等着拉幕上台呢！"

"别拉幕，先别拉幕！"

有人摸摸他的脉，跳得很正常；用手试试他的嘴和鼻子，呼吸也很正常。像他这样有功底的演员，不可能在摔僵尸时把自己摔坏，而且脸上一点痛楚的表情也没有。难道是撞见鬼了？或者演得太像，魂儿跟高宠一块去了？

吴性清急得脸上出了白毛汗，"小邵，邵南孙！快去喊邵南孙，他以前当过大夫！"

天幕后面传来哐当一声，有人轻轻地"哎哟"了一下。一个演员跑上台来，"吴团长，邵南孙的脚趾被道具砸断了！"

啊！全凑到一块了。吴性清赶紧叫导演下台通知丁局长和佟书记："就说后台出了点事故，请首长今天晚上就别接见演员了，非常感谢各级领导的关怀……咳，随你看着说吧！"

花露婵慌慌张张跑到天幕后面，有几个人正张罗着送邵南孙去医院。她挤过去，"南孙，你怎么啦？"

见她急成这个样子，比砸了自己的脚还心疼，邵南孙心里一阵滚烫。但他脸上却装出一副轻松的笑意，"没关系，右脚的两个小脚趾骨大概砸断了，或许只是砸裂了。这次巡回演出我不能服务到底了，真对不起！回到家里等着给你们接风庆功吧。"

他说完就被人背走了，最后还回过头来，对她留下深深的一瞥意味悠长的眼神。他怎么会被砸了脚？这起事故来得太突然了。他本人倒不是很痛苦、很懊丧。他既然那样不顾一切地恋着自己，怎么又狠心丢下自己不管？花露婵突然感到自己是这样孤单，这样软弱。她慢慢走回自己的化妆室，习惯地翻翻自己的小皮包，里面有一张邵南孙留下的纸条：

> 我的圣女，我的爱神。原谅我，万般无奈，我才出此下策。我实在不愿意离开您一步，可是又不愿因为我让别人耻笑您，有一丝一毫辱没您的清名和高洁的地方我也不能忍受。现在的分离，是为了将来的永远不分离。我必须重新去取得一个做人的资格，以后才配享受您那无私的温情和圣洁的爱！
>
> 您天生丽质，有高贵的人格。这人格是任何名誉、地位、金钱和权力所不能左右的。在艺术上您已经形成自己的突出风格，有牢靠的打不倒的根基，无求于人。多多保重，千万要爱护好自己，千万千万！

原来，他是为了爱、为了不甘屈辱，自己把脚砸伤的！两行眼泪从花露婵的面颊上滴落下来。

文化局长丁介眉跟在地委书记佟川的屁股后面，十分紧张地陪着省委第一书记走向一辆高级轿车。秘书早已把车门打开在等候，他们有意落在了其他省地委领导人的后面。本来今天晚上的演出很成功，丁介眉坐在佟川的后面，感觉得出来，首长们看得很高兴、很过瘾。谁知最后一锤砸了锅！他能够体察首长们的心情，看完名角儿的演出，走上台去和他们握握手,照个相,居高临下地又是平易近人地对年轻漂亮的女演员们说几句赞扬的话,甚至开个玩笑,欣赏一下她们的媚脸和甜眼,本是很愉快的事情。对于剧团来说,这也是很荣耀的,第二天报纸上连消息带照片一块发表,等于是一次宣传,一次表扬,一次不花钱的大广告。那会使今晚的演出十全十美,给这次预定想征服全国的巡回演出开个吉祥的好头。为什么大幕关上就拉不开了呢?丁介眉怎么也想不出是武班侯拒绝首长接见。

当观众一再鼓掌不肯退场时,多亏方月萱领着几个二三路演员绕过大幕挤到台口的边上谢幕,鞠了好几个躬才把这个场给圆了。

丁介眉向领导们的解释是舞台上的电器和机械设备出了故障,大幕打不开,演员们为不能享受首长接见的荣誉而深感抱歉和不安。但他心里真正惧怕的还是佟川——这位爱戏如癖、视剧团为掌上明珠的顶头上司。京剧团和团里的几个名角儿是佟川的骄傲,平时有一点差错,他就对丁介眉不依不饶。今天捅了这么个大娄子,即使算不上政治事故,起码也是丢了地委的脸,给佟川脸上抹黑,甚至连省委领导的脸上都不光彩。丁介眉老偷着观察佟川的脸色,想知道他心里到底发了多大火。

由于戏院门前的霓虹灯光的衬托,佟川的相貌显得伟岸深沉,一张精于保养的大脸,绷得很紧,毫无表情,结实有力的大下巴格外突出,像一块圆滚滚热乎乎的石头。深陷而又闪烁有光的眼睛,带着能把人看透却又十分宽厚的神色。他竟然一句话没有说,什么也没有问。这越发使丁介眉心里七上八下,惴惴难挨。省委第一书记已经上了汽车,佟川搭他的车走,一只脚刚踏进汽车门,却又慢慢转过身来说:"介眉同志,你率领着这样一个名角儿荟萃、阵容强大的京剧团,还是值得多花点精力的,问题不会少,思想工作不能放松。告诉大家,明天有几位中央领导同志来看戏,不能再出任何故障。"

"您放心,明天晚上我亲自在前台坐镇。"丁介眉心里并没有松快。地委书记没有责备他,可是话里含有责备的意思。既肯定了他组建这样一个京剧团的功劳,又敏锐地提醒他这样一个大团不好领导,名角儿不好管。真厉害,精明而圆滑,想瞒哄这样的领导是不容易的。关于剧团的内幕,地委书记肯定还有自己的情报来源,别忘了他本身就是个戏迷,还爱结交文艺界名流,剧团的名角常是他家座上客。丁介眉突然心里打个寒噤,佟书记是不是听到什么风言风语,话里另有所指?

等领导人的汽车开走了,他才转身,想进后台查明究竟。吴性清却怕他直接坐车回宾馆,正出来找他。一见这位窝囊团长那慌慌张张、一脸哭丧的样子,丁介眉的肝火腾地一下冒了上来。这个有些神经质而又拿不定主意的老夫子,无疑是个大好人,可是办不成好事。他以上级对下级很不满意的、带有发难意味的口吻问道:"老吴,你是怎么搞的?"

"邵南孙的脚被道具砸伤,送到医院去了。"吴性清话一出口也很生自己的气,为什么在这位盛气凌人的局长面前要这样唯唯诺诺、言不由衷?应该先告诉他武班侯的事,把自己从演员那里受的窝囊气再向这位局长大人发泄出来。这些主演大爷、主演小姐们不都是他们当头儿的搜罗来的吗?他们雄心勃勃,要名扬全国,自己何苦要陪着受这份洋罪?

丁介眉听了吴性清的话反倒大舒了一口气,"我还当是发生了什么大不了的事情哩,一个后勤服务人员出了点工伤,叫几个龙套把他送走就行了嘛,为什么不拉大幕,影响首长上台接见?"

"武班侯躺在台上不起来……"

丁介眉一惊,"为什么?"

吴性清摇摇头,"他要说出为什么就好喽!"

"是不是最后的摔僵尸真的摔伤了?"

"不是。现在他起来了,坐进了小汽车尽等着回宾馆哩。"

丁介眉一下子就明白了武班侯犯了什么邪,气冲冲地走进了后台。演员们卸完装正要去食堂吃夜宵,用筷子或小勺敲着饭盆儿,打着瓷碗儿,哼哼咧咧。那些"厕所里红"、"台下红"的角儿痛痛快快地亮开了嗓子。有的和局长大人走个对脸儿却装做没看见他,有的则跟他嬉皮笑脸：

"丁局长跟我们一块吃点吧。"

"人家局长跟三位大老板回宾馆吃小灶，能咽得下你这'瓜菜代'！"

丁介眉虎着脸没有答理他们，心里翻起一阵阵厌恶的情绪。这倒不是因为演员跟他没大没小、嘻嘻哈哈，有时赶上高兴，他也常跟这些普通演员说笑，这既能显示他的亲热和随便，又可以换取下属对他的亲热和忠诚。使他不能忍受的是剧团里这种一盘散沙、幸灾乐祸的旧习气，没有一丝一毫的集体荣誉感。配角演员总以为自己是给主演、给他丁局长吹喇叭抬轿子。主演在台上出了事故，娄子出得越大，那些扮演"龙套上下手、狮子老虎狗"的演员就越痛快，兴高采烈且不加掩饰。这个行业，永远是一群乌合之众！

丁介眉有极强的自尊心，具有压服人和以自我为中心的性格，别人嘲笑了他、伤害了他，他是不会忘记的，一定要寻机报复。他有这个权力，也不会找不到报复的机会，用一句旧话说，他实际上是这个剧团的"座钟"。甚至比"座钟"更高。看他这样一副神色，当然也有不少演员主动凑过来，没话找话说。真诚地为领导抱不平，替剧团惋惜，甚至赤裸裸地说武班侯的坏话。

丁介眉不哼不吭，慢步在后台转了一圈，用冷静、超然的目光观察着演员们的情绪。吴性清像个受气的管家一样跟在他屁股后面。其实丁介眉是用表面上的冷峻和傲慢来掩盖内心的紧张，他在想对策，等一会儿见到武班侯该怎样跟他谈。

丁介眉意外地发现方月萱躲在后台的一个角上，跟为花露婵配戏的小生演员杨忠恕谈得十分亲热。老实忠厚的杨忠恕一脸受宠若惊的样子，方月萱跟花露婵明争暗斗，平时从不答理为花配戏的"四梁八柱"演员。今天是怎么啦？这巡回演出的第一场可真有点新鲜事……

吴性清考虑了半天，最后不得不说："丁局长，武班侯刚才说他病了，明天可能上不了台。"

"什么？今天还好好的，就预见到明天会生病？"丁介眉冷笑一声，"明天，他只要不死，不声明退出这个团，就得上台。"

"等会儿到车上您跟他谈谈。"

"他说什么时候给你准信？"

"明天早晨七点。"

"你按时去听他的回话，把他的回答告诉我。"丁介眉说完走下后台。他来到戏院外面，司机正不耐烦地捺喇叭呼唤他，三个主演都已上了车。武班侯坐在司机旁边的座位上，头倚着靠背，闭着眼，装成疲劳不堪好像睡着了的样子。花露婵坐在后排座位的左边，脸扭向窗外，无法看清她的神色。方月萱则坐在右边。平常他和演员们同乘一辆小轿车喜欢坐中间，左有花露婵，右是方月萱。而今天，当他要上车时，方月萱却把身子往中间一挪，将右边的位子给他空出来，不让他挨着花露婵。

往常丁介眉一坐进汽车总是谈笑风生，品评一下当天的演出。幽默地、有分寸地、绝不失局长身份地说一些演员爱听的赞扬话。同时也指出一些微不足道的纰漏，既表明自己的在行和明察秋毫，又不使演员感到难堪。如果不是刚散了戏，不是送演员去登台，除去谈论戏剧，他也照样有的是话题可谈。讲点高雅的趣闻轶事，透露点无关紧要的内部消息，就别人的话题发挥一下自己的深邃、独特的见解，间或插进一两句聪明有趣的笑话，照样会逗得女演员们嘻嘻恬笑或捂嘴大笑。

当然，演员们是会笑的，会做出各种各样的笑，尤其是在领导面前，常常无笑而强笑，或陪笑。一旦碰上像丁介眉这样优雅风趣的领导，能不施展笑的才能，笑个痛快？丁介眉也常为自己的老练和才智以及脑筋的灵敏感到得意。他博学多闻，对任何问题的答案好像都是现成的。

但是，今天他上了汽车却一言不发，神色威严镇定，使车里的空气沉重得近于凝固了。连方月萱似乎也有些紧张地不敢挨紧他。

汽车开出了市区，爬上了通向宾馆的一级铺装公路，两旁的树木遮住了昏黄的路灯，树干连成一片黑墙在窗外疾速地闪过。"不夜城"也有睡觉的时候，市郊的夜极其安静，只听得见汽车轱辘摩擦地面发出的沙沙声。车厢里则更安静。

丁介眉忽然开口了，语调缓慢严肃，字斟句酌：

"方月萱同志，我以个人的名义，也代表地委第一书记佟川同志，感谢你为咱们团，也为咱们省的领导圆了场，挽回了面子。"

方月萱一怔，随即明白他指的是什么了。把心里的得意变成一种抱怨说了出来："您不知道当时台上那个乱劲了！台上躺着一个，后边砸着一个，团长不让拉大幕，大伙都慌了神儿，观众又没完没了地鼓掌，我灵机一动，就拉上几个演员钻出了大幕，还差一点没绊倒。"

方月萱一双亮眼在黑暗中仍然熠熠闪光，热辣辣地灼了丁介眉一下，而且不动声色地将身子轻轻靠过来，一只手在底下抓住了他的手，宽慰他，叫他不要太生气。

丁介眉身子未动，底下的手也没有抽回，依然用领导者公事公办的口吻说："如果不是你，真不知要惹多大的祸！说到底，真正丢人的不是我丁介眉，也不是佟书记，是你们这些大演员。这儿的观众什么场面都经过，什么角儿都见过。更何况今天晚上还有许多领导同志和文艺界的同行，人家说你们这些主演不懂礼貌，缺乏修养，没有大将风度。白卖了一晚上的力气，最后砸了自己的牌子……"

"啊——嚏！"武班侯突然惊天动地地打了个响亮喷嚏，冲断了丁介眉的话。然后，他又把头靠在椅背上。车里重归沉静。

"真是戏子，老流氓！"丁介眉心里骂着，有意不答理武班侯，冷淡他。对演员不能光哄，无威则显不出恩！但他决不想冷淡和伤害花露婵，今天晚上的事故是跟她没有一点关系的。说心里话，他也特别喜欢这个演员，这种"喜欢"不能只用一个男人对漂亮女性的垂涎来解释。也许里面包含着某种隐秘的情爱，更多的还是一个懂行的领导、一个热爱文化艺术事业并想在自己任职期间有所作为的人，对一个好演员、好姑娘、一个未来的表演艺术大师的喜爱。但他不明白今天晚上花露婵为什么也不高兴，这样沉闷？整治武班侯可别伤了无辜。

丁介眉侧过脸，口气变得和缓而亲切："露婵同志，你今天晚上格外出活儿，精彩极了，朴实、自然到出神入化的境界，可算把《破洪州》

演绎了。你知道佟书记怎么说你？……"

花露婵转过脸来。方月萱却生气地用力掐了一下丁介眉的手，然后松开自己的手，身子也移开了一点。丁介眉却不能不继续说下去："佟书记说你好像师承了梅尚两家，颇得真传。我身边有几位老先生看得摇头晃脑，如醉如痴。散戏后观众不走，要求谢幕，很多人是想看看你。"

"我可没有那么机灵。"花露婵说的是实话，她当时根本没想到还应该破例钻出大幕去鞠躬，也没有看到方月萱是怎么出去的。如果有人拉上她，她是会跟着一块去谢幕的。可是，方月萱干这些出风头的事总是一个人干得漂漂亮亮，决不会拉上她的。若不是丁介眉提起这件事，她还根本不知道哩。但她不后悔，眼下她没有心思想这种闲事。

然而，方月萱接她的话茬儿却是又快又狠："你的机灵劲儿都用到别处去了！"

"你说我用到什么地方了？"

"用到那个臭下三烂身上了！"方月萱天生有一种女人式的辩才。"孙子不过是个小跑儿，砸了脚怨他不小心，活该！用得着你那么劳神伤情，跑前跑后的？"

花露婵被噎住了，到关键的时候她的嘴茬子顶不上去。她可以说方月萱的机灵劲都用到局长身上了，可是她不敢，这样的话她说不出口。有些话不脏别人，反而会弄脏自己的口。即使她说出了这样的话，方月萱也会还有更多的话把她顶回来。比如："我乐意，我就爱他！你生气？你想靠还靠不上哩，气死你！"她甚至当着你的面做出某种动作。她是完全能做得出来的，你又该如何？花露婵只好再把脸扭过去，生自己的闷气。人家方月萱并没有说错，她的确一直在想着邵南孙受伤的事，后悔自己不该上这辆车，而应该上另一辆救护车送他去医院。她恨自己不能像方月萱那样敢于去爱，也敢于大胆宣布自己的爱。邵南孙除去没有地位，没有名气，哪一点都不比别的男人差！然而，她立志在台上当个真正的演员，台下当个真正的女人，给演员争口气。当姑娘就是真正的姑娘，结了婚就做贤妻良母。可是当自己爱的人(她不再怀疑自己确实爱上了邵南孙)受了伤的时候,为什么不能挺身而出,去护理他,去安慰他呢? 如果他是个名人,有地位,她会这样犹豫吗? 一个个问号折磨得她愧疚不安,无地自容……

方月萱虽然把花露婵的话给堵回去了,但因花露婵而勾起来的火气并没有消。男人都是没良心的,当领导的男人还得再加上个"更"字。他丁介眉明明是跟自己好,为了避嫌却很少当众表扬自己,而且装得跟自己很疏远,比演员还会演戏! 花露婵不让他沾上边儿,他倒老是对她套近乎,把她吹上了天,说话时连眼神都变了,瞧他那副贱劲儿!

汽车驶进了宾馆。丁介眉肚子不饿,没有去餐厅。武班侯毫不客气地把局长那一份饭菜划拉到自己跟前,大吃起来,嘴里还骂骂咧咧:"别答理他,吃了是赚的……"

三个人互相都不说话,花露婵只喝了一碗馄饨就走了。方月萱心里犯了嘀咕:"他们两个是不是商量好了,有什么约会?"她也赶紧放下碗筷,把自己和花露婵的两份鸡蛋和点心用手绢包好,也离开了餐厅。她回到楼上,见丁介眉和花露婵的房间里都亮着灯,她站在门外也听不见什么动静,就回到自己的房里。放下东西,一头倒进了松软的钢丝床,想开了心事……

万一不能和丁介眉正式结婚怎么办? 现在倒是自己求他了。也许这一切发生得太快,自己卖得太贱了。是啊,当她作为配角演员,跟着主演到文化局接受局长第一次召见的时候,她非常惊奇还有这么年轻的局级干部,而且长得一表人才,不像快四十岁的人,倒像戏台上的白面小生。穿着讲究,真是个"年轻的老干部"。他那从容不迫的风度,长期当领导干部养成的喜欢俯视一切的神态,稳重深沉的派头,标准的普通话和滔滔不绝的辩才;那喜欢探视的眼睛,含蓄深邃,具有吸引力和刺激性。当他们的目光频繁交火,久久不肯分开时,似乎两个人的关系就已经确定了。以后接见越来越多,除去集体接见,更多的是单独相见。尽管方月萱选择情人比较随便,甚至没有太多的感情基础也不要紧,只要是能够用得着的,或者是有权管她和敢于强力征服她的人。但是她选择作为自己丈夫的人却非常严格。不论从哪一方面衡量,丁介眉都是一等人物,是最合适的人选。她以后又知道了他的另一些底细:原是"红小鬼",在部队里上的学,以后给一个大首长当机要秘书。解放后首长看他是块材料,就送他到北京中国人民大学进修。学了不到两年,跟一个女同学发生不正当两性关系,受了处分退了学,放下来当了个科长。凭着他过人的才智,很快又熬成了局长。现在的夫人长期瘫痪在床,能成为她方月萱的障碍吗?

　　一开始她并没有提出非要叫他娶她不可,重要的是先得到他,征服他,缠上他。他也曾假模假事地表白:他老婆对他如何好,不忍心抛弃一个病人呀,不能没有良心呀,等等。

　　她回答得更干脆:自己是个敢做敢当的人,不论发生什么事情都不会牵连他。她一再声明,图的不是他的级别权位,喜欢的是他这个人,将来就是讨饭也要跟他。

　　当然,她的这种"喜欢"不是完全没有报偿的。她由一个默默无闻的三路配角,很快成了二流演员,开始给花露婵配戏,花演铁镜公主,她演萧太后;花演白娘子,她演小青。渐渐成了名正言顺的主演,不知不觉又跑到了花露婵前边,现在她要压着花露婵一头! 她一定要占住舞台上的中间位置,成为福北第一名旦。可她自己心里也很清楚,各种条件都比不上花露婵,年龄比人家大几岁,唱戏的年头比人家短。而且演员也有个老,还能在舞台上挣一辈子命? 所以她最终的目标,还是争取能成为丁介眉名正言顺的夫人。演员找上这样一个丈夫就像出家人归了正果,有了铁的靠山。何况他在各个方面都是这么理想、可心。她相信,只要两人正式结合了,她也会让他满意的。她也一定能管得住他,自己决不会重演他那个瘫老婆的悲剧。可是,他表面上使她感到安全可靠,实际上他冷静得可怕,权衡得失利弊无比精明,极少有丧失理智的时候。每当她提出那个最终目标,他总有理由让她暂时委曲求全。她逐渐认识到,他是个令人不安的多疑的人。她非常熟悉他的语言、眼神和手势,有时却觉得并不了解他。越是这样她就越是感到他对自己的强大的吸引力和征服力。

　　"真是贱骨头!"方月萱在心里骂了自己一句,随后却扑哧一声得意地笑了。她有时像女皇一样无法控制自己的喜怒。刚才还想,今晚要等他来找自己,或者等他打电话来请自己。现在又改变了主意,到卫生间痛痛快快地洗了个澡,换上一身紧身的绸衣,拿起裹着食物的手绢包走出房间。花露婵的房间里已经熄了灯。她轻轻推开了丁介眉房间的门。

丁介眉左手拿着一块石头,右手握着刻刀,还在台灯下玩命儿。他喜欢古玩字画,自己也能写善画,还会雕石刻字。她常以跟他学画为名遮掩别人耳目,这样两个人就可以光明正大地在一起。他们第一次发生关系,就是在他的书房里。他领她参观自己收藏的那些老古董和字画,并对她讲,要想成为大演员就得有多方面的修养,有些"风雅"是非"附庸"一下不可的。梅兰芳、程砚秋不是都能画两下子吗! 她乐不得借机靠近他,当然不会扫他的兴……他每逢遇到不顺心的事,为了制怒,用写大字或刻石头来磨砺性情,思虑对策。

方月萱回手锁好门,轻轻地走到丁介眉身边,把手绢解开,将鸡蛋和点心放在写字台上,无限柔情地说:"一生气连饭也不吃了,一点不顾及自己的身体。"

丁介眉抬起脸,她顺手没收了他手里的石头和刻刀。她那莹洁的肌肤,润泽可爱的眼睑和嘴唇,煽起了他的情焰。她软语温存:

"还生气吗?"

"还不都是为了你。"

"怎么是为了我?"

"如果把武班侯跟你的名字换个位置,我一碗水端平,也就不会闹出今天这场乱子。太气人了!"

"端平了你就喝不到嘴里去。我来给你顺气……"

早晨七点整,牛英贤陪着吴性清准时来到武班侯的房门口,他们得听听这位名角儿的回话儿呀! 如果武班侯今晚真的上不了台,需要赶紧向丁局长汇报,说不定还得惊动佟书记,好早讨个主意——今晚上这一场戏怎么应付?

吴性清抬手正要敲门,坐在服务台椅子上打盹儿的刘庆,正好也听到旁边的收音机打点,猛地睁开了眼,慌忙奔过来,他一边摆手,一边压低声音喊叫:"别敲门,吴团长,千万别敲门!"

吴性清觉得奇怪,他来找老板,跟包的为什么慌成这样? 就说:"我们找武班侯同志。"

"我姑父还没醒,请你们九点再来听信儿。"

牛英贤插了一句:"这是谁说的? 昨天晚上武班侯亲口讲的叫我们七点钟来。"

"叫你们九点再来也是我姑父说的。"

"你不说他还没醒吗,怎么说话?"

"噢……他刚才说完话又睡着了。"

牛英贤还想再说什么,被吴性清拉走了,"算了,你从他嘴里能问出什么来? 他名义上是家里闹灾,投奔姑父找个工作混碗饭吃,实际是武班侯私人雇的跟包、仆人,谁知他们到底是什么关系?"

"团长,他这是成心拿我们耍着玩儿!"牛英贤满肚子怨气,"昨晚我们从医院回到戏院就快半夜了,打了个盹儿就爬起来去挤汽车,赶着点儿往这儿跑。难道就叫他白折腾我们?"

"等到九点再说吧。谁叫他是名角儿哪! 我们今天不是得求着人家吗?"吴性清心里有苦说不出。

团长越说这话,牛英贤肚子里的怨气越大。人家别的剧团都是导演大拿,演员求导演。他这儿正相反,演员是大爷,导演是孙子。解放初他就领导过秧歌队,当过县文工队的主演,以后还当过地区话剧团的导演、群众艺术馆馆长。老实说,京剧不同于电影、话剧,他当这个导演是张飞吃豆芽——小菜一碟。想不到他混到四十多岁,反倒成了几个主演盘子里的小菜! 人家背地里说他是跳大秧歌出身,是个只会演《兄妹开荒》的"土老帽"! 今天这事他完全可以不来,上有局长、团长,下有不可一世的主演,他在中间用不着操这份心。可他又可怜吴性清,不忍心看着老头儿一个人东跑西颠受洋罪。邵南孙一受伤,除去他再也没有人会跟着吴性清跑前跑后打下手了。一个是身为团长却屁大的权力也没有,什么事也做不了主;另一个是有名无实的倒霉导演。真是一对难兄难弟，有什么办法？

走下楼梯，牛英贤停住了步子，"我们到哪儿去熬这两个小时？"

吴性清只叹了口气。

"去找丁局长吧，肚子里还空着呐，先在他那儿吃了早饭，再跟他谈谈武班侯的事。"

"还没听到武班侯的回信儿，怎么跟局长谈？"吴性清拉着牛英贤向宾馆外边走，"走吧，到外边转转，这儿的环境不错，随便找个早点铺吃一点。"

真是又可怜又可气！牛英贤知道这位"团座"对"局座"心里有点发怵，没有大事不敢随便去找丁介眉。可团里的大事小事，不经局长大人首肯，他这个团长从不敢自作主张。当这样的团长也够难受的！自己在他这个窝囊头头下面当导演，还能好受得了吗？

九点钟，他们又来到武班侯的房间。看刘庆正端着个托盘往外走，盘子里放着刚用过的杯碟碗筷，证明武班侯刚吃过早饭。可他没有下床，穿一身白缎子睡衣半躺半靠在床帮上，仍然一副睡眼惺忪的样子。他没有向两位名义上的领导表示歉意，也未做出任何礼貌的举动，甚至连招呼也不打。他好像用不着说废话，用开门见山的劲头，哼哼唧唧的腔调说："哎呀，我身上还是不得劲儿，今儿个晚上能不能上台眼下还说不准儿。这么着吧，你们两点钟再来听信儿，到那时候我再告诉你们今儿个晚上到底能不能大战长坂坡。"

吴性清让牛英贤坐下，自己坐在另一个沙发上，耐着性子问："武班侯同志，您到底哪儿不舒服？要不要到医院看一看，或者把随团的医生找来？"

"不用，我就是劳累过度，头有点晕。那些二百五大夫光会抹红药水，治不了我的病。"

本来在进门之前暗暗告诫自己决不能讲话的牛英贤，看见吴性清的话跟不上去，便忍不住了，"武老板，您到这儿以后一直没演出，昨天是头一场，怎么说是劳累过度？"

武班侯身子直起来了，"这是什么意思？你说我装着玩儿？你们当领导的不管演员死活,逼着一个病人到台上去玩命!我要是在台上出了事,谁负责?我的老婆孩子怎么办?你们当领导的管养活一辈子吗?"

吴性清赶紧打圆场:"你别着急,牛导演不是那个意思……"

牛英贤却笑了,"我是猜不透你刚演出一场为什么就会劳累过度?是不是昨天晚上高宠临死的时候那一招挺背硬摔,把你的腰摔坏了?"

"你说什么?"武班侯腾地跳下床,眼珠子也瞪大了,"姓牛的,你说我什么都行,说我功夫不好就是砸我的饭碗,挖我的祖坟!我武班侯六岁登台,摔了快四十年了,从来没得过倒好。你要敢打赌,我现在就一连气给你摔上十个僵尸看看!"

牛英贤说:"这么说,你今天晚上演出《长坂坡》没问题嘛。"

"不行。我的病不在腰上,是脑袋不得劲。"武班侯把脸转向吴性清,"你们当头儿的真要把一个主演往死里逼呀?告诉你,这个团没你不要紧,没我就玩儿不转。观众花一块五买张票是来看我武班侯,不是看你牛英贤。"

"你……你还是谦虚点吧!"牛英贤也火了,他可没想到武班侯会赤裸裸地叫这种板,自己却一时又找不到更有力量的话来对付他,这句话一出口他自己也感到泄气。对这种人还谈什么谦虚不谦虚!

吴性清也气得嘴唇发青,他很少碰到这种粗俗蛮横的人,而此人竟还是个大名鼎鼎的演员!还有什么好说的呢?人家已经把话说到家了,虽然难听,但实话实说,粗鲁得不加任何掩饰,把团里的那点真相全给捅出来了!老夫子感到自己是这样的懦弱,这样的无能。

武班侯又躺回床上,吴性清只好站起身来,"武班侯同志,你冷静一下,好好休息,两点钟我们再来听你的回话儿。"

吴性清和牛英贤走出宾馆,登上汽车,一路上谁也没有再说一句话。回到剧院后台那间两个人合住的小屋里,牛英贤给吴性清沏了杯热茶,看他那副灰心丧气的样子,只好先压下自己肚里的闷气,安慰吴性清:"团长,刚才那件事你别太往心里去,这种演员,就是这份德性。武班侯这叫拿架子、放份儿,今天你治不了他,往后就得光叫他治你!"

吴性清抬眼看看牛英贤,心里话:"凭你我这点道行,全叫人家看破了,能治得了这位活祖宗吗?"

"依我说,别再去求他了,今天他就是想上台也不让他上,冷淡他几天。从二流演员里找个听话的,我看杨忠恕就行,先唱出帽儿戏,让花露婵压轴,保证能把台挑起来。怎么样?"

吴性清摇摇头,"这种事咱们哪能做得了主?今天晚上不是还有中央领导要来看戏吗?"

牛英贤泄气了,"老吴,那你这个团长当得还有什么意思?老实说,要不是今天晚上有大头头来看戏,武班侯还不会叫这个板呐!"

吴性清叹了口气,"这个板算是被他叫住了,领导要看他的戏,群众也买他的账,我们有什么办法呢?"

"那就对不起了,团长,我得请假。"牛英贤从口袋里掏出一份电报递给吴性清,"老母病重,我要回去看看。同时把邵南孙送回去,他的脚趾骨断裂,无需住院,回家养着就行。"

"噢……在这种时候你怎么能离开剧团呢?"吴性清眼睛看着电报,心里却一个劲儿发愣。

牛英贤笑了:"别自视太高了,什么时候团里离开我们也不要紧,倒是离开武班侯会玩儿不转!"

"是啊,是啊……"吴性清作难的样子让人可怜,像一阵阵发傻。但他又是个扶不起来的天子。牛英贤已下了决心,不能再陪着他一块受罪了。说:

"我去医院为邵南孙办手续,顺便买火车票,也许下午就走人了。如果见不着你,这就算请过假了。"

"哎,还要请示一下丁局长……"不等他的话说完,牛英贤已经摔门而去。吴性清陷入深深的沉思,他感到自己已经智穷谋尽。到两点钟武班侯答应了,一切都好说。如果他不答应,自己怎么向丁局长交账?而且上边还有个佟书记。事情若闹大,自己这个团长是怎么当的哟!

他意志薄弱,办事随和,在文化局里有个好名声,是大家公认的好人。至于这好名声中有多少是大家开玩笑的成分,那就不得而知了。

人们总是说好人路宽,今天却逼得好人也无路可走了。他拿出一本方格纸,措辞谨慎而又严密地写了一份辞职报告,很有点检讨书的味儿。内容是请求调回艺术处,哪怕当个一般干部也行。他把报告揣进兜里,好不容易挨到下午两点钟,又来到宾馆,怀着一丝侥幸心理去找武班侯。说不定武班侯是要学诸葛亮,在等他这个草包"刘备"三顾高级宾馆,方肯登台。若果真如此,他就把辞职书藏起来,向丁局长报喜。反之,则别无高招儿,向局长报忧,递上辞职书,听候发落。

他气喘吁吁,费劲地爬上六楼,刘庆正在房间门口等候,"我姑父正睡午觉,他说四点钟一定答复您。"

吴性清二话没说,掉头就走。心里恨恨,嘴里愤愤:四点钟?四点钟演员们就开始吃饭、上后台、化妆,到那时你武班侯若说演不了啦,再找人替换、想别的辙儿都来不及了。用行话说,这叫"砍死活儿"、"摔盆儿",真是欺人太甚! 他顾不得考虑该不该打搅局长的午睡,就敲响了丁介眉的房门。

"请进!"丁介眉本来睡觉就很轻,今天午间实际是在一种似睡非睡的假寐之中躺了一个小时。他下了床,吴性清也推门进来了。老夫子脸上的神色已经使他心里明白了八九不离十,他也不是没有思想准备的。但在下属面前他总是神情自若,冷静超然。他彬彬有礼地沏上一杯热茶,"老吴,请坐下谈。"

吴性清没有别的办法了,只好一五一十地把三请武班侯的经过讲了一遍,最后递上了自己的辞职报告,嗫嚅地说:"我非常惭愧,没有做行政领导工作的经验和才能,辜负了领导的期望。请求您还是放我回艺术处去钻故纸堆吧。"

"好啊,性清同志,武班侯向您叫板,您向我叫板……"丁介眉居然有心思笑了起来。

吴性清万没想到,他的辞职书反倒帮了丁介眉很大的忙,一个新的主意立刻在局长的脑子里成熟了。实话说,一个文化局长对付一个像武班侯这样的演员,并不太困难。使丁介眉感到更棘手的是如何处置自己亲手提拔的、实际是作为自己在京剧团的传声筒和前台傀儡的吴性清。

他不愿为一个演员伤一个下属干部的心,他一贯像鸟爱护羽毛一样爱护自己当领导的名声和威望。如今当事者自己搭起了一个很好的台阶,他只要顺水推舟就行了。他脸上却立刻堆出惋惜和难受的样子:

"老吴呵,您真想撂挑子亮台?"

"丁局长,我可不是给您出难题……"吴性清急得连话也说不清楚,他低下头,不敢正视丁介眉的目光。

"老吴同志,把您从艺术处调到京剧团,实际是提升了一级。京剧团是全地区最大的一个艺术团体,是咱们局的重点单位,不论从地位上还是从影响上都要比艺术处重要得多! 当然,之所以调您来,这些因素并不是主要的,您是研究戏剧理论的,想靠您加强京剧团的艺术力量,创造一种浓厚的艺术氛围,对演员进行艺术熏陶和训练。"

"是啊,是啊,您一片苦心,对我也高看一眼,可我不堪倚重。"吴性清非常感动,羞愧难容。

"可也真对不起您,难为了您,让您受一个演员的气!"丁介眉的语气中充满了对下级的理解和同情,"今天您三请武班侯,显然不能和刘备三顾茅庐同日而语,倒像是秀才遇见兵,有理说不清,武班侯这个人也太恶劣了!"

吴性清肚子里积攒的窝囊气开始慢慢消散,碰上这样通情达理的领导,还有什么可抱怨的呢?

"话说回来,老吴啊,您对演员了解得还不多,所以才真生气。"丁介眉忽然又爽朗地笑了,"演员中像梅兰芳那样有高深修养的人不多,他们许多人是没有文化的文化人,没有知识的知识分子,肚子里装了不少杂学,到席面上一说话就露馅儿,难登大雅之堂。他们的知识来源就是戏词儿,从'三国戏'、'列国戏'里学斗智,明夺暗争;从'水浒戏'里学穷横;从'红楼'、'西厢'里学调情。他们是搞艺术的,可是对艺术的理解跟我们不一样,他们把艺术看做是不动产,是换取金钱、名誉、地位的筹码。把本事学到手,一时三刻、赶上刀刃了,你非用我不行的时候,我就以艺术做本钱向你提条件,讨价还价。明白了这一点,您还值得为这些人动气吗?我们可不要上当,像他们那样一点点地讨价还价。要一下子就出个别人意想不到的价格,把他镇住!"

"您把他们真是研究透了。"吴性清嘴里这么说,心里却十分纳闷,眼看要火烧眉毛了,丁介眉怎么还有闲情逸致,在这儿侃侃而谈。既不回答他辞职的事,也不讲武班侯的事该怎么办。他反倒替丁介眉感到焦虑,因为矛盾全推到他这儿来了……

丁介眉看出了吴性清坐立不宁的神态,明白老先生的心思。他口气一转,变得十分果断:"您可以暂时不在团里工作,但还是局党委正式任命的京剧团团长。决不能让人家说这样的闲话——您是被气跑了,半路被撤职了,等等。佟书记那儿有两个材料,需要有人帮着整理一下。名义上您是地委领导点名,临时调去另有重任,实际也是如此。一切问题等巡回演出结束,回到家里在局党委会上通盘考虑解决。现在您先回团休息,六点钟之前等我的电话。至于牛英贤请假的事,我看也是人之常情,其母病重理应准假。"

送走吴性清,丁介眉长出了一口气,从昨天晚上以来一直搅得他心烦的问题终于找到了圆满的解决办法。他心里颇感得意。铺开宣纸,抽出毛笔,蘸饱墨汁,尽兴一挥:

丈夫令人爱不如令人敬,令人敬不如令人服。

扔掉毛笔,半躺到沙发上,他要定一定神。没有别的办法,当断不断,还会孳生后患,以后有无穷无尽的麻烦。往远处说,他是铁心要给福北办几件大事和好事的。他已经建成了几乎是全省最漂亮的美术馆、博物馆,抓出了几台轰动全国的好戏,其中有两台戏被电影厂改编后搬上了银幕,还捧出了几个能打到全国去的演员。上至中宣部、文化部,下至省、地、县,都知道福北地区文化局长丁介眉不是白吃干饭的。今人后人都记得他当局长时是怎么干的,会念叨他办的这些好事。有一天他不在这个位置上了,这些业绩将会永存,会载入本地区的史册,巍巍美术馆,煌煌博物馆还会倒掉吗?重新组建京剧团也是他雄心的一部分,岂能半途而废?往近处说,今天晚上这场演出事关重大,演好了就把牌子打响了,演坏了就把牌子砸了。自己交不了账事小,重要的是会当着本省和外省市领导的面硬把佟川给卖了,把全福北地区给卖了! 佟川可是个不好惹的上司,京剧团是他的心肝宝贝,砸了他的牌子能饶得了自己吗?

丁介眉站起身,看到刚才写的那一行大字,自嘲地笑了,抓起来扯碎,揉成一团扔进纸篓。重新铺开一张宣纸,略一沉思,提腕写道:

装谁像谁谁装谁谁就像谁
看我非我我看我我也非我

录京剧诀谚赠月萱同志
丁介眉

他放下笔又抄起电话,要先跟两位女主演通个气。花露婵的电话无人接,中午吃饭时就没见到她。对这些年轻演员真没办法,白天不好好休息,到处乱跑,晚上的演出怎么能精神饱满? 他又拨了方月萱的号码,耳机里立刻传来那熟悉的甜润的嗓声。

他说:"我是丁介眉,中午睡得好吗? 我刚写了一幅字,晚上送给你。别,你现在别来拿,我有事马上要出门,先跟武班侯谈,然后去见佟书记。有件事先跟你打个招呼,我遇到了困难,需要你的帮助和配合。……不不,用不着上刀山下火海,只要你能体谅我就行了。可能要委屈你一点,具体说就是只能让你当个副团长,第一副团长……当然不会把她排在你前边,晚上再详细跟你解释。"

方月萱举着电话怔住了,她一时还没咂出丁介眉话里的滋味,误以为丁介眉跟她开玩笑,成心拿正话反着说。她能当上第一副团长已经够吓人一跳的了,还会生什么气呢? 她毕竟只有二十六岁,虽然连拉带拽当上了主角儿,但还没有红得发紫,京剧界的天下还没有打下来。况且又不是党员,京剧团可是县团级单位呀! 她动这方面的脑子可不是一天半天了,一定是丁介眉拿她取乐儿,她也喜欢在电话里恬嬉调笑,听声不见面倒也别有情趣。她放下电话,穿好衣服,要过去问个究竟。可是丁介眉的房门已经上锁了。

丁介眉敲开了武班侯的房门，武班侯一见是他，可跟对吴性清不一样，慌忙下地，点头哈腰，又敬烟，又沏茶。丁介眉烟不接，茶没喝，神态优雅，脸上挂着微笑。但那笑纹里分明有一种严峻的尖刺儿。他装做什么也不知道，问："看样子你睡了一整天，精神养足喽，今晚的《长坂坡》要好好露一手吧？"

武班侯一咧嘴，"丁局长，我病了，头……"

丁介眉一摆手打断了他的话："我带来了两个药方。"

"哦？"武班侯一怔。

丁介眉盯着武班侯的眼睛，心里感到奇怪，这双在舞台上顾盼雄飞、英气四射的眼睛，原来是这样浑黄、发暗，整个人都显得猥琐卑俗。他为了加重自己的话的分量，一字一句，说得很慢：

"第一个方子，牛导演接到家里电报，母亲病重，请假走了。佟书记那儿急需一个大笔杆子帮着写材料，现从家里调人来不及。吴团长是咱们局有名的大秀才，被点名叫去临时委以重任。可团里不能群龙无首，我打算请你代理团长职务，方月萱和花露婵二同志为副团长，不知意下如何？你身体可顶得住？"

"这……"武班侯那双用旧了的眼睛突然抹去锈斑，闪出光芒。这位惯会使用眼神表达内心活动的名优，却没有修养到能够借助眼睛掩饰自己的真实心理，在精明的局长面前充分暴露了他那受宠若惊、喜不自胜的劲头。

丁介眉不答理他，口气一转继续滔滔不绝地说下去："第二个方子，你如果今晚真的不能上台，那就是说病得不轻，不能呆在这儿养病。你留在团里，又不上台，人家会说你装病，成心跟中央领导和各省市一把手过不去，蔑视他们，拿架子，放份儿，等等，罪名多得很。你担得起，我可担不起，因为你是我同意调来的。怎么办呢？今天晚上或明天早晨，送你回家。到家里去好好养着，等你的病彻底好了，你想演戏了，咱们再商量。当然，一个演员离开舞台，艺术生命就会终结，渐渐就被观众忘记了，这是很痛苦的事情。可也没有办法，谁叫你有病呀？实话告诉你吧,昨天你摔倒以后不起来,观众都以为你是功夫不纯摔坏了,今天再不露面,就证实了观众的猜想,对你来说无疑是栽了个大跟头! 可是保命总比保护艺术名声更重要。怎么样? 眼前两条路,何去何从,请你拿主意。"

"丁局长,我昨天就是有点头痛,睡上一觉就好。今天上台没问题,您放心!"武班侯果然被拿住了,他知道丁介眉大权在握,说得出就做得到,拿架子只能适可而止。他像在吴性清面前拼命装病一样,现在又一个劲解释自己没病。

"这么说你是想接受第一个药方喽?"

"丁局长,您办事亮堂,我也货卖识家。您这样看得起我,班侯肝脑涂地,在所不辞!"武班侯嘴里常用的有三种语言,自己的粗话、戏词儿、粗话和戏词混在一起的"夹生饭"。

"你到底还是个懂得利害轻重的明白人。那好,我有几个条件……"

"您只管说,我不会忘恩负义!"

"一、你要以身作则,还要照顾好全团,从今天起,团里大事小事不管出了什么娄子,惟你是问。"

"没问题,捅出娄子您找我。"武班侯恨不得把团里大权小权都抓起来,他要尽情品尝权力的滋味,有一种想支配别人命运的渴望。这一点连精明的丁介眉也没全看透,他也想不到一个演员怎么会有如此强烈的权力欲。

"二、你是代理团长,这不是正式任命。巡回演出结束之后,证明你称职,不仅有艺术天赋,还有领导才干,再由局党委正式任命。"

"一样一样,任命不任命都行。您这样高抬我,我还有什么好说的。"其实他心里对这一条不甚痛快,觉得团长的乌纱帽并没有真正扣到自己头上。而是悬在自己脑袋上空,小辫子还抓在丁介眉的手里,时时都得受他的钳制。可是又不能不答应,他就是说上一百个条件也得先应承下来。

"三、为了证明你没有摔伤,洗刷昨天你的耻辱,也是全团的耻辱,你今天晚上应该双出。前边先来个精彩的帽儿戏,压住场子,最后再上《长坂坡》,行吗?"

"好哩,您这才叫领导,又懂行,又干脆。我听您的,您就瞧好吧!"

丁介眉站起身,"这件事暂时不要对别人讲,今晚演出之前,我到后台向全体演员宣布。"

他这样说不过是想加强这次谈话的重要性和神秘性,并非想让武班侯保守什么秘密。丁介眉当然知道要想叫一个演员对一件事情守口如瓶,就如同想叫一个哑巴说话一样困难。不等他走出这家宾馆,武班侯就会利用自己的渠道把这一消息传播出宾馆。如果他特意再加上"可要保密呀"这一类的嘱咐,其传播速度之快、范围之广更要扩大几倍。

一点不错,武班侯送走了丁介眉,立即喊来刘庆,叫他去把方月萱和花露婵找来,并嘱咐说:"别说我找,就说团长找她们谈话。"然后又打了几个电话,把自己当团长的事告诉朋友、相好,约他们晚上来看戏。不一会儿刘庆回报,花露婵不在,方月萱一会儿就来。武班侯一想,单个谈话更好,今天倒要试试这个小娘儿们。

他到卫生间洗了把脸,梳理了头发,换上一身牙黄色绸料练功衣。他在自己的房间里接待坤角儿,特别喜欢穿这身衣服,显得年轻英武,潇洒自如。在房子中央,对着大衣柜上的大镜子,活动一下筋骨,打云手,连做了几个亮相的动作。嗓子发痒,突然用京剧念白的腔调说出了此时自己的心境:

"大丈夫不可一日无权,大丈夫不可一日无钱!哦——哈哈哈……"

随着开始踢腿,他的脚先抬到腰部,对着镜子里的武班侯蔑视地说:

"班侯啊班侯,踢腿到腰眼儿只能吃棒子面窝窝头儿!"他慢慢把脚踢过肩膀,"哎,踢到这儿就能吃富强面的馒头了。"他的脚继续升高,稳稳地超过了头顶,"哈哈,踢到这种份儿上,鸡蛋、虾仁就会自动往你嘴里掉!还有政治地位、权力、名誉、经济利益、美人儿,统统都给你送来了……"

有人敲门,他喊了一声:"进来!"

方月萱推开门吓了一跳,"武老板,你这是干什么?"

"请不来你,我就这样一动不动站三天三夜。"他金鸡独立,左脚就像生了根一样,而且气不发喘,两眼炯炯闪光,望着方月萱。

"你可真有意思,好俊的功夫!"方月萱笑了,"团长呐?"

武班侯放下腿用手指点着自己的鼻子尖,"你往这儿瞧!"

"你?"

"没错,丁局长刚从这屋出去。方副团长,请坐。"

方月萱明白这不是假的,丁介眉刚才也不是正话反说。她的确感到委屈。这么大的事昨天晚上、今天上午丁介眉就不向她透一点儿风,根本没想到要征求她的意见。她几乎是跟武班侯同时知道的,还不如他知道得详细。这么说,武班侯昨天晚上摔耙子摔对了、摔赢了!

"怎么,你真的不知道?丁局长事先就没给你吹点风?"武班侯得意非凡,"告诉你,我是团长,你是副的,有了矛盾你应该服从我。如果你不服从,跟我闹僵了,走的是你不是我。没有你还有花露婵,没有我谁能顶?"

"哼,还没上任就来这一套,你以为别人都是小孩子,怕你吓唬?我是方月萱,名字排在你前边!"她说完转身就走,武班侯抢先一步堵住了门口。方月萱没好气地说:"你要干什么?"

"话还没说完哪,"武班侯恶狠狠地说,"你要戗火,明天就把你的名字排在最后。我是团长、又是主演,有这个权力。你要不服还可以比试比试,你连花露婵也比不过!"

"呸!"方月萱嘴上还很硬,心里却被他镇住了。这个家伙可是什么事情都会干得出来的。不管怎么说,他现在是团长,跟他闹翻了不会有自己的好处。如果他跟花露婵成一个肩膀,自己还真有点麻烦,不被挤走也好受不了……

"方老板,你好好想想。要是知趣,跟我摽在一块儿,没有你的亏吃。"武班侯露出狎邪的微笑,"以后可以让花露婵替你唱帽儿戏。你要想大走红,还有一个办法,我给你配戏,凭我武班侯的名气要是给你打下手,那是什么成色?"

"你甭拿好话哄我。"

"哄你是孙子！你要不信,现在就教你一出新戏。"

"什么戏?"

"《挑帘裁衣》,你演潘金莲,我来西门庆。"

"这戏太粉,当初师傅就不许我唱这出戏。"

"你现在是主演,不是小学生!"武班侯立刻进戏,躬身一揖,"娘子,我这厢有礼了……"

方月萱扑哧一声笑了,知道他在挑逗自己。他动作轻捷,举止犷悍,男人的力量体现在肌肉上,他的魅力几乎不可抗拒。但是她眼下可没有这份心思,便笑着说:"武老板,你的脸皮可真厚!"

"脸皮? 你指我的哪张脸——关公的、赵云的、武松的、高登的、孙悟空的? 我的脸多了。"

"你就是高登、西门庆。"方月萱坐回到沙发上,武班侯也跟过来。

"蒙你夸奖。你也不要假正经,你的事我全知道。"

"我有什么事?"方月萱粉面透红,秀眉绾起来了。

武班侯嘻嘻一笑,"当然是好事,你干吗着急,今天也是你我的好日子,为日后正副团长亲密合作,我们俩要不要也庆祝一下?"

"你刚当上团长就烧得难受,真不要脸!"

"干我们这一行没有自己的脸,演谁像谁。人格、名声、道德,狗屁不值。身上活儿好,一响遮百丑……"他的话还没有说完,冷不防脸上挨了一巴掌。等他明白过来,方月萱已逃到了门口,她动作机灵敏捷。他恼羞成怒,想扑过去,方月萱已跑出门外。然后又探进头来,恬嬉世故地骂道:"老馋猫,天下的便宜不能都叫你一个人占去,也叫你知道点我的厉害!"

她格格笑着走了。

武班侯抚摸着热乎乎、但并无疼痛感的面颊,忽然转怒为喜,禁不住也笑了起来。方月萱不是真想打他一个耳光,她的巴掌几乎没有使多大力气,这真正是对他的奖赏和鼓励。好个刁钻泼辣的骚娘儿们!这一巴掌打得好,把男女之间的生疏感和戒心打没了,把他俩的关系打亲近了……

现在的故事之二

　　已经官复原职的地委书记佟川,出人意外地也来参加花露婵的追悼会,后边还跟着专员石恒泰和地委组织部、宣传部的几个干部。花露婵怎么会有这么大的面子?她的追悼会为什么规格这么高?她生前也未必享受过如此特殊的政治荣誉。佟川在重新成了福北地区的第一号人物后,从不轻易在公开场合露面,与那些东山再起后迫不及待地登台亮相,不放过任何一个出头露脸的机会,惟恐别人不知道自己已官复原职的人正好相反。就连一九七七年省里来人特为他召开的平反昭雪、恢复职务的群众大会,他也拒绝参加。他肚子里还有火气,"文化大革命"把所有的人都彻底搞臭了。灵魂大展览,政治上和生活上的隐私大暴露,各式各样的传闻在人们的心里还记忆犹新,有假的也有真的,无从分辨,谁也不能钻到群众的心里把它挖掉。不管你召开多大规模的会议,能把这样的"反"平掉吗?谁也没有办法给每个人调换一个新的脑袋,也不能让群众一下子都失去记忆力,忘掉那不光彩的十年!佟川有自己的打算、自己的办法,想请他参加的活动他不一定来,不准备惊动他的事情他说不定倒来了。

　　他老了,身子胖得像一尊弥勒佛,"文化大革命"把他整胖了。这个结果不要说那些整他的人始料不及,就连他自己也没有想到。身上的松肉增多了,并不标志他因祸得福,反而告诉人们他已经明显地进入了人生的秋天。只有那双眼睛还透着冷峻和傲慢,头高高昂起,望着花露婵的照片,神色庄重而威严,充满着一种连他自己也未必理解的崇高而又严肃的感情。嘴里似乎念叨了一句什么话,但谁也没听清他究竟说的是什么。周凤起赶紧迎上去,让他们这群地委的领导人站在花露婵遗像左侧最突出的地方。佟川摘掉帽子,满头蓬松的白发,仿佛竖起一面让人敬畏的旗帜。许多人凑过去跟他握手,向他致意,恭恭敬敬地说几句不咸不淡的客气话。他的胖脸突然变得严厉而冷峻,不愿应酬那些特意来亲近自己的人,也许是不愿在这样的场合喧宾夺主,冲淡追悼会的气氛。他问周凤起:"通知她的亲属了吗?"

周凤起说:"通知了,但没有人来。"

"为什么?"

"花露婵没有兄弟姐妹,生前没有结婚,因此没有一个同辈或晚辈的亲属……"

"她的父亲呢? 花啸天花老先生呢?"

"他在农村,我们写信去了,没有回音。"

"你应该亲自坐车去接、去请!"佟川勃然变色,他官复原职以后脾气大变,像霹雳一样暴躁易怒,"你们为什么还不把花啸天接回来? 给他恢复名誉,落实政策?"

周凤起不敢争辩,脸色灰暗,好像在给自己开追悼会。站在佟川旁边的石恒泰,则像戏台上的小生一样优雅,赶忙打圆场:"老周,没有请来花露婵的亲属是重大疏忽。这么隆重的追悼会除去祭奠亡灵,寄托活人的哀思,还对死者亲属是个很好的慰藉,何况花啸天原来就是你们文化系统的人。好了,时间到了,先开会,以后再想办法补救。"

周凤起站到扩音器前,用过分缓慢和凝重的声调宣布追悼会开始:"同志们,我们怀着沉痛的心情,在这里悼念花露婵同志——"

异常安静的大厅里忽然出现一阵骚动,凝神肃立的人们都扭头向后看,并自动在中间让开一条路。从大门外来了一个男子,全身披重孝,白布勒头,肥大的孝袍,长长的白腰带,飘飘甩甩,裤脚和蒙着白布的鞋上溅满泥点。左肩扛着一个特大的花圈,右手托着个脸盆,盆里放着个花篮。他的花圈和花篮跟大厅里摆着的那些用纸花扎成的花圈不一样,全部用真正的鲜花做成。支架是两根正直挺硬的小杉木,圆型骨架则是用坚贞不屈的梅花枝和肃穆的松柏枝扎成,配以悲伤的白杨叶、庄严的铁树叶和象征爱情的梧桐枝叶,中间是四朵洁白无瑕的荷花,四朵高洁清幽的兰花,四朵姹紫嫣红的牡丹花,四朵绰约如处女的闺秀海棠。四周点缀着纯洁的百合,生死与共的黑桑,天生丽质的红茶花,象征初恋的紫丁香,以及杜鹃、萱草、并蒂莲、茉莉、芍药等各种各样的名花异草和奇叶。花篮是用象征依恋和怀念的柳枝编成,篮中花色的搭配和花圈又不一样,全是叫不出名字的奇奇怪怪的野花野草。这样一个花圈、一个花篮,再配上来者那一身雪白的孝衣,极大地刺激了整个死气沉沉、颜色单调的大厅。叶萧萧,花依依,幽香飘飘,花朵上甚至还带着露水,真像含着泪珠。

他是谁?哪来这样一个为花露婵披麻戴孝的人?猛一下大家都认不出他来,却被他的装束和脸上的神色镇住了——那神色绝望而残酷!他在门口怔了一下,眼睛直瞪瞪地望着花露婵的照片,然后急步穿过大厅,走到前面。他不和任何人打招呼,好像大厅里没有一个活人。毫不客气地把别的花圈移开,让自己的花圈摆在正中间,将花篮也安放在供桌上。随后退三步,冲着花露婵的照片跪下去,磕了三个头。站起身走到死者亲属应该站的位置上,面对大家,目光扫视着众人,那眼神冷得让人发抖,就像医生走进了停尸房,望着一堆尸体,整个大厅里的气温立刻下降了十度。他身材威武有力,脸色黧黑,好像长年累月被强阳光把皮肤烧焦了。头上未留长发,那一圈白布并不能遮掩他脑袋上那几块明显的大伤疤,七棱八角,更显威严。

"他?!"人们差一点没有叫出声,"邵南孙!"

他怎么老成了这个样子?好像有五十岁了。十年前被"遣送"铁弓岭的时候,不还是个小伙子吗?咳,他算是花露婵的什么亲属?

多少知道一点内情的人,都为他感到尴尬。以前曾有过一种谣传,说他和花露婵有不正当的男女关系,不管真也好,假也好,一头热也好,两厢情愿也好,事情已过去了,苦头也吃够了,对方又不在人世了。那个年代的许多事情现在没人当真了,真的也假,假的也真,他何苦在这种场合还要露面呢?岂不是不打自招,给死者抹黑,给自己找病吗!人间的事真是不可思议,他是傻子还是疯子?

邵南孙的突然出现,使在场的一些文艺界的头面人物和知名人士,感到恼怒与不安。邵南孙使这样一个隆重的追悼大会变得不伦不类了。他如果悄悄地站在人群里,本没有什么。可他偏偏这样打扮,这样大胆,还大模大样地站到亲属的位置上,怎么办?周凤起本来就因追悼会的仪式被打断而闷着一肚子火气,现在更火了,他瞪起眼珠子问副局长吴性清:"是谁叫他来的?"

吴性清摇摇头,他怎么会知道呢?讣告又不是他散发的。但他小声提醒周凤起,赶快进行下面的议程,早完早散,越是这样发愣,大家就越会感到别扭。

周凤起为遮掩自己的窘态,宣布奏哀乐,向花露婵默哀三分钟。他则低着头打主意,后面还会出什么事?该亲属讲话的时候要不要邵南孙发言?他要强行讲话怎么办?邵南孙怎么会变成这个样子……花露婵呀,你要是在天有灵,就保佑自己的追悼会圆满结束!

"……十载血火,人而鬼也,途穷天地窄,世乱死生微。然而历史终有公论,沉冤得雪!你死而不亡,'生则天下歌,死则四海哭'……"

吴性清写悼词的时候下了工夫,他不是用空洞无物的颂词、千篇一律的套话为死者唱赞歌,而是针对花露婵的命运,又加进了他自己对国难民艰的感慨,悼词哀婉深沉、真挚感人。他自己读着读着也声泪俱下……

周凤起则趁大家都沉浸在悲伤之中,悄悄地转过身子,看清了邵南孙送的花圈上的白色缎带——

露婵未婚妻,千古!

在失去您之前我不知道什么叫不幸。愿您灵魂不要安息,伴着我,看着世间,直到把我招回您的身边。

未婚夫孙子哀挽

难怪他敢披麻戴孝地站到前边来,原来是以死者的未婚夫自居!

周凤起又惊又气,险些骂出了声。未婚夫算不算亲属呢?

花篮上同样也有两条又宽又长的白色缎带,上写——

露婵:

　　您永远活在热爱您的和妒忌、仇恨您的人的心中,您将同京剧艺术一样不朽!

　　您的崇拜者、铁弓岭蛇伤研究所所长邵南孙敬献

周凤起感到不好办,眼前这个邵南孙显然已不是十几年前的那个蔫孙子了,如果用句老话来形容,就是"来者不善,善者不来"。处理不好,这个追悼会就收不了场,自己也下不了台。他从十八岁就进机关当干部,组织观念最强。他轻轻地走到佟川跟前,小声地请示领导给拿主意。

佟川看他一眼,显得很不耐烦。他正专心地听着吴性清念悼词,陷入对花露婵的怀念之中,甚至对自己非常喜爱的这个女演员也产生了一种隐隐的嫉妒之心。对她的悼词不一般化,吴性清果然有学问,才气纵横,而且动了真情。人死之后能有这样一篇准确而又精彩的悼词也可以闭眼了。轮到自己归天的时候一定要留下遗嘱,不能让地委宣传部或组织部的人写悼词,要让吴性清或别的有名气的文人来写。

佟川对周凤起这种嘀嘀咕咕、破坏追悼会气氛的样子十分生气,不愿意理睬他。可周凤起得不到地委书记的指令是不敢擅自做主的。他十分精明,何尝没有看到佟川那十分难看的脸色。但他理解错了,以为佟川是对邵南孙硬闯追悼会生气。于是,他又凑到佟川耳朵边,把原话又嘟囔了一遍,这个难题是必须推给上司的。

佟川压住火气,也尽力压低声音说:"他不请自到,身穿重孝,有这份胆量和气概就是花露婵最好的亲属!为什么不让他讲话?你不是正愁没有死者的亲属发言吗?"

周凤起知道了佟川的态度,心里就有底了。按理说应该再走到邵南孙身边,征求一下他的意见,问他想不想讲话?如果不想讲话,他

就不必再当众宣布请死者的未婚夫讲话,那只会出邵南孙的洋相。若是邵南孙想讲话,也好让他早作准备。但是,这样做太抬举他了。周凤起甚至没有看他,也没有任何暗示,当吴性清致完悼词之后,就突然把脸转向邵南孙:"邵南孙同志,你是不是想说点什么?"

大家的目光一下子都集中到邵南孙的身上。周凤起暗自得意,邵南孙愿讲就讲,讲好讲坏、出了什么洋相都由他自己负责。周凤起并没有通报邵南孙的身份——同花露婵的关系。他不嫌寒碜,周凤起还不想让他玷污花露婵的清名呢!如果他不讲就进行下一项议程。周凤起作为追悼会的主持人已经礼让周到了,谁也无话可说。

邵南孙抬起头,满眼都是泪水,如泉流滚滚而下,在他布满风尘的脸颊上冲出两道明显的泪痕,如同被刀砍出的伤口,使他的脸变形了。男人无声的大恸,使天地鬼神都为之伤情。他发蒙般地沉默了一会儿,大概是镇定一下情绪,让理智从极度的悲苦中清醒过来,让思维和口舌的功能渐渐恢复。

"谢谢大家来参加追悼会,感激领导为花露婵同志召开这样一个追悼会……"他的声音低沉嘶哑,还带着哭腔,他顾不得这些,也不想掩饰自己的感情。

"露婵,你看到了吧?你听到了吧?多少人在想你、在哭你,多少人都熬过来了、活下来了,为什么死神偏偏不放过你?整个民族在发疯,是历史在犯罪,为什么单单挑选你做了牺牲品?你泉下有知,难道看不出有的人表面悲伤,心里却暗自庆幸,庆幸少了一个他的丑恶灵魂的见证人?庆幸在艺术舞台上他们少了一个无与伦比的竞争对手?有人也在难受,他们难受的是少了一个可供他们欺侮和蹂躏的对象。即使是这样一些人,今天在你面前也会灵魂打颤!露婵,你不应该放过他们,无论在人间或在阴世,都不宽恕他们。我也是一样,你把我的世界、我的全部生活,还有我的灵魂都带走了。我只剩下一个躯壳,这个躯壳也不会放过我们的仇人!我没有一刻忘记过我们的山盟海誓,在我的眼里你比天仙、圣母更加崇高和圣洁。你爱一个没有任何权力和名位的剧团杂役,谁能理解我们清白纯洁的关系?你为此承受了多少讥讽和辱骂！我自知配不上你,但我会加倍努力,准备当一个问心无愧的丈夫。在那次腥风血雨的批判大会之后,我就失去了这样的机会。我所以还活着,就是要证明我是人,不是孙子,是一个值得你爱、配做你未婚夫的人。洗刷他们——他们也叫人——加在我们身上的耻辱。我现在打开了一片天地,创建了自己的事业,获得了做人的尊严,甚至是一个成功者的尊严。如果想要的话,还会有相当的名位和功利。由于你不在了,这一切都毫无意义,只会给我增加无穷无尽的烦恼和痛苦的回忆。我没有获得成功的欢乐,却得到了成功的报偿——在铁弓岭最有风水的地方,为你修了个纪念碑,这次我还要把你的骨灰带走,在纪念碑后面盖一座祠堂,修一座坚固的坟茔,建一个与你的丽质香骨般配的陵园。我日夜陪伴着你,让几百条铁弓岭最凶恶的毒蛇做我们忠诚的卫士,使那些不怀好意的、让你讨厌的人,休想靠近你一步！露婵,你同意吗？我还写了一个大型话剧,题目叫《大千世界》,是献给你的。目前在全国有十七家剧团演出这个戏,包括声名赫赫的北京人艺。在正式出版的剧本扉页上和每家剧团的说明书封面上都印着我的一句话:‘谨献给我最崇敬的京剧名旦花露婵同志。’上个月在全国优秀话剧评选中,《大千世界》获得一等奖。这是剧本原稿、获奖证书、八百元奖金和有关的资料,我把它们都献给你,请你收下……”

邵南孙从供桌上取下脸盆,把《大千世界》的剧本、报刊上发表的评论文章、说明书、剧照以及获奖的证书和一沓十元一张的人民币全投入脸盆,然后划根火柴点着了。

大厅里竟没有一个人去阻拦,只有极少数的人发出了几声惊叫。邵南孙看着勃然升高的火苗,脸部肌肉一阵抽搐,仿佛他的灵魂正在燃烧,胸膛里闷着一股黑烟……

死者亲属的发言往往是撕心裂肺的,往昔的亲情,眼下的伤情,讲得越具体,越具有催人泪下的感染力,能把追悼会的气氛推向悲痛的高潮。邵南孙的讲话却没有起到这样的效果,他把大家的情绪引到一个可怕的方向去了,一股寒气从许多人的脊梁上流过！有人曾做过对不起花露婵的事:批判过她、排挤过她、说过她的坏话,甚至打过她、骂过她。借着开追悼会的机会,向花露婵的亡灵鞠几个躬,洒一掬愧悔和同情的眼泪,过去的恩怨就算了结了,活人的心里也会好过些。邵南孙却不想了结,重新揭破旧日的伤疤。他的话让有些人感到不安,另一些人则感到愤怒……

还有一些人把注意力从花露婵的身上转到了邵南孙的身上。眼下在福北地区他也算是个知名人物,甚至在全国戏剧界、在世界蛇伤研究领域也小有名气。他不仅善治毒蛇咬伤,而且养蛇取毒,一克蛇毒的价格比一克黄金还要贵二十倍。世界蛇毒市场十分紧俏,供不应求,像意大利、印度、美国等进口蛇毒的大国,你有多少他们就要多少。邵南孙每年的蛇毒产量,占全国蛇毒出口总数的一多半,他赚了不少钱,在铁弓岭盖了两幢超级小洋楼。蛇伤研究所所长的头衔儿是他自封的。他没要国家拨经费,也没经别人的批准和承认,就干起来了,在铁弓岭建立了一个自己的"王国"。有不少报纸、电台的记者采访过他,报道过他的事迹。他自己也写了不少有关蛇类研究的文章在报刊上发表。去年夏天,日本、瑞士、泰国等十一个国家的蛇类专家来访问邵南孙,在他的研究所里举行学术会议,参观他的蛇园,讨教他医治蛇伤的秘方。他还有三篇论文在这个会上宣读……真是牛气轰轰,谁敢说他不是个人物!

但是,他在福北地区却吃不开。他折腾得越厉害,福北地区对他就越反感。"文化大革命"中,他是从文化局被遣送到最偏僻、最荒凉的铁弓岭山区当农民的,至今还没人想到要为他落实政策。他的话剧在全国得了头奖,福北地区的各剧团却像商量好了一样,都不排演《大千世界》。不管北京和省里的报纸、电台把邵南孙吹得多么悬乎,福北地区的新闻单位始终不吭一声,有时还含沙射影地嘲笑他一番。在福北舆论的黑市场上就更甭提了,飞短流长,把他糟蹋得不成样子。

难怪邵南孙那么傲慢,对各级头头(尤其是对文化系统的头头脑脑)都不理睬,还满不在乎地发泄对有些人的旧仇新恨。他今天的这番表演,理所当然地激怒了周凤起、方月萱等文化界的知名人物,却谁也没有料到竟引起了地委书记的注意。

邵南孙的举动引起了佟川的兴趣,他爱好结交名流,喜欢有个性、有特长的人,邵南孙的讲话也很对佟川的心思,他经常给下级传达中央文件,也不断告诫别人要克服派性,不要纠缠历史旧账,要向前看等等。实际上他在心里,在感情上却不能容忍也不想原谅曾整过他、打倒过他、批斗过他的人。哪一个人打过他一拳,踢过他一脚,骂过他一句难听刺耳的话,他都记得清清楚楚。对那些在危难之际保过他、救援过他的人,对受他牵连或跟他一起挨过整的人,他也总是念念不忘,另眼看待。在这一点上,他能不欣赏邵南孙吗?何况邵南孙还是他所看重的花露婵的未婚夫。福北地区压制邵南孙,并不是地委书记在整他,而是由于文艺界内部的派系之争和妒忌之心。佟川过去从未注意到这个邵南孙,直到他突然在北京得奖,而且在国际上有了名,他才知道。邵南孙不仅使福北地区露了脸,也给全省争了光。佟川耳朵里听到的关于邵南孙的各种传闻也逐渐多起来。他可不是那种愚蠢的有粉不往脸上擦而专抹屁股的人。他早就对邵南孙这个人发生了兴趣,但由于文艺界的矛盾使他无法见到这个昔日的"孙子"。今天,当追悼会结束的时候,他第一个走过去跟邵南孙握手,语调诚恳:

"难得你对小花这样一往情深。"

"谢谢!"邵南孙的目光审视着地委书记,心存戒备。

"你一直没有结婚?"

"是的。"邵南孙感到地委书记软绵绵的大手突然用力握紧了他的手掌,这是男人之间的理解和敬重,他心里为之一热。

"中午到我家来吃饭,我们好好聊聊。"

"这……是不是太打扰了?"邵南孙没有料到地委书记会发出这样的邀请,一时不知该如何应对。

"是不信任我,还是跟我端架子?"佟川脸一绷,将了一军。

"好吧,恭敬不如从命。"

"你在哪儿?我派车去接你。"

"不用,我有车。"

“早点来。”

“好的。”

佟川果然是个痛快人，他一带头，石恒泰也跟过来同邵南孙握手告别，并安慰说：

“南孙同志，事业为重，要节哀哟!”

“谢谢!”

“一场运动，当年的小邵变成了老邵!”石恒泰感慨系之地边说边去追赶佟川。

两位地区领导人这样一带头，其他参加追悼会的人也只好自动排成队，想一一跟邵南孙握手，说几句安慰他的话，郑重其事地进行“安慰死者亲属”这最后一项程序。

邵南孙看出了这个阵势，他连看也不看排在队伍最前面的周凤起，赶紧离开死者亲属站立的位置，向吴性清走去，主动伸出自己的手。他可不想跟所有的人握手，更不想装模作样地扮演那个让别人可怜的尴尬角色。他只想跟其中的一部分人握握手、谈谈话。他受不了一些人言不由衷的亲热话，也不愿让人家活受罪，大家还是两便的好。

过去的故事之二

福北地区所在地——福北市，是个有八十多万人口的三流城市，历史上可曾有过这般骚动、出过这么大风头？不，没听说过！反正福北县志上没有这方面的记载。当初这个地方起名叫"福北"的时候，只是星龙河上一个小码头，以后发展成福北县。改名"福北市"，是解放以后的事。历史上一次次改朝换代，这座小小的古城只是随风倒，这里没有摆过具有历史意义的战场，更没有爆发过曾改变过历史进程的事件。抗击异族入侵，这里不是"桥头堡"；外国人侵略中国，也不把福北当做一块肥肉。国亡，福北跟着受辱；国兴，福北跟着沾光。即便在解放以后，福北城也像本地的农民一样憨厚、善良、古朴，历来在全国的政治棋盘上不走前也不落后。虽经历过种种轰轰烈烈的运动，却从未拿过"金牌"，出头露脸的事很少轮得上福北人。在经济建设的赛场上，更是成绩平平，从未创造过震惊全国的记录。这样一个闭塞的、勉强能随上大流的城市，有时赶着不走打着倒退，有时进一步退两步，如今何以变得如此红火，像个即将爆炸的火药罐呢？

坐落在福北市中心的五月广场上，搭起了一个巨型主席台（谁知道呢？也许是检阅台、辩论台、批斗台……），仿照天安门城楼的样式分上下两层，共十三个梯级。面对主席台，挤站着据说有百万之众的"无产阶级革命造反大军"。福北市总共只有八十多万人，哪来的"百万大军"呢？福北市地处福北盆地的中心，那百万大军中的很大一部分想必是从四郊八县赶来的农民队伍。这真叫全城空巷！广场上红旗猎猎，人声喧沸。步枪和棍棒林立，像一片掰走棒子、擗掉叶子的玉米地。而用竹竿挑着的一块块五颜六色的布——则是各个山头的旗帜，活像驱赶和吓唬麻雀的幌子，骄傲地挺立在一块块田头。大军的身上穿着颜色差不多、式样也差不多的棉衣，像玉米地里套种了一片黑豆。而人们头上戴的棉帽子、皮帽子、竹子和柳条编成的安全帽、塑料头盔，则使这片骇人的庄稼地显得不伦不类，增加了一种神秘的恐怖感。

远处的铁弓岭，莽莽苍苍，云雾层叠。它本是福北城的屏障，如今却铁青着脸，虎视眈眈地盯着这座要发疯的城市。广场后面的星龙河，则水急如云，像一只受惊的兔子，匆匆而逃。

苍白的太阳，终于从烂泥般的云块中挣脱出来，抖擞光芒，驱赶着惊惧不安、驻足不敢游动的乌云，抚慰着紧张激动的人群。然而，它的万条金线却像霜雪一样严酷、强烈，没有给人们增加温暖，却像铁钳子一样夹住了人们的皮肉。人们脸上的肌肉仿佛早被寒气冻住了，笑神经失灵。可是大家偏偏想笑，该哭的也笑，该诅咒的也笑，何况还有许多确实该笑的事情。广场上有大笑、狂笑、强笑、苦笑、奸笑、冷笑、假笑，惟独缺少从心里自然流露出来的真诚而和善的微笑。

人们的神色不是麻木，不是冷漠，更不是迟钝；相反，倒显得过分敏感和机警。人们显然不是在办喜事，可也不像是办丧事，像房子起了火，像有人要跳河，像得到了大地震或龙卷风的预报，像等待一场战争的爆发……空气紧张得划根火柴就能燃烧起来。人人怀着戒惧之心，惶惶然，愤愤然，强烈的好奇，热切的希望，复仇的快感，无谓的担忧，在每个人心里都凝聚成一种巨大的刺激和震动，外表却又沉静得可怕。人们的身上唤起一种前所未有的冲动，肆无忌惮的狂烈，却又遮遮掩掩。大家都在等待着，但是没有几个人知道自己到底在等待什么。更没有人能说得清今天究竟会发生什么事情。笼罩在恐怖和神秘色彩中的等待更激动人心。人群从上午十一点钟就在广场集合，站了整整有三个小时了，大家都盼着那新鲜的、重要的、伟大的、或许是倒霉的时刻，快点到来。

下午两点钟，一些威风凛凛的人物，陆续地登上了主席台的最高一层，五月广场登时安静下来。

　　走在前面的那个人是谁？坐在中间的那个人是谁？哪个是李鹏万？他是"枪林逼造反纵队"的司令啊！

　　人们踮起脚跟，扬着脸，往前挤着，一种不可名状的激情胀满了"造反大军"的胸膛。社会只推崇成功者，谁得势谁就是英雄。善良的老百姓对英雄总是怀着敬畏和好奇心的。不管阿猫、阿狗，一旦成了名人，就不愁没有崇拜者。

　　有人对着话筒吹气、试音，从包围着广场的几十个高音喇叭中传出刺耳的"杀杀"声，这声音同时又通过几百个高音喇叭响遍整个福北市，再经过几千个高音喇叭传遍全地区十一个县、近万个村庄的街头巷尾、锅台炕头。声音——是精神大战、灵魂搏斗中最有力的武器。

　　这个主持会的人是谁？

　　他是京剧团"炮声隆造反队"的头头——黄烈全，演武生的。他们造反队武斗出名，个个身上有功夫，敢打、会打、不怕死……

　　"无产阶级革命造反派的战友们、同志们，现在我郑重宣布——"黄烈全声音粗哑，近似呐喊，再加上有强大的电流和高频率扬声器助威，震耳欲聋，"福北地区、福北市工农造反总司令部成立大会，现在开始！"

　　突然从主席台的另一侧站起一男一女两个年轻的口号员，带领百万群众振臂高呼：

　　"无产阶级文化大革命万岁！"

　　"造反有理！有理，有理，就是有理！"

　　……

　　口号声如暴风骤雨，铺天盖地。造反战士被激励得根根汗毛都竖了起来。

　　"第一项，高唱《东方红》。"

　　闹了半天才开始第一项议程。歌声激荡飘扬，如同溟大气，充塞海天。

　　"第二项，请福北工农造反总司令部第一负责人李鹏万同志讲话。"

　　"嗒嗒嗒……"黑糊糊的旧闹钟打了十下，像敲击破铜盆，声音是那样难听,让人泄气。

蔡奇珍忽然哭了起来,又怕吵醒熟睡的孩子,赶忙用手掌捂住自己的嘴。这个二十六岁的年轻女人,连她自己也说不清楚为什么会哭得这般伤心。是因为痛苦?她感到痛苦吗?是的,也许有过感到痛苦的时候,那还是几年前,丈夫正得势,把着运输公司的调度大权。有一天,李鹏万第一次把他新勾搭上的姑娘带到家里来,就在这张床上,当着她的面……

她先是被吓傻了,继而一种烈火般的妒忌,烧得心肺嗞嗞冒烟,仇恨摧垮了她的理智。她想下床去拿菜刀,要么把奸夫淫妇砍死,要么让他们把自己砍死。其实,她什么事情也做不出来,她的双肩被丈夫紧紧抱住了:"奇珍,别冒傻气,如果我不把你看成是天下无二的好老婆,什么事都不愿瞒着你,能把她带到家里来吗?如果你不让我们在家里干,我只好领她到外面去,万一被人抓住,闹得满城风雨,甚至把我送进监狱,对你有什么好处?于你脸上又有什么光彩?公司里谁不知道你不光人样子长得漂亮,心也好强,顾头顾脸,你受得了人家的嘲笑吗?如果你自己嚷嚷出去,夫妻翻脸,有现成的女人等着我,你呢?"

"你骗了我,在你眼里根本不拿我当人看,往后叫我还怎么见人?"

作为妻子,蔡奇珍蒙受了最大的耻辱,可她不能哭号,也不敢喊叫,说话声是低低的,显得底气不足,生怕惊动了旁边的邻居。她恨自己窝囊,顾前想后,要人要脸要家。丈夫正是摸准了她的脾性,知道她不会张扬开去,才敢这样欺侮她。可心里的冤气又放不出来,她像疯子一样双手撕扯着被角,撕烂自己身上的衣服以及她双手能碰到的一切东西。丈夫伸出一只手来安抚她,她突然用嘴咬住了这只胳膊,越咬越紧,直到嘴里有了咸腥味,仍未松口。丈夫没有躲闪,也不吭一声,仍然是那么有力而又温柔地抱着她,另一只手像哄孩子一样在她身上轻轻地拍打:"人家都说,对付女人说假话比说真话更容易成功。看来我真该骗骗你。要是一切都瞒着你,你也不会这样犯傻。你拍拍良心,冷静地想一想,平时我待你怎么样?咱俩算不算恩爱夫妻?只要你乐意,咱们还可以恩爱一百年。我虽然有时爱跟别的女人玩玩,但那些女人没法跟你比,你是我李鹏万的正牌夫人。过几个月就是我孩子的妈,有些大姑娘对你这个位职可是眼馋得要命。你有什么可没脸见人的,应该昂头挺胸,有人想夺你的男人却夺不走! 历史上许多伟人在这方面也不是手脚很干净,人家那些伟大的夫人也没有像你这样闹死闹活。人之常情嘛! 把这层窗户纸捅破,大家不就都可以谅解吗?”

　　李鹏万是运输公司的“铁嘴调度”,在部队上当过汽车兵,有一定的文化。文的武的、粗的细的全懂一点,什么场面,对什么人都能应付一通。说话不着急不上火,一套一套的,不论歪理正理,从他嘴里出来就都成了有实用价值的真理。蔡奇珍对他有恨,有爱,也有怕。她没有别的办法,只能原谅他。

　　以后她对这种事就一眼睁一眼闭,有时万不得已还故意躲出去给他们提供方便,甚至替他们守门、望风或三人同睡一张床。丈夫感激她,枕席之上对她更加温存恩爱,尽情尽意地让她满足。的确,她也离不开他。每当女司机和女售票员们聚集在更衣室或淋浴间,谈论起自己的丈夫,许多人对房事表现出极大的厌恶和不满意,她心里就暗暗得意,庆幸自己找了个了不起的男人。她不论心里有什么不痛快或跟丈夫生了闲气,一次床笫之乐就烟消云散。她惟一感到恼恨的就是不能独享自己的丈夫。

　　但老天总算有眼,八个月之前,运输公司的四清运动进行到高潮,李鹏万犯了案。他在三年困难时期,倒卖汽车零件,利用公司的汽车拉私货赚钱,再加上男女关系问题,被开除党籍,下放到车队当装卸工。家里的大衣柜、缝纫机、收音机、自行车全被当做赃物让人家拉走了。李鹏万耷拉了脑袋,蔡奇珍却因祸得福,不必再跟其他女人分享自己的丈夫了。他白天累得臭死,下班回到家里连门口也不出,哄孩子做饭,蔡奇珍宁愿这样跟他过一辈子。

　　谁知他老实了不到半年,近来又好像旧病复发,每天晚上没有在九点钟之前回来过,有时还一夜不回家……

　　蔡奇珍感到孤单,感到委屈,自己哪一点配不上他,为什么就拴不住他的心？她擦擦眼泪，翻出丈夫的香烟，点上一支深吸两口，烟雾压住了肺火，使她情绪稍微平静下来。

她锁上门，又重新洗了把脸，决定自己先睡，不再等那个死鬼丈夫。他就是回来也不开门，今儿个晚上非要治治他不可！她决心虽下，两只耳朵还支棱着，脱掉外衣正想上床，听到院子外面有汽车的引擎声，慌忙又披上衣服，转身去开大门。然后捅炉子坐锅，把给丈夫留出的饭菜重新加热。

李鹏万兴冲冲地走进来，劳动布工作服搭在肩上，身上带着一股烟味、油墨味、汗臭和蔡奇珍所熟悉的具有刺激性的男人气味。

"老板娘，炒俩鸡蛋，你陪着我喝两盅。"

这是在外边浪够了、玩美了！蔡奇珍心里酸溜溜的，但手脚紧忙乎，一会儿工夫，菜端上来了，酒斟好了。李鹏万还在床头趴着，手指轻轻地在孩子胖脸蛋儿上摸着，眼睛里流露出爱不够、看不够的神色，"傻儿子，你爸爸这辈子是龙是虫，就看今天晚上这一仗了。成了气候，你长大了跟着沾光，要是败了……"他突然神色黯然，站起身愣了一会儿，回到桌边端起酒杯，"奇珍，为了咱儿子长命百岁，福大命大；为了咱两口子时来运转，白头偕老，干杯！"

丈夫今天晚上有点特别，他眼睛里闪着一种火，这令她激动，令她颤栗，也令她不安。她默默地看着他狼吞虎咽。二两酒下肚，三碟菜也所剩无几。李鹏万满面红光，浑身筋骨舒畅，把刚才的疲劳和紧张驱赶了个精光。妻子给他盛了一满碗米饭，他把三个碟子里的剩菜和汤汁全拨到自己碗里，三下五除二就扒进嘴里。然后抹抹嘴，心满意足地看看妻子，"我今天晚上一定要好好地慰劳你一下。"

"你还是留着那点劲儿去打野鸡吧。"蔡奇珍无限幽怨地瞪了丈夫一眼。

"一会儿就叫你知道我是不是还打野鸡。"李鹏万这次没有发火，平时他是绝不允许老婆揭自己的短，即便含沙射影也不行。

蔡奇珍浑身上下来了精神，嘴边堆出讨好的、娇嗔的浅笑。她又端来一盆热水，让丈夫洗脸烫脚，自己则急急忙忙去收拾碗筷。李鹏万脱得赤条条的,露出了男子汉令人羡慕的体形,蜂腰蚱臂,肌肉匀称强健,既有力气,又不粗陋难看。他也深知自己这副好身板的魅力,一有机会总要在女人面前显示一下。他痛痛快快地用热毛巾擦洗着全身,眼睛一刻不停地盯着妻子。她实在漂亮,在一块过了三年多,她对他仍然有强大的吸引力,不论什么时候,只要他想快乐一下,立刻就能唤起情欲。别人的老婆一结婚、一生孩子,身体走形,没人样儿了。他的奇珍却愈来愈水灵,比当姑娘时更招人爱。她饱尝过爱的快乐和痛苦,战栗、流血、创造。世界上还有什么东西比创造生命更神秘和更美妙的呢? 现在孩子已经两岁,她的身体早已复原,像钢丝床一样柔软,曲线丰满,人已成熟,心也成熟了。懂得爱,需要爱,渴求丈夫的爱,这正是女人的黄金季节。他放下毛巾,从后面突然抱住妻子,就要往床上扔——

“该死的,我还没擦手哪!”

“往我脸上擦。”

狂暴的激情像火山爆发,摧毁了她的神经,熔化了她的身体,把她那舒舒服服的灵魂托向高空,在星际里飘荡……蔡奇珍躺在丈夫的怀里睡着了。李鹏万也闭上了眼睛,但他仅仅打了个盹儿,就猛然睁开眼,看看表还不到十二点,松了口气,点上一支烟。他好像有什么心事,需要反复掂量,再三思谋。劣等纸烟抽了一根接一根,又过去半个小时,他抬起身子,侧耳听听街上的动静,福北城像睡死了一样。他果断地跳下床,仍旧穿上那身工作服,然后喊醒妻子。蔡奇珍睡意顿消,不知道发生了什么事,望望丈夫那威严的充满杀气的脸,慌乱地问:

“你想干什么?”

“我要干大事。快穿上衣服,帮我开车。”

“到底是什么事?”

“你别问,快走!”

两个人悄悄地出了房门,蔡奇珍给自己的家门上锁,李鹏万去发动汽车。在院子外面的道边上,停着一辆卡车,李鹏万打开车门,把一桶糨糊、两把扫帚和几捆已经写好的大字报、大标语,搬出驾驶楼,放到车厢上,嘱咐妻子说:"先去五月广场、红楼剧场,然后是地委和市委办公大楼、中山大街、北京道、上海道、一马路。只要是市中心、主要街道和人多显眼的地方,都去转转,我一拍车楼子你就停车。"

不知是由于秋夜太凉,还是因为精神紧张,蔡奇珍身上一阵阵发抖。俗话说,最不了解丈夫的就是他的妻子。她就从来没有真正吃透过自己的男人。她有时觉得自己嫁了个多情种子,有时又觉得是嫁了个暴君;有时觉得嫁了个英雄,有时又觉得是嫁了个魔鬼。狎玩命运,鬼神难测,不管他是上天还是入地,她都得跟着。她惟一的选择就是服从,而且并不都是不情愿的。

只用了两个多小时,这夫妻俩就改变了福北市的气氛,立刻使这座古城充满了浓烈的火药味儿。在全市主要大街和高大的、重要的建筑物上,贴出了一张又一张醒目的大标语、大字报。其内容富有煽动性、挑战性,危言耸听,气势压人——

"举国都在造反,福北为什么死水一潭、黑云笼罩?"

"福北地、市委的当权派不仅是走资派,还是跑资派,跑比走快!"

"'修'字号和'资'字辈的人物上边有,下边有,上边带着下边走。党内有,党外有,党内领着党外走。一老爷在中央,二老爷在省委,三老爷在地委,四老爷在市委,五老爷在县委、公司和局,六老爷在公社、厂矿,七老爷在生产队。我们就要层层揪,揪一层,横着扫,竖着扫,天罗地网一个不漏掉!"

"不乱不治,要大乱、海乱,乱个痛快,乱个彻底!"

"……"

这些大标语或大字报后面的落款儿,都是同一个具有威慑力的名字——"枪林逼造反纵队!"

贴完最后一张纸,李鹏万看着自己创造的奇迹,得意地笑了。他设想着再过四个小时,当人们缩在被窝里睡了一夜安稳觉之后,睁开眼皮猛地看到这番景象能不打个怔儿吗?福北城一下子就会乱了套,大家都会打听:"枪林逼造反纵队是哪儿来的?司令是谁?好大的气派!一个纵队有多少人?少说也有三个师,一个师三个团,一个团三个营,一个营三个连,每个连一百多人,老天哪,这得有多少人!"

"枪林逼"——多么凶猛的名字! 他没有在"枪林逼"的前面写出这是哪个单位的造反队,就说明这个造反纵队是属于全地区和全市性质,是跨行业的大组织。他的大标语都是站在汽车上贴的,如果有人想撕掉它、覆盖它,可没那么容易……

李鹏万跳下车厢,钻进驾驶楼,"回家,还可以美美睡上一大觉……"他突然发现蔡奇珍趴在方向盘上,浑身打哆嗦,"奇珍,你怎么啦?"

"我觉着冷!"

他叫蔡奇珍挪开,自己坐在司机的位置上,然后脱下工作服裹到妻子身上,让她的脑袋靠着自己的身体,稳稳地开动了汽车。

蔡奇珍叹口气,在他耳边轻轻地说:"你这样干真是疯了。"

"疯? 不错,我是疯了,中央也有人疯了,整个中国不是都在发疯吗?"李鹏万眼睛盯着黑糊糊的街道,凶狠地转动着舵轮,车灯像带火的长剑,把重重夜幕捅开一个大窟窿。"在这个发疯的世界上,疯子是正常的,而正常人才是疯子!"

"你想过后果吗?"

"我不这样干,后果也好不了。你难道让我老老实实当一辈子装卸工,葬送自己的前途,而且牵连你跟孩子?"

"造反就能改变你的前程?"

"那可说不定,不管怎样也得试试。福北的第一张大字报是我贴的,我是全福北第一个挑起造反大旗的人,现在是'枪林逼造反纵队'的头头。明天把存在箱底儿的那套军装给我拿出来……"

他的激情愈涨愈高,连讲话的声音都微微发颤,头颅里的凹形脑床已经膨胀为圆形。但他的另一部分清醒的理智,仍在怀疑眼前的一切是否真实,他的造反大业真如屁股底下坐的这把椅子一般结实牢靠吗? 他的心时时在探测自己存在的高度、深度、广度、密度、知名度、保险度……

这才几个月的工夫,他由一个谁都瞧不起的"四不清分子",一跃而成为在福北地区叱咤风云、炙手可热的造反司令,整个福北成了他的天下。他好像被一阵狂风突然推上了社会的高层,他可以卡住任何一个人,只要他高兴就能让这个人身败名裂。他突然意识到,自己一下子掌握了别人的命运,手里操着生杀大权。这是多么惬意呀!是一种吞噬一切令人万念俱灰的快乐!当然,他一时还不完全适应这种地位,内心还有点胆怯。为了遮掩自己的这种心理弱点,他经常在谈话中带出几句粗暴的咒骂,不顾一切后果地使用权威,对敌人无所不用其极地滥施攻击。他的感情有时像暴君,有时又像接客伙计一样摆出讨好所有人的亲热劲。这一切都好像是由不得人的。他已经不能做到时时刻刻都是他自己,任何势力都有追求的人。当他变成了一种被许多人追求的社会势力,面对着一百多万朝着他欢呼的群众,还怎么能要求他会预见自己行动的最后结果呢?

过去的地委头头们见过这样的场面、享受过这么大的荣耀吗?没有。难怪当他念到"革命方觉北京近,造反更知毛主席亲"时,突然热泪涌上眼眶,嗓子眼儿竟被哽住了。这心血来潮般的表演,收到了意想不到的效果,感动了他的听众。人们开始相信他在造反过程中真的受了九死一生的磨难,多亏红司令毛主席搭救了他们这些造反战士。当大家都像黄昏时刻的蝙蝠一样,盲目乱飞乱撞的时候,最容易把一个问路人当成引路人加以拥戴。善良的群众总是喜欢找一种思想来安慰或鼓舞自己,能说的,敢说的和有权力把持话筒的,就有思想。在这个只有呐喊没有说理、只有憎恨没有同情的大会上,他这一点感情的流露被人们当做佳话:"李鹏万讲着讲着哭了……"那些坐在主席台上的造反派战友们,都是各个基层造反队的小头目,对他的态度也不尽一样,有的人佩服,有的人不服气,有的人羡慕,有的人忌恨,这一刻却都在为他叫绝:"这小子真会演戏,有两下子!"

李鹏万穿一身合体而又整洁的绿军装,戴着军帽,披着绿色棉大衣。他的长相很普通,绝称不上漂亮。但是,那个高大浑圆的鼻头,像农民用的秤砣,还有一双与他的身材不成比例、比他的脸还要长的大手,看上去奇特而有力量。此时他引人注目的不是外表,而是生气勃勃的劲头,他的眼睛因对自己的信心而炯炯有神,成功使人变得英俊和威严。就像毛毛虫变成蝴蝶,这是权力使他升华。他站在总司令的高度,回顾了福北地区造反派的战斗历程,指出了实现各派大联合,成立"福北工农造反总司令部"的迫切性、必要性和深远的历史意义。他还提纲挈领地讲明福北造反派今后的战斗任务,高瞻远瞩地介绍了中国革命和世界革命的大好形势——从阿尔巴尼亚来的战友希斯尼·卡博、贝哈尔·什图拉,在清华大学戴上了造反派的红袖章,讲到在北京的日本战友,成立了"日本红卫兵",威风凛凛地杀上了世界政治舞台。这充分证明,中国"文化大革命"在全世界范围内发生了多么深远的影响,中国当之无愧地成了国际共产主义运动的旗手和中心。

李鹏万正讲到慷慨激昂处,黄烈全递给他一张纸条:"牛鬼蛇神全部押到!"

好,这又是一个胜利的消息。他早就策划,在今天的大会上不仅自己要在百万人面前亮相,也要叫从前福北地区的头面人物、各式各样的名人和权威,在百万人面前丢丑,站在他的脚下,卑躬屈膝,接受审判,给大会增添气氛,陪衬造反派,主要还是陪衬他李司令。最后他呼了四句口号,做一个有力的手势结束了自己的讲话。

大会主持人黄烈全突然把嗓音提高八度宣布:"大会进行第三项,批判走资派和牛鬼蛇神。把他们带上来!"

广场上滚动起一阵风暴。造反派们对同类的兴趣远不如对对手的兴趣大。今天来参加会的人中,恐怕有一多半是为了看看福北的当权派和各行各业的"牛鬼蛇神"。平时老百姓要想看到他们是很困难的,现在则怀着好奇、愤怒、同情、幸灾乐祸、抱打不平等各种各样的感情,看看他们站在被审席上是一副什么样子,会怎样表演。人群像海浪一样向前面拥去,前边的人承受不了这强大的推力,发出阵阵叫喊。在广场的东北角上,突然有人自发地呼喊起"打倒走资派"的口号,几个身背步枪、头戴钢盔、臂缠红纱的壮汉,在人海中开辟出一条小路,"牛鬼蛇神"们经过这条小路走向批判台。这是一种残酷的示众方式。人群中总有一些激进分子,他们爱打便宜人,是不会让"牛鬼蛇神"在他们面前顺利通过的。尤其是大、中学校的红卫兵,更不会放过任何一个能对"资产阶级"拳脚相加的机会。两个造反派押一个"牛鬼蛇神"在"人街"中走。心眼好的押送者,从两边每人架住一条被押者的胳膊,表面上很凶狠,吆五喝六,骂骂咧咧,实际是把被押者保护起来,使群众的拳脚够不到,唾沫吐不着。而有的押送者成心使坏,让被押者走在前面,他们漫不经心地在后边溜达,这个"牛鬼蛇神"走过这条"人街"就会变成烂桃。红了眼的群众,根本用不着辨认谁是谁,就一顿乱打乱骂。折腾了一个多小时,才连推带拉地把九十六个"牛鬼蛇神"押上主席台下面的审判台。经过简单的"授勋"仪式,他们面对百万群众不得不弯下腰低下头。因为每个人脖子上都勒着一根细钢丝,钢丝的下面吊着一个沉重的大木牌子,木牌子上写着每个人的头衔和姓名。谁知他们愈是弯腰低头,那细钢丝就愈像刀片一样往肉里切。

广场上又排山倒海般地响起"打倒走资派和一切牛鬼蛇神"的口号声。毫无生气的太阳,摇摇晃晃坠入西天一片险恶的黑雾之中,天色渐渐暗下来,气温也越来越低。黄烈全又想出新点子,他让"牛鬼蛇神"们挨个自报家门,自己介绍自己的罪行,然后再有重点地进行批判。看这群"牛鬼蛇神"怎样出自己的洋相,正好活跃大会气氛。

"佟川,你先说!"

群众的目光像箭一样,集中射向站在"牛鬼蛇神"队伍最前面的那个人,看不清面目,只见胸前的大牌子分外醒目——

福北地区最大的走资派
佟　川

"这一切是怎么发生的?你这是在挨谁的斗?挨谁的打?你十岁的时候给地主当小扛活的,白天放十二头牛,回到家还要喂猪管狗挡鸡窝,给地主的五个少爷打水倒尿铺被窝。有时在地里偷着打个盹儿，牛吃了庄稼，也要挨一顿死揍。白天太累，夜里尿炕，东家嫌你膁气，不让你在伙计屋里睡觉，把你赶到牛圈里去跟蚊子、牛虻做伴，咬得你浑身都是疮，到年底还不给工钱。最可恨的是那东家儿子'五虎'，对你张口就骂，抬手就打，'你还要钱？尿炕还没打你呐！'吃饭不让上桌子，谁都讨厌你，'瞧你这身作料，还想上桌子……'

"还有谁打过你？日本鬼子的枪子儿。但不敢伤你的要害。第一次枪子儿钻进了你的肚子，竟没有夺走你的小命儿。第二次不值一提，只把你的手掌穿了个眼儿。第三次有点悬，枪子儿从脖子里穿过去，楞没打断你的气管。大伙都说你命大，你自己也觉着大难不死必有后福。而且马上应验，伤好以后就在当地白捡了一个媳妇，丈母娘说得还挺干脆：'嫁鸡随鸡，嫁狗跟狗，嫁根扁担挑着走。'两年后日本投降，你请假回家看媳妇，谁知媳妇早跟别人跑了。乡里民政科长还安慰，'她临走的时候我嘱咐她了，人家佟川要找你，你还得回来！'你对准那个民政科长的臭嘴狠揍了一拳：'你的媳妇跟了别人，还能再要回来？'

"你抗日战争负过伤，解放战争打胜仗，抗美援朝受过奖。眼下坐在台上的这一帮小丑，还有眼前这黑鸦鸦一大片曾是你治下的群众，有什么资格骂你、打你、批斗你？他们这么快就忘记你是他们的地委第一书记兼福北市的市委书记了？这些人曾掩护过你，为你裹过伤，给你送过水、送过粮，往你的挎包里塞过鸡蛋。如今怎么翻脸无情，把你当成阶下囚？你解放了他们，还领导他们搞合作化、大跃进、反右倾、搞四清，他们反而恩将仇报，把你当成罪人！你在台上的时候，他们也冲你欢呼，为你鼓掌，巴结你。如今用同样的热情巴结你的对手，往你脸上吐唾沫，往你眼里伸拳头。人心哪有肉长的！你被谁出卖了？怎么会落到这步田地？什么'造反总司令部'，什么'枪林逼'、'炮声隆'，狗屁！你从来不承认他们这些自封为王的组织。他们几大派商量好，用车轮战法围攻你，你自称围不乱、轰不跑、打不倒。这么大一个地区，这么大一个市委，要是叫一个李鹏万就搞垮了，那就说明你这个班子是豆腐的，应该垮。共产党没有怕过日本鬼子，没有怕过国民党,难道会害怕从自己窝儿里反出来的造反派吗?共产党不管跟谁斗争,都处处打进攻仗、打主动仗,现在大权在握,在自己的天下怎么会处于被动挨打的局面?

"你亲自下令,全地区各百货店不许出售一寸红布、红绸子或红毛料。可是并未阻挡住造反派们戴红袖章,眼前就是一片红色的海洋。红得刺眼,红得让人恼火。一定是有人吃里爬外,胳膊肘向外拐。为了对付愈来愈凶的造反运动,你亲自主持召开全地区三级干部会议,指示你的部下们不放弃权力,不放弃领导,不放弃主动。你还调来李鹏万的档案,万不得已就抓他几个坏头头,杀一儆百。

"谁知李鹏万带着几百人冲进会场,抢占了礼堂、餐厅、宿舍,搅散了三级干部会议。你每一次想灭火,结果都成了火上浇油。他们得寸进尺,成立了全地区的'造反总司令部',并逼着你承认他们这个组织。如果你一承认他们,他们紧跟着就会跟你要权、要钱、要东西、要房子、要人,等等。你自然不会上这个当,抵抗到底。他们围着你呼口号,跟你辩论。你怒不可遏,'想批判共产党吗?你们没有这个资格。'李鹏万的嘴也不饶人,'你是死心塌地的走资派,我们不光批判你,还要把你打倒!'你说:'上级把我派来,你打我我就倒了?你说我不行,我就不行了?我这个人也不是泥捏的,共产党是打不倒、打不瘫、打不跑的。那时你心里有底,地委和市委的权力都在你手上,没有中央和省委的命令,谁也不敢把你怎么样。

"可是,昨天夜里造反派突然包围了你的住宅。你给省委打电话求救,根本找不到负责人,他们大概也是泥菩萨过河——自身难保。省委值班室的一个不知什么人跟你打官腔,叫你掌握大方向,正确对待群众运动,保护群众的积极性。扯蛋!人家打的就是共产党,共产党还要保护他们的积极性?谁来保护共产党的干部?你想给中央打电话,却不知打给哪个部门。最后逼急了要直接跟毛主席通话。电话员以为你疯了,干脆把电话挂断了。你派兵没有兵,调将没有将,叫天不应,呼地不灵,磨蹭了十几个小时,还是乖乖地被掏了老窝,让造反派推上了大卡车。

"天下乱套了，共产党乱套了，现在是爹死娘嫁人——各人顾各人。老佟，你也不能一味地穷横。别说是你，就是国家领导人和那些元帅、将军们又该如何？昨天在报纸上还露了一下名字，今天在名字上就被打了个叉；上个月还在天安门城楼上露面，这个月就出事了。让你销声匿迹，在人们的记忆里把你彻底抹掉，这是消灭一个人最现代化的方法，是这场有七亿人参加的灵魂大搏斗的新武器。中外战争史上可曾有过这样的记录？当之无愧是'史无前例'！名为'触及灵魂的大革命'，实际灵魂太少，肉体太多，弄不好你就有可能被眼前这群肉体砸成粉末。他们不一定都是坏人，好人办坏事更可怕，'通向地狱的路往往是以善良的心愿铺成的'——这是哪出戏里的唱词儿？你要想个主意，今天可不是闹着玩。毛主席亲自发动并指挥着这场内战，七亿人一哄而起，有些外国人也跟着凑热闹，可能有他们的道理。你不能光凭个人感情用事，只根据本地区的情况给这场运动下定义。共产党要没有错误，你要没有错误，老百姓会对你有这么大仇恨？会这么不要命地反对你吗？光是几个李鹏万作不了这么大的妖！

"看来还真是'老革命遇到了新问题'。不管你理解也罢，不理解也罢，反正事情已经发生了。放下远的说近的，你应该替自己眼前的处境想想。你不承认'走资本主义'、'搞修正主义'可以，这是政治问题、路线问题，你历来都把它看得比生命还重要。但人家提的另外那一些问题呢？'生活特殊化，道德品质堕落腐化'有没有……

"你生来爱看戏，年轻的时候爱看武生戏、花脸戏，当官以后专门喜欢坤角儿。市京剧团的年轻女演员三天两头儿往你家里跑，有时坐在你腿上，有时躺在你怀里，你当别人不知道？方月萱、柳淑娘，这些名角儿跟你的关系干净吗？演员有几个是铁嘴钢牙，叫造反派一打一吓唬，什么都会吐露出来了。为了洗清她们自己，说不定还会添油加醋、编筢造模，把脏水都往你头上泼。当然，你要不倒台，还在马上，她们就不敢……咳，这算什么事？顶多算生活作风不检点，小事一段儿。不，这次是群众运动，群众对这种事最敏感、最好奇、最愤怒，在中国拿这种事情搞臭一个人最容易，何况你在这方面还有前愆。前愆！

　　"你忘了？不，你别装傻，也用不着自己糊弄自己。那件事你一辈子也忘不了！没有不透风的墙，造反派肯定也闻到了一点腥味，要不怎么会给你贴出那样的大字报？这都怪你那个倒霉老婆，守着你这头公牛不用，却勾搭上了你的警卫员。谁叫你非要找个美人当老婆？而且还要能说会唱的'响美人'。你忘了祖宗遗训：过日子三宗宝——丑妻、近地、破棉袄。出了这种丢人现眼的事，你或者吃哑巴亏，不声不响，要不就去打老婆。吃哑巴亏——你不干，你不是那种人，血顶脑门，怎甘心当王八头。打老婆——你不敢，你指挥部队，老婆指挥你，她冲你一笑一闹，你就一点能耐也没有了。所以你才想出那个馊主意，假意把警卫员的母亲从农村接到你家过年，好吃好喝好待承。瞅准机会你在自己房间里把警卫员捆起来，然后又把他母亲叫来，插上门。那位农村大嫂一见儿子被五花大绑，立刻吓傻了，你却像凶神一样，不管三七二十一扒光了大嫂的衣服，威胁她的儿子：'兔崽子，你看见了吗，我今天本应报仇，当着你的面把你妈给干了！咱先记下这笔账，今后你再敢勾搭我老婆，我就糟践你妈！'娘俩双双给你下跪。而后大嫂领着儿子一去没有回头。你干的这叫什么事？没有人味儿！它在你自己的心里不也成了一块心病吗？隔了这么多年，这块病不仅没有消失，一有运动你就心里嘀嘀咕咕、坐卧不安。其实你已经受了惩罚，那件事发生以后不久，你就被送到北京上学。这本来是好事，领导跟你讲好毕业后还可以高升。可是两年之后形势发生了变化，部队整编，地方需要干部，你转业来到福北地委。实际是命运报复你，要是还留在部队上不仅官高位显，哪还会有今天这些麻烦？

　　"如此看来，宁肯承认犯了路线错误，也不能吐露一点个人生活作风和思想品质方面的问题。路线方面的错误又在哪儿呢？路线、路线，从参加革命那天起，听得最多、讲得最多的就是这俩字，听了快三十年，也没真弄明白它的含义。中国革命岔道太多，有时两股，有时三股、五股。就说眼下吧，谁的路线是对的？你的、还是造反派的？被敌人踹一脚，没关系。叫人最伤心、最下不了台的是你一贯紧跟党中央，老抱着党的粗腿，如今却被党狠狠地踹了一脚！共产党是搞群众运动起家的，如今你站在了群众的对立面，嘴上说不怕，心里也发慌。但是，福北的造反运动不是共产党发动起来的吗？这里的共产党究竟是你，还是四不清分子李鹏万？你不明白有什么用？现在他们掌握着群众，把持着话筒，用对付国民党、对付罪犯的办法对待你，还说他们'革命大方向始终没有错'，你还有什么好讲的？这种时候你发脾气没有人会听的，只会招致群众的愤怒。不过，再怎么着也不能让老百姓看出你这个第一书记是熊包。

　　"你不是有脑动脉血管硬化、糖尿病、关节炎等好几种病吗？又精神高度紧张地挣扎了一夜和一上午，刚才被揪上汽车的时候，你还担心自己承受不了这种肉体的折磨和精神上的摧残，也许会突然昏倒在汽车上或批判台上，闹不好就会蹬腿儿闭眼。但过去了几个小时，你身上的病好像也被吓跑了。现在要是真的死在这个台子上，算你烧高香了——逃脱了这场灾难，洗刷了你一辈子经受到的最大的耻辱。证明你还有囊气！日后党和群众会承认你是烈士、是英雄。你也没有什么可后悔的，一个小放牛的，却波澜壮阔地走完了自己的一生，该干的都干了，大事和小事，正经事和闲事，好事和坏事。说得再实在一点，该吃的吃了，该看的看了，该享受的差不多也都享受过了。比起那些早就变成黄土的战友，你已经赚得太多了……"

过去的故事之三

　　不管你问什么,任台下的群众随便叫喊和呼口号,他就是不答腔,不理不睬。这可着实激怒了大会主持人黄烈全,他认为佟川的这种沉默,就是对造反派的最大蔑视,当着百万群众让他下不来台,藐视他现在的地位和权威。一开头就碰上这样一个大死钉子,还怎么提问下边的"牛鬼蛇神"? 在这众目睽睽之下也不便使用武力,他只好在音调、音量、语气和用词上,尽量表现出自己的权势和力量:

　　"佟川,你为什么不吭声? 是聋了,哑巴了,装死,耍赖? 平时你的威风呢? 你不说话是不是就等于低头认罪、无言可答地默认了全部罪行呢? 瞧你这个熊样子,骨头就像一根奶油冰棍儿,看着很硬,一烤就化。你平时就是饱食终日,无所用心,是个脑子里一大二空的当权派。我知道你,这会儿你心里除去发抖,一个词儿也找不到了,大概连自己姓甚名谁也忘得一干二净了。"

　　台下台上发出一阵哄笑声。

　　这的确刺激了佟川,他闷声闷气地说:"你把话筒递给我,我就讲话。"

　　黄烈全一怔,他显然是低估了佟川。这个图画般的巨人并不是那么好对付的。他为什么总觉得现在的当权派都是草包,一打就倒,不打也倒呢? 可能是受了大字报的影响。虽然他自己也编造大字报,对大字报上的揭发并不全都相信。但不知不觉还是用大字报的尺寸量人度事。眼下有一句最时髦的格言:"谎言重复一千次就变成真理"——真是一点不假,不仅相信别人的谎言,有时连自己说出的谎言

70

也深信不疑,要不还叫造反派吗?他只是个京剧团里的末流演员,在任何舞台上都没有占据过中心位置。今天在这个"政治舞台"上他虽然处于主宰的地位,但精神上和智力上仍然不能跟他的俘虏——佟川相匹敌。他猜不透佟川会要什么花招,把话筒拿过去不大保险,谁知佟川会对群众说出一些什么话。他和李鹏万的老底儿都在佟川手里抓着,万一他当众抖搂出来,大放厥词,如何收场呢?这才叫麻秆打狼——两头害怕。不给他话筒也不好,表明自己心虚胆怯。而且台下的群众一股劲叫喊:"听不见,叫他大点声!"

李鹏万早就对黄烈全自作主张地改变大会议程憋着一肚子气,他看出黄烈全是想借着出"牛鬼蛇神"的洋相让自己大出风头。如今见大会被卡壳了,气氛被破坏了,他用威严的、十分不耐烦的口吻命令黄烈全:"把话筒给他,他敢放毒,我们立刻就消毒!"

天色完全暗下来了,台下黑糊糊一片,挺有气派的主席台兼批判台,也只能看出一个模糊的轮廓。在黄烈全为佟川挪话筒的时候,广场上的电灯突然间全亮了,人造的"小太阳"把广场照得比白天还亮。十六个三千瓦的探照灯,从不同角度照射着主席台及其附属的批判台,显得格外突出、庄严。

佟川冷不防从背后抽出自己的双手,一托胸前的木牌,挺直了腰身,硕大的头颅也抬起来了。他体形巍峨,目深眉耸,站在台子上格外显眼。黄烈全大声斥责他:"低下头,向人民请罪!"

"你们这是侵犯人权,破坏党中央要文斗、不要武斗的方针。在广大人民群众面前,你们为什么不敢平心静气讲道理?我是地委第一书记,是省委管的干部,党没有撤我的职,你们没有权力这样对待我!"佟川突然变得强硬了,话音带着浓重的山东腔,严厉而又干脆。

"佟川,你睁开眼看看,这是什么场合?别再摆你的官架子了!你现在是造反派管的黑帮,是个臭不可闻的走资派、民主派!"黄烈全并不怵头辩论,何况对手还是个阶下囚。

"我是民主革命派,不错。我还参加了民主革命,这是我的光荣。你参加了啥革命?你什么革命也没参加,有什么资格教训共产党?"

"我参加了轰轰烈烈的'文化大革命',是响当当的造反派。打倒走资派佟川!"黄烈全突然喊起了口号,一喊口号就最有理,也最有力量。

站在佟川身后的两个壮汉,立刻对他实行造反派专政,各人拧住他一只胳膊狠命往上抬,另一只手掐住他的脖子拼命往下压。佟川像一头被砍掉脑袋的大鸟,张开两个翅膀做最后一下挣扎。这不叫武斗,可是比挨打还难受。造反派管它叫"坐飞机"。想动一下身子都办不到,不老实也得老实。黄烈全得意地把话筒挪到第二个"牛鬼蛇神"面前,有佟川的榜样摆在那儿,他更加有恃无恐了:"石恒泰,你说吧!"

"我叫石恒泰,原是地委书记兼福北市市长。我是一个犯了严重错误的人,在这次伟大的无产阶级文化大革命中,对抗以毛主席为代表的无产阶级革命路线,执行了以刘邓为代表的资产阶级反动路线,使自己走向了反面,成为走资本主义道路的当权派,变为历史的罪人,我完全接受革命群众对我的批判。"

石恒泰沉着冷静,用词准确流利。他几乎是用一种公事公办的、不卑不亢的语调给自己戴了一顶很大的帽子,这顶帽子大得足以把全中国的所有干部都罩进去。他自己在这空空洞洞的大帽子里反而不觉得很难受。因此他不像是给自己上纲上线,倒像是在批判另一个人。

身后的两个看守立刻放松了拧着他胳膊的手,这是对他刚才这番自我批判的奖赏。他的衣着不像佟川那么随便,一身质地考究的蓝色中山装,颇有学者风度。只是身材不高,一低头弯腰,就使人看不见他了。

"牛鬼蛇神"们的大亮相,越到后边越有意思。用造反派的话说:有的像茅房的砖头——又臭又硬,死不招供。有的则软得像摊泥,怎么捏都行,不管是不是自己的错全往自己头上扣。有的像疯狗,逮住谁咬谁,当场反戈一击——揭发站在旁边的佟川和石恒泰,痛心疾首地表示回到正确路线上来。也有的如同上了刑场,脸色蜡黄,双腿瘫软,没有造反派架着就站不住,痛哭流涕,精神错乱,说话驴唇不对马嘴……

轮到文艺界的知名人士作"自我介绍"时,五月广场变成了露天剧场,群众时而凝神敛气,时而哄场大笑。

文化局长丁介眉，完全成了个木头人。任你软也好，硬也好，激将法也罢，辱骂和恐吓也罢，他似乎一概没听见，死活不说一句话。看守揪住头发提起他的脑袋，见他耷拉着眼皮，牙关紧闭，神情木然。给他架起了"飞机式"，他也不挣扎、不较劲，仿佛他身上的每一个零件，都可以由别人随意摆布。一男一女两个中学红卫兵，抡着皮腰带跳上台子，冲着丁介眉一人一句，伶牙俐齿地像说对口词：

"你不要装死躺下！"

"你这是死猪不怕开水烫！"

"你写了一首歪诗叫《井冈山颂》，编进我们的课本，毒害青少年……"

"老师让我们背，背不下来还罚站。你是罪魁祸首！"

说着说着，便抡起皮带，打一下问一声：

"你还写不写诗了？"

"叫你写《井冈山颂》！"

"这不叫武斗。"

"这叫触及你的灵魂，叫你记住红卫兵不是好惹的！"

……

台下的百万民众似乎也怔了，木了，傻了。只有个别人在叫喊着为两个中学生加油："对，狠狠地教训教训他！"两个红卫兵像旋风一样，在台上"横扫"了一阵，很快又跳下台消失在人群中。

下出戏的主角是大名鼎鼎的京剧演员武班侯。平常要想看到他，得花上一块五毛钱，还得排队，而且他脸上涂了油彩，看不见他的真模样儿。现在一分钱不花，却可以看个够，而且是看他出洋相。群众高喊："把他脑袋扳起来！"看守刚要揪头发，他主动抬起头，大声说：

"我叫武班侯，专演帝王将相、剑侠贼盗、神魔鬼怪。我放毒最多，我的罪比他们都大，我不能跟他们一样也站着，请求革命群众让我跪下。"

"好，叫他跪下。"台下又有人起哄。

黄烈全下了命令："这个态度还不错，跪下吧！"

武班侯乐不得扑通一声跪倒了。表面看下跪比站着更难受，其实武班侯跪倒以后比站着轻松舒服多了。身后那两个看守,不可能为了拧他的胳膊而一块下跪,只好松开他,他的两只胳膊就自由了。更便宜的是胸前那个大牌子可以触地,这就减轻了负荷,脖子上的钢丝也不再往肉里深勒了。

武班侯得意地偷着用眼角扫了一下花露婵,下一个该轮上她了。坤角儿显鼻子显眼,以前又得罪过黄烈全,今天够她受的。

花露婵什么舞台都登过,惟独没有登过今天这样的台子,没有以这种身份、这副扮相在她的观众面前出现过。但她心里并不十分紧张,她早就想好该说什么和不该说什么了。反正就是那几句现成的套话,随他们便!她甚至觉得腰和脖子也不是十分疼痛难忍,用不着像武班侯那样为了一时的轻松当众下跪,不把自己当人看。她能忍受,因为她知道台下有一个人比她更难受。自从她刚一站到这个台子上,就看见了他那交织着愤怒、惊惧、疼爱等复杂感情的目光。他臂上没有红袖章,在这片红海洋里格外刺眼,却站在头一排,大概是随时准备保护她。傻子,这种时候谁能保护得了一个"黑帮"?可是花露婵的心里还是感到温暖。毕竟还有一个最亲近的人,最爱自己的人站在身边,分担自己的灾难和痛苦。她看得出他很难受。为了不让他更难受,或者办出什么傻事,她必须挺住,咬碎牙也要搪过这一关。

突然,邵南孙冷不丁大吼一声:"方月萱低头,花露婵低头!"

然后他跳上台子,先狠狠地按了一下站在旁边的方月萱的头,又来按花露婵的头,嘴里还喊着:"向被你们毒害过的观众低头请罪……"

他一定是疯了!当他按她的脖子时,花露婵几乎要昏倒。可是等他跳下台子之后,她忽然感到身上轻松了许多。原来他借着批判和按头的机会,把勒在她脖子上的细钢丝挪到棉衣领子后面去了,花露婵拼命忍住涌到眼眶里的泪水……

每当想起他们最早的相识,花露婵就觉得对不起他。因为她从来没有注意过他,甚至连他是什么时候来到自己身边、是怎样调到福北市京剧团的,她都一概没留神。作为剧团的主演,对勤杂人员多一个还是少一个是不大关心的。作为一个未出嫁的姑娘,虽然爱做奇奇怪怪的梦,但即使做上一千零一个梦,她也不会想到将来有一天会和这样一个人要好。

那是剧团经过改组,进行雄心勃勃的第一次远征时,花露婵的父亲兼她的总管没有跟着她,头一次对她放了手……

福北工农造反总司令部的成立大会,竟然一气开了九个小时。深冬的深夜,寒风凛冽,冷彻骨髓。有时天空还会飘洒下一种半雪半雨似的玩意儿,时断时续。福北不知多少年才下一场雪,人们把雪花看做是一种很了不起的东西,它的出现预示着人间要发生大事故。在开会过程中,陆续有一部分人离开了会场,但多数群众一直坚持了下来。他们站累了可以坐一会儿,觉得冷了再站起来活动一下。大家这种如同中魔一般的热情和意志,光用中国人的服从性和群众对造反派司令及各种"牛鬼蛇神"的好奇心来解释,是解释不通的。人民真心在关心国家大事,以为确实是在参加一场使国不变质、党不变修、人不变色的壮举,以为这样可以摧毁资产阶级司令部,沉重打击全世界的帝国主义、修正主义和反动派!七亿颗头颅跟着一个人的大脑旋转,举国上下服从一个号令,一句"最高指示"立刻能燃烧起亿万群众疯狂的热情。一夜之间,七亿人仿佛都变成了小孩子,心智像小孩子,情绪像小孩子,如同吃了迷魂药,真是人类文明史上的奇迹!创造并能指挥这一奇迹的人,无疑是个幸运的天才。在历史的天平上,他一个人的分量比全民族的分量更沉重,中国失去了平衡。踏板有九百六十万平方公里的巨大秋千,突然悠荡得离开了地球的支架,一股莫名其妙的强大势力,想把整个民族的命运从正常的历史轨道上推开。然而,秋千上的人并未理解自己危险而又可笑的处境,还以为自己在更新宇宙的面貌。

更令人惊异的是台上那些"牛鬼蛇神",他们的精神和肉体的抗暴力、耐折磨性、经受摧残的强度和韧性,大大超过了常人,甚至超过了文明人类的想象。他们没有人死在台上,没有人瘫在台上。身后的看守早就熬不住,坐到后面抽烟、喝水、啃面包去了。台下的群众也可以变换姿势,可以喝水吃东西。而他们不能吃,不能喝,不能动,体内的一切新陈代谢似乎已全部停止,只保持着低头弯腰的一种姿势,像一尊尊没有生命的雕塑。这种非凡的忍耐力,在会场上引起了一种奇特的效果,使面对他们的百万群众,产生了一种不可名状的敬畏之感,开始对马拉松式的大会感到不满和厌烦。使那些批判他们的人也感到心虚,对他们更加仇视,希望早点摆脱这帮累赘,回家喝碗热汤,吃顿饱饭,美美睡上一觉。究竟是什么东西支持着这些被批斗的人不倒下来?是悔恨、愤怒?还是恐惧、绝望?

开了九个小时的百万人大会,其规模之大、时间之长在全省都创了记录。什么都是创记录的。毛泽东主席第八次接见红卫兵,有二百五十万人享受了这种至高无上的荣耀和幸福!如果把八次接见大会的总人数加在一起,至少有一千一百多万,肯定是世界第一,在整个人类文明史上创造了一项新记录。一个小小的福北地区怎么能与此相比!但是,在形式上,几乎可以肯定地说李鹏万继承和发展了开会的"优良传统",没有任何限制,随心所欲,金木水火土,天地君亲师,马恩列斯毛,一切为我所用!

发明了开会这种形式,真是人类的聪明才智对文明社会的巨大贡献。利用开会行使统治、专政,在会议桌上谈判、斗智、用权、分权,甚至把开会当成战斗,面对面地枪炮轰鸣。东西南北中、党政工青妇、工农商学兵,各有各的会,五花八门的会。田间斗争会,路边批判会,思甜的会,忆苦的会,公家的会,私人家庭会。有活人整活人的会,也有活人整死人的会,如工业大学的红卫兵就到他们教授的坟头上去开批判会。还有利用死人整活人的会……任何一个公民都可以随时随地举行各种各样的会议。世界上为什么不隆重地纪念第一个发明开会的人?发明新的开会形式也是创造,每天的世界新闻里都少不了开会的项目……

黄烈全使出了剩下的全部力气,用喜欢突出自己的腔调,庄严地

高喊:

"我现在宣布,福北工农造反总司令部成立大会,胜利结束! 让我们共同高唱《大海航行靠舵手》!"

他那嘶哑劈裂的喉咙,在夜空里颤动了几下,很快又被歌声淹没了。人群像潮水一样地退去,空荡荡的五月广场,真像刚被炮火洗劫过的战场,丢满砖头、瓦块、书本、报纸、坐坏的安全帽、木棒,群众撤离时挤掉的鞋和手套,肮脏破败,狼藉不堪。

邵南孙一个人还留在批判台前,他想知道造反司令们今天怎样发落这些"牛鬼蛇神",是把他们集中关押起来,还是放回家去? 他不放心花露婵父女,他们可能需要他的帮助。作为一个男人,眼看自己热恋着的姑娘正处于危难之中,怎能袖手旁观! 他配不上花露婵,也许这正是天意想成全他,给他一个为花露婵效力,表示自己忠诚的机会。至于他今天这番举动将会给自己带来什么后果,他的心里就没有底了,眼下也顾不得想得更多。

暴露他对花露婵的感情,以前只是担心会有损她的声名。现在则正相反,花露婵是"资产阶级文艺黑线"上的突出人物,是福北地区三名(名作家、名导演、名演员)三高(高工资、高奖金、高稿酬)的代表人物之一,是被批判的"黑帮"。其父花啸天的头衔是"封建把头"、"黑班主"、"人贩子"。可想而知,这样一对父女只会使那些胆小怕事的人躲之惟恐不及。几个月来,人们除去在批判会上对他们进行讨伐以外,私下里几乎没有人敢跟他们说话,严格地划清界限。倘若有谁不慎受到株连,同样也会身败名裂,这可不是儿戏! 用造反派的话说:"花家父女臭不可闻,顶风臭十里。"

邵南孙莫非想找倒霉吗? 世上没有愿意自找倒霉的人。但,他老是做出一些出乎别人意料,也出乎他自己意料的事情来。最初他对"文化大革命"是很拥护的,丁介眉的独断专行,武班侯的戏霸作风,剧团里种种乌七八糟的旧习气,都应该批判,应该扫除。处在他的地位,对这一套体验最深,反感最大。甚至对花啸天他也怀着极大的厌恶。这位典型的旧艺人,曾把他看成是不务正业的二流子,认为他毫无所长、一无可取,还不如旧社会专门伺候一个老板的跟包。花啸天紧紧把住了女儿,不许邵南孙靠近她一步,更不让他们有说上一句话的机会。光是这些,邵南孙并不是不可以忍受。倒是花啸天对待自己女儿的态度,常常激怒邵南孙和团里许多人。花露婵已是二十多岁的大姑娘,京剧团里的主演、副团长,早晨或中午午睡时稍微晚起一会儿,戏台上用的马鞭就会抽在她的背上。上课、练功迟到一步,她那位老爷子抬手就打,张口就骂,不管旁边有多少人。完全像旧社会的老板对待拿钱买来的使唤丫头一样,不是亲眼见到的谁也不会相信在二十世纪六十年代的国营剧团里,还会有这样的怪事。更奇怪的是花露婵视父亲的打骂如家常便饭,不反抗,不还嘴,不耳热,不脸红。如果有两天没有受到父亲的打骂,花露婵反而会感到紧张,感到不正常。邵南孙真想借助"文化大革命",把花露婵从她父亲的封建家长制的统治下解放出来。谁知"文化大革命"发展到今天,变成了"大革文化命"!花啸天被搞臭了,他的女儿比他更臭。她的艺术天才、全身的功夫连同她的前途一块被葬送了。她每月二百七十元的工资被取消,只发给三十元生活费。她的命运一下子由巅峰跌入深渊,受考验的不光是她自己,还有邵南孙。他感到矛盾、惶惑、愤怒,是继续崇拜和爱恋花露婵,还是维护自己的造反派立场?

对,他还是个造反派。造反之初,京剧团成立了好几个造反队,邵南孙在团里所处的那种低下的地位,正应该使他成为真正的造反派或造反派所依靠的骨干力量。可他对哪一派都看不上,不是嫌这个队伍不纯,就是嫌那个头头不好,要不说人家大方向不对头。渐渐地,全团的人除去"黑帮分子"都参加了各种不同名称的造反队,惟独甩下了邵南孙。他混不下去了,自立一个山头,取石油系统一个钻井队的编号,成立了"32111革命造反队"。他是司令,又是战士,公开声明不扩大组织,这个造反队自始至终就是他这一员大将。且自认为只有他这个组织最纯洁,大方向最正确,最按毛泽东思想办事。他惟一的"革命行动"就是到处看大字报,收集全国各地的造反信息,批评这个,指责那个,好像惟他最革命,最无私,大方向最正确。惹得京剧团里的其他各派十分讨厌他,却又拿他没有办法,他毕竟也是个造反组织,本人又是个勤杂工,是京剧团里地地道道的"劳动群众",拿他有什么办法?后来其他各派合并为"炮声隆造反队",黄烈全也曾郑重其事地请"32111"联合进来。邵南孙却不干,仍旧独守自己的山头。他觉得黄烈全算个什么东西,他造反动机不纯,对花家父女公报私仇!瞧着他在台上那个耀武扬威的样子,就不顺眼。今天的社会真是个没有心肝的老浑蛋,它不惜牺牲许多老实善良的人做塔基,而它却只承认坐在塔尖上的人物。

邵南孙从口袋里掏出"32111革命造反队"的红袖章,戴在胳膊上,今天夜里它也许能起到一点护身符的作用。他已经知道自己应该怎么办了……

主席台上的大小司令们快走光了,总司令李鹏万第一个钻进了一辆由他老婆驾驶的灰色小轿车,身后招来许多嫉妒或羡慕的眼光。他的造反派战友们猜不透,蔡奇珍为什么不舒舒服服地在家里当她的司令太太,非要给丈夫当司机,没黑没白地跟着他乱跑。

李鹏万临上汽车前指示各单位的造反派头头,由他们各自处理脚下的那些"牛鬼蛇神"。这时候就看出来,当权派也有当权派的好处,佟川、石恒泰他们别看刚挨完斗,手里仍然有权,地、市委机关里也有一派人在保他们。一宣布可以回家了,就有人上台把他们扶下来,仍旧坐着小汽车走了。身后引起一阵没有汽车可坐的造反派的咒骂声。最苦的是那些普通的"牛鬼蛇神",没人管他们,他们想走迈不动腿,四肢僵硬,不听使唤。有的想坐在地上先歇一会儿,却再也站不起来了。

最缺德的还得数京剧团。黄烈全对他的犯人们说:"现在你们可以回家了,不许摘掉脖子上的牌子。明天上午八点钟以前到团里集合,脖子上要挂着牌子,必须走一步喊一声——'我是牛鬼蛇神'!"

他说完就往台下走,京剧团其他的造反要员,已经爬上了团里拉道具的大卡车,驾驶楼里司机旁边的位置是给黄烈全留的。但武班侯喊住了他:"黄司令,您就让我一个人回家?没有造反派监督着我,这有点不合适吧？能不能像抓我的时候一样，把我押上汽车。你们一路批判，高喊口号，充分利用一切能够搞大批判的机会，岂不更好？”

方月萱也向黄烈全露出可怜的、乞求的目光。他们一是怕走不到家，二是怕半路上碰到造反派的散兵游勇揍顿死揍，甚至还会闹出其他事情来。

黄烈全笑了，“武班侯，你想得倒美。要我们拿汽车把你送回去也行，到你家门口得开个现场批判会，把附近的居民都喊出来，在街道上把你批倒批臭。怎么样？”

邵南孙乘机走上台去，把花露婵和她的父亲扶下来。花啸天的脾气又倔又怪，而且认死理儿，很难改变对邵南孙早就形成的看法。他认为这个小丑一定是乘人之危，别有所图。几个小时前还跳上台来强按她女儿低头，现在又来做好人。他推开邵南孙的手，想自己走下台阶。不料双腿麻木，不听使唤，险些跌倒。多亏邵南孙手疾眼快，一手搀着他，一手扶着花露婵的胳膊，三个人慢慢走下批判台，转到后台的阴影里。邵南孙从怀里掏出一个水壶递给花啸天：“这是酒，赶紧喝几口活络一下筋脉。”

这回花啸天可不客气了，仰起脖子咕咚咕咚，不是几口，而是下去少半壶。仍旧不说话，不看邵南孙，只把水壶还给他。邵南孙又把酒递给花露婵。花啸天威严地说：“婵儿，不许喝酒！”

“爹，我的嗓子还有什么用？为了挨批作检查，用不着保护嗓子！”这也许是花露婵第一次违抗父亲的命令，见老爷子没有再说什么，她就仰起脸连泪带酒一块吞了下去。

“你们先慢慢往前走着，活动一下腿脚，让身子暖和过来，我去取自行车。”邵南孙说完拐进一个小胡同，花露婵搀着父亲顺着卫东大街往前移动。酒精渐渐在身上散开，走了一段路之后，身上果然热乎起来。邵南孙骑着自行车赶上他们：“花先生，您还骑得了车吗？”

花露婵抢先说：“那怎么行？他现在走道还不利索呢，怎能蹬车？”

“那怎么办？你骑车能驮人吗？”

“能。”

"那好，"邵南孙接过父女俩的木牌子，将车把交给花露婵，扶花啸天坐到后架上，"快走，路上要小心。"

"你怎么办？"花露婵声音呜咽。

"我还用你操心吗？一溜小跑，一刻钟到家。"邵南孙语调轻松。

"你把那两块牌子帮我挂到车把上。"

"不行，你们带着它危险。万一碰上造反队，凭这两块牌子他们就会找你们的麻烦。"

"明天上班还叫我们带着呢！"

"我会给你们送去的。"

"你……带着它就不危险吗？"

"快走吧！"邵南孙扶着自行车后架，跟在车后边跑了一阵，等花露婵骑稳了，他才松手。一直看着花家父女的身影被沉沉的黑暗完全吞没了，他才反身去拿那两块木牌子。

木牌子被几个手持棍棒的汉子踩在脚下，他们的眼睛像鬼火一样对着他闪烁。京剧团的卡车停在路中央，街两旁一幢幢阴影像神秘的黑烟。邵南孙镇定了一下情绪，自知是躲不过了，干脆迎了上去。

车门开了，黄烈全探出身子，"孙子，花家二鬼哪去了？"

"回家了。不是你们允许的吗？"

"为什么把牌子扔在这儿？"

"我正是来取这两块牌子的。"邵南孙弯腰从他们脚下抽出木牌，转身要走，黄烈全发出一声断喝：

"等等！是你把花露婵送走的？"

"既然你们不愿押送，我32111革命造反队就是责无旁贷了。"

"什么'32111'？狗屁！除去你这个光杆宝贝，还有谁？哈哈哈……"从四周的黑暗中发出一阵狂笑。

"邵南孙，你算什么造反派，你是跳梁小丑，打着造反的旗号，保黑帮。你今天在台上演的那出戏，以为我们没看出来；你是地地道道的铁杆保皇派，是拜倒在花露婵石榴裙下的色鬼，是牛鬼蛇神的乏走狗！把他的红袖章摘下来！"

"慢着,不用摘,我们应该彻底砸烂这个反革命的'32111'!"唱小生的杨忠恕抡起棍子,对准邵南孙戴红袖章的左胳膊打去……

"你们想干什么?"邵南孙没有躲闪,他知道反抗也没有用。此时此地,智慧和勇气也许比健壮的胳膊和一根粗硬的木棍更重要,"你们若是自以为有理,明天在团里或在大街上公开辩论,我奉陪到底。如果你们想趁夜深人静搞武斗,就说明你们心里有鬼、发虚,不敢在光天化日之下跟只有一个人的'32111'对阵。"

"少跟他唆,不用等到明天,现在就要取缔'32111'!"几个武生拥上来揪住他。

"放开我,我不会跑的,我要看着你们行凶。"愤怒使他身上散发出一种死亡般的冷气。

打手们早就不耐烦了,棍棒、钢丝鞭像暴雨般地倾泻到他的左半个身子上。他倒在了地上,但没有喊叫。反正今天想卖也得卖,不想卖也得卖,莫如咬紧牙,在肉体上输给他们,在意志和品格上赢他们。很快,"32111革命造反队"的红袖章变成了一条条布丝儿,从他的胳膊上脱落下来。杨忠恕又补上一记重棍,邵南孙的左臂发出"噗"的一声。他冷冷地说:"别打了,左胳膊断了。"

"打他的狗腿!"

当人类剥光了文明的外衣,变成了赤裸裸的动物,就会把摧残或分食一个同类的肉体视为一种快乐、一种享受,甚至打人也会上瘾。他们哈哈笑着,一边打一边取乐儿:

"这小子够硬的,愣打不出一个响屁来!"

"怎么样,叫个疼,喊声爷爷,就放了你这个三孙子。"

"到明天花露婵看见你这个鸟样子,就会更爱你了,啊,哈哈……"

这种精神上的嘲弄,刺激了邵南孙的理智,使他清醒,不至于因疼痛而昏厥过去,甚至抵消了一部分肉体上的痛苦。但他终于不得不用尽最大的力气再次喊出一声:"别打左腿了,它也断了!"

"好,给他翻个身,打他的右边。把他的四只爪子全敲断!"杨忠恕也是京剧团里的造反头目,好像打红眼了。

"停!"黄烈全又从驾驶楼里站起来,"那就便宜他了,留着他的右手好写检查。邵南孙,你听着,从现在起,造反派要对你实行无产阶级专政,你的罪名是'反革命修正主义的黑笔杆、资产阶级反动路线的乏走狗'!明天,不,现在已是下半夜了,今天上午八点钟,挂着牌子到'炮声隆'造反总部报到,剪掉你的头发!"

剪头发是"文化大革命"的一种刑法,类似古代的黥刑。区别是一个在脸上刺字,一个是把头发剪成各种花样,或"月牙形",或"梅花形",或"半阴半阳",或"前秃后烂",是"牛鬼蛇神"的一种标志。但不能全剃光,至少要留下一撮,在批斗的时候好让造反派揪起来方便。杨忠恕用木棍挑掉了邵南孙的棉帽子,露出了一个早已剃得光秃秃的头颅,无发可剪,也无发可揪。

"嘿,这小子早有准备。"受到嘲弄的打手们把火气全部发泄到邵南孙的脑袋上,一顿脚踢棒打,毫无遮拦的头颅登时变成了一个血淋淋的烂桃。造反派们跳上汽车,呼啸而去。

尽管伤势惨重,生命却不肯就此抛弃邵南孙。它借助寒冷的北风,刺骨的冰雨,慢慢地又回到他的身上。那恍恍惚惚的理智提醒他,只要能爬到人民医院,他就能得救,那里有他的同学和朋友。他用没有受伤的右手摸索到那顶棉帽子,不能冻坏了伤口。可就在当他艰难地把帽子戴上脑袋的时候,他的知觉,又被痛楚和晕眩折磨得化作一股轻烟,逃离了他的肉体……

有时死个人是很容易的,俗话说:"人死如灯灭。"而另有一种生命却很难被轻易地整死。邵南孙的生存能力也许属于后一种类型。当他再次醒来的时候,终于能够往前挪动了。似乎还看见前边有两个人影,很像武班侯和方月萱,相互搀扶着,一瘸一拐。他喊了一声:"武班侯……"然而连他也没有听到自己的声音。笼罩他的是寂寥无边的黑暗,在他的前面仿佛有一个盲目的凶残的世界……

现在的故事之三

　　红楼剧场里晚上还有演出,福北地区京剧团排出了最强的阵容,名角儿们贴出了最拿手的戏码,连演三天,庆祝武班侯重返舞台。他在监狱里被关了九年,这是出狱后的第一次登台亮相,方月萱心甘情愿为他唱一出垫底儿的戏。谁叫人家多受了九年罪?死的人不算,在活着的老演员中大概就数武班侯受的折磨最多。死里逃生再登场,大喜大贺。这里白天哭死的,晚上庆祝活着的,或悲或笑,都是人之常情,世间常事。

　　剧场的工作人员要打扫干净前厅,撤走花圈和灵堂布置,恢复剧场轻松愉快的气氛,准备迎接观众。年轻的售票员很不情愿地把一个个大花圈搬到后面去,这并不是她分内的事,况且老摸这些献给死人的东西总是不吉利的,说不定什么时候就会给自己带来晦气。她不跟着干又不行,只好用消极的办法表达自己的情绪,像个恶劣的搬运工人进行"野蛮装卸"那样把气撒在花圈上,摔过来扔过去,稀里哗啦。有些纸扎的花圈散了架,纸花纷纷脱落。周凤起、吴性清这些花露婵追悼会的领导人物,在旁边看得心疼。花圈是从殡仪馆租来的,用完要归还,碰坏要罚款,再说明天还要用它伺候别的亡灵,都摔坏了怎么办?他们只好停止关于下一场追悼会的研究和筹备工作,过来帮着搬花圈,让姑娘去搬中间那一对用真花做成的花圈和花篮,那是邵南孙私人献给花露婵的,摔散摔坏都没有关系。售票员带着一种胜利的冷笑,迈着跳舞般的步子走向灵堂的中间。她喜欢这些色彩斑斓,幽幽送香的鲜花,真可惜做了花圈。

大厅里噼里啪啦的声音不知惊动了哪方神灵,也许是花露婵的芳魂不散。当姑娘走到花露婵的遗像前想搬动花圈时,突然惊叫一声,慌忙后退,摔倒在地板上。众人围上来,不知道发生了什么事。姑娘惊魂未定,一边往后挪着屁股,一边指着花圈叫喊:"蛇,毒蛇!"

周凤起等顺着姑娘的手指望去,从邵南孙送的花圈上和花篮里挺立起四五条长虫。粗如手杖,周身披着棋盘样的花纹,尾部藏在鲜花丛里,前半截身子探出一米来长,凶恶地扭动、旋转。那扁而尖的脑袋昂然翘起,像弹头一样瞄准了想搬动花圈的人们,嘴里发出"咝咝"的声响,吐射着火焰般的毒信,随时都可能对人发起闪电般的攻击。大家都倒吸一口凉气,根根头发梢儿都立起来了。一种厌恶的恐惧、恐惧般的厌恶,使大家身不由己地倒退数步,周身生出一层鸡皮疙瘩。吴性清扶起姑娘,"咬伤了没有?"

姑娘摇摇头,心有余悸地又后退几步。福北城离铁弓岭不过数百公里,人们对毒蛇的传说听得太多了。谁能断定这不是毒蛇呢?光凭那样子就够可怕的了!姑娘担心地说:"它们会不会爬下来?"

吴性清说:"大概不会,要是能够爬下来的话,它们恐怕早就不在花圈上呆着了!问题是它们怎么会藏在花圈里?是有人故意放上去的?"

周凤起接过话茬儿,"这还用说,肯定是邵南孙故意把毒蛇藏在花圈和花篮里的!"

吴性清说:"他为什么要这样做?这里面莫非还有什么讲究?是一种礼仪,或者能表达一种特殊的感情?"

周凤起生气地一挥手,"什么都不是,就是恶作剧,出风头,戏弄人!"

吴性清摆摆头,"他不会开这样的玩笑……"

周凤起不想跟他讨论邵南孙的动机,他关心的是现实,"不能让死人的阴魂破坏晚上活人的演出,必须尽快把这些倒霉的花圈、花篮、花露婵的遗像等彻底打扫干净。现在能够拿走这些东西的只有邵南孙,他到地委书记家里吃饭去了……"想到这一点周凤起心里的火气就往上撞,佟川为什么要请这个小丑吃饭?看他中了奖,还是想到他的山上去吃蛇肉、喝蛇酒?周凤起同邵南孙之间并无多少私人恩怨,他说不上为什么就是不喜欢邵南孙。以前厌恶他的孙子样儿,现在讨厌他的狂傲劲儿,他的性格,他的气质,他的谈吐和一投足一举手,甚至连他的遭遇都使周凤起看着不顺眼,感到不舒服。佟川对邵南孙的态度更使他不解、不安和气愤,也许还有一种连他自己也感到奇怪的隐隐妒忌。这实在大可不必,邵南孙不管闹腾得多厉害,也不是他的对手,对他不会有任何妨碍。不论现在或将来,姓邵的都不可能对他构成什么威胁,顶多就是对他不够尊重,当众给他一点小小的难堪,就像在今天的追悼会上一样……正因为如此,他不愿意亲自去找邵南孙,甚至不想再看到他。别的人去又怕搬不动邵南孙,只好麻烦老夫子,"老吴,请你辛苦一趟,到佟书记家把邵南孙找来。"

吴性清看看表,有些为难,"这时候去恐怕不合适,人家说不定正吃饭,而且又是佟书记请客,我们不便去打搅吧?"

"他吃饭不能耽误,晚上的演出就能耽误吗?他吃完饭要走了怎么办?到哪儿去找他?武班侯是好惹的角儿吗?今天又是他卖力气要好的日子,前面摆着花圈、设着花露婵的灵堂,他要嫌丧气临时摔耙子晾了台怎么办?怎么向观众交代?再说佟书记晚上也要来看戏,他要怪罪下来我们担当不起。如果观众再被毒蛇咬伤,那就更把乱子闹大了!"周凤起的话像连珠炮一样,把满肚子的火气全发泄到吴性清的身上,好像制造这场恶作剧的不是邵南孙而是吴性清。

论资历,吴性清可比周凤起老得多,论职务也是堂堂文化局副局长,和周凤起只是正副之分,但在周凤起面前仍然是个受气筒。他反倒来安慰周凤起:"你先不要着急,我这就给佟书记家里打个电话……"

"这就是福北第一号人物的家!"——邵南孙头一回在领导人家里做客,不无新鲜感。古老的小楼,高大宽阔的房间,厚重结实的门窗,奇怪的建筑结构,楼道七扭八拐,房屋奇形怪状,看似无路可走,实则门门相通。他看不出这座小楼有几层，也找不到上楼的楼梯，更不知道佟川住着几间房，是一层，还是整座小楼全归他？神秘，幽暗，如果没有保姆头前带路，他真有可能连大门也摸不着。

佟川在客厅里等他。这是一间敞亮的圆形大房子，想不到从外表看来很不起眼的小楼，里面竟有这么漂亮的大厅，可以举办五十人的舞会，也可以在这里开一台戏。地委书记所以喜欢这幢古怪的小楼，可能就因为有这间大厅，随时都可以把演员叫到家里来为他一个人唱戏。他坐在家里就能看名角儿表演。以前关于佟川和女演员们的种种传说，大概就发生在这间房子里。邵南孙感到别扭，心里不自在，追悼会投在他心里的暗影还没有消失。他一回到福北才发现自己心里藏着强烈的复仇的欲念，面对过去的同事，大有"仇人相见，分外眼红"的感觉。花露婵活着的时候，他对任何人都不妒忌。现在，对所有跟花露婵有过接触的头面人物都怀疑，对所有活下来的人，特别是那些整过花露婵，喊过口号，举过拳头的人，都怀着一种深不可测的憎恨。这仇恨像股暗火，时明时灭，他克制着自己。他怀疑也许是自己多年在大山里自由散漫惯了，走进领导人的家门处处都觉得不随便。脚下的老式地毯已经发硬，色泽暗淡，图案模糊。临窗摆着一张大办公桌，桌上堆着书报、文件和电话机。高背皮椅子后面有一个紫木书架，看来这间屋子是佟川的书房兼办公室。与办公桌相对的是一溜大沙发，墙上挂着几幅本地名演员的彩色剧照，当然不会少了花露婵的。邵南孙很想走过去仔细端详一下，他抑制住心里的冲动，身上那股莫名其妙的不舒服劲儿更强烈了，暗火在燃烧，火星在迸射。他很想当面问问佟川，花露婵是不是也往他的怀里躺过，他是不是曾占有了花露婵的童贞？在花露婵活着的时候，邵南孙从没有想过这件事，对花露婵从未产生过一丝一毫的怀疑。如果他怀着现在的这种想法，又不要命地去追求她，岂不成了一个卑鄙虚伪的小人？岂不最大程度地亵渎了花露婵纯洁的感情？现在她不在人世了，他却根据"文化大革命"中大字报的内容胡乱猜测。他对自己的卑下和无聊感到震惊，却又不能自已。这不仅仅是出于男人的妒忌，也不只是一种报仇心理，更像是一种疯狂的变态。他不怀疑自己真正获得了花露婵最宝贵的感情,她的一切(包括身体),是无比圣洁和高贵的。他俩在正式举行结婚典礼之前,他没有权利、也决不允许自己鲁莽地侵犯圣物。以至于他永远失去了事实上做她丈夫的机会,也可以说是做个世界上最幸运的男人的机会。他不后悔,实际上这也不是应该后悔的事情,以后发生的一切并不取决于他们俩。但,事后他听到的一些谣传,令他震怒,他不能容忍这样的事情发生:一些她所不爱、也并不真正爱她的男人却碰过她的身体……

“老邵,你怎么老愣神儿?你要是喜欢就把小花的这幅剧照拿走。”地委书记把糖盒、橘子等一堆小食品推到邵南孙眼前。

“不……”邵南孙想不透佟川请他来吃饭的真实目的,心存戒备,一时无话可说。就这样干坐着又太难堪,只好拿几句废话来搪塞,“您的身体还不错?”

“不行喽,浑身都是病。我所以能大难不死,就靠精神乐观,生来不爱看悲剧。”佟川确实已走近了老年期,只有眼睛还保持着他特有的骄傲和多疑,仍然喜欢俯视一切。尽管他在邵南孙面前谈笑风生,亲切随便,邵南孙仍然觉得他们之间有很大的距离,不禁脱口唱了反调:

“可惜,人间真正的喜剧太少了!闹剧和悲剧倒是很多……”他险些没有说出——你佟川焉知自己不是在一场悲剧里扮演一个角色?而且还没有演好。

“老邵,算了吧,你也不要再演《苏武牧羊》了。回到福北来,该演一出《大登殿》了!”

“我回来干什么?”邵南孙装傻,可他心里很明白,佟川要跟他进行实质性的谈话了。

“专门搞创作,如果有兴趣还可以兼做一点文化局的领导工作。”

“我?”这可是邵南孙没有想到的。但他控制住自己的情绪,满不在乎地嘻嘻一笑,“您看我是这个材料吗?”

“你别以为我不知道,省话剧团最近在排一出新戏,叫《人间》,是你写的吧?剧本登在《十月》杂志上。我女儿说最近还看到了你写的两部中篇小说,这不会错吧?"

"有这么回事。"邵南孙掩饰着心里的得意,故作矜持。"但是,我搞创作可不是为了当专业作家,只是因为生活太无聊。当闲着没事干的时候就想试试笔,寻找精神的寄托,宣泄无法对人倾诉的感情。写出来了痛苦就会有暂时的缓解。我不会把写作当做专业,靠笔墨吃饭。"

佟川的表情忽然变得严肃而又果断,带着居高临下的神情,"当初你是被造反派遣送下去的,现在理应给你落实政策。下午我就跟文化局谈这个问题,一两天之内就会有结果。你先不要回去,散散心,看看戏。不知武班侯还能不能压住台脚? 我很担心今天晚上的演出。"

"明天我要去南江县看看花露婵的父亲……"邵南孙不想马上回答佟川提出的问题,他还需要认真权衡一下利弊得失。恰在这时候有两个妇女走进客厅,乍一看像姐妹,实则是母女,年长的人则先说:"这位就是鼎鼎大名的'蛇神'?"

佟川赶紧给他介绍:"她是我老伴,那是我女儿。"

邵南孙站起来跟女主人握手,"您好,还应该在'蛇神'前面加上两个字——'牛鬼'!"

女主人开心地笑了,声音响亮,满身弹性,年轻时当演员的功夫还没有全丢掉,"大作家真会说笑话。"

她的女儿却丰姿美质,格外柔媚的眼睛从一进门就大胆地凝视着邵南孙。不知为什么,突然在她的目光中闪过一道怨艾凄恻的暗影,令邵南孙心头一震,"她可怜我,还是瞧不起我?"他脸上立刻现出一种傲慢的冷酷的神情,很勉强地伸出手去,握住那只主动伸过来的温热的柔若无骨的小手,如同握着一个剥了皮的熟鸡蛋。

"佟佩茹。"

她吐出这三个字之后就再也没有说过话,那怨艾凄恻的目光却不停地在邵南孙身上灼来灼去。邵南孙不敢看她,也没再跟她说话。

女主人似乎当仁不让地插在了邵南孙和她丈夫之间,"你们的正事谈完了吗?"

"眼前的正事就是吃饭,你们准备得怎么样了?"佟川忽然变得很有风趣,又不失掉应有的尊严。

"家常便饭,菜已经摆好了。你们还可以边吃边谈。"夫人亲近而又自然地扶着丈夫从沙发里站起来,向邵南孙一摆手,"请!"

邵南孙却有点不大自然,"我太不客气了,来了就吃,实在冒昧。"

"能请到你这样的客人真使我们家蓬荜增辉,老佟从追悼会上回来以后,一直念叨你的情况,难得你对露婵这样一往情深……"

"得,得,你又提这一段儿,不想叫人吃饭啦?"佟川似乎不太高兴地打断了夫人的话。

"我是为露婵抱屈,她要活着该多好。有老邵这样一个忠贞多情的丈夫,有本事,又有才华,该多么美满。"女主人并不在乎丈夫的情绪,只管把自己的意思表达完,带头走进了餐厅。

这是一间不太大的房子,紧挨着厨房。保姆已把饭菜摆好。女主人免不了再客气几句:"没有什么菜,老佟告诉得太晚了,来不及准备。"

菜的花样确实不多,但精致、实惠,在一般的人家难得见到。如清炖牛鞭、烧甲鱼、栗子鸡、炒扇贝,有很高的营养价值,吃起来又鲜嫩爽口,还有两个清淡的素菜。邵南孙吃到肚里有万千滋味。他不羡慕佟川的住处,他在铁弓岭新盖成的房子,比这座古怪的小楼要强得多、实用得多:地毯公司运来的出口的高级地毯,还有索尼牌的立体声音响设备,进口的空气调节设备和录像机等等,凡他想到的、见过的、听别人谈过的,只要能买到手的都搞来了。他在精神上损失得太多了,物质上不能再亏待自己。存钱又留给谁?能花就花!既然被人骂做暴发户,干脆就像个"暴发"的样子。可是他幸福吗?快乐吗?铁弓岭有各种各样的稀世珍宝,取之不尽的山珍野味,有绝对没有受过任何污染的珍贵鱼类。他却不会吃,不像佟川这样会享受,老是烧蛇肉、煮蛇汤、蒸蛇羹、泡蛇酒,像掉在蛇窝里一样。还是当官的会享福,瞧他们多会吃,吃得多舒服!还得要有个家。人家这两口子,谁都有过对对方不忠实的事,现在不是过得好好的吗?好像还亲亲爱爱挺和谐。看来夫妻也就是那么一回事,只是由于某种偶然的因素碰到一块了,无论怎么样都可以过一辈子……

"吃菜吃菜,你怎么不吃也不喝啊?"饭桌上就是女主人在张罗。佟川只顾往自己的嘴里大块送肉,不谦让,也难得想到要照顾别人,什么好吃就毫不客气地夹什么吃,一副领导者以自我为中心的吃相。他的女儿吃得不多,默默地一声不吭,时而抬头看看邵南孙。

佟川大概吃得肚子里有底了,端起了酒杯,"都怪刚才恒秋的几句话扫了酒兴。来,我们谈点高兴的事。老邵,祝贺你当上了全国政协委员。整个福北地区可就你这么一个全国委员。干杯!"

邵南孙发愣,停杯未动,"我什么时候当了全国政协委员?"

"委员的证书都已经寄来了,大红烫金的封面,比一般工作证大两倍,十分讲究,放在我地委的办公桌上忘记带回来了。晚上给你,这一两天省报就要发消息。"

邵南孙还有点做梦的感觉,"全国政协委员不是要经过一级级的选举才能产生吗?"

"你这就不懂! 政协委员跟人大代表不同,不是选举的。"以佟川的地位似乎用不着向邵南孙买好,他想了想还是又加上几句说明,"省里送来一张表,了解你的基本情况,征求地委的意见。当然会有人反对,主要意见就是认为你升得太快了、太突然了。地委书记和专员都不是全国政协委员,你却一步登天,有些同志心里不会太痛快。我坚持签字盖章,让组织部填上你的基本情况,从档案袋里又翻出一张照片,就这么报上去了。这不很快就批下来了……"

全国政治协商会议的委员——虽然没有多少实权,却可以进京参与议论国家政事,很有点像资本主义国家议员的味道。应该说这是一种很高的荣誉了。中国没有竞选一说,靠个人奋斗是争取不到的,只能靠命运的恩赐。他该感谢谁呢?

这个荣誉或许真是佟川给他的,但他并不感谢佟川,他谁也不想感谢,只感谢花露婵的在天之灵。

他一下子明白了,佟川为什么在追悼会上会对他有那样反常的亲热态度,为什么出人意外地请他来家做客,为什么还要给他落实政策等等,其原因是在这里。他对这一家人刚刚培养起来的好感,忽然又都失去了,酒不香,菜也无味了……

女主人端起盛着橘子水的茶杯也一个劲儿地凑热闹,"老邵……咳,我也受了老佟的传染,什么老呀老的,应该叫你小邵,恭喜你时来运转!"

"侥幸挂个虚名,何喜之有?"

"你现在是大人物了,全国知名,也该成个家了。有四十岁吗?"

"四十一。"

"还很年轻嘛,正是好时候。别再等了,反正花露婵也不能还阳了,算她没福气,要不要我帮忙?"

"谢谢! 我常年在荒山野岭与毒蛇为伍,哪个好姑娘愿嫁给这样的人?"

"只要你开口,好姑娘有的是! 再说你很快不就调上来了吗?"

"恐怕没有那么简单,我的事业、我的根基、我的兴趣和生命的位置都在铁弓岭。回到福北能干什么呢?"邵南孙的脸有点发红,他并未放开酒量痛饮,由于昨天夜里没有睡觉,今天的情绪大跌大涨,悲喜俱有,他感到头有点晕,"现在,我宁愿跟蛇打交道,也不愿与人为伍。多毒的蛇都不难对付,而人是最难打交道的。我可不想在后半生再遭第二次遣送……"

佟川很讲究养身之道,他的养身秘诀之一就是"生气不喝酒、情绪恶劣不用餐"。他喜欢在吃饭的时候高高兴兴,气氛亲热融洽,能使食欲大振,也更能品尝出珍馐佳肴的滋味。他发现邵南孙的情绪很阴沉,便试着扭转了话题,"南孙,现在你是个很神秘的人物,找机会我一定去看看你的蛇园、你的研究所。"

"非常欢迎,请恒秋同志和佩茹同志一块去。我请你们吃真正的山珍野味。比如'角怪',是世界上最稀罕的动物之一,像长着一对黑刺的青蛙,却有极高的营养价值,对人大补。各种飞禽走兽的肉就不用提了,压轴菜是用五步蛇和童子鸡合炖的龙凤汤……"

"吓死人了,你再说我就要恶心了!"夫人表情夸张地摆动着手里的筷子。她身上还残留着星星点点青春的露珠,她老想把这露珠变成美丽的霓裳。不论在她有意摆出的尊严中,还是在她天生的热情里,常附有一种残留的艳冶。

"恒秋同志,毒蛇并不像人们传说的那么可怕,它是人类的好朋友。蛇比猫更能抓老鼠,一条蛇一夜能吃好几只鼠。蛇的全身都是宝,蛇皮是工业原料,能制皮革、乐器、皮带和女人用的各种提包;蛇肝、蛇蜕是中医良药,当然最珍贵的还是蛇涎,是专治脑血栓、麻风病的灵丹,国外正在研究用它治癌症。五步蛇是高级营养滋补品,人体必需的八种氨基酸它身上都有,吃五步蛇能缺啥补啥……"

佟川轰然大笑,"这家伙,谈起人来皱眉头摇脑袋,一肚子怨恨。谈起蛇来眉飞色舞,你最好像许仙一样也娶个蛇仙当老婆,还能再写一出《青蛇传》。"

邵南孙也笑了。这时保姆走到他身边,请他去接电话。他感到纳闷,有谁会在这时候找他呢? 他感到饭菜吃得差不多了,正好趁机离席,便向女主人的盛情表示了谢意,到客厅接电话。对方一报姓名,他就知道是为什么事情了,便吓唬吴性清:

"那是五步蛇,又叫棋盘蛇,是铁弓岭所有毒蛇中毒性最大的。你当然也知道它这个名字的来历,被它咬伤,不出五步便会倒地毙命。它们好几天没吃东西了,穷凶极恶,千万不要惹它! ……没关系,人不触犯它,它不会伤害人。你们要是动花圈,出了事情我可不管!

"我不管今晚是谁演出,我是山里人,又是花露婵的亲属,按山里人的规矩,在花圈上拴毒蛇是防备小鬼抢夺,也是对亲人最隆重的祭奠。我要求花露婵的遗像和我送的花圈、花篮,在红楼剧场供奉三天。让观众看看她、想想她,也是对她的纪念。她生前多次在红楼剧场演出,难道剧场和同行们对她连这点情意都没有吗? 活着的人可以随心所欲地占据大舞台,她暂时占一块墙还不可以吗?"

他不容吴性清再讲话就把话筒撂了。

夏恒秋殷勤地跟过来,劝邵南孙再回到饭桌上去喝点汤。邵南孙声称已经吃饱,非常感谢女主人的盛情款待。

"你几乎什么都没吃,怎么就饱了?"夏恒秋用异样的眼光盯着邵南孙,世界上还真有这般专情的男人。女人的小心眼儿勾起了她对花露婵的妒忌和憎恨,哪怕对方是个死鬼。就在这间大厅里,她曾为佟川和女演员们的关系撒过多少次大泼。

她装出无限同情的样子,"你何必为了花露婵这么折磨自己?其实,她就是活着也配不上你。"

夏恒秋的神态引起邵南孙的警觉,"您这话是什么意思?"

"她跟你相好以前就不是什么大姑娘了,你值得吗?"

"您说什么?"邵南孙头上挨了一棒槌,通红的眼睛死死地盯着夏恒秋,恨不得撕烂眼前这个女人充满鄙夷神情的白脸。

她甜甜地笑了,"哟,你是真不知道,还是装糊涂?花露婵是个演员,跟师傅学艺要献体,巴结领导也要献体……"

"你也是个演员!"邵南孙怒冲冲没有跟佟川打招呼就摔门而去。

邵南孙离开地委大院,重新考虑自己的计划。他原想借花露婵追悼会的影响,请文化局开个证明信,去福北监狱提审李鹏万、黄烈全,如果不能当面审讯,也要通过公安人员了解他们在花露婵身上作孽的事实。他还想找杨忠恕和方月萱,这两个家伙,也会知道一些花露婵被害死的真实情况。不过,他们对他肯定会怀有戒心,也许还有一点幸灾乐祸和妒忌,瞧不起他这个至今还是货真价实的"蛇神"。他以现在的身份找他们,他们会说真话吗?刚才夏恒秋那几句话不啻是五雷轰顶,难道花露婵也会骗他吗?不管怎样佟川的话给了他新的启示,为了给花露婵报仇,为了让敌人活得不痛快,他必须往上爬!等到他的全国政协委员的身份一公布,如果能像佟川说的当上地区文化局的副局长就更好,他就可以居高临下地跟这些戏子谈话,杨忠恕和方月萱会趴在地上舔他的鞋。

他改变了计划。可今天下午干什么去呢?他应该回宾馆好好睡一觉,他让司机在福北宾馆订了一套最好的房间。他的脑袋也确实有点昏昏沉沉,可是他不想睡觉,他知道自己,这种时候无论躺在多舒服的床上也睡不着。今天他不能想别的,只能想花露婵。应该到所有跟花露婵有过联系的地方——哪怕是只留下过她的脚印或其他一点什么痕迹的地方,去走一走,看一看,凭吊一番,回忆一番。他不相信夏恒秋的话,这个女人不过重复了"文化大革命"中对花露婵的诽谤。花露婵不是凡人,她身上没有一点儿……他没有回宾馆叫醒司机,想一个人步行,孤孤单单地回味过去的一切。

他来到花露婵的家,在这个小巧玲珑的四合院里,埋藏着许多他最痛苦、最难忘的回忆。只有当花露婵被打成"黑帮"之后,他才能够走进这个小院,看望她,帮助她……现在,这里的一切都与他毫不相干,一些他根本不认识的人成了这座院子的主人。他不胜惆怅,愤然离去。像这种能勾起他满腔愤慨和深刻痛苦的地方还有好多,京剧团关押花露婵的牛棚,贴她大字报的土墙,批判她的高台、广场、院落……邵南孙不想再去看这些地方!

有没有什么地方,能够引起他甜蜜而快乐的回忆?他和花露婵这样生死不忘,当然有过超越生死的热恋,享受过巨大的爱情欢乐,应该去寻找这样的记忆。这样的记忆很多,强烈而又深刻。爱情的产生也像生命的诞生一样,爆发的阶段最新鲜最神秘,幸福得浑身战栗。他的生命应该说是从获得了花露婵的爱情之后才开始,那时他变成了一个新人,就像刚出生到人世间,一切都是那么新鲜,生气勃勃……可惜,他们享受这种欢乐的时间太短暂了。惟其短暂,才更加珍贵!可惜这样的欢乐大都失落在外地,因为他们在福北没有条件经常幽会……

他记起来,那次花露婵从外地巡回演出回来,他们相会在星龙公园的假山后面。对,去星龙公园……

过去的故事之四

　　省城真不枉有"东方夜明珠"的美誉,到了晚间它是一座迷人的星星城。当天才的大自然把寂寞的太阳赶到地球背面,将厚厚的夜幕撒向东方大地的时候,仿佛把空间的一个个星座也都摘了下来,镶嵌到这座城市里无数个高低不等、千奇百怪的建筑物上。于是这座有名的城市脱去了白日那种单调而干燥的灰袍子,有了色彩,有了层次,有了立体感,变得五彩斑斓、变化万端了。

　　有光就有影,有明就有暗,太阳对人类的功绩不单是送来了光明,还会带走光明留下黑暗。如果世间只有白天没有黑夜,人类的生活也许会变得更加沉重和不可忍受。当世间拉上了夜幕,人们就更便于排演各种各样的悲喜剧。剧院的黄金时刻到了,演员准备登场……

　　巍峨璀璨的东方大戏院,雄踞闹市中心。这座奇特古老的建筑,在明信片和导游图上是"东方夜明珠"的标志;到晚间,它是"星星城"的一块瑰宝。楼顶还有一个很高的锥形塔楼,像一枚升火待发的火箭直刺夜空。戏院门前灯火灿烂,人头攒动,语声喧哗,等退票的人很多。他们手举零钱,眼观六路,十分机警地不放过任何一个从戏院门前经过的人。有的干脆守在存车处、汽车站,把住通向戏院的各个路口,"有富余票吗? 谁退票?"

　　很长时间这个专门上演传统戏曲的剧院没有这样热闹过了,今天的演出非同寻常。瞧这戏码子:《拾玉镯》《破洪州》《挑滑车》。看演员的阵容,三大主演:方月萱、花露婵、武班侯。前两位且不说,排在第三位的武班侯可是名震全国的文武老生带红净,到哪儿都是挂头牌。

他居然还排在方月萱、花露婵两位旦角的后面。可见方、花二人定是非同一般,艺冠群芳了。他们要在"东方大戏院"演出十天,只有前四场是传统戏,后面都是现代戏。群众热情这样高,难道仅仅是出于对这些剧目、这些演员有极大的兴趣?未必全是。

今晚只卖了四分之一的票,其余的做"内部招待"。只要看大戏院对面的广场上那一辆辆小汽车和大轿车,就可以断定那四分之三的观众都是什么身份了。正因为如此,门口上才有那么多人等退票,然而能等上票的人却极少。退票的越少,就说明今晚的戏格外好。头头们都来看戏,更给今晚的演出增加了吸引力和神秘感,使等退票的人越来越多。别的不说,光是"内部招待"这几个字,就具有无穷的吸引力和号召力。不知从什么时候开始,人们对"内部演出"、"内部电影"、"内部材料"、"内部报告"产生了格外大的兴趣。中央并没有下个文件不许上演传统戏,可是相当长的时间来,大家都不约而同的只演现代戏,尤其是大城市的大剧团。这也许是一种心理感应,用中国人特殊的嗅觉从社会磁场上捕捉到的政治信息,这信息像空气一样弥漫开来,造成无形的约束力。好不容易来了个小城市的但又有名角儿的剧团,而且雄心勃勃地要趁京剧青黄不接的时候,在中国剧坛上夺魁。不论戏迷和非戏迷们,岂能错过这样的好机会?外地剧团,又不是"外国剧团",他们就不在中国的政治磁场中生活?他们就没有那种可贵的"心理感应"?不,中国人身上有的他们一样也不缺少。要打响就得演各自的拿手戏,能体现演员水平的还得靠传统剧目。反正不是此地人,演完扒拉扒拉屁股走人嘛!再说头头点了传统戏,不能不演。但不能光为招待头头只演出一场就拉倒。那岂不太露骨,太说不过去了!头头愿看,演员愿演,观众愿看,于是明后天晚上再加演两场。演员嘛,就要把戏做圆满。看传统戏也成了"内部优待",老戏成了新事物,这叫戏中藏戏,戏外有戏。"东方大戏院"和社会大舞台同时开演,交相辉映。

戏院的铃声响了,分为上下三层、装饰堂皇富丽的剧场大厅渐渐安静下来。紫绒大幕尚未拉开,后台还处在一种混乱和不安的状态之中。没有那种首场演出应该有的激动、热烈、欢悦和兴奋的气氛。这主要表现在三位主演身上。该孙玉姣站在侧幕候场了，扮演孙玉姣的方月萱还躲在自己的化妆室里不出来。每到这种节骨眼儿，就要"前台"邵南孙的好看了。他是全团管事最多、最杂、最忙、最乱、最不讨好、地位最低下的一个人。他职务名为"前台"，实际是集跟包、打杂、跑腿、催场、端茶送水等杂务于一身。有时还得管改剧本、编台词。全团的人谁都可以支使他："孙子，递给我大刀！""孙子，给我勒勒头。"只要是为了演出，他有求必应，他那愉快的性格、宽宏的气量、温文尔雅的幽默的眼光，让人觉得安全可靠。他有惊人的好记性，任何人告诉他的大事小事，从不忘记，到时候一定提醒，决不会误事。他不是唱戏出身，可比唱戏的懂得还多。手巧心灵，别人给这些难伺候的女主演勒头，她们不是叫紧，就是喊松。他勒的头不紧不松，正对各位老板的心思。然而他以顺从的好脾气，掩盖着敏锐的才智、通达的哲理。他很好说话，有求必应，对所有人都心甘情愿地顺从。但也会讽刺。他地位低下却不失机智，思想活跃，有时还挺难对付。所以每到这种主角发脾气、火烧眉毛的时候，团长、导演无可奈何，只好让他这个"孙子"出场，往往可以化险为夷。

今天，邵南孙似乎格外振奋，眉宇间老有掩饰不住的喜气和暖意流溢出来。他上身穿一件又宽又长的灰色中山装，袄袖能当水袖使，样子十分可笑。这是为了在袄袖里好吞茶壶，永远有温茶给演员们润嗓子。他这身打扮同他在剧团的末等职务是相称的。惟一不相称的是他的内在气质，挺拔的眉峰，神清气茂的双睛，还有那股与嘻嘻哈哈的外表极不协调的清癯神俊的书生气质。这一切竟然统一在一个人身上，真是不可思议。

他不像团长、导演那样着急，反而安慰他们："沉住气，还有五分钟呐，我去请。"他伺候主演惯了，摸准了各位主演的脾气，心里有点底。他若是团长，就硬是下令打家伙开戏，方月萱决不敢误场，到时候她自己会跑出来。她是人精，会不知道今天是什么场合？会掂不出今晚这场戏的分量？她有几个胆子敢砸今天的台！再说还有个让她牵肠挂肚、对她也挂肚牵肠的丁局长,在台下陪着首长看戏呢……

　　她只会使出浑身解数,而不会挂牌摔耙子!她这不过是第一次领衔挂帅,摆点谱儿罢了。只要有人请一下,给个台阶,她就会下来的。邵南孙按照自己的揣测,不慌不忙地来到方月萱的化妆室,轻轻敲了两下门,先说了句官话:"孙玉姣上场!"

　　里面无人应声,他轻轻地推开门,方月萱早已化好妆,行头也已穿戴齐备,正坐在凳子上闭目养神。活脱脱一个孙玉姣,姿色撩人,艳美绝伦。邵南孙心里更有根了,她不准备上台化好妆干什么?他轻声说:"方老板,请您上场。"

　　方月萱慢慢睁开眼睛,灵活闪亮的眸子罩上了一层愠怒的冷雾,"孙子,你说这是不是太欺侮人啦?"

　　"什么事?"

　　"这个剧团里我挂头牌,海报上排名次我是第一。为什么排戏码的时候让我唱帽儿戏?"

　　"帽儿戏也是第一。"

　　"'放你娘的臭狗屁'!"方月萱顺嘴甩出一句唱词,先自格格地笑起来。

　　邵南孙脸色刷地变了。在剧团里人人可以支使他,瞧不起他,但没有人敢辱骂他。每逢碰到这种带侮辱性的挑衅,他就抬起头,眼睛格外有神地盯住对方。但他没有权利说气话,没有资格跟演员怄气,态度是友善的,语气也照旧是和缓的,他能动用的只有自己的智慧和像眼光同样锐利的舌头:"方老板,戏码的编排是丁局长同你们三位老板当面商量决定的,您怎能一个人临上场了翻车?"

　　"我知道你心里向着小花,武班侯也不愁没人照顾,就剩下我没人管。"

　　"给您捧场的人最多,戏码这样排就是丁局长对您的最大照顾。"

　　"往死里照顾?"

　　"往红里照顾!"

　　"好你个孙子,连你也瞧不起我,话里话外的寒碜我。你今天不给我说出个子丑寅卯来,我就不出台!"

"您真是逼得哑巴说话!时间快到了……好吧,"邵南孙看着这个刚走红就被自己的声名弄得有点头晕目眩的女演员,心里有点可笑,想干脆捅开窗户纸,自尊心有时是蠢人的一种堡垒,要毁掉这种堡垒易如反掌。让她今后知趣点,否则往后她会更难伺候。打打她的气焰对夹在她和武班侯中间的花露婵说不定也有点好处。"第一,花老板七岁登台,九岁领衔主演。两次上怀仁堂给毛主席演戏,她坐在主席腿上的照片上过《人民日报》。人家在县剧团时一直挑班。来到福北团后,她的名字也排在您的前头,多数时候由她唱压轴戏。丁局长爱才,花重金聘来了武老板,论辈分,论年纪,论声名技艺,他都要压您二位一头。丁局长出了一招高棋,按姓氏笔画排名次。您把艺名芳月萱改为方月萱。并由佟书记出面,请你们三位吃饭,在饭桌上提出此事,碍着面子他们都答应下来,您才得以独占鳌头。但大家心中都有数,您也该适可而止。"

邵南孙停住了话头,方月萱脸上涂着油彩,看不清她面色的变化。但那双乌油滴水似的明眸,露出了惊讶、得意和机灵娇嗔的神色,她把团里对自己挑大旗能构成威胁的人都想到了,就是没有料到还会跳出来一个邵南孙。她平时一点也没留意这个"前台"还有一双如此厉害的眼睛,胆大包天地盯着她,像盖叫天演武松的目光一样动人,仿佛能把人脸上的油彩、身上的衣服撕个净光。她穿着孙玉姣的衣服,索性就摆出一副放恣不羁、无忧无虑的神态,催促着:"快说呀,还有第二呢!"

邵南孙平时很注意掌握自己的身份,懂得开口的时刻,也懂得闭口的时刻。今天似乎说话太多了,对一个会演戏的人不应该揭穿幕后的一些事情。但事已至此,只好说下去:"地委佟书记今天也特意赶来看戏,在这儿正开着全国农村工作会议,今天晚上他请了部分省市的领导人来看戏。如果对我们的戏反映很好,明后天他也许请中央领导人和全体参加会的头头们来看戏。这些首长都上了年纪,精神不济,很可能只看前半场,中间休息的时候就撤了,把您放在压轴给谁看?"

"臭孙子,你可真会哄人。"方月萱哧哧笑了,喉咙里含着动人的甜美的声音,"好,再说第三!"

"您和花老板虽然是年轻的老演员,早已走红。但也不可否认,在全国的声望还赶不上名气更大的关肃霜、杜近芳。这次丁局长下这么大狠心,亲自带队,由您挑大梁,花露婵保驾,武班侯压阵,做一次周游全国的巡回大演,就是要把您推上顶峰。别人都是给您抬轿子吹喇叭,谁都有权利闹点小脾气,您可千万别拆自己的台,让丁局长失望。"

"还有第四吗?"

"有这三条还不够吗? 您快出场吧,前边可能都急死了。"

"好,扶我起来。"她扬着一张撩人心弦的脸,眼睛里闪出温柔而狎昵的神情,"孙子,你不应该当前台,应该当团长。"

"我们家的祖坟没有那股风水。"他像一个最老实忠心的跟包,扶女老板起来,帮她收拾好。

"以后我不叫你'孙子',也告诉别人不许叫这个骂人的外号了。"她款摆腰肢,像仙姑踏浪般飘出了化妆室,同时还跟邵南孙搭着闲腔,"你听见我说的话了吗?"

"'孙子'是一种尊称,我感谢大家对我这样恭敬和抬举。"

"你会哄别人,也会哄自己。"

"孙子就是孙武,孔子就是孔丘,孟子原名孟轲。人们称他们为子,实际如同敬他们为神。"

方月萱拿眼角瞟了他一下,"给我点水润润嗓子。"

邵南孙像变魔术一样从长袖筒里掏出一个宜兴陶壶,里面的茶水不冷不热,正可口。方月萱对嘴喝了一口,款步上台。不早不晚正该她出场。要的就是这派儿! 她一走出侧幕,神情、身段全变了,从里到外就是一个活蹦乱跳的孙玉姣,张口接词儿,不会出半点差错。《拾玉镯》是她的拿手戏,已经烂熟于心。

邵南孙身后有人小声在嘟囔:"孙子,你在家里对自己的老娘可能都没有这样孝敬过!"

邵南孙回过身,见是人称"厕所里红"的龙套演员黄烈全。他用近乎谦卑的口气说:"在剧团里主演就是你我的娘。老黄,我希望有一天能为你黄老板端茶壶。不过,你不能光在厕所里喊嗓子。"

"你……"黄烈全被噎住,一时找不到合适的硬话。本来嘛,全团的人都知道,他不论演什么角色,哪怕是个"报子"也是正式演出不如彩排,彩排不如练习,练习不如一个人在厕所拉屎的时候瞎喊。所以,才被人送了个美号叫"厕所里红"。像他这种地地道道的"龙套",只有跟上一个名角才有戏演,才有机会走南逛北。演员"五步曲":一、争唱戏,当个演员总先得有戏唱。二、争角色,主角,配角,还是龙套。三、争戏码,唱开场帽儿戏,还是压大轴。四、争工资,即级别。五、争名誉地位,这一项包含的内容就多了:报纸上有名儿,广播里出声儿,银幕上有影儿,头等机舱和软席卧车里有号儿,还要讲究名次、座位、自己名字的字号大小,上不上主席台,在社会上挂什么衔儿……"五步曲"实际上就是五个台阶一个比一个高。他黄烈全名义上也是个演员,在剧团混的年头也不算短了,现在登上了哪一个台阶呢?说出来叫人泄气、憋气、不服气,他连第一台阶还没登上。不论什么戏,能叫他参加演出就不错;不论演什么角色,能有他一份,能够上台就得烧高香,否则只能搬道具。闹不好剧团外出演戏时,还会把自己甩在家里。旧社会有人说:主演就是他这道号的衣食父母。这话说得缺德,听着扎耳朵,可还得听。说到家,他在团里的地位还比不上邵南孙。孙子有个傻人缘儿,上上下下都跟他说得上来,他能接近主演。尤其是那两位女明星,离开他就玩儿不转。勒头戴帽,送衣送茶,这虽然是下等活儿,可这是多美的下等活儿!有谁愿意主动答理他黄烈全?尤其是那两个娇媚动人、常常令他心旌摇荡的女神,甚至不愿用正眼看他一下。他除去在台上以军校的身份给人家摇旗呐喊以外,几乎没有和她们说话的机会。然而,他黄烈全在好汉面前是绵羊,在绵羊面前可是条好汉。他对别的人不敢怎么样,连孙子也敢顶撞他,这还了得,得改改他这个毛病。黄烈全故意凑到专心伺候在侧幕旁边的邵南孙跟前,"孙子,给我点水喝,润润嗓子。"

邵南孙手里的茶水是给场上的演员准备的,后台有的是水,没上

场的演员可以随便喝嘛。黄烈全这是成心找茬儿！邵南孙看看眼前
这位穆桂英手下的小卒子，一张发面饼似的团脸，毫无生气，但还不失
善良。有着这样一张脸的人，可以到任何一个工厂、农村成为一个很
好的自食其力的劳动者，为什么非要当个演员呢？是生活的误会，还
是命运的捉弄？他实在不理解，剧团里为什么要养一些绝对不适合演
戏的人，搞艺术总要有点灵气，他们干别的也许会有灵气，但站到台上
连外行都看得出不是这块料子。别人难受，他自己也难受！不，他自
己感到难受吗？他会认为自己没有灵气吗？邵南孙把右手里的大白
瓷缸子递过去，里面也有可口的热茶。

黄烈全没有接，"你那小壶里的茶是给谁喝的？"

"给咱老娘准备的。"

"狗吃屎——还'嚼嚼'的呢！"

"没办法，谁叫咱没本事端人家的饭碗呢。三个主演专人专壶，您
要想喝壶里的茶，等方老板下场后亲自跟她说。"

"我还嫌你那壶脏呐！给我紧紧腰带。"

邵南孙放下茶缸，强压住正在身上扩散开来的怒气，帮黄烈全杀
紧了腰带，然后转过脸来继续盯着台上。他感觉到一道仇恨的眼光正
从背后瞪着他，使他后脑的哑门穴以及后背的风门穴，像扎上了两根
钢针。他再也无法专心地伺候演出，成功地扮演那个憨厚听话的"前
台"了。这倒不全是因为黄烈全，生活中常常会有突如其来的侮辱，这
是必须忍受的。以前他还能够豁达地对待，处之泰然。现在这一切都
变得不可忍受了！以前他心甘情愿地伺候剧团的所有人，是为了掩护
他不露一丝痕迹地伺候那一个人；他求之不得地谋取了这个低下的
"前台"职务，是为了名正言顺地留在那一个人的身边。现在，这一切
都揭穿了，那一个人已经知道了他的全部心思，他的男人的自尊，男人
的虚荣，都使他无法再忍受眼前的局面。以往他在侧幕这儿可以站上
两个半小时，甚至三个半小时，有凳子他也不愿意坐。团里的大部分
剧目，他看了不下几十遍、几百遍了，每一句道白，每一句唱词，他差不
多都记得烂熟了。演员唱到哪儿换气，谁有什么特殊的习惯和毛病，

哪个演员当天的情绪如何、嗓音怎样,他都记得一清二楚。但是每天演出,他都像第一次看戏一样,不光是用眼、用耳,仿佛是用全部身心去感受。他是天生的、最理想的前台和跟包。因为他崇拜戏剧、崇拜演员。今天却不行了,他已经不能再成功地扮演自己应该扮演的角色,他在伺候方月萱和黄烈全的时候就有点反常,话里带刺儿,这不符合他的身份。虽然他照旧还站在侧幕后边,但完全是靠理智支撑自己。其实,什么也没听见,什么也没看见,他只想到那个人的化妆室去看看。以往伺候她是在她不知不觉的情况下进行的,今天应该以她的崇拜者、深深地爱着她的情人身份,更加细心周到地伺候她。那该是一种怎样的享受?可是他不敢,他怕自己失态,万一被人撞见那将给她的名声带来很坏的影响。他热恋着她,却不敢奢望能够得到她的爱。与其公开一种没有希望的感情,他宁愿默默地为她做出牺牲,暗中把爱恋化作对她的保护。任何对她名声的一点一丝的玷污,都是他的不可饶恕的罪过。他不仅眩惑于她优美堂皇的姿容,婉丽动人的气质,也眩惑于她的艺术天才,她的名声。她在他的心目中不啻是一个熔铸智慧和美于一身的艺术天使,岂可以凡间俗夫的多情之举,有损她的高雅和圣洁!

忽然,他感到自己被一种微妙的电流击中了,暖暖的,痒痒的,似有一只轻柔的手在抚摸他的脸、他的全身。这是从另一个人的身上,从一个美丽的感情世界发生的生物电。他抬起头,她正站在对面的侧幕边,好像是看戏,实际是看他。这就是说,她把刚才的一切都看在眼里了,她的凝视有一股不可抗拒的强力,他完全被融化了。他赶忙低下头,躲开那清晰的美丽的目光。

全身披挂的穆桂英来到他的跟前,"南孙,你今天怎么不管我了?"

"啊……对不起。"他拙嘴笨舌,神情慌乱。

她看见他这种表情十分有趣。在别人面前是那样机敏练达的男子,在自己面前却是这样六神无主、唯唯诺诺。在昨天,她还会对这一切发笑,觉得很好玩。今天,却从心里泛起一阵暖潮,在周身荡漾开来。作为一个姑娘,碰上了如此钟情于自己的男子,她感到满足和自豪。要不是后台有这么多人,她真想做个什么动作,鼓励他一下——勇敢点,我的好人,我的傻大哥,在您爱恋的人面前,别这么畏畏缩缩。抬起眼睛来看着她,吃掉她,征服她。女人可不喜欢窝窝囊囊的男子汉!现在她只能用洋溢着丝绒般柔光的眼睛爱抚他,"你看我的行头有什么漏洞没有!"她在他眼前转了一圈儿。他摸摸她的靠旗、翎子,"挺好的,头紧不紧?"

"紧一点,没关系。"

"我给您重勒一下吗?"他看了她一眼,眼神平和而谨慎。

"来不及了。我上场以后你要去看看武班侯,他肝火很大,不好伺候。"她的语调里充满了对他的"前台"工作的理解、同情和关心。

邵南孙的脸腾地红了,自己伺候他们还不够,还要连累她也得为自己操心吗?一股自卑、自怨、自惭形秽的羞愧感烧灼着他的灵魂,他觉得在她面前无地自容,侧转身跳到后台去了。

她误解了他突然的变颜变色,以为又是赤诚的男子因初恋造成的变态。何况他的性格那么奇特,又采取了这么奇特的表达感情的方式,在自己崇拜和热爱的人面前,经常扮演一个仆从,难免手足无措,做出一些反常的举动,甚至连说话也言不由衷。然而使她动心的也正是这一点。追求她的人、向她讨好送情的人很多,上有领导,下有观众,中有同行。但多是垂涎她的容貌,或看中她的艺技,一个个也都能言善道,舌翻莲花,嘴里把她捧上天,骨子里还是把她当做"戏子"。上一辈和这一辈同行们的一次次前车之鉴,社会上对女演员的种种议论,使她害怕,使她警惕,她的心灵防卫森严。何况还有个霸道的老父亲,对她管得那么严,看得那么死,几乎寸步不离她左右。就是一只狗一只猫也难于靠近她。那么,邵南孙是怎样闯进她的心里来的呢?尽管她还没有正式给他答复和许诺(他也没有向她提出过什么要求,他好像只要求能够爱她,并不要她用同等的爱回报他),可是她不能不承认,这个在求爱者的队伍里最不起眼的"前台",开始引起了她的兴趣,博得了她的喜欢。至于这种感情中有多少是感动、是好奇,有多少是真正的爱情,她一时还分辨不清楚。她毕竟已是二十岁出头的大姑娘了，正是渴望爱情、喜欢幻想的年龄，常做一些奇奇怪怪的梦，醒来连她自己都感到脸热心跳。身为演员，感情世界自然就成熟得早。成天在舞台上动用自己的全部感情和感觉，在爱情的土地上播种和收割，表演人间的爱与恨、生与死、悲与欢、离与合……对人类感情上的各种奥秘懂得深一些，理解得多一些。演戏也是生活，是放大了的生活。演戏也是人生的一部分，只不过有人演给别人看，有人演给自己看。昨天，她才猛然意识到，自己也许要和从不登台的"前台"邵南孙，在人生的舞台上发生某种感情的纠葛……

您的拿手戏很多，第一天应该贴《破洪州》。一是取其意："您不挂帅谁挂帅，您不领兵谁领兵？"二是此戏文武兼备，有大段荡气回肠的唱腔，而且行腔曲折跳跃，激越高亢，多姿多彩。委婉而不流于缠绵，柔曼而不失之纤弱。可以充分发挥您唱念的深厚功力，同时又能淋漓尽致地施展您令人叹服的靠旗大打出手等武把绝活儿。行之以正，出之以奇，大开大合中有细致婉转，细致婉转中有大开大合，刚柔相济，瞬息万变。总之，此戏较易表现您文武全才的开阔戏路。班门弄斧，供一笑。

这是决定在东方大戏院上演什么剧目的前一天，花露婵从自己的小提包里发现的字条。字体工整柔美，看到这笔好字就令人悦目赏心。对这种莫名其妙的字条，花露婵已经不感到惊奇，也不生气了。因为她不止一次地接到过这样的字条，有时只是一两句话："台板打蜡过多，太滑，望留神"；"此地民风不佳，今晚包场，观众多是对老戏不感兴趣的青年人，到您压轴时倘有人退场，请勿躁"。有时还附带送给她一些书，都是些在书店里不容易买到的好书。有中外文学著作、好的剧本、人物传记等："奉上《十大古典悲剧》和《十大古典喜剧》各一册，请收。"所有这些奇怪的字条上的字迹，都是出于一人之手，不写抬头，文中也没有任何称呼，更不署名。当花露婵第一次见到这样的字条时，十分恼火，有话何不明说，为什么要搞这种鬼鬼祟祟的伎俩？这很有点匿名信的味道。虽然字条上的语句是没有恶意的,有时也不乏溢美之辞。可有人乱翻自己的提包,这终究是不礼貌不道德的。但她没有声张,特别是瞒住了爱管闲事的父亲,一旦被他知道那就不得了啦! 她怀着一种好奇心想暗自察看,一定要当场捉住这个人。还在提包里做了记号,她想试探送字条的人是不是出于某种下流的目的。可是,她始终没有抓住这个人,人家一定是趁她在台上的时候才搞这种动作。只要人家认为应该向她进言,字条还是照样送来,对书包里的东西却从未动过。字条上的话都是好心善意,有些提醒在她看来是多余的,有些劝告却是很必要、很及时的,无形中帮她出了主意。

时间一长,她对这种游戏不仅不再感到气愤,反而觉得新鲜有趣。冥冥之中,她有了一个靠得住的崇拜者、朋友、保姆、老师,这个人对她知道得太多了,甚至比她自己更了解她,更关心她。而且无时不在,无处不在,暗中保护着她。她有一个严厉的父亲,成天板着面孔,用棍棒督促她练功习艺,不允许她跟他看不上的人交往。而周围能引起他好感的人又极少。如今她有了一位思想上的朋友,这个人很聪明,他知道公开找她,准会碰钉子,就想出这么个巧办法。渐渐地她和这位从不露面的朋友达成了默契,她的小提包的拉锁总是开着,放在化妆室最显眼最方便的地方。她愿意接受这个朋友的各种各样的提醒,她需要这种奇特的爱护。这种提醒和关心是有知识的,温柔小心的。也正是她父亲所不能给予她的,弥补了她生活中的一种缺欠。如果隔了一段时间见不到这样的字条,她就莫名其妙地感到不安,似乎生活中缺少点什么。她也费心观察过、猜测过。这个人是谁? 她把本团的人挨个过了一遍筛子,留神他们的笔迹,能写一手漂亮字的人不多,字写得稍微周正一点的那几个人她都试探过,都不会对自己有那样持久的忠心。这其中她也想到过邵南孙,她对他所知甚少。从外表看,不大可能是他。他是个外行,对她的表演不可能提出那样中肯而又有见地的意见。再说他对自己一向比较疏远,他同别人都是有说有笑,跟方月萱也能够有话可说,惟独见了她,神色拘谨,常是无话可说,低头而过。他进团可能快一年了,单独同她只说过有数的几句话,而且都是单字词："哎"、"嗯"、"是"、"好"。顶多也不过半句话："您吃过了?""我来帮您干"……她曾怀疑这位"前台"对自己可能有什么成见。但是事实很快又打消了她的这种疑虑,邵南孙对她的服务极其细心周到,简直称得上是特殊的照顾和伺候。而且这一切都是在默默之中进行的,没有语言的辅助,没有眼光的交流。花露婵心里很不落忍,自己的事情尽量自己干,她轻易不支使邵南孙。可忠心耿耿的"前台",还是事无巨细都抢在前边为她做好了。甚至连专为她准备的那个小陶壶的茶也格外清香,有一点甜味,却决不像糖那样黏嗓子;还有一点淡淡的苦味,但特别爽口润喉。里面肯定不光放了茶,还会有别的东西。时间一长,她在感动之余开始替邵南孙惋惜,年纪轻轻,为什么当个勤杂工? 由于他的衣着不伦不类,不好准确地断定他的年龄,看上去顶多不过二十五六岁。为什么不到其他单位去学点一技之长?能这样当一辈子"前台"吗? 他本人似乎倒干得挺安心、挺满足……

几天前的一个下午,地委第一书记佟川带着地委宣传部、地区文化局的领导到剧团看望演员,预祝大家在即将开始的巡回演出中获得成功。他实际是要观看一部分剧目的彩排,对剧团的重点剧目做形式上的审查。彩排过程中,文化局局长丁介眉到后台找到邵南孙,向他打听买什么药的问题,并叫他立刻给医院的一个什么人写封信,希望能够拿到这种药。丁局长的夫人有病,这谁都知道,可是堂堂大局长竟托"前台"邵南孙的关系去买好药,太新鲜了! 当时花露婵正在侧幕候场,她听到邵南孙说出一串药名,然后从口袋里掏出钢笔,就着给皇上当御案使的小桌,不假思索,刷刷刷,挥洒自如地写起来,他写字的姿势真帅。更使花露婵惊奇的,这位在她面前拘谨温顺的"前台",在局长大人面前倒像个"人"了! 谈起医药方面的事情,背也直了,头也抬起来了,眼睛也变得有生气了,连说话都格外流畅自然。局长跟他说话反而很客气,甚至还陪着笑求他。他不硬也不媚,答应为局长写信,却也没有更进一步想为局长多效力的表示。花露婵相信,如果是她提出需要这种药,他不会写信,而会亲自去把药搞来送给她。丁介眉当人对众地让邵南孙写信,可能是有意让大家知道,他对老婆的病是多么关心,好证明有关他和妻子之间发生的龃龉的谣传,纯属于乌有。花露婵好奇地凑过去,看邵南孙写的什么。这一看心里猛然一惊:好漂亮的一手钢笔字,洒脱有力,下笔粲然。原来那些字条都是他写的!这比写在字条上的那些字更自如,更奔放。想必是他在制作那些字条时,由于过分用心和虔诚,使字体格外工整,反而显得娟丽柔美。他就是那些字条的作者,这一点是确定无疑的了。

由于惊讶、感动,花露婵的脸呈美丽的卵形,灿烂动人。她那太阳般的眼睛亲切可人地望着邵南孙说:"老邵,你的字写得真好!"

"啊……不,哪里……"这个庄重敦厚的汉子抬头望了她一眼。四目相对,蓦地,两个脱去了假面具的灵魂相遇了。这一瞬间抛开了人与人之间的一切等级界限、心计和差别。一切都明白了,她无需追问,他也无法隐瞒了。

邵南孙慌忙避开她的目光,像一个被当场逮住的小偷,像一头被击伤的野兽一样急促地喘着粗气。他在等待着,他不知道眼前这位盛名赫赫的女明星会怎样发作?她将怎样看待自己,会不会把自己当成无聊的下流坏?会不会把字条的事公之于众?如果那样,他该如何下场?

花露婵看出了他的心思,软声款语地说:"南孙,想不到你还懂点医药方面的知识。"

"哦,粗知一点皮毛。"他见女老板不想把那件事抖落开去,便找个借口走开了。

第二天他们就出发了,她也接受他的建议,头一场演出贴了《破洪州》。他们心照不宣。她仍然希望能够经常得到对方的字条。他以不同寻常的独特方式,使她感到温暖和安全。

昨天,由于旅途劳顿,演职员们放假一天,自由活动。下午,团长、导演、前台陪着三位主演到东方大戏院熟悉了一下舞台。在化妆室里,花露婵发现小提包里又有了新收获:一本本市的导游图和一个漂亮的眼镜盒。她感到惊奇,心里涌起一种莫名其妙的冲动,打开眼镜盒,里面有一副精巧雅致的眼镜,银丝银框,水晶石镜片稍稍有一点粉红色。她不明白送给她一副眼镜干什么,她戴上镜子一试,镜框倒正合适,在大镜子跟前一照,自己差点叫出声来。眼镜给她脸上增加了一种惊人的曲线,原来就无可挑剔的那张极美的脸,更显得清雅、含蓄。双颊上稍有一点红润,越发秀逸贞静,神采俊飞。她得意地戴着眼镜走出化妆室,方月萱首先惊叫起来:"露婵,你什么时候配的眼镜?太好看了,给我戴上试试。"

花露婵含笑不语,选择这样的眼镜需要有高雅的审美力,她用眼睛寻找邵南孙,想表示一下她的欣喜和感激之情。但是"前台"却不见了,花露婵觉得若有所失。她没有跟方月萱一块上街,躲进化妆室先看邵南孙的字条。这已经不是小条子,而是密密麻麻写满小字的一大张纸。

这是平光养目镜,上街时请戴上它,可以遮挡风沙尘灰,也免得被戏迷们认出您,平添许多麻烦(您曾两度轰动省城,省城的人对您并不陌生)。

晚上逛街时需格外留神,据传此城有"公园游击队"和"深巷游击队",专门袭击双双对对的情人和单身妇女。他们都是一些小流氓,或由小流氓操纵的孩子,当情人们躲进公园深处的暗影里,以为感情和夜色可以融为一体的时候,头上突然飞来几块西瓜皮,或者几把泥土。然后像自天而降一般,在他们面前出现了几个半大不小的男孩子,"给一角,给五角……"名为讨饭,实为抢劫。情人们怕事,黑暗中从口袋里抓出多少是多少,送到讨钱者手里,只求保护爱人脱险。倘不给钱,砖头瓦块一起打来。此谓"公园游击队"。作为他们的同盟军,"深巷游击队"则活跃在深街小巷阴森森的暗影里,三五成群,像鬼魂一样在游荡,眼里闪着绿光,在窥视,在等待……这是文明社会进入六十年代的怪现象。也许是预示着要有大地震,或是要闹饥荒?我所以要用形象的略有夸张的语言,不厌其烦地告诉您这一切,并非想吓唬您,只想让您知道,再美的人也不能把周围变成一片净土,相反倒会激起丑类的仇恨与嫉妒,或掠美,或毁美。您走在大街上一定十分惹人注目,有了警惕,不愉快的事就会躲开您。

另,晚上一回到您自己的房间就从里面把门锁好,扣上保险,让拿着钥匙的人从外面也打不开。在没有充分准备的情况下,夜里任何人叫门都不能开。切切。

花露婵心里暖融融,脸上漾出笑意,邵南孙的字条越写越长,话越说越多。有些纯粹是没话找话。她已经觉察出来,他写这些东西已经不单是只为了她,同时也是他自己感情的需要。他的心要跟她交流,他有话要跟她说。瞧他这个不放心哟,这也要小心,那也要留神,通过这些婆婆妈妈的事可以看出,他对她的感情的性质起了变化,由对一个戏剧明星的崇拜,发展成对她本人的爱慕。现在简直是单相思、自作多情了。也不管人家心里怎么想,他越管越宽。在对她的百般保护之中,隐隐含着一种只对亲近的人才会有的限制;在对她的安全的种种不放心之中,似也有一种微妙的嫉妒。真像笑话里说的:"放在嘴里怕化了,顶在头上怕吓着。"猜透了对方的小心眼儿,花露婵不仅没有生气,反而更加得意。管他是什么目的,重要的是这种感情的质量,这种难得的真诚。对一个姑娘来说,还有什么比获得了一个男人心里最高的热情更为快乐、更为自豪的呢?傻子,你管前台,还想管幕后;保姆当不够,还想当保镖!唱戏的有几个会像你想的那样窝囊,在台上能大打出手,在大街上难道就那么容易被人欺侮?

有人敲化妆室的门,她以为是邵南孙,急忙拔开门上的插销,高声答应:"请进!"

想不到进来的是武班侯,笑容可掬,"花老板,小汽车在门外伺候着呐,请您起驾。"

花露婵十分惊讶,"什么小汽车?"

"我叫邵南孙以我的名义找省文化厅要了辆小轿车,今天下午和晚上专供你使用,想去哪儿都行。"武班侯的语气里带着少有的亲近劲,可他的脸上还是那副狂傲自得的神采,发黄的眼珠里洋溢着自得与自信。

"不,不,谢谢您,武老师!"花露婵有点慌了,她万没想到武班侯会来这一手。这位刚调来不久的老演员,平时凡人不理,总是用一种见过大世面的大演员的眼光,看待这个地区京剧团里的一切,觉得这里的一切都是非常土气,处处不合他的心思。喜欢用鄙夷的神态对待剧团的领导和演员,似乎也不把她和方月萱放在眼里。要知道福北京剧团虽然是地区级剧团,但在全省乃至全国也不是一点名气没有,剧团不在大小,要看有没有名角儿。不要说花露婵,就是方月萱也未必肯买他的账。管他以前是不是给蒋介石唱过戏,是不是跟梅兰芳配过戏!他今天为什么一反常态,向他瞧不起的演员献殷勤呢?

武班侯的眼睛始终一动不动地盯着花露婵的脸,并不想掩饰他心里的贪婪,"团长和导演陪着方小姐走了,就甩下我们俩了,今天晚上我在本市最好的饭馆万花楼请你吃饭。"

"武老师,谢谢您的美意,我得去看亲戚,已经约好了。"花露婵稳住神,大大方方地看着这个众说纷纭、颇有点传奇色彩的人物。他穿一身藏青色毛料中山服,锃亮的皮鞋,灰色呢料鸭舌帽盖住高耸的前额,体貌匀称,顾盼神飞。他此时不像个老前辈,倒像个老练的情场猎手,敢于饱餐一切秀色。一个五十来岁的人,经这样一打扮,看上去顶多三十多岁。但脸色灰暗,嘴唇发乌,不知是因为抽烟太多所致,还是过于陶情声色?据本团的女演员们私下里说,他每天演完戏回到家,都要求他的妻子像新婚之夜一样,盛妆艳抹地等着他、伺候他。而且他不光喜欢他的老婆,还喜欢一切漂亮的女人,喜欢高级食品和贵重的衣服(也有人说他台下的行头和台上的行头一样多),各种精巧贵重的小玩意儿、好烟、好酒、好茶。他有钱,有名,有胆量,有诱惑力,还有不加任何掩饰的对异性的贪婪,他似乎很容易就能获得成功。女人嘛,各式各样,图他什么的都有……花露婵猛然想起邵南孙的提醒,他一定有什么觉察,或者也听到了关于武班侯的那些笑话,才给她写那番话的。这倒叫她不得不小心几分。自己也不是无名小辈,岂能被武班侯小瞧!

武班侯还在玩味她的话,观察她的神色,"这么说,花老板不肯赏脸了?"

"实在对不起。"花露婵不想再跟他纠缠,站起身,拿好小提包,戴上那副玲珑剔透的眼镜。这意思很明显,她要出去,不能再奉陪了!

看着她这副清雅沉静、决不容狎近的样子,武班侯有点下不来台,冷冷地说:"好大的架子! 你又不是刚上戏台,还不知道这里面的深浅? 今天本应该是你请我。好吧,我等着,以后也许还会有这一天的!"

武班侯嘿嘿地笑着,摔门而去。

"什么东西,简直像个流氓!"花露婵真想骂出声。她重新坐回椅子里,定了定神,感到气愤,感到委屈。看来,那些关于这位大演员的各种花花绿绿的传闻,确实有几分是真的。

一个功成名就的京剧表演艺术家,难道一辈子就是这样台上做戏,台下戏人? 难怪文艺界老是风波迭起,飞短流长。不能光埋怨别人对演员这一行有偏见,"戏子戏子",常年演戏,有时难免台上台下不分。对自己不加约束,心日恣肆。"门户扎不紧,圣贤起盗心"——平时爹老是用这些老话来管束她。不自重则取耻,今天的事证明爹的担心不是多余的。他这把大保护伞一离开自己,立刻就有许多人来打自己的主意,看来一个演员能真正做到洁身自好也不是很容易的。就说这个武班侯吧,他的名气大,戏码高,以后还要跟他同台演戏,该怎样处理和他的关系呢?

花露婵强自赶走武班侯给她造成的不愉快情绪,走出化妆室。后台空荡荡的,演员们都上街了,她只好一个人走出了东方大戏院。西斜的秋阳穿过一座座高大楼群的缝隙,把一条条黄白色的带子投放在马路上。繁华的和平大道被切割成许多小段,像油漆涂成的横道线,给本来就十分拥挤、常常阻塞的街道又增加了更多的禁区,显得气氛也更热闹了。大街上人很多,熙熙攘攘,摩肩擦臂,古老的街道似乎有被人流撑破的危险,显得骚动不安。人多并不可怕,闲人太多就可怕了。如果这些闲人闲得难受,上街没事找事;或者闲人的口袋里不多不少还装着一点钱,想买点便宜货,少花钱多办事,那就更热闹了!每一家商店里都像山西的老核桃——满仁(人),几乎到了饱和的程度。前些年国家内外交困,自己度荒,用瓜菜代粮,还得勒紧裤腰带偿还外债。商店无货,城市萧条,票子不值钱,一斤奶油糖能卖十五块钱。这两年人们缓上劲来了,肚里有食,口袋里有点钱,面色开始有了红润,服装虽然多是蓝、黑两种颜色,式样多是"军式便服"和三个口袋的制服,看上去倒也整齐划一,朴素大方。尽管街道和商店里万头攒动,却没有携手搭肩、拉拉扯扯的男女。不要说老人、小孩、陌路人,就是夫妻同游,恋人相随,一个个也都规规矩矩,几乎是目不斜视,显示了中国人高水准的东方美德。所以,邵南孙对花露婵的担心完全是多余的。尽管她那身可体的银灰色女式制服,在一片蓝黑色的海洋里是比较突出的,她那颀长婀娜的身材、灿烂动人的容貌也是格外引人注目的。但是没人找她的麻烦,顶多就是多看她几眼,不是斜视,而是跟在身后正视她的背影,或者借人多拥挤时故意蹭她一下。花露婵不想买什么东西,也没有亲戚好去探望,刚才她不过是顺嘴一说,以应付武班侯的纠缠。她感到腻烦,在这人堆里挤来挤去有什么意思呢?不知为什么她突然觉得自己很孤单,心里空落落的,一点游兴也提不起来。难道真要一个人回到宾馆去睡大觉吗?一个人关在空荡荡的宾馆里也未必好受,白天睡多了晚上怎么办?

　　花露婵按照导游图登上了公共汽车,来到市郊一个面积最大、游人较少的天然植物园。她在湖边僻静处的石凳上坐下来,轻风拂面,顿觉神清气爽。面对湖光树影,胸中也觉得舒展开阔多了。她将身子后仰,靠在石凳后面那棵粗壮的龙柏树上,静静地观赏这植物园的景色。左边是一片颇有点原始气息的森林,古树参天,亭亭盖盖,郁郁苍苍。地上乱草纷披,落叶很厚,间杂几枝藤花。右面是一块块的花圃,有玫瑰园和月季园。但是数各种各样的菊花开得最盛。还有更多的花叫不出名字。"花不知名分外娇",微风过处,花影袅娜,姹紫嫣红,映日成彩。眼前则是一湖绿水,碧波渺渺,波光耀霞。周围的优美、宁静,调谐在飒飒的树与风的喁喁之中,不期然溢入了花露婵的心灵。她忽然觉得身上发懒,尝到了闲荡的陶醉,心里还隐隐有一种莫名其妙的怅怅之情……她就这样懒懒的、呆呆的,一坐就是两个多小时。

秋天的落日如坠,眼看着斜阳抽走了最后一丝余晖。一钩尖尖的月牙儿和几颗性急的星星,好像和太阳跳压板,太阳一落它们便升起来了。整个植物园转眼间变得灰蒙蒙、雾沉沉。花露婵嘴里有点渴,肚里也有点饿,意识到该回去了。可是双腿还不想动弹。她自己也许不愿意承认,但下意识确实盼望能有个熟人,在这时候出现在自己身边。当她在大街上挨挤的时候,就有种莫名其妙的感觉,好像有人在跟踪自己。她曾留神观察过,也曾突然停下脚步等待过,但一无所获。跟踪她的人显然比她更小心,而且不愿让她发觉。如果真有个跟踪者,不论出于何种目的都不会不跟到这个僻静的植物园里来。如果那个跟踪者不是出于歹意,而是为了暗中护卫她,那么除了那个忠心耿耿、傻头傻脑的家伙,还能有谁呢? 也许这一切只不过是她的幻想,她希望有个人能跟踪她、陪伴她。她很注意偶尔从自己身边走过的游人,也格外留神周围那些打拳练功、观花赏木的人,可没有一个身影是自己熟悉的。当她不想这件事的时候,又会突然感到暗中有一种奇异的目光久久地盯在自己身上。这不知是一种幻觉,还是人与人之间确实有一种磁场感应,有一种心电的交流! 今天她感到特别孤单,真希望有个伴儿,哪怕是一位老人,一位同团的姑娘也好。

天色越来越暗,一对对情人朝这边走过来。恋人们总是喜欢幽静和浓重的夜幕。这个白天十分僻静的湖边,到了晚上反而火爆起来,成了情人们的美妙世界。他们为了幽会,甘愿冒被"公园游击队"袭击的危险。花露婵意识到必须走了,她站起身,由于坐得时间太长,腿脚发僵。地上的落叶没过脚面,她不小心踩歪了一块砖头,左脚被扭了一下,"哎哟",她不自觉地叫了一声,蹲下身子想揉揉脚腕子。这时候,突然从旁边伸出一双手挟住了她,"您怎么啦?"

"你?"花露婵心里暗笑,脸上却装出一副痛苦的样子,"我的脚崴了!"

邵南孙搀她仍坐回石凳上,自己蹲下身子,放下手里的提包,"哪只脚?"

"左脚。"

"让我给揉揉吧?"

"那太谢谢你了。"她脸上现出一种又羞又嗔的娇样儿。

邵南孙今天换了一身干净的蓝布制服,不管不顾地一屁股坐在土地上,小心翼翼地把花露婵的左脚托起来,脱去她脚上的浅口平底牛皮鞋,露出了娇美玲珑的秀足。当他的手触摸到柔滑的尼龙丝袜以及那纤细的足踝时,邵南孙身上一阵颤栗。他像捧着一个带电的宝物,掉进了一个莫名其妙的荡人心魄的深渊之中。他的颤栗通过双手传导给花露婵,她感觉出了对方的激动。他俩现在这副架势,要是在医院里也许毫不足怪,可是此时此地一个大姑娘的脚被一个男人捧在怀里,同样也使她感到激动和慌乱,心里生出一种奇异的透着醉意的快感。多亏有淡淡的夜幕遮掩了他们尴尬的神色,也使邵南孙的勇气比往日增加了许多倍。他先检查一下,看她的脚伤得有多重,用拇指和食指掐住内踝和外踝:

"疼吗?"

"有点疼。"

手指滑向脚面,"疼吗?"

"不疼。"

他放心了,他的圣母只是轻微地扭了一下筋。他开始按摩,先揉踝子骨,下手不敢太重,怕她嫌疼,只好匀着劲多揉摩一会儿。然后舒展大筋,活络血脉,按摩肌肉;最后从小腿上的筑傧穴到脚面上的公孙穴,再到大脚趾两侧的隐白、大敦穴,反复揉搓,用力柔和均匀。

花露婵的脚本没有扭伤,经这样细致在行的一番按摩,她感到舒服极了,心里的烦躁,身上的疲劳全消失了,胸间鼓荡着一种嬉戏般的惬意。她笑望着他,目光像星星一样饱含着一种新奇的深意。他则低着头专心侍弄那只脚,两个人似乎都在享受这奇特的静谧无言的欢乐。还是花露婵最先忍不住了:

"喂,你什么时候学会的按摩呢? 倒像个骨科大夫。"

"我的祖父和我的父亲都是弓脚县的名医。"

"那你怎么干了这一行?"

邵南孙慢慢抬起头,眼睛迸发出灼人的热情,"为了一个人。"

"为了一个人?"

"我自小不成器,父亲让我背药名,背医书,我却偷偷看小说。在中医学院读书的时候,就试着写点小诗小文,毕业后分配到人民医院当大夫,一直不安心,不务正业。后来开始写剧本,千方百计调到话剧团当了创作员。剧本写了两三个,但质量平平,毫无反响。去年春天,在文化局召开的一次创作会议上,见到了一位久闻其芳名的京剧演员,使我一惊。这个人名气很大,我原以为能闯出这么大名声的人至少也得四十岁以上。想不到她竟那么年轻,而且没有一般戏曲演员身上的那种俗气,灵秀中含端庄,妩媚中含娴雅。我平生无大才,但有一点小聪明。再加上自小受家庭的熏陶和职业习惯的影响,常被人求,很少求人。因此性格狂傲,难得对哪一个人会佩服得五体投地。然而在这个女演员跟前,我心理上的优势一下子全都垮掉了,感到自己是这样平庸、丑陋,想跟她接近,却又不敢靠前,憎恨所有能跟她自然谈笑和敢向她献殷勤的人。我变得不像自己,举止失措,一切都不自然,别别扭扭。我知道命运在向我打招呼,上天堂或者下地狱。再想过平静的生活办不到了,以前的生活连同我本人都变得毫无意义了。会议快结束的时候,她难却大家的盛情,清唱了一段《昭君出塞》……"

"噢……"花露婵想起了那次会议,却没有留下一点关于邵南孙的印象,"后来呢?"

邵南孙在胸中积存过久的相思情借着夜色的遮掩,倾泻而出:"她一张口就把许多行家给镇住了。她有特殊的发音才能,嗓音圆润,富于水音。哀婉处如泣如诉,猿声鹤唳;高亢处则声如裂帛,慷慨激越。绚烂归于平淡,丰富蕴藏着朴素,神满气足,韵味醇厚。更重要的是她能赋予唱腔以生命,给音乐以灵魂,这才叫形成了音乐形象,这才叫把戏唱活了、唱绝了,能唤起别人的联想与共鸣。而且她的表情也非常动人,简直美得让人不敢靠近她,不敢正面接触她的眼光。在我接触的演员中,多数是不认识几个字的知识分子,文化素养很差,可她天生有一种高贵清丽的气质。做人难得有一种气质。从那一天起,我知道自己完蛋了,上天堂没门,只有下地狱。只要能接近她,下地狱也值得! 费了九牛二虎的力气,终于调到京剧团,当了这个'前台'。"

"原来是这样!"花露婵的心颤动了,世间竟有如此痴情的男人。作为一个演员,在台上很容易碰上这样的事,在台下却极难碰上这般真诚、这样肯于为自己做出巨大牺牲的人。而她刚才还在心里感到遗憾,他这样知疼知热,可惜是个"前台"。若是个演员,是个有一技之长、有身份和有前途的男子汉该多好! 她感到一种心灵的愧疚,用充满温情的目光望着这个钟情于自己的男子。他则赶紧躲开她的目光,又低头按摩起来。她说:"那你平时为什么不答理她,不愿跟她多说话?"

"她太高了、太美了,我一靠近她就感到一种窒息。连一句整话都说不完全,徒惹她嗤笑。"

"你今天不是一套套的,把天下的好词儿都用上了吗?"

"这……我也不知为什么。话说回来,即使把中国词汇中最美好的字眼儿都用到她身上,也不为过分,有时我真觉得她不是凡人。"邵南孙又有点慌不择句,"也许是这里的环境太幽静,再加上今天晚上放假,单身汉在假日里就感到孤独,愿意跟自己亲近的人交心。不过我说得太多了,可能使您厌烦。我没有别的意思,有些话在肚子里存的时间太长,话一说开头就收不住了,这是违背我的计划和理智的。"

他的真情和这些动听的话语,令花露婵动情动容。她也是女人,而且是演员,需要邵南孙的爱和崇拜,需要男子的情话,哪怕是滔滔不绝的废话呢! 她仿佛是从心里溢出一种轻轻的、甜甜的声音:"你既然有这种感情就应该早向她表白。"

"不,不,我们之间相差太悬殊了,障碍也太多,无法克服。我不想影响她的声誉,给她增添任何麻烦!"

"亏你还是个大学毕业生,你是怎么上的大学?"

　　"大学培养各种才能,包括愚蠢在内。这大概是契诃夫说的话。我也许在大学里只学到了愚蠢而未学到才能。"

　　"那你这样做又是为了什么呢?受了那么多委屈,吃了那么多苦,甚至丢了自己的专业与特长,何苦呢?"

　　"重要的是感情的质量,而不是目的。我没有损失什么,相反倒非常感激她鼓起了我的勇气,唤醒了连我自己也不知道的埋在我心里的全部感情。没有她,这些感情可能一辈子也不会苏醒。这使我自己也感到大吃一惊,原来我身上还藏着这么多的热情,像着了火一样,这样强烈,这样持久。为了这种感情,付出自己的一切都值得。她使我变得纯洁了、高尚了,我尝到了做人的滋味,爱比被爱更幸福、更圣洁……"他仰起脸,心里燃烧着的热情改变了他的容貌,在朦朦胧胧的月光和星光的照耀下,他的脸显得生动、热烈,甚至还透出几分俊逸和清秀,眼睛里迸射着烫人的光芒。花露婵那星星似的亮眼也正看着他。两个人的眼光互相映照,交融,叠影,难以再分得开。

　　这眼光的交融,心的交融,使他们的感情一下子贴近了。这无疑鼓励了邵南孙,他猛地捧起花露婵的脚,放到自己的脸上,贴到自己的唇边,疯狂地亲吻起来。恋人身上的一切,都是可爱的、纯洁的。花露婵心摇神荡,扑下身子抱住他的头……

　　邵南孙不敢动了,生怕惊醒了她,唤回理智,然后一把将他推开。他吻着她的脚,她抱着他的头,静静的,周围的一切似乎都屏声敛气,不忍打搅他们。邵南孙悄悄地将一只手臂伸到花露婵的背后揽住她的腰,另一只手托住她的双腿,猛一起身,将她抱在自己的怀里。一股难捺的冲动使他像中了魔一样,托着自己心爱的姑娘围着石凳跑了两圈儿。花露婵紧紧搂住他的脖子,"南孙,你疯了,疯了!"

　　"我是疯了!不疯还叫爱吗?"

　　他停下脚步,望着她那纤美柔和的面容。她露出迷人的魅力,那秀长感人的眼睛里同样也翻滚着爱恋的热浪。她在等待,她在渴望他有进一步的表示,来征服她,让她顺从。他的脸渐渐贴上去。终于,两对燃烧的干渴的嘴唇紧紧贴在了一起……

胸腔里积压甚久的热恋,使他们疯狂了。此时的感情不加任何造作和掩饰,因而最真实,最富于人性,也最美。邵南孙浑身颤抖,颤抖得十分剧烈。一种巨大的突如其来的幸福冲击着他的胸腔,压迫着他的心脏。这证明他的真挚、他的单纯。此刻他无论做出什么举动,躺在他怀里的姑娘都不会拒绝,可他一丝邪念都没有。他不仅热恋她,还像对女神一样崇拜她。他的两条猛壮有力的胳膊搂抱过紧,使花露婵感到有点痛感,可是极其舒服。两个带着电荷的火热身躯这样紧密地接触,使她感到一阵阵晕眩,一种从未体验过的快乐。他们两个无论是谁,大概终生也不会忘记这个时刻了!

……

任何一座所谓的不夜城,也总是暗处比明处多。湖边每隔二百米才有一个二十五瓦的电灯泡挂在树枝上,其中有一半以上的灯泡被"公园游击队"的弹弓打碎了。侥幸还发亮的,闪着昏黄善良的光,像老太太的眼睛,半睁半闭地看着这一切。

他们真愿意就一直这样呆下去,但那怎么可能呢? 他们还得回到人间来。不知过了多长时间,花露婵慢慢睁开眼睛,轻轻地像是自语:"几点钟了?"

邵南孙小心地把她放回石凳上,看看手表,"快八点了。"

"你不是说有'游击队'吗?"

"这儿离市区较远,小流氓们鞭长莫及。即使有个把零散队员,也得到九十点钟以后才出来活动。"

花露婵穿好左脚上的鞋,站起身,望着邵南孙的眼睛,"美吗?"

"美极了,我真不敢相信人间会有这样的幸福,一个凡夫俗子会有这样的幸运……"他也像在梦中一样喃喃细语。两个人又拥抱在一起。有了第一次,就必然会有第二次、第三次。一旦冲破了那最初的神圣防线,他的眼睛一刻也不愿离开她的脸,他的双唇也老想去触碰对方那湿润柔软的香唇。

"瞧你这个馋样儿,平时倒装得挺老实,原来也是个大馋猫!"她在他怀里撒娇,用手指点着他的脑门儿,这逗得他心里的爱流又狂荡起来。她笑了，"你的劲真大，我的肋条都叫你搂断了。我又渴又饿……"

"哎呀，我真该打！我的书包里给你带着橘子水和蛋糕，全忘了……"他松开手，掏出橘子水，打开瓶盖后递给花露婵，然后又拿出蛋糕。他坐在石凳上，她坐在他的腿上，两人同吃一块蛋糕，同喝一瓶橘子水。

吃着吃着，花露婵突然笑起来了，"多亏有你这个细心的保镖，要不今天晚上得挨一顿饿。"

"您真叫人不放心，人家在算计您，而您是这样单纯，这样善良，毫无准备。我真担心事到临头，您没有自卫的能力。"

"呆子，别您呀您的！"花露婵毫不在意，"你是说武班侯？"

"他今天不会找你的麻烦了，小兰玉跟他走了，晚上大概也会跟他住在宾馆里。"

"那还有谁算计我？"

"你最碍谁的眼？"

"方月萱？"

"对，她要当团长，要当福北乃至全省的第一名旦。但在艺术造诣上却比你要差一大截，名气也比你小得多，而年龄倒比你大。你们又是同一行当，有你在，她永远成不了福北的第一名旦。你是她无法逾越的障碍，所以她才找丁局长做靠山……"

花露婵心里一惊，"月萱跟丁局长要好，这我也知道，但不一定真有什么事情。他们要敢排挤我，我就离开福北，要我的地方有的是，包括北京、上海的大剧团。"

邵南孙赶紧安慰她："目前不会，即使方月萱有这个心，丁介眉还不干哩。他爱才，需要你这块牌子为福北争光，也为他自己竖碑。我担心他打你别的主意……"

"你这是什么意思？把话说清楚嘛。"

"从住处的安排上你不觉得有点不对头吗？其他演员，包括团长和导演，都住在戏院的后台。丁局长却带着你们三位主演住到友谊宾馆。表面上看是对主演的照顾，实际上安的是好心吗？方月萱住八号房间,他是九号,你住十号。武班侯不知是看出了局长的用心,还是为了自己方便,一个人住到楼上去了……"

花露婵咻咻笑了,她笑男人就是这份德性。八字还没有一撇儿,就先吃醋。

"你笑什么?"

"我笑你尽瞎操心,凭丁介眉那副样子还敢跟我动手动脚吗?别说是他,就是武班侯也不敢胡来!"

"这倒也是。不过方月萱和武班侯很容易一拍即合,如果他们上膀子,再有丁局长撑腰,我担心你会受气、吃亏……"

这回说到了痛处,花露婵心里咯噔一下。她跟方月萱在行当上犯顶,同行是冤家嘛!武班侯跟她们不是同一行当,正是团结联合的对象。他下午向自己套近乎被拒绝了,他必然还会打方月萱的主意。如果他俩勾搭上,在团里就会形成俩打一的局面,对自己确实不利……但那又能怎么样呢?花露婵靠的是身上功夫,戏码硬不用求这个靠那个!

邵南孙老害怕自己崇拜的姑娘上当,才掏心窝子讲出了从旁边观察到的现象,想引起花露婵的警觉。他的真诚使他犯了错误,在这种美妙的时刻不该向她提起不愉快的事情。何况那又是以后的事情,并不是眼前的危险。现在花露婵身上那种娇媚欢乐的情绪一下子全跑光了,她不想再多说话,也许她感到自己仍然是孤单的,假如邵南孙也是个演员,有他给自己配戏,还会有这种担心吗?方月萱无论怎样还能靠一靠丁局长,自己能靠谁呢?这个邵南孙在大事上能保护自己吗?

她默默地吃完蛋糕,喝下最后一口橘子水,站起身来,"我们回去吧。"

花露婵情绪的变化使邵南孙感到紧张不安,他忽然清醒了,知道自己的真正地位,不敢再向花露婵多说什么。他在心里咒骂自己是个十足的大笨蛋,徒惹得花露婵烦闷不悦。在自己心爱的女人面前,不是慌乱无主,不知所云,就是得意忘形,胡说八道,失去男人的尊严。他怯怯地问:"您的脚还疼吗?"

"早就不疼了,走吧。"她扶着他的胳膊向植物园大门口走去。

现在的故事之四

"喂,还在想花露婵?"

邵南孙正坐在星龙公园假山后面回首往事,这一声使他吓了一跳。他睁开眼,见佟佩茹坐在自己身边,"你?"

"对不起,打断了你的好梦,破坏了你对花露婵的回忆和思念。"佟佩茹跟在家里时判若两人,脸上泛着娇羞似的玫瑰色,眼睛漆黑,闪着奇异的火花,大胆而又迷人地盯着他。

邵南孙虽然心里很烦,但不便对一个新结识的人太没礼貌,何况她又是福北地区的公主。随口问道:"你怎么也到这儿来了?"

"许你来就不许别人来吗?"佟佩茹颇含责怪意味地笑了,"我坐在这儿好半天了。"

佟佩茹有种居高临下的神态。她比佟川更机灵,谈锋犀利,神情自若,多少还带点捉弄人的味道。邵南孙从心里讨厌这种大小姐派头。不知为什么,他对这种女子从无好感。他毫无理由地厌恶佟佩茹那无拘无束的谈笑,哪管她的父亲刚请他吃过饭。但他又是个喜欢斗智、喜欢进行尖锐对话的人。只是在女性面前总有点慌乱,一开始说话放不开。他辩解说:"这个季节逛公园的人不多,再加上今天天气不好,凡躲到这个阴冷潮湿的假山背后来的人,不是最不幸的,就是最幸福的。"

"你是哪一种人呢?"佟佩茹紧追不放。

"我当然是最不幸的那一种人。"

"一个不幸的天才、不幸的成功者,一个被许多人羡慕和妒忌的不幸者!"佟佩茹口气变了,眼瞳里忽闪着激情的火花。

邵南孙转过脸来,心里一动,"谁是天才?你挖苦我……"

"你当然是个天才。不论在文艺创作上还是在自然科学的研究上,都是成就卓著,为众人瞩目。我甚至认为你是个幸运、因祸得福的天才,如果没有十年前的那场灾难,也不会有你今天的成就和名气!"佟佩茹过分聪明,脸上现出一种诡谲的好像一切都瞒不过她的笑意。

"您过奖了!"邵南孙突然变得客气、冷淡,连目光也是阴森森的,"佟佩茹同志,看来您是希望再搞一次'文化大革命'了,好创造一些像您所说的天才?"

佟佩茹被吓住了,两颊融融发涨。她知道邵南孙误解了她的意思,她的话也确实有毛病,赶忙道歉:"对不起,我不是那个意思,我真的不想惹你不高兴……"她心底的善意透在脸上,复苏了女性的柔媚,泄露了心里某种隐秘的感情,不觉双眸晶晶,射出奇特的光芒。

男人的自尊心,使粗暴的邵南孙也不忍心再伤害这样一个突然变得诚惶诚恐的女性。他放缓语气,讲出自己对"幸运"的看法:"您说的那些所谓成就、幸运,对我毫无意义。人一旦失去了心里那种最宝贵的感情,就失去了生活。像您这样的人是不会理解的。"

他说完就把脸转向一边,不再答理她,望着急水如云的星龙河。远山如黛,雾气氤氲。其实,有个女人称他为天才,他的心里也十分舒服,甚至很得意。但他讨厌她的浅薄,他觉得她代表了社会上的一种势利眼。这种势利眼对人的捧抬是没有心肝的,是近视的。鱼目也可以变成珍珠,谁成功谁就是英雄。当初有多少人曾狂热地吹捧过李鹏万?他邵南孙对这一套可是清醒得很。他不是凭借一阵风吹起来的,他是凭自己的本事干出来的。如果他当初被毒蛇咬死或掉下山崖摔死,有谁会知道他,又有几个人会同情他呢?说不定都会说他活该,是罪有应得!如果他是个笨蛋,虽吃尽辛苦却没有成果,人们也早就把他忘记了。至今他仍是个默默无闻的"牛鬼蛇神"!现在拿了奖,有了钱,出了点名,人们都找上来了,包括地委书记和他的女儿……

"怎么不说话了?嗯,你生起气来可真凶啊!"佟佩茹似乎往他身边靠得更近了,他感受到了从她嘴里呼出的温馨气息。她一只手抓住他的胳膊轻轻摇着,语气也变得温顺轻柔:"你还在生气? 你很讨厌我,是吗?"

"不,对不起!"邵南孙浑身像僵住一样不敢动弹,眼睛仍然望着远处的群山,"我常年跟毒蛇打交道,脾气很坏,请您原谅。"

"其实,我就喜欢……也可以说是敬佩你这种坚定强悍的男性气质。我上午也参加了花露婵的追悼会,意想不到你会出场,你的孝服、花圈,你的讲话,你大把焚烧真钱来祭奠自己情人的亡灵……这一切都是那么不同凡俗,忠贞义烈,让人肝胆欲碎! 我在后面比你流的眼泪还多。我真羡慕花露婵,如果也有一个男人能够这样对待我,我愿立刻死去!"

"你?"邵南孙受到震撼。佟佩茹的眼里汪着两包泪,她竭力克制自己不让眼泪流下来。额头布满细碎的皱纹,清芳悱恻的面容让人可怜。仔细看上去,她已经不很年轻了。可能是由于会打扮,乍看上去像个小姑娘,原来她刚才那套"见面礼"都是装出来的。现在,一点书记女儿的架子也摆不起来了,倒像个软弱善良的心里盛满不幸的少妇。邵南孙不知该说什么好……

"你从我们家出来,我就一直在后面跟着,从花露婵的故居跟到这儿。在你旁边坐了足有半小时,你都不看人家,也不答理人家。我看你想花露婵想得太苦了,无非是想帮你排解一下。可你老是神不守舍,带答不理的。"她把头轻轻地靠在邵南孙的肩膀上,双手抓住他的右手,来回抚摸着。

邵南孙十分紧张。佟佩茹的闯入太突然了,他对她一无所知,更猜不透她这番异乎寻常的大胆举动意味着什么:是真情? 是怜悯? 还是拿他耍笑着玩? 莫非是恶作剧,玩弄他的不幸? 这副样子倘若被人撞见如何解释? 何况她又是地委书记的女儿。倘若马上把她推开,似乎又太不近人情了,他心里也不愿意那样做。只能用言语试探:"谢谢您的好意。我多年与世隔绝,可能变得跟野人差不多了,不懂礼貌,不通情理。"

"我就喜欢你这个野人。你既然对花露婵那么好,一旦跟别的女人结了婚,待自己的妻子一定也错不了……"她喃喃如诉情话,在邵南孙听来却惊心动魄。这也太大胆了吧?两人还没谈几句话就作这种赤裸裸的表白,这样的女人到底是可敬、可爱,还是可怕、可鄙?她是不是精神上有毛病?他轻轻地挪开自己的身体,神智清醒地说:

"您好好看看我,四肢有三肢被打断过,脑袋伤痕累累,奇形怪状,又土又丑。您喜欢我哪一点?莫不是心满意足的日子过腻了,拿我寻点开心?"

佟佩茹满面含羞,"我说的是真话,你为什么老拿人家的好心好意开玩笑?在我眼里你不土也不丑,就是像你这种骨头包肉的男人最讲情意,不爱就是不爱,要爱就往死里爱。不会三心二意,喜新厌旧。我讨厌那种狼心狗肺的小白脸,讨厌有肉无骨的假男人!"

她就以这样坦诚、泼辣而又带几分幼稚的表白镇住了邵南孙。他毕竟刚从深山沟里钻出来,还没见过这种女人,如此赤裸裸不加任何掩饰,并且有一套奇特的理论。他被感动了,或者说被震住了。

他望着她那温顺痴情的样子,一股热烈的情感在他身上越升越高,眼火闪发,却不敢有任何动作。问:"你多大?"

"二十七。"

"还没结婚?"话一出口他又后悔了,人家要结婚了还找你干什么?

佟佩茹摇摇头,神色突然黯淡下来,"但我爱过一个人,他跟我在同一个村子插队落户。当时他也爱我,人长得漂亮,也非常聪明。起初是我的父母不满意他的家庭,不许我们相爱。我不在乎,为了证明我对他的坚贞,我把自己的一切都交给他了。后来他的父母为了他的前途,不同意我们结合,把他召回上海,他屈服了,也许是很高兴能够摆脱我。据说他现在生活得很美满,他妻子的舅舅在美国,夫妻双双在柏克莱大学当研究生……"

原来命运对她的安排也是苦涩而又严酷。邵南孙安慰她:"您的条件这么好,还可以再找嘛。天下好小伙子有的是!"

"别人也确实给我介绍了不少,各式各样的人物都有,却没有一个人能让我动心。我也想唤起昔日的热情,去爱一个人。但办不到,我心里积存的痛苦太深刻太强烈了,足以摧毁生活的意志。我甚至后悔当初为什么不一死了之。那也许能给他的心里留下一点震动和悔恨。有时一个人的死比她的生命更感动人,花露婵的死不就是这样吗?当然,她比我幸运得多。因为她生前真正的爱过一个人,也获得了你的爱,死有何憾?我跟花露婵没有任何关系,在上午的追悼会上却比任何人掉的眼泪都多,是妒忌花露婵,也是哭自己。为什么命运让她碰上了你这样的情人,然后又叫她死去?我还活着,为什么不该碰上你这样的人?我流的不光是苦泪,还有激动和幸福的泪。我原来并没有想参加花露婵的追悼会,只因为上午无事可做,想去看看热闹。谁知看见了你,怎断定这不是天意?从你身上散发出来的感情力量,足以融化我心里的所有不幸。我把一切都跟你讲了,求你不要看不起我。我……爱你!”佟佩茹突然趴在邵南孙的怀里哭了起来。

邵南孙慌了。他虽然很想紧紧抱住眼前这个姑娘,抚慰她,答应她的所有要求。但他不敢,不敢做出一点忘情的举动。不知为什么,一个大姑娘扎在自己怀里也不能使他失去理智,他总觉得这种带有戏剧色彩的感情升华掺杂着虚伪。他不怀疑佟佩茹的感情,那么是谁虚伪呢?他刚参加完自己未婚妻的追悼会,怎么能立刻跟另一个女人谈情说爱?再说,佟川恐怕也不会让女儿嫁给他。而他若高攀佟川这样的老丈人,也只会毁坏自己的声誉……他抓住佟佩茹的肩膀把她扶起来,说着不太有劲的话:“小佟,别这样,叫人看见不好……”

佟佩茹渐渐镇定下来,用手绢擦着眼角,低低地像是自语:“你一定很瞧不起我……”

“不,您千万别这样想。”邵南孙赶忙安慰她,“我很感激您对我的信任。我比您更不幸,所以能够理解您的感情。不要幻想生活对任何人都是公正的,人生是痛苦和罪恶的渊薮,决不是欢乐的胜境。但意志坚强的人,不应该被心里迸发的痛苦所击毁。不要自卑,只要您自己不自卑,谁都没有办法使您自卑。”

佟佩茹忘情地盯着邵南孙这张粗犷而坚毅的脸,被他眼里射出的一种威猛的光迷住了。她没有看错,这果然是个卓尔不群的人,与那些会搞女人的贱男子大不一样。他不向女人献殷勤,自己这样缠磨他,他竟能不动心,还摆出一副凶神恶煞的样子。然而只有这样的男人才最靠得住,最叫人放心。他是个重义气、有良心的人。说来可笑,她看到邵南孙对花露婵那样好,就不顾一切地爱上了他,她幻想自己已变成了花露婵……

佟佩茹几乎不能自持,"你光跟我绕圈子,讲大道理,就是不肯正面回答我的问题。"

"您想要我怎么回答?"

紧张和娇嗔使她的面孔泛出红晕,显得格外鲜润和甜蜜。她身上有少女般的纯真的热情,又有成熟女性的风姿。邵南孙装傻——其实装傻也是一种回答。她改了话题:"晚上你去红楼剧场看戏吗?"

"不去,我不能白天哭露婵,晚上去看戏,更不想为那些曾坑害过露婵而他们自己却活得很好的人捧场。"

"太好了,晚上到我那里坐坐吧。有吃的,有喝的,还有不少磁带,你想听音乐或想听戏都可以。"

"去你们家?"

"不是你去的那个我爸爸的家。我在文化馆工作,平时就住在馆里,当看夜女郎。晚上很清静,我们可以好好聊一聊,我想听你讲讲铁弓岭,讲讲你的生活、你的过去和一切与你有关的事情。"

"你们家里房子那么多,为什么不回家去住?"

"我在农村一个人生活了十来年,孤独惯了,喜欢自由。怎么,你不敢来?"

"这有什么敢不敢的!"

"那么一言为定,我等你!"

"好吧。"

"我们走吧,找个地方吃点饭。"

"你先走,我还想再坐一会儿。"其实邵南孙是不想跟她一块走,更不会陪她下饭馆。在这样一个小城市里万一被熟人碰到,必然会引起好多闲话……

　　佟佩茹从小在孤寂和舒服中长大,脾气很怪,也很任性。在邵南孙面前却不敢使半点小性子,心里酸酸的,又不能责备他,"你又在想花露婵?"

　　"是的。"

　　"那好,我先走。晚上你可一定得来。"她眼里露出痴情和恳求的神色,邵南孙无法拒绝,只能点头答应。佟佩茹从木椅子上站起来,却不愿马上离开,望着邵南孙的眼睛,"你亲我一下好吗? 要不我不走。"

　　"那边有人。"

　　佟佩茹显得非常难受和失望,"你不是胆小怕事的男人。如果我是花露婵,就是有一千个人看着你,你也敢当众吻她!"

　　她说完恼怒地掉头就走,邵南孙起身抓住了她的胳膊。她的话激发了他的男性自尊,煽起了他体内那不可抗拒的热情,几乎是粗鲁地从后面扳住她的双肩,硬把她的身体和脸扭过来,拉进自己怀里,毫不迟疑地把自己的脸压下去。她渴求的正是这种男性的粗暴,张开双臂贴上去,尽情吸吮他身上的温暖,双手在他身上抓着、揉搓着……

　　她像一团火,热力回射,几乎要把他熔化。她那奔放的女性气质,输送过来不可抗拒的血的感应,使他心旌摇曳,有一种燃烧般的欲望在他身上剧烈地膨胀。他那可恶的理智却寸步不让地警告他不要做蠢事,他一把将佟佩茹推开,"天快黑了,你走吧。"

　　佟佩茹还像在梦里一样恍惚迷离,"你为什么老赶我走?"

　　"再这样下去我就要控制不住了。"

　　她甜甜地笑了,在邵南孙胳膊上拧了一下,"你这个野人! 好,晚上我等你。"

　　她终于恋恋不舍地走了。

　　邵南孙跌坐在椅子上,回味着刚才的一幕,有惊,有喜,有愧! 这算是哪一出呢? 他从上衣口袋里掏出一个硬壳小皮夹子,打开来,里面镶着一张花露婵的照片,"露婵,你都看见了,我真不是人,对不起你! 可……你要原谅我,十几年来我过的不是人的生活,没敢碰过任何女人。我和你没有尝到过爱情的果实,更不可能留下爱情的种子,你留给我的只是持久的回忆,回忆你就是我精神世界里的惟一财富。我以为有这种回忆就足够了,事实证明对你的回忆并不能代替真正的你,我毕竟是个活人。这十几年来,我忍辱负重,冒着各种各样的危险,创造了令我们的仇敌忌羡的成果,也算对得起你的爱,取得了做你的未婚夫的资格,终于为我们不幸的爱情开了一张通行证,竖起一个纪念碑!可是,夏恒秋告诉我,你那纯洁的身子,曾被你师傅和你的领导玷污过。这是真的吗?如果真有那种事我相信你也是被迫的,决不是自愿的。他们是谁?是佟川吗?不然为什么夏恒秋的眼睛里有着强烈的妒火……今后,我要报仇。谁害过我们,我就报复谁。社会害了我们,我就报复社会;命运害了我们,我就报复命运。佟佩茹也许是个好姑娘,如果我没有写出那些作品,如果《大千世界》没有在全国获奖,如果我不创建蛇伤研究所,没有现在的名气和大把的钞票,如果我不是全国政协委员,她会爱上我吗?她跟你没法比,你是圣女,她是凡女。她主动找上门来,我为什么不可以享受一下?不可以跟痛苦的人生开个玩笑?何况她又是佟川和夏恒秋的女儿,我忽然感到轻松愉快了,心里再没有那种沉重的负担。露婵,你能理解我吗?你只当以前爱过的邵南孙死了……"

他收起花露婵的照片,把皮夹子重新塞回口袋里。确实感到一阵情绪冲动,莫名其妙的兴奋,真像丢掉了一个什么包袱。他从椅子上站起来,稍微活动一下腿脚,便迈着轻快的步子往回走。心里盘算着:回宾馆洗个澡,刮刮脸,晚上吃顿好饭,然后……

地委机关法定的上班时间:上午八点到十二点,下午两点到六点。

干部们大都在八点半左右到机关来,九点钟到齐。比"文化大革命"以前松多了,工作时间还可以出去买菜或回家转一圈儿照看孩子、炉子等等。从表面上看,机关干部拿的奖金少,但享受的自由多。且不断可以分到或买到好货、便宜货、外面难买的紧俏货,从高档的家用电器、家具、服装,到蔬菜、瓜果、土产品……全福北的好东西,都可以通过各种渠道流到地委机关里来。

作为福北地区行政第一把手的石恒泰,是全机关惟一的一个按时上班的人。无论春夏秋冬,每天七点五十分准时坐到自己的办公桌前。他实际上每天不止工作八个小时。这法定的八个小时,一般都用来应付会议、文件、报表、来访。重要的事情在上午九点钟以前处理,趁大家都没有来,机关里还不太乱,精力可集中。重要的问题待晚上回到家里再思考……

他夹着皮包,迈着非凡的步子,走进机关大门。传达室的看门人早就把门口打扫干净,洒了清水,远远地冲他点头哈腰。他态度和蔼可亲,向所有碰到的熟人打招呼,既不故示尊严,也不矫饰谦逊,非常自然。他身材不高,可是别人并不觉得他矮小,甚至感到他很高大。他的气势,他的自我感觉也是这样,他身板挺直,精力充沛。

机关大院里停着两辆大卡车,后勤人员正从车上往下抬纸箱子。这不知又是什么东西?看来今天上午干部们又有事可干了。石恒泰向这些道行很大又很辛苦的后勤人员点点头,他决不打听,也不制止。他想制止也制止不住,机关的人事关系极复杂,有的通下面,有的通省委,有的通佟川,他问明白了也是一块心病。不给他的他绝不争,给他送来的就收下。一切都装作不知道,他的超脱就是对下级的宽容。后勤人员对他这种明智的态度,十分钦佩,凡是好事都不会忘记他。

真是要命,这哪像个机关! 难怪有些基层干部要权不要利润。利润多了上缴国家,而权力是属于自己的,有无形的巨大价值,手中有权,一元钱可以当十元、百元花。权力,权力,"文化大革命"是为了夺权;几千年封建社会的历史就是围绕着权力交替做游戏;所谓阶级斗争路线斗争,最后还是归结为权力之争。权力像酒精一样烧灼和毒化着人们的灵魂。然而,没有这种酒精就酿不成社会这缸浑酒……

每逢早晨,他的想象力格外活跃,有时还冒出一种想写作的欲望,他觉得自己很好笑。值得写的东西确实很多,可惜命运注定他不能把它写出来。越是惊人的东西越得让它烂在肚子里,要想当个好的领导干部就得学会忘记。他在党的大学里已经学完了党内斗争、人与人之间的关系、历史教训等所有专业,成功地将自己变成了一个山洞。洞口长满杂草树木,洞内阴暗潮湿,大洞套着小洞,别人看不清他,他却可以吞掉那些敢于冒犯他的人。

石恒泰的办公室在二楼,已经有几个人在等他。这都是些深知他工作习惯的县、市、局或大企业的负责人,知道在这个钟点来最容易找到他,解决问题最快。石恒泰很高兴有人等他、迎接他。他的生活是紧张的、忙碌的,喜欢把工作日程排得满满的,他受不了清闲和安逸。他是属于五十年代成长起来的热爱事业、干工作上瘾的好干部。何况这些比他起得更早、在他办公室门前等着他接见的人,都是些忠心耿耿的、有事业心的部下。比他更辛苦,比他更困难。石恒泰非常清楚,现在是靠这些善良听话的基层干部支撑着中国的江山。上面压他们,下面挤他们,他们一肚子牢骚,可还得干! 他喜欢他们,同情他们。他打开房门,热情地把他们让进办公室。

"哪位先讲?"石恒泰坐下以后马上进入工作。

按先来后到的顺序,财政局长开始诉苦:"中央文件号召支持乡镇企业,鼓励农民经商和办小工业,各地农民纷纷贷款。弓脚县大塘乡前几个月贷款五百万元,工厂没办好,商业赔了钱,五百万元扔了一大半。报纸上成天宣传经商致富、工业发财的先进经验,只要农民提出借钱,谁也不敢说不给,少则几万元,多则几十万元。有些县政府的领导,要抓典型、树样板,把钱送到农民手里,逼着人家办养鸭场、养鸡场。鸡鸭没养好,钱都赔光了。大部分贷款是肉包子打狗——有去无回! 财政危机,再这样干下去后果不堪设想,最终还是国家倒大霉!"

石恒泰静静地听着,不插一言,目光炯炯地盯着部下。他要求部下尽量多使用事实,把事实一个接一个地摆出来。有充分的事实根据,处理问题才会全面和准确。他还要求部下讲出自己对所提问题的处理意见,然后他才拿出自己的意见。

这时候,他已经对各种事实深思熟虑过了,已经把别人的思想放在他的老谋深算的智慧中浸洗过了。最复杂的问题变简单了,难于说清楚的事情变得清晰明亮了,他的话便成为口号、指示被记录下来,贯彻执行。

"中央文件讲的是大原则,各地情况不同,不能刮大风。农民经商办工业是那么容易的吗? 一哄而起,好事会变成坏事。严格控制贷款,非贷款不可的,财务部门要去调查把关,研究可行性。你们起草一个文件,报地委审核后发下去,要紧的是先刹住这股贷款风!"石恒泰解决问题彻底,有一种冷静、严峻的实事求是的作风。

福北市的建设委员会主任摊开了一堆进行城市规划、改造福北城所遇到的困难;教育局长的太平日子受到了严酷的挑战,请求石恒泰多拨款,提高中国人的质量,尤其是青少年的文化素质;只有岭南县长带来的是好消息,他有一个雄心勃勃的开发铁弓岭的计划,来寻求石恒泰的支持……

石恒泰目光敏锐,加上多年做领导工作养成的对人对事的特殊鉴别力,许多事情一看就透,解决问题务求水落石出。他在福北的声望不断上升,下面有问题都愿意找他,甚至连省委也认为福北没有他不行。然而这对他来说未必是好事情。上个星期天的晚上,电视台报道了福北市在城市建设和改造旧街区所取得的成就,只突出政府,没有突出地委。第二天上班,佟川在中层干部会议上大发脾气,市政府难道不是在党的领导之下吗? 显然是责怪石恒泰抬高自己,贬低他佟川。市政府的确是在石恒泰领导之下,那电视节目却不是他授意拍摄的……

他送走岭南县长已经十点钟了,陆陆续续又有更多的来访者和请示工作的人闯进了他的办公室。他把有关材料留下,让这些同志下午或明天再来,他必须立刻去见佟书记。

今天是星期三,每周一三五的上午是佟川上班的时间。石恒泰给自己立下规矩,每逢地委书记到办公室来的日子,他必须去汇报工作,把全地区发生的大事、小事,自己是怎样处理的,一五一十,简单扼要地告诉佟川,听取他的指示。石恒泰善于用三言两语就能概括最复杂的问题,绝大多数情况佟川都点头表示同意。虽然处理这些事情都在石恒泰的职权范围之内,他完全可以按自己的意愿做出任何决定。但若不通知佟川,不做出请示的姿态,佟川就会有意见。

在福北,石恒泰跟佟川合作的时间最长。各地的一、二把手之间,党政领导人之间都存在着程度不同的矛盾,他跟佟川的关系算是好的。他了解佟川,不能要求一把手去适应二把手,只能是他适应佟川。佟川绝不允许自己的权威受到任何挑战,事无巨细必须都由他说了算。他的精力又照顾不过来,而且这两年只热衷一件事——对过去整过他的人,该抓的抓,该押的押,该撤的撤;对保过他的人一律提拔重用。专断,多疑,使地委书记的权杖涂上浓厚的个人恩怨和喜恶分明的感情色彩。这样一来,也就使那些"好马(溜须拍马)快刀(两面三刀)"式的人物和"有一张嘴巴、两根舌头、三个脑袋"的人,混过了清查,本来是反佟川的,一下子又变成了佟川的亲信。但是,有一点应该承认,佟川在中国这块土壤上出色地继承了政治家的衣钵,他驾驭权力的能力在福北是无人能与之匹敌的。地委的常务委员们,必须绝对服从于他,他决定的事情不容讨价还价。他可以不参加常委会,但常委会必须根据他的片言只字做结论,他的话就是常委们行动的纲领和口号。大权独揽,纵横捭阖,上下其手。堪为所用的,大力扶植;不堪倚重的,一脚踢开。然而,他的控制并不是滴水不漏的,他的权力机构建立在懦弱、阿谀奉承、怀疑、恐惧和高度集中的基础上,已经出现了多处裂缝……

石恒泰看出了这些裂缝,他总是竭尽全力千方百计去弥合它。尽管他有无与伦比的解决实际问题的能力,对什么问题都能立刻拿出一个切实可行的解决方案。他的风格却是中国传统的贤臣良将式,决不僭越,一贯坚持官场原则,把自己打扮成一个忠心耿耿的二把手。严谨,克制,从不激动,很少流露感情,不论什么时候,以什么面目出现,都非常从容。谁也不知道什么时候才是他的真面目。这一切并不是假装的,只说明他有理智。跟佟川闹翻,可不如把他当佛供起来更好。佟川在一天,福北的事情就要听他的。石恒泰决不承担争权夺位、排挤老领导的骂名。老百姓喜欢同情弱者,他就要当这个弱者,让佟川当强者。即使他变得专横无能了,也要把他捧得高高的,让群众永远以为他领导着能力超群的石恒泰是再好不过的了。

石恒泰在楼道里被地委组织部干部处处长夏恒秋拦住了:"老石,我正要去找你。"

"什么事?"石恒泰停下脚步,他不能让书记夫人的事情也推到下午再说。

夏恒秋神秘地把他拉到干部处的房子里,房子里空无一人。组织部的人道行更大,不知又忙什么个人的事情去了,也许正在楼下的后勤部门分东西呢……

夏恒秋凑到他跟前小声说:"你们头头讨论过邵南孙的事吗?"

"邵南孙什么事?"

"给他落实政策呀! 这样一个人才不能再让他呆在山沟里。"夏恒秋异乎寻常的热情,引起石恒泰的警觉。

"你们组织部有什么想法?"

"应该提拔他当文化局副局长。"夏恒秋用信赖的目光望着石恒泰,她有表达感情的特殊方式,亲近,讨好,使对方难于拒绝她的要求。她虽然是靠佟川才占据了干部处长这个十分重要的、令人眼红的位子,在工作中却有意不打佟川的牌子,只能凭自己的魅力赢人。即使如此,谁又能忽略她身后站着的那个巨大的身躯呢?

石恒泰估计,夏恒秋突然热衷于提拔邵南孙,一定有别的目的。也许她想让邵南孙当自己的女婿也未可知,谁都知道佟佩茹的婚事是个大难题,高不成低不就……他似乎有一种习惯,别人还没把问题提出来,他一下子就猜中了问题的核心。他不动声色,更不能急于表态,微笑着,喜欢窥探的眼睛,含蓄而深邃,"你跟书记商量过这件事吗?"

"没有,我先得听听你的意见。"夏恒秋确实格外信任他,什么事情都对他讲,甚至包括她家里的事情。在工作上她求他的时候比求佟川还多,这就让石恒泰更作难、更小心。

他只能说:"等我跟书记商量一下再说。"

夏恒秋笑了,有他这句话就行,石恒泰这样说就等于是赞成。她说:"过两天我还有件私事要求你。"

石恒泰能猜出是什么事,却不追问。他是个清教徒,在生活和工作中一向严格遵守中国的传统道德规范。他向夏恒秋点点头,退了出来。

他推开佟川办公室的门,不觉一怔:方月萱坐在凳子上擦眼抹泪,佟川没有坐在自己的皮转椅里,却在宽敞的办公室地板上来回溜达着,脸色难看,苇毛似的灰眉毛耷拉着,脚步凝重。仿佛地球对他的引力格外大,抬脚动步十分吃力。他只有在自己的办公室里才显得这么老态龙钟,十分珍惜自己的力气,慢条斯理地说话和作指示。跟他讨论问题所花费的时间,比实际需要的要长好几倍,他一副疲惫不堪的样子。佟川点点头,让石恒泰坐下。然后对方月萱说:"你先回去吧,杨忠恕的问题以后再说,叫他好好演戏,彻底检查自己的错误!"

方月萱千恩万谢地走了。石恒泰明白,杨忠恕被解脱了,至少不会再被抓进监狱。佟川在女人面前,尤其是在漂亮女人面前,很难说出"不"字。这是他的弱点,因而烦恼就多……

五天以后,邵南孙要去看望花露婵的父母。他做出这个决定是很突然的,连他自己也没有想到。更说不清楚是理智的驱使,还是良知的呼唤,完全是灵机一动,想惩罚自己,挽救自己,补偿自己的过失,以致上路以后他又有些后悔了……

还是那辆精灵般的白色面包车,轱辘转得比邵南孙的思想还要快,眨眼已钻出福北城,车后扬起轻尘,像兔子一样颠着腰身,爬上通往南江县的山道。经过两天两夜的春雨洗涤,空气清新微寒。蓝天碧透,青山巍巍,四野翠绿洁净,纤尘不染,面包车唱着轻快的歌。它加足了油,通身洗刷一新,把几天前翻越铁弓岭时沾满全身的风尘泥垢全冲跑了,精气神十足,显示出主人的勤谨和对它的爱惜。外号"二姨"的刘二根是个可信赖的司机,长得虎头虎脑,说话却慢声细语,有女人的细心和男人的力气。只是他憎恨自己这副细嫩的声带,一张嘴总有点娘儿们腔儿,为了不遭耻笑,干脆不说话或少说话。邵南孙喜欢他的绵软性子,比女孩子还有耐性,在邵南孙那帮刺儿头似的男徒弟中,数他能吃亏容人,办事牢靠,所以才选他当了司机。二根不时地瞅一眼后视镜,打量着老师的神色。老师这几天如同换了一个人,言谈举止有点叫他摸不着大门。他尽量不碍老师的眼,没事就躲得远远的。不管怎么说,老师能离开福北市,他心里很高兴。他总觉得城里人对邵南孙、对他的铁弓岭,没安好心眼儿。从老师以前的遭遇,从老师现在进城后的变化,刘二根更对自己的猜测坚信不疑。

邵南孙坐在二根身后的头一排双人座上。粗粝沉重的头颅舒舒服服地靠在椅背上,双腿叉开,蹬住前面的挡板,双臂抱在胸前,双眼微闭,像和尚打坐。窗外青山绿水,引不起他一点欣赏兴趣。大清早就这么无精打采,闭目养神。其实,闭目不等于养神,他的"神"远不像他的外表这样安稳平和,而已经乱云飞渡,甚至灵魂出窍、神游体外了。几天来由于严重缺乏睡眠,感情上经受刺激太多,尽管疲乏不堪,神经中枢却还处于兴奋状态,大脑细胞异常活跃。这种表里的不协调,几乎要把他的脑袋痛得分成两半。

他的耳边还响着佟佩茹那绵绵不绝的情话。他甚至还感觉得到她身上的温热和特有的香气,恍惚的神智,迷乱的眼神,潮滋滋的嘴唇,洁白闪亮的牙齿,欢跃轻捷的身躯……这一切凝聚成一场毁灭性的风暴,摧垮了他的理智,毁坏了他引以自豪的品格和对花露婵的忠贞。野兽般的贪婪,撕裂每一根神经似的疯狂,粉碎性的快乐,使他忘我忘忧,一切都不想了,立刻信誓旦旦地答应跟她结婚。他忽然醒悟到,自己不能老是靠对花露婵的回忆和幻想过日子,他需要真实的快乐与满足。这是人世间最难得到的东西,也是他最缺少的。现在他得到了! 他要扩大生命的新疆域,尽情享受生命本身的欢乐。可是,他快乐吗?

不必欺骗自己,他很快乐。他还是第一次享受这种完全的轻松的欢乐,没有任何痛苦,不需要付出牺牲,不费心计,不花力气,只管去拿,尽情获得。他也是人嘛,而且前半生历经艰辛,现在能不花力气获得这样的快乐,为什么要拒绝享受呢?

　　但是,他心里又确确实实有一种无法摆脱的矛盾,他发觉自己丧失了理智。也许最聪明的办法是——只跟佟佩茹保持"谈"情"说"爱的关系,昨天不该越过那男女间最后的界限!咳,为什么风流得意的事情一过,会生出一种悲凉?他找不出心情悲凉的原因,却拼命寻找理由说服自己,抑制在心里突然滋生出来的鄙视自己的情感。他想客观地、公平合理地看待自己。他不承认自己堕落,不承认自己没有良心。他有良心,也有野心,还有报复心。有好心眼儿,也有坏心眼儿。人不能光听从良心的召唤,别人(更不要说那些整过他的人)难道都是按良心办事?他为什么非要苛求自己像一条忠实的狗一样,时刻看护着自己的良心,自己不丢掉它,也不许别人来偷?人如果只有良心又怎么能应付不讲良心的生活?他是单身汉,她是大姑娘,他们都是自由的。他没有耍手段勾引她,是她着魔般地追求他。如果他拒绝这样一个痴情的姑娘,就是残酷的、缺乏人性和不道德的。他还可以光明正大地跟她正式结婚。那就结吧!邵南孙瞧不起自己心底的虚伪:"你骗谁?你从打一跟她接触就没想过要跟她结婚!你夜里得到了她,天亮之后就心烦意乱,那股胜利的猎奇的快感一过,就感到烦躁不安。还谈什么结婚呀,白头到老呀!"他不喜欢佟佩茹的家庭,如果真的跟地委书记的女儿结婚,必然会招来许多闲话,认为他是拼命攀高枝,甚至把他自己挣来的荣誉也会记到佟川的账上,说成是地委书记故意送给自己女婿的。这有污他清高的品格,他也不能容忍"佟川的女婿"这个头衔。他瞧不起佟川,甚至怀着某种憎恶,某种仇恨,绝对不可以称佟川为岳父!跟这种小姐,不过是逢场做戏。谁敢打保票,当初佟川没有占过自己未婚妻的便宜?即便花露婵没有失去贞操,被揩点油是肯定有的。相比之下,自己要高尚得多。他还可以断定,花露婵跟佟川之间不论发生过什么事情,她都是迫不得已,决不会对佟川有什么真情实意。而佟川的女儿对自己却是倾心相爱。他顺水推舟,让女儿替她父亲还债又有何不可呢?何况她又不是处女。她的童贞早就送给那个在美国留学的小白脸了。对了,他还不喜欢她这一点。他可不想娶一个娘儿们身子姑娘脸的人当老婆,他要结婚就得找一个真正的大姑娘。他随即又反问自己："既然如此,你为什么在枕席之上要山盟海誓,答应娶她呢?"说一千道一万,邵南孙仍然不能使自己轻松快乐起来。他相信自己的感觉,佟佩茹被他表面上的才华和成功所吸引,盲目地崇拜他,真心想嫁给他,而且有点神经质。看他对花露婵好,就以为将来结了婚对她也一定好。这是何等天真!背叛这样一个信赖自己的姑娘未免太缺德了!他感激她,尊敬她,也可以说喜欢她,依恋她。但这算不算爱,他不知道。有一点是可以肯定的,他对佟佩茹的感情跟他对花露婵的爱是大不一样的。在感情的质量上有很大区别。他对佟佩茹的好感是一种很实惠的,能够冷静地权衡利弊得失的感情。他得到了一个大姑娘,却又考虑怎样不丢失自己的名誉,她却愿为他牺牲一切。这不是很好的事吗?也许正因为太便宜了,他才产生了各种各样的疑虑。人间有各式各样的爱,看来惟独缺少只有欢乐没有痛苦、永远坚贞不渝从不游移彷徨的爱。何况佟川现在对自己不错,怎好在背后搞他的女儿?万一这件事张扬出去,后果不堪设想……

　　他不知道那些多情种子和猎艳老手是怎么一种情况,难道也像他这样——快乐是短暂的肤浅的,而事后对心灵的纠缠和鞭打却是长久的深刻的?看来人的每一种欲望都不可过饱,欲壑越填越深,不填自浅。真正的幸福不是一种满足,不论是肉体的还是精神的,一满足就会厌烦。灵魂高尚的人应该办高格调的风流事。他自信对花露婵的爱恋就是格调优雅、超凡脱俗的。他从不想在她身上得到什么,因而也就从来没有满足过。他在那场恋爱中得到了一系列灾难和不幸,却感到那是一种很充实的幸福。对她的感情战胜了恐惧、懊悔、疑心,甚至超越自我,把自己的灵魂和躯体变成一种工具,为她服务,传导对她的崇爱。至今想起来还觉得无比纯洁,无比精美,无比灼热。安全可靠的幸福就应该是一种回味,一种幻想。它没有烦恼。跟佟佩茹的这种感情纠缠却是如此的不同!

　　他甚至唤起了渴望见到花露婵父母的激情和勇气。跟佟佩茹不辞而别,那个傻姑娘今天肯定还会痴呆呆地在等他呢……面包车载着他离花露婵的两位老人越来越近。本来他对他们并无太深的感情,只因为他们是花露婵的父母,才觉得彼此关系很贴近。他想去看望他们,替花露婵尽点孝道,也可寄托对花露婵的思念。可是,他现在跟这一家人还有什么关系呢?与其说是为了做好事,不如说是为了寻求自己心理的平衡。以前连接他跟两位老人的是花露婵,现在他也不想掐断这条感情线。他可以欺骗任何人,包括对他以身相许的佟佩茹。但决不允许自己对花露婵的感情中有半点虚假!但是,他现在还有什么脸面吹嘘对花露婵的忠诚?做人真难呐,失败时难,成功了也难……

他终于在面包车的轻摇慢颠中睡着了。但他睡得并不塌实。本来应该在白天休息的那部分脑细胞提前活跃起来,开始演习、回忆,使邵南孙又回到那个令他留恋和憎恶的世界。奇怪的是,进入他梦境的只有花露婵……他在梦里从未见过佟佩茹,好像她在他的感情世界里没有留下任何痕迹。可见佟佩茹是他白天的情人,而白天属于理智。只有花露婵才使他的感情战胜理智,爱得魂销骨融,连死神也隔不开他们……

过去的故事之五

　　各派争相创造奇迹,扩大自己的成果。扫荡铁弓岭上的寺庙是一件唾手可得的大功劳,造反勇士们自然不会谦让。红卫兵首先拥入山脚下的大庙,随后进来的是弓脚县各机关的干部造反兵团,先把大小和尚集中起来,看着他们那一个个光秃秃的脑壳,一身身说黄不黄、说红不红、说黑不黑的袈裟,免不了尽情嘲骂一番、批斗一番。然后把搜出来的各类经书和与佛有关的各种物件堆到一起,付之一炬……

　　年纪最大的长老,双目紧闭,脸上的皱纹交织成一张网,他的面容就是一部记录人世沧桑的经书。红卫兵让他睁开眼,要他亲眼看着经书化做灰烬,他好像没有听见。一个长得白净而又秀气的男孩子,用木棍夹起一个燃烧的纸团放到他的眼皮底下,眼毛即刻化做一缕轻烟,皮肉烧得嗞嗞发响。长老身子一歪栽进火堆,身上的袈裟燃烧起来,造反派们吓了一跳,但没有人去搀扶。长老躺在烈火中,神色平和,任火焰在身上蔓延,却一动不动。另一个看上去也有六十岁开外的老和尚,慢慢脱下自己的袈裟,投进烈火。众和尚都仿效他的样子,纷纷把袈裟投进火堆,火势越烧越旺,把老和尚吞没了。他们大概就是想成全自己的师傅。

　　造反派们看呆了,不知这算何意。

　　有几个中学生突然鼓起掌来,"你们干得好,就应该跟释迦牟尼划清界线,反戈一击!"

　　有人甚至喊起了口号:"坚持支持和尚们的革命行动!"

　　有人还当场脱下自己的草绿色列宁服给和尚穿上。

　　和尚们被押进大雄宝殿,这回该轮上释迦牟尼倒霉了。

　　一个红卫兵指着释迦牟尼胸口上的吉祥标志"卐"尖声大笑:"哈,原来释迦牟尼是希特勒一伙的!"

　　一个干部模样的人用木棍顶着老和尚的后脑勺问:"你们为什么跟希特勒穿一条裤子?"

　　老和尚战战兢兢地说:"那不是希特勒的标志,它象征着太阳和火……"

　　修行慕道的老和尚,不食人间烟火,不知人间正在发生什么事情。他这一句话激起了众怒,造反派们一阵咆哮:

　　"放屁,伟大的红太阳难道能挂在释迦牟尼这个老浑蛋的胸口上吗?"

　　"把希特勒的标志说成是太阳,这是对红太阳最恶毒的诬蔑!"

　　"打倒反动和尚!"

　　……

　　有人向和尚们动了手,更多的人拥向一个个佛像,大锤翻飞,棍棒齐下。敌人是一群不会还手的泥胎,大殿里烟尘滚滚,乒乓乱响,吼叫声刺耳。豕奔狼突,所向无敌,真是痛快,解气! 每个人都变得并不是实际上的他(或她),献身虚伪的信仰,像在梦中一样成了天下无敌的巨人,破坏的本能如暴风骤雨般发泄出来。

　　红身红面的西方广目天王被扒皮抽筋,露出了土胎泥身;北方多闻天王的双腿被敲断了,东方持国天王的肚子被捅了个窟窿,青色的南方增长天王被拦腰斩断。眨眼间四大金刚威风扫地,面目全非。金殿里几百个小一些的佛像,全被推倒砸烂了……

　　和尚们看傻了,一个个如木雕泥塑。这些神圣的佛仙原来如此不堪一击,它们的道行呢?

　　独有十几米高的释迦牟尼,还岿然不动。虽然下半身已被毁坏得不成样子,仍慈善地望着地面上的芸芸众生。大锤打不到它的胸,木棍敲不着它的头,任猛士们怎样推拉,也纹丝不动。它慈眉善目,大肚能容,似乎在嘲弄眼睛冒烟的尘世人……善用木棍敲击和尚头的年轻干部,不知是从佛身上获得了灵感,还是身上突然长出一股邪劲儿,竟从后面爬到释迦牟尼溜滑的肩膀头上,战友们为他鼓掌叫好:"于良朋,先把它的脑袋揪下来!"

从下面看释迦牟尼的脑袋不算太大,于良朋爬到上面才知佛头的巍峨,他张开双臂还抱不住释迦牟尼的半张脸。他只好骑在佛肩上,双手紧紧抓住比他脑袋还大的佛耳朵,得意洋洋地让同伴为他拍了张照片。这张照片冲洗出来,登在弓脚县的《造反战报》上。就是这张照片,十年后成了他参与打砸抢、破坏国家重点文物保护单位的证据。他是县委宣传部的干事,年轻能干,是给县委领导写材料的好手,本应该提拔为副部长,由于这张照片作证,丢掉了这个美好的前程,被调离县委宣传部,到文化馆广播站当了个采访员。这也许是佛祖对他的报应。此是后话。

还是工人有办法,他们开来卷扬机,用钢丝绳套住释迦牟尼的身子,开动马达,钢丝绳发出嘎嘎的响声,巨大的佛像开始前倾,在群众的嬉笑声中轰然倒地,腾起一股浓烟般的灰尘。各派造反战士急忙退出大雄宝殿。

在这场人与佛的大战中,神佛惨败,尸横遍地,断头少腿,惨不忍睹。

胜利者集结队伍,带着钢钎、大锤、绳索、焊枪、炸药,分东西两路上山,让做了俘虏的和尚们头前带路。这是铁弓岭七百里山地丘陵中的主峰,有大小三十几座寺庙,只半天的工夫全变成了瓦砾。下午三点多钟,各路造反大军在山顶——天目峰会师。战果赫赫,俘虏一大群——三十几个和尚,十来个尼姑。

一个红卫兵头领,把俘虏们押到阳刚石前。阳刚石——浑圆,粗长,光滑,像巨型高炮一般斜刺插向青天,石下是万仞深涧。当地人把阳刚石当做铁弓岭的镇山之宝。凡是有名的大山,都必须有一块这样的石头,否则就得不到玉皇大帝的亲封。不能生养的妇女,只要摸摸阳刚石就可以怀上个大胖小子,爱侣们也可以爬上阳刚石,纵身殉情。现在,红卫兵的头领把它当成了革命的试金石,他大声说:

"你们这些和尚、尼姑听着,现在给你们最后一个机会,你们要继续信佛,就从这个石头上跳下去,如来正在西天等着你们哪。愿意干革命的站到这边来,造反派欢迎你们。"

天目峰上寒风凛冽,落叶萧萧。佛家子弟们真的被镇住了。只有那个头上带伤的老和尚,走出人群,快步登上阳刚石,没等其他和尚喊出声就纵身一跃,一点声音都没有便消失了。

其他的和尚、尼姑都站到了红卫兵头领的面前。于是,造反大军中又增加了一支特殊的队伍——"砸佛兵战斗队"。

第二天,造了反的和尚、尼姑,每人得到一身旧军装,但不发给帽子。造反头目有意让他们显露着光秃秃的脑袋,这是他们特殊的标志,也是"砸佛兵战斗队"最吸引人、最有特点的地方。他们奉命站在大卡车上,举着自己黄色的造反大旗,在弓脚县城里游行示威。

几天后,这批成了风云人物的和尚、尼姑又来到福北市,接受福北造反总司令李鹏万的接见。李鹏万亲自把造反总司令部的红袖章发给他们。"造总"的红袖章分呢、绒、缎、绸和布的五种,他们出身佛门,六根清静,得到的是绸质红袖章。比一般凡种的造反队员高两级,相当于"造总"的中层小头目。

李鹏万脑袋一热,干脆把好事做到底,让六对和尚、尼姑进行速成式恋爱。这样他们就会彻底还俗,一旦尝到了人世间男欢女恋的美滋味,以后就是打死他们,他们也不愿再出家了。可以坚定这些和尚、尼姑的革命性。李鹏万亲自主持了和尚、尼姑的集体结婚典礼,在福北城游行三天,造反派的报纸、电台大肆宣传,轰动了整个福北地区。

炮声听不到了,只剩下稀稀落落的枪声,这说明李鹏万和蔡旗的决战已见分晓……

邵南孙倚着床头,焦急地盼望着花露婵来看他,却又担心花露婵的安全,不知今天外面的形势怎么样?他又想见到花露婵,又怕花露婵在路上出事……邵南孙享受特殊待遇,住在中医科主治医生的办公室里。这间小办公室的主人李度是邵南孙的老同学,没有他的鼎力救护,即便邵南孙有两条命,这次也全搭进去了。

李度的办公桌上放着一堆各地的造反小报,这个大好人倒格外关心国家大事,每天上下班的路上都买回一大把各色小报,一有空闲就躲进办公室跟邵南孙神聊。这年月能有一个聊天的地方已属幸事,倘若再有一两个好友,敞开思想,交换情报,交流感情,发发牢骚,那就更是一件乐事了。但是一到花露婵该来的时间,李度就到病房查看他的病人,真是个心地善良的老实人。

邵南孙等得心焦,顺手抄起一份《红核云快讯》,第一版上有个奇怪的题目:《彻底清算反动的"多弹头论"》。什么是"多弹头论"? 社会上多如牛毛的各样小报,内容无所不包、无奇不有,三教九流,五花八门,一应俱全。邵南孙耐着性子读下去:"……国防科委最大的反动技术权威、大学阀×××,以生产压革命,竟丧心病狂地提出要科研先行。我们不能不反问一句,让科研走在前面,难道要让马克思走在后面吗? 这位把持国防科委技术大权的学霸,还亦步亦趋地跟在臭名昭著的赫鲁晓夫的屁股后面,提出中国也要搞多弹头导弹,说什么美国、苏联都搞成了多弹头,正以比我们多几百倍乃至上千倍的核弹头瞄准中国。如果中国不发展多弹头,后果不堪设想,十年后将处于被动地位。长敌人的威风,灭自己的志气,只看重物质原子弹,轻视威力无比巨大的精神原子弹,真是一派修正主义的胡言乱语……"

邵南孙笑了。看来不光搞文的有书呆子,搞武的也有科学呆子、导弹呆子! 对外说,中国不称霸,要多弹头何用? 对内讲,中国只有一个弹头就足够了——一个太阳、一个脑袋、一个权威、一个司令部……

具有讽刺意味的是国家没有采纳这位权威的意见,各地造反派却受他的启发真的搞起了"多弹头"。就福北来说,弹头就多得数不清。当然最大的两颗还要数李鹏万的造反总司令部和以蔡旗为首的全无敌造反军,他们势不两立,相互轰炸,已经打了有半个多月了。据说城西的土山上已竖起了几百座新坟,邵南孙猜不透那些墓碑上刻些什么?"文化大革命"给这些亡灵送个什么头衔儿呢?

他虽然有一只胳膊和两条腿被打得筋断骨折,脑袋也成了破瓢,总算还捡回了一条命。也是不幸中之大幸！

邵南孙希望后起的蔡旗打胜，把李鹏万打垮，让"造总"树倒猢狲散，黄烈全、杨忠恕之流就会成为丧家之犬；或者他们两派就永远这样打下去，顾不得管制"牛鬼蛇神"，花露婵每天都能偷偷地跑到医院来看望他。

今天，她为什么还不露面呢？

莫非李鹏万和蔡旗讲和了？还是暂时休战？他们一不相互轰炸，就会轮流轰炸各单位的"牛鬼蛇神"。各自都想表示自己那一派是最革命的，而最革命的一个重要标志，就是看谁对"牛鬼蛇神"的惩罚最狠。你开五次批判会，我就要开上十次；你用皮带抽打他们，我就要用钢丝鞭、自行车链条，再蘸上点盐水抽打他们。这一派受了那一派的气，或那一派受了另一派的气，全要朝"牛鬼蛇神"身上发泄……

邵南孙心烦意乱，做着各种各样的猜测。

他在这种盼望和失望的煎熬中又过了七天，始终没有见到花露婵的面儿，连一点她的音信也没有得到。他的伤却渐渐好了。他不能再躺在医院里傻等下去，花露婵一定是出了什么事情。生活像无边无沿的烂泥塘，谁也不知道什么时候会陷下去。

他脱下医院的病人服装，换上自己的衣服，给李度写了几句话压在办公桌的玻璃板底下。床铺没有整理，自己的东西没有收拾，就溜出了医院。其实，他若大摇大摆地走出来，也许会更安全。如果他拧眉竖眼、满脸杀气，手里再举个旗子或抡根棍子，那就更没人敢惹他，人们就会远远避开他。造反能够避邪，把自己装扮成一个造反大将，到哪里都畅行无阻。如同闹日本鬼子的时候，装成日本兵可以在大街上吓唬老百姓一样。可惜，邵南孙一门心思牵挂着花露婵，没有想到要把自己伪装一下。

花露婵会出什么差错呢？

福北政治形势的发展与邵南孙所期望的正相反，蔡旗战败，在福北已无立脚之地，带着二百多名"全无敌"的战士突围而去。一说他钻进铁弓岭打游击去了，还有人说他带着人马到北京告状去了。总之，福北成了李鹏万的一统天下,空气反而更紧张起来。从上海传来"一月风暴"的雷声,每天的报纸、电台广播和铺天盖地的传单,都在报道各地大联合大夺权的消息。福北还有哪一派敢不跟李鹏万的"造总"联合?他要夺权也是势在必行,"牛鬼蛇神"已成死老虎,不会妨碍他夺权。莫非他们夺权前要对花露婵这些人下毒手?

邵南孙七猜八想,从大形势想到小形势,根据小形势推断自己亲人的命运。他手里还真的拄着一根从路边捡的棍子,但那不是为了打人或自卫,更不是壮胆逞威风,纯粹当拐棍儿使,为的是减轻两条腿的负担。他是医生,并不把骨折看得有多么严重。传说盖叫天也曾摔断过腿,骨头接好之后不甚理想,练功时感到别扭。他把腿伸到门槛下,自己再把小腿撬断,请医生重新接骨。以后并不影响他成为"活武松",仍然是中国第一流的武生演员。何况为邵南孙接骨、做手术的是自己的同学和朋友,绝对靠得住,手术做得很漂亮,断骨复位也无可挑剔,因而恢复得很快。按理早可以出院了,但外面那么乱,远不如躲在医院里清静、安全。今天出去,他不知道会遇上什么事情,这一出去还能否再回到医院里来也没有把握,心理上对自己的两条断腿不免有些担心,拄着根棍子以防万一。尽管福北号称"四季如春",其实到冬天气温也能降到零度左右,有时还下雪或结冰。邵南孙身上穿着厚毛衣,外套粗布列宁装,并不觉得太冷。他的脑袋当初受伤很重,做手术时把头发全部剃光,为了换药方便一直没留头发。光秃秃的一无遮掩,被寒风一吹,伤口像裂开一样,新长出嫩肉的地方仿佛结了一层冰碴儿。他走在大街上,不知不觉吸引了一群孩子,跟在他身后叽叽喳喳,指指戳戳。这脑袋,这神色,这手里的棍子,这走路的姿势——似瘸非瘸,儴里晃当。不要说孩子,就连大人都多看他两眼,冲着他做出各种表情,有好奇,有可怜,有厌恶。邵南孙十分恼火,以为大家把他当成武斗中的伤兵了。于是甩掉手里的棍子,咬住牙,尽量把脚步迈得像个正常人一样。谁知孩子们哄得更厉害了,居然高声吆喝起来:

"快看,和尚造反队!"

邵南孙脑袋轰地一下,他明白人们为什么像看耍猴的一样在围观他了。脑袋——毛病出在他这个锃光瓦亮的脑袋上。这真叫他浑身不自在! 他不能在大街上继续出这份洋相,可是怎样才能甩掉后面这些"尾巴"呢? 应该先买顶帽子戴上,遮住了和尚头就不会太惹人注目。有什么办法,眼下人们就是根据一个人的脑袋来判断他(或她)的身份:留阴阳头、梅花头的定是走资派和地富反坏右分子;发型不怪且扣个钢盔或柳条帽的是响当当的造反派;头发严肃认真,留着<u>丝丝透风</u>、根根见肉的短平头者,一准是个造反头目,至于是多大的头目还要看其神色和自我感觉而定;剃光头者不是和尚就是正在服刑的犯人,谁还会想到脑袋做手术也要剃头发呢? 邵南孙心里很懊恼,后悔不该慌慌张张地没有抓顶帽子戴上就跑到大街上来。他开始留意街道两旁的店铺,走完一条街也没有看到一家开门的商店。到哪里去买帽子? 连公共汽车也都停了,否则他还可以躲到汽车上去。这大概都是武斗的战绩,街道肮脏破败,到处是垃圾和黏痰,真像经过了一场战争的洗劫。

然而群众的情绪却极其火爆,近似疯魔。至少那些敢于上街走动、看热闹和参加游行的人是这样。眼睛发红,闪着奇异的亮光,身上的每一根神经都保持着高度的警觉,说话高声,动作夸张。这气氛跟破烂不堪的城市极不协调,仿佛世界已经到了文明的终点,历史正走向尽头。一列列的游行队伍像蟒蛇一样在纵横交错的街道上穿行,举着大旗,喊着口号,杀声刺耳,当然都是"造总"这一派的。锣鼓声地动山摇,邵南孙甚至觉得鼓手们有意跟他作对,不把他的脑壳震裂是不会罢休的。鞭炮声更是此起彼伏,轰响连天,像无数个乱麻团在空中滚成一个蛋。眼下非年非节,这是庆祝? 这是誓师? 这是送葬? 也许什么也不是……鞭炮声是中国人最古老的、最喜欢的、永远也唱不厌的歌。生孩子要放,死了人也放,娶媳妇要放,上坟祭祖也放,赶鬼要放,请神也放。三教九流、五行八作、天地君亲师、神鬼魔妖怪,都需要借助鞭炮表达各种各样的情感。没有鞭炮还叫世界吗? 还叫生活吗? 还叫革命吗? 多亏今天这石破天惊的鞭炮解了邵南孙的围,孩子们更爱看放炮的,不再追逐他这个假和尚。

　　他准备先去花家,探听一下花家父女的情况。他认识花露婵两年多了,这还是第一次到她家里来。用不着打听路径,老远就闻到了一股气味——批判花家父女的大字报一直贴到胡同口,顺着大字报很容易就找到她的家门。她家的门上、窗户上、墙上,至少贴了五层白色大字报。新的盖住旧的,这一派贴的压住那一派的,那一派不甘示弱,就又糊上一层。因为能够粘贴大字报的地方不是无限的,造反派只能靠花样翻新的技巧来表达自己的激情;想起一句更恶毒的话,用来代替原先对她只是比较恶毒的咒骂;编出一段新的离奇的谣言,遮住原先还不够十分离奇的攻击;发明一顶更大更吓人的帽子,替下原来的旧帽子。这里充满死亡的气息,一股血腥味让他感到窒息。他们在这样的房子里是怎么活下来的? 他真想放把大火,将大字报和这房子连同这整个胡同烧个精光! 可他现在什么也不能做,只求花露婵平安无事。

　　门未上锁,他正不愿意敲门惊动别人,就轻轻地推门而入。屋里的情景更惨,一张破床,一张旧八仙桌,几个凳子,一堆破烂,四个空荡荡的被涂抹得乱七八糟的墙角,像四副奸人的鬼脸,阴险地不怀好意地瞧着他。这间屋子不知被造反派清洗过多少次了! 听说她家住着五间房,好房想必被别人霸占了,只给留下这守在大门口的一间小房。炉子上的水壶发出咝咝的响声,花露婵的继母正对着八仙桌上的两个饭盒流眼泪。他怕吓着老人家,不敢高声:"您就是花伯母吗?"

　　花母还是被吓了一跳,惊恐地从凳子上站起来,盯着邵南孙那吓人的秃脑袋,"你……同志,你找谁?"

　　"我是邵南孙。"

　　"噢,邵同志……"花母看上去还很年轻,她虽然神情慌乱,仍然很认真地打量着邵南孙,这就是女儿的对象? 露婵把他说得这么好那么好,原来是个丑八怪! 她心里忽然又感到很过意不去。人家是为了照顾露婵和她的父亲,才差一点被造反派打死,在医院里躺了好几个月。如今脑袋破了相,疤连着疤,你倒嫌人家丑了。这年头只要心好,比什么都强,她忙搬凳子倒水,立刻换了一副笑容,眼泪却止不住地簌镢往下掉，"你好了吗？"

这位老实善良的农村妇女，心事都印在脸上，邵南孙看得一清二楚。她的整个形象都倾诉着不幸、凄凉和孤单。他没有心思顾及自己的容貌在未来的岳母心里所造成的影响，今天可不是丈母娘相姑爷的时候。他赶紧问正事："花先生和露婵的情况怎么样？"

"露婵被关进了隔离室，有一个星期没有回来了，每天她爹给送饭。今儿个……她爹也不知又出了什么事，到这时候还不回来。他俩的午饭还都没吃，我又不知道往哪儿送。"

邵南孙心里咯噔一下，立刻站起来，"您把饭盒包好，我去看看。"

花母把饭盒放进一个黑书包里，从门后推出一辆旧自行车。邵南孙一看，正是自己出事那天晚上借给花家父女骑的那辆破车。他擦擦车把和车座上的灰尘，挂好书包就要走。花母又喊住了他："邵同志等等，露婵还有件东西让我交给你。"

"什么东西？"

花母躲到门后解衣扣、撩衣襟，看来这件东西藏得够严实，一定非常珍贵。邵南孙背过脸去……

"他们知道我是家庭妇女，又没有文化，不会搜我的身，也不会抓我。他们抄家的时候把什么地方都翻到了，真是掘地三尺，只有藏在我身上最保险……"她从最贴身的地方解下一个扁扁的小蓝布包，打开蓝布，里面是一个精美的女式小提包，递给邵南孙，"那天她抱着这个皮包整整哭了一夜……"

邵南孙心头猛地一抖，这是花露婵使用过的提包，也是她心爱的东西。他打开来，里面装着他写给她的那些字条、情书，还有一张她的照片。一阵不祥的预感袭来，像寒气一样从头冷到脚，"露婵。"他抱紧提包，稍微镇定了一下自己的情绪，问："伯母，她还说过什么话没有？"

"没有。"邵南孙的神情使她真想大哭一场。

杨忠恕额头见汗，筋骨已经展开，浑身舒畅，戏瘾大发。他纵身跳上桌子，一个"抢背"翻下来，接一个"兜锞"，然后是"凤点头"甩发，再接僵尸——这是武班侯为他演《雪弟恨》中的潘璋设计的动作。

他想,不管怎么说,武班侯这个老家伙身上的玩意儿真好！文武全才,又有自己的绝活儿。有时双出,前面一出《林冲夜奔》,后面接着演一出《借东风》。有时一赶三,在《龙凤呈祥》里前演乔国老,当中扮赵云,末了演周瑜,谁的戏多就演谁,总是由他挑大梁。演戏就得当这样的演员,始终站在台中间。多亏自己还跟他学了点玩意儿,不然现在还真抓瞎。样板戏取消了小生这个行当,自己不仅失不了业,将来必然是团里第一位挂头牌的文武老生。

杨忠恕做了一套《智取威虎山》中杨子荣打虎上山的动作。演这种戏太容易了,不扎大靠,不穿厚底靴子,感情简单,不是大喜就是大怒,会瞪眼珠子就行。他又小声哼唱了一遍《沙家浜》中郭建光的那一大段唱腔:"朝霞映在阳澄湖上……"比较起来,他更喜欢《智取威虎山》。等局势稳定,大权在握的时候就排演这出戏,自己演杨子荣,到那时花露婵想必已服软认输,变成了自己的人,就让她演小常宝……

提起花露婵,杨忠恕心里也不能不有所愧疚。他在省戏剧培训班学的武生,可骨子里又瞧不起武生这个行当。臭武行,是个插刀干、拔刀散的行当。从前没人瞧得起,你把跟头翻到云彩眼儿里也不如人家一哼值钱。京剧界讲究一响(嗓子好)遮百丑,等级森严,按嘴大嘴小来划分主角和配角。无奈杨忠恕的爹妈没有给他生个金嗓子,唱戏像羊拉屎,只好认头当武生。后来碰上花家父女,花啸天见他外表忠厚,内在精明,有空便点拨他。一出声所以像羊拉屎,就因为不会使气,用气不匀。杨忠恕倒是一点就透,以前只是未遇名师。再加上随着年龄的增长,他的嗓子奇迹般地响亮起来,花啸天不断叫他为自己的女儿配戏。杨忠恕渐渐由一个无名的配角演员,升成有名有姓的三路角色。他扮相英俊,更擅演武小生、雉尾生,成了花露婵班底中的四梁八柱式的演员。

戏剧界的帮派是很普遍的,也很重要,多好的演员没有自己一帮人也不行。利用夫妻、师徒、师兄弟、裙带等关系组成一帮,结成死党,互相扶持,互相帮助。同行当的演员成不了一帮。每个大主演都有自己的帮派,包括拉弦和打锣鼓家伙的,出了事变班底可以解散,四梁八柱和帮派体系是不能轻易调换的。因此,杨忠恕跟花家父女的关系越来越亲密,无论台上台下他都十分卖力气。他渴望着有那么一天,他不光跟花露婵在台上扮演穆桂英和杨宗保,在台下也成为真正的夫妻。谁知半路杀出个邵南孙,后来武班侯当了团长,跟方月萱结成一派,实权独揽,又有文化局长做后盾,排挤花露婵。花露婵想离开福北京剧团,杨忠恕为了自己的前途,断然仿效古人的"贤臣择主而事"……

连杨忠恕也没有想到,武班侯会把拜师仪式搞得那么隆重,那样气派。当地文艺界的名流都来了,丁介眉亲自讲话,把武班侯捧上了天。武班侯威风十足地坐在上座,令他行跪拜大礼,他给自己的爹娘老子也没有像这样正儿八经地磕过头。他心里有点不是滋味,自己也是堂堂五尺汉子,当着这么多人给另一个演员磕头,他又不是自己的祖宗,用得着这般低三下四吗?

可事已至此,无法挽回。他拜武班侯为师的消息成了戏曲界的一大新闻,报纸上登照片,文人们就此作文章,好生热闹了一阵。他的身价自然跟过去不一样了,"武班侯的徒弟"——这块招牌对他还是很有用处的。他花了五百多元钱,买了人参、鹿茸、田七等贵重滋补药品和一台高级收音机孝敬师傅。武班侯大模大样,确实给他说了几出戏,他至今不忘。行当不能代表人物,更不能用行当代替人物;演员最忌定型化,一旦定型化,就到此为止了。——武班侯的这些话启发了他,他决心突破武小生这个行当的局限,向文武全才发展,用现在的话说就叫多面手。

手多了,就成了千手千眼佛,神通广大,手一伸出来就有神奇的玩意儿,这多好哇!

现在,他杨忠恕成佛的机会终于来到了。他鼓动黄烈全到文化局去夺权了,京剧团的大权实际上落在了他一个人的手里。他想当官,搞政治就要夺权,不为了掌权造反干什么?但是像他这种没有根基,没有靠山的人,在中国的政治运动中赌博是很不牢靠的。他不想放弃唱戏,要利用手中的权力,把自己扶上京剧团第一主演的金交椅,那就保险了。

院子左侧的平房里有一间他的办公室,那是明的。在排练厅的楼上他还占着两大间房,这是暗的,没有几个人知道。只有他和一个叫崔明的临时工,掌握排练大厅的钥匙,外人进不来。一间是过去武班侯的休息室,现在改成了他杨忠恕的"行宫"。通过暗门进去原是一间大会议室,现在是他的练功房。让那些傻小子去胡闹吧,他每天至少要练两小时的功,有朝一日重登台,定让内行外行都大吃一惊。人格、名声、道德都可以丢,艺术不能丢!这也是武班侯的信条。他学武班侯真是学到家了,这一点连他自己都感到奇怪和好笑……

他嗓子眼儿发痒,真想亮开喉咙痛痛快快地喊几声。要过瘾还得唱老戏,他小声唱了一段《吕布与貂蝉》:"那一日在虎牢关大摆战场,我与桃园兄弟论短长,关云长挥大刀猛虎一样,张翼德挺蛇矛勇似金刚,刘玄德舞双剑浑如天神降,怎敌我方天戟蛟龙出海洋。直杀得刘关张左遮右挡,俺吕布美名儿天下传扬。"

他走起"太极图形",追逐想象中的花露婵。花露婵就是他的貂蝉,飘飘甩甩,在前面引逗着他。他精神亢奋,练得越发起劲。

他满可以叫崔明到旁边的屋子里把花露婵叫来,陪他练功或者任他所为,谅她也不敢拒绝。但花露婵不同于方月萱,将来要做他的正牌夫人,不能光征服她的肉体,还要征服她的心,现在还不到时候。她早晚是自己的人,现在已攥在自己的手心里,还怕她飞了不成?要狠狠地整治她,打掉她的傲气,让她知道爱上邵南孙是犯了多么大的错误。把她折磨够了,让她求饶,再给她点小恩,这叫恩威并重。这样才能把她拿得匍伏在地,将来绝对听他指挥。

这是不是太狠了,太缺德了?

在政治上只有利害,没有感情。如果现在就对她好,让别人看出来自己将来要娶她,那只会坏了自己的大事,打不着狐狸反惹一身臊。万不可让人家知道你在想什么,你伸开五指想抓什么,把自己真实的目的隐藏得越巧妙越好。用轻蔑的眼光,铁和血的手段来对付所有的人,他们就不会怀疑你对一个女"蛇神"还抱着一种隐秘的感情。

其实,他现在急于要算计的不是花露婵,而是他的老师武班侯。有武班侯在,他在京剧团就永远挂不了头牌……

凡运动都有创造,革命更有其特殊骇人的美。一个巨人的巨型塑像,赫然矗立在京剧团的院落中央。邵南孙吓了一跳,赶忙跳下自行车,他顿生敬仰之情。在这高扬着手臂的巨人面前,他感到自己是那样地渺小、可怜。因为有了这顶天立地的塑像,四周的房子显得低矮俗气,本来很大的院落显得狭小拥挤。这是心理上的原因,还是感觉上的错误? 真是奇迹! 而任何创造灵感的产生都是奇妙莫测的。塑像是按照如下的公式建造的:

$$7.1+5.16=12.26$$

七月一日是党的生日,五月十六日是"文化大革命"的生日(这一天中共中央发布了关于进行无产阶级文化大革命的"通知"),而这两个数字的和,正与领袖的生日——十二月二十六日相同。老人家自己也承认自己一生干了两件大事,第一件是把蒋介石赶到一个海岛上去了,这可以理解为共产党打败了国民党;第二件是发动了"文化大革命"。不能简单地认为这只是一种巧合,它是伟大的奇迹。这奇迹又激发了雕塑者的创作灵感,把底座建成 7.1 米高,塑像本身高 5.16 米,加在一起正好是 12.26 米。伟人的生日也是伟大的,他一定会选一个不平凡的时刻到这个世界上来。倘若领袖是在一月或二月出生的,那塑像岂不是太矮了点? 当然,这个日子比起顶峰的"12.31"(十二月三十一日)还少了五公分。这也可以理解为领袖的伟大谦虚。在领袖生日那一天领袖的巨型塑像落成并剪彩揭幕,这一创造轰动全国,各地纷纷仿效,成为福北造反派的骄傲。具体提出这个公式的天才是谁呢? 大家只知道这件奇迹,却无人知道奇迹创造者的名字。也许这位天才并不是响当当的造反派,说不定还是个"臭老九"。不便公布他的名字,更不能宣扬他的事迹。否则,立下这等特殊功勋一定会成为名噪全国的英雄。

跟大街上的气氛截然相反,京剧团里冷冷清清。没有火药味儿,没有呼喊叫骂声,也没有人挥舞刀枪棍棒。邵南孙在院子里站了一阵竟没有碰上一个人,甚至也没听到有人说话的声音。不要说现在正是"风雷激"、"云水怒"的大时代,就是在不搞运动的年月,一走进京剧团就像进了戏园子一样热闹。吊嗓的,拉琴的,练功的,翻跟头排戏的,吵得人耳根子疼。这种反常的平静更使人不安,让邵南孙头皮发。他猜想一定是发生了什么事情,或者即将发生什么事情。

京剧团占据的是一块风水宝地。以前这里是一个靠开采钨矿发财的资本家的宅院,现在跟文化局只一墙之隔,过条马路就是令人羡慕的地委大院。两旁是飞脊流檐的老式平房,做办公室用,冬暖夏凉。正面盖起一幢两层小楼,下面是排演场、化妆室,二楼是演员的休息室、练功房等等。邵南孙是团里的勤杂工,有戏排练的时候他在前后台忙乎,无戏排练就躲在排演场的化妆室里,京剧团里没有一间房是属于他的办公室。两边的平房大部分已被造反派占用,邵南孙此时可不想看见这些风云人物的白眼,他推着自行车向塑像后面的排演厅走,想进去寻找关押花露婵的地方。恰在这时候从排演厅里晃出一个他不认识的年轻人,手里提着关公的青龙偃月刀,那脸上也竭力做出凶神恶煞般的威严。邵南孙却感到滑稽难受,京剧团里就那么几十个人,没有相互不认识的,这是谁呢? 拿着贵重的道具装腔作势,不伦不类!

"你是谁? 到这儿来干什么?"还没等邵南孙开口问他,年轻人俨然以主人的身份先发问了。

"我是团里的。"

"我怎么没有见过你?"

"你是谁?"

"我是你们团里请来的临时工!"年轻人傲慢地撇了撇嘴,那神色不像临时工,倒像是团长。

"临时工?"邵南孙大惑不解,"这种时候还雇临时工来干什么?"

"嘿,该我们干的事多了,看守牛棚,触及当权派的灵魂,教训那些不老实的牛鬼蛇神。你们这里的演员只会放毒,搞运动还得靠我们无产阶级!"

打手!雇临时工来打人,当看守,这一招儿太阴毒了!临时工是外人,跟京剧团的人没关系,没感情,打人白打,完了拍拍屁股走了,没处找去……邵南孙抑制不住心里的厌恶,脸色突然变了。

临时工把大刀一横,"快说,你到底是谁?来干什么?"

"我是团里的勤杂工,有人托我给花露婵送饭。她在哪里?"

"关在楼上,把饭交给我吧。"

"我要看看她,家属有话托我带给她。"

"不行,这是规定,任何人不许见!"

邵南孙知道硬来不行,就改变了口气,"好吧,我不见她。但我要上班,我的工作岗位就在排演厅的后台,让我进去。"

"站住,你要不想找倒霉就快滚开! 现在哪有上班的,后台关着一帮男鬼,你要再捣乱我就吹哨了……"临时工把挂在脖子上的铁哨举到唇边,"我一吹哨就说明有紧急情况,'文攻武卫队'的那哥儿几个出来不把你打个半死才怪哩!"

"花啸天是不是也被关在后台?"

"不错。"

邵南孙只好从书包里拿出饭盒,"一盒给花露婵,一盒给花啸天。"

临时工打开饭盒,"嘿,又是饺子,花啸天的老婆包的饺子真棒!"他捏起一个饺子扔进自己的嘴里,"好香,还有点热乎哩……"说着就又拿起一个——

邵南孙一惊,"你怎么随便吃人家的东西?"

临时工嘻嘻一笑,"这是制度,凡是送给犯人的东西都要经过检查,预防里面放了毒、藏了钉子。我有责任保护犯人别出事。"

邵南孙强压怒气,跟他说理:"他们不是犯人,是演员;这里不是监狱,是京剧团。即便是监视,也允许家属探监,看守也不能随便吃犯人的东西!"

"你咋呼什么,还想给我咬下去一截?"临时工有恃无恐,他的逻辑很简单:黑五类(地富反坏右)的家属决不会是红五类(工农兵学商),给坏人送饭的没有好人。他将怀里那把木制的大刀放下,用手把饭盒里的饺子一个个全掰碎揉烂。光这样做还嫌不解气,又"呸呸"地吐上几口唾沫,冲着邵南孙挑衅地说:"你乐意吗?"

怒气像酒精一样在邵南孙身上扩散开来,刚刚愈合的伤口被烧得生疼,"你一个临时工就这样胡作非为,摸着心口想想,你不给自己积点德、留点后路吗?把饭盒给我!"

"好吧,饿他们几天你就会老实点了,就知道我的唾沫也是香的了……"

邵南孙夺过饭盒使劲向临时工的脸上砸去,然后调头就走。身后响起急促的哨音,西边的一排平房里一阵乒乒乓乓的骚乱,一些手持步枪或棍棒,头戴黄色硬塑头盔的武卫队员陆续冲出屋子,叫骂着,打听着:

"出了什么事?"

"他妈的,老子睡得正香……"

那个临时工跑过来,从后面抓住邵南孙的衣领,"这小子想冲排演场,要把那些黑五类都抢走!"

有人问:"他们来了多少人?"

临时工说:"就他一个。"

"嘿,你他妈的真是笨蛋!我还以为发生了什么大事呢……"人们骂骂咧咧地有点泄气。

邵南孙心里也一阵发慌。他还没有完全复原的身体,可再也经受不起一顿棍棒了。而眼前这群狂徒显然是以打人为职业的,借打人寻开心,以打发丧失了理智的生活。他们可以不问青红皂白,就把一个人打个半死,或者打死,挨打的人也只能自认倒霉,无处申诉。强暴就是公理,他们在公然奉行动物世界的原规——弱肉强食。邵南孙看着渐渐逼近自己的打手们,大部分是生脸的,他只认识其中的一两个人。他没有力气跟这帮如狼似虎的家伙抗争,强者可以不讲理,他处于这种十分不妙的境地,却只有靠说理来自卫。不能强硬,也不能太丢人,趁他们的棍子还没有打下来的时候,他仍旧对着那个临时工大声说:"你编瞎话都编不圆。让大家看看,我单人独马,又是个刚从医院溜出来的病号,怎么能冲排演场?光脑袋往大门上撞?你们看,我这脑袋横竖缝了二十一针,伤口还没有消肿呢,自来找死?现在有抢军帽的,抢商店的,抢官做的,我又不是疯子,抢那些'牛鬼蛇神'干什么用?"

他强鼓着气,故意装得满不在乎,话也尽量说得轻松些。这可以缓和紧张气氛,还能证明自己心里没有鬼。

打手们看看他那个吓人的大脑袋,一溜溜疙瘩,一道道伤疤,岗子棱子,四角五方,通红紫亮,一个个都笑了。觉得这个家伙挺有意思。有人问:"你到底是谁?"

"我是这个团里的勤杂工,平常就在排演场的后台呆着。在医院躺了几个月,想回来拿顶帽子,在门口正巧碰上了花啸天的老伴来送饭,就托我把饭盒交给花啸天。这位同志不让我进去。那也没关系,我把饭盒给了他,请他转交。他打开饭盒一看是饺子,毫不客气地就吃起来了。光吃还不算,最后把人家的饺子都给掰碎了,往上面吐了好几口唾沫……"

打手们哄的一声笑了,"这是给饺子加点作料,省得蘸醋吃了。"

连那个临时工也洋洋得意地笑了,他不愿意谈邵南孙用饭盒砍他脸的事。他认为抢吃别人的饺子和往饺子上吐唾沫并不丢人,要是讲出自己脑袋挨了人家一饭盒,油脂麻花的饺子馅和唾沫星子黏黏糊糊沾了一脸,那可就太现眼了!他不提,邵南孙自然更不会提,只是不断用眼角扫视着二楼的每一个窗户,希望花露婵能听到他的声音,站在窗前让他看到她。他不知她被关在哪间屋子里,也没有看到哪一个窗前有人影晃动。

也有的说:"崔明这小子真不是玩意儿!"

"吃饺子撑的,一惊一乍,没事找事。"

……

打手们抱怨着,陆陆续续回房间去了。邵南孙拦住一个年纪稍大、看上去面目较为和善的人，"同志，你们这文攻武卫队里谁是头儿？我是单身汉，好多破破烂烂的东西都放在工具箱里，就在排演场后台的大化妆室里，能不能让我进去拿点东西？"

身后响起一个阴沉的声音："可以。不过你进去以后就不能再出来了！"

是杨忠恕。这才是冤家路窄——仇人相见分外眼红。邵南孙变成今天这个样子，不能不说也有着杨忠恕的一份功劳。他永远不会忘记"造总"宣布成立的那个阴冷的晚上，黄烈全骄横的面孔，杨忠恕带着毒刺的目光，似毒蛇一般在他身上纠缠不休的棍棒……这一切又在他以后的噩梦里反复出现过！

奇怪，像杨忠恕这样曾经是个很老实的小伙子，被公认"扮相英俊的小生"，如今让人看一眼就起戒惧之心。目光阴森森，说话声音不高，却像咬着牙帮骨一样声势凶狠，从牙缝里咝咝冒着凉气。他打量着邵南孙，邵南孙也看着他。"话不投机半句多"，邵南孙连半句也不想说。不说话就是最大的蔑视。在这种沉默的对峙中，他脸上浮现出一种扭曲的令人寒战的怪笑，他明知没有好，索性豁出去了！眼里似乎根本没有杨忠恕这个人，有一种保持尊严的威势，有一种令人敬畏的自制。前些时他是挨打的，杨忠恕是打人的；现在他是失意者，杨忠恕是胜利者；他处于被动的危机四伏的境地，杨忠恕则占据着主动进攻却又能稳操胜券的有利地位。但是，杨忠恕内部的力量开始动摇，心理上的道德杠杆失去平衡，就连邵南孙那尖锐凌厉的面孔一下子也变成一种证据——是杨忠恕的罪证，而不是胜利的象征，像钢铁一样冷酷有力，让他感到头疼，在气势上他反而显得比邵南孙差劲了。这一瞬间，他们的力量对比忽然发生了变化。邵南孙还有什么可怕的，他什么都丢了，精神的和物质的，变成真正的无产阶级。而杨忠恕就不一样了。他是成功者，要当主演，要当团长，他的负担多，顾虑自然也就多了……

邵南孙推起自行车不理不睬地向门外走去。其实京剧团已没有大门，不知是当劈柴烧火了，还是武斗被挤掉，让人拿走打家具了。难道就让他这样大摇大摆地走了？杨忠恕突然大吼一声："站住！崔明，把他关起来！"

"他，不是勤杂工吗？"临时工有点晕头转向。

杨忠恕又露出那种毒刺般的微笑，"他是修正主义的黑笔杆子，写过大量毒草。还是牛鬼蛇神的走狗、保皇派。凭这两条就应该叫他进牛棚，好好反省检查，接受群众的批判！"

邵南孙没有反抗，似乎是求之不得地推着自行车进了排演场。

三百瓦的大灯泡昼夜亮着，像个滚烫的太阳吊在脑门儿上，为的是日夜不停地给花露婵和方月萱消毒。她们心太毒，在舞台上又放毒太多，毒害了千百万革命群众。她们心里黑暗，害怕太阳，仇视光明，就要用强烈的太阳光连续不断地照射和透视她们那阴暗发霉的心灵。"天上一个太阳，北京一个太阳；天上的太阳照身上，北京的太阳暖心房"。——天上的太阳有升有落，有阴天下雨，还分春夏秋冬，人们对真实太阳的感觉也不一样：夏天的太阳太热，冬天的太阳就有点可爱了，春秋的太阳则不冷不热。"北京的太阳"毕竟是一种聪明的比喻，对人的生理并无直接的刺激。而用一根粗电线吊在这间九平方米房子正中央的(没安在屋顶上，也没装在墙壁上，恰好在屋顶和地板，南墙和北墙，东墙和西墙正当中的空间)三百瓦大灯泡，却是一个永远不落的热度很高的"太阳"。电门和窗户都被造反派用木板严严实实地封死了，防备她们万一心里想不开，做出自绝于人民的蠢事——触电门或跳楼。燃烧起革命激情的造反派们，时时、事事、处处都表现出惊人的创造力。但他们也有一点疏忽，从二楼的窗户跳下去是不能自杀的，顶多摔个小腿骨折。她们要想触电，不必去捅电门，把三百瓦的大灯泡拧下来，将手指伸进灯口里即可毙命。只是花露婵和方月萱没有这种常识。

花露婵头昏眼花，恍惚迷离，几乎失去了对外部世界的感觉、对白天和黑夜的感觉、对色彩的感觉，眼前老是一片通明，金星乱闪，看什么都是亮晃晃的。纸是白的，笔是白的，墨水也是白的，连脑子里也是空空荡荡一片模糊的白色,身体被蒸发干了,变成一撮干粉末。她通身再也榨不出一点水分,右手写不出一个字。任杨忠恕或打或骂、或批或斗,她的检查书是无论如何交不上去了,连照抄以前的检查也办不到。以前她检查了些什么全记不得了,脑子里一片空的。

方月萱躺在对面的木板床上,一支接一支地吸烟,一团一块的烟雾像固体那么沉重、压人,塞满了这间斗室的全部空间。烟雾在屋顶变幻出各种狰狞可怖的形象,把方月萱本人也吞没了,仿佛只剩下她灵魂的一个鬼影在屋子里飞来飞去。

花露婵以前不知道方月萱还会吸烟,而且吸得这么凶。她第一天被关进这间隔离室的时候,实在忍受不了这毒气般的烟雾,又苦又辣,呛得她喘不上气来。现在,她已经习惯了,什么味道都无所谓了。

她甚至有几分羡慕方月萱。方月萱身上没有她这股沉重劲,心里也没有她这么多负担:事业正要进入辉煌的阶段,由于命运的安排,也是她的天赋所决定,选择了唱戏作为自己的人生。她有令人羡慕的才华、姣美的容貌和身段,成功和荣誉,真挚的感情,她拥有别人渴望得到的一切。这是她的优势,现在恰恰成了她不利的条件。唱戏就是她的生命,她正在接近人生最灿烂的巅峰境界。突然一次大雪崩,从峰顶跌进万丈深沟!

在她被关进隔离室之前,不断听到坏消息,戏曲界的那些泰斗、大师、老前辈,这个投湖了,那个跳楼了,有的死在批斗台上,有的死在牛棚里。即便暂时还活着的,跟艺术也要彻底分手了!多少年来,她一直坚持四点半钟起床练功。被关进隔离室的前一天也未间断,就在自己那间破屋子里练腰腿功,爸爸还端着装满了酒的小茶壶坐在床上监督。有时关严窗户和门,妈妈在门外点炉子做杂活,实际是放哨。她在屋里蒙上两床棉被喊嗓子,偷偷地唱一段自己喜欢的曲调,为的是不让嗓子锈死,不使功夫荒废。也算是给自己来一点精神调剂,来一点安慰和鼓励。没有幻想,没有希望,人的生存就没有意思了。

自从被关进隔离室成了一名囚犯,而且还有个对头冤家方月萱,一天二十四小时一刻不停地在监视着她,她生活的信仰和希望突然垮了,变得无比孤独和纤弱。什么还是她生命中最重要的东西呢?她的躯体昼夜二十四小时都在灼热的强光炙烤之下,而她的心却在无边无际的黑暗中挣扎,和绝望面对面僵持着。在恐惧的重压之下,她的心渐渐变冷了,收缩了,干枯了,在丧失希望的极度悲观和郁闷之中开始自暴自弃……

看来每个人都有自己的优势和某种不利条件。以前花露婵瞧不起方月萱的地方,现在恰恰成了方月萱的优势。她跟丁介眉明铺夜盖,丁介眉倒霉了,她写份检查,反戈一击,似乎就一刀两断了。她跟武班侯也有一腿,现在武班侯被关了起来,好像跟她也没有任何关系了。多么干脆,多么轻松的生活,真是拿得起放得下。

哪像花露婵,爱上了就放不下,可她的爱又给双方带来什么好处呢?几乎要了对方的命,现在也成了她心里的一个沉重包袱,互相担惊受怕,却没有指望能够团圆。与其爱不成,真不如当初不爱!你可以说方月萱没有得到真正的爱情,她却得到了男女间的欢乐——轻松愉快的、没有责任和烦恼的欢乐。她的情人都是能用得着的。看来,人世间只有永久的利益,哪有永久的朋友?以前丁介眉、武班侯就给她帮过大忙,现在杨忠恕是不是也在暗中为她做劲?不然她为什么那么满不在乎呢?

花露婵想起跟杨忠恕的关系,就像心上扎了一根鱼刺。她本不认为他是坏人,他在给她配戏的时候假戏真做,有时在台上就眉目送情。她明白他的心意,虽然心里看不上他,却也并未责怪他,更不去当场捅破,使他下不来台。到以后,他背叛自己,大张旗鼓地拜武班侯为师,她才开始恨他,厌恶他,自己真是瞎了眼,选了这样一个白眼狼做帮手。他像一条狗,却缺少狗的忠诚。尽管如此,他那种"跳槽"的举动还不是不可以理解。一个演员不满足于只当个有帮有带的配角,想挑大梁、压大轴,也是人之常情。当演员,靠身上的功夫,靠自己的真本事,身怀绝艺,谁敢小瞧?靴包一夹,走遍天下。有的人身上功夫差点,献礼又献体,像方月萱那样,不也可以当上主演吗?杨忠恕拜一个大演员为师,想靠名师提携进入主角的行列,也是一条途径。他突然跟她翻脸,去给方月萱配戏,还不是看到那边人多势大,又有丁介眉做靠山?尽管手段卑鄙,丢尽人格,在圈内也不光他一个人这样干过。但是,他借着造反官报私仇,把邵南孙往死里打,把自己往死里整,这就太狠毒了。真是小人一个!政治运动又偏让这样的小人得势,如今自己的命运也掌握在他的手心里……

生活为什么这样捉弄她,翻来覆去地蹂躏她?各种意想不到的打击和负担都落到她的肩上。一种巨大的恐惧感寒彻全身,深知自己是在跟一种不可理喻的暴力做毫无希望的抗争。方月萱跟她处于同一种命运的重压之下,甚至比她还多两条罪状:道德败坏,出身……方月萱几乎没有出身。她的父母是谁,是干什么的,没有人知道。她从小被一个曲艺女演员收养,这个演员带着一个女跟包的,还养着一个年轻的男人。她管曲艺演员叫母亲,管那个二流子似的男人叫父亲。父亲跟她的母亲和女跟包在一个床上睡;她十二岁的时候,也被那个她称做父亲的人奸污了。这样一个家庭能叫它什么出身?难怪造反派在批判她的时候骂她出身下三烂、黑窑窝。

然而她的日子却明显地比花露婵好过。她能吃得下饭,而且有酒喝。她也确实既能喝酒又能抽烟,晚上用被子把脑袋一蒙,遮住灯光就能入睡。

这一手功夫真叫花露婵羡慕死了。每天看不见她什么时候写检查,可她每天都能过关。她被提审前总要认真梳洗打扮一番,虽然不敢花枝招展,却收拾得干净整齐,而且总不忘记嚼上一撮茶叶,去掉嘴里的烟味和酒气。造反派也是人,而且多是年轻的男人,花露婵常为此感到害怕,方月萱却公开申明怕女人不怕男人。不论什么时候,她对自己的魅力都那么自信。男人的感情是可以支配的,不管是当权派还是造反派,也不论他们嘴上怎么说,对待一个整洁漂亮的女人和对待一个埋汰丑陋的女人是不会一样的。

花露婵无论如何想不明白,方月萱身陷囚笼居然还有这份心思。她闷得慌了,或高兴了,或酒喝得多点了,就跟花露婵什么话都说,又哭又骂,肚子里的闷气发泄完了,心里轻松了,倒头呼呼睡去。

花露婵比她更孤独,说话却不敢有一句走板,大部分时间是闷坐无语。就是这样,方月萱也老在造反派面前打花露婵的小报告。打一次别人的小报告,自己就可以立一次功。花露婵在受审的时候,从造反派嘴里就可以听出方月萱又告了她什么状,许多都是歪曲和夸大其词,甚或捕风捉影、无中生有。她也给方月萱罗列了几条,很想报复一下,又怕杨忠恕跟方月萱暗中穿一条裤子,自己告状不准,反惹得方月萱撒大泼,跟自己又打又闹,岂不自寻烦恼!虽然大家都成了囚犯,仍然勾心斗角,牛棚也像古罗马的角斗场。花露婵被防不胜防的暗算包围着,被无尽无休的忧虑挤压着,忧郁过分,白天黑夜瞎想过多。她现在就靠瞎想活着了,恨不得地球快一点转过去,每转四万公里,一天就算过去了。她想尽各种办法充塞自己的大脑,打发这漫长的昼夜不分的时光。她显得格外沉静,一种可怕的近似呆痴的沉静……

打鼓的、拉弦的都装着一腔怒气,今天的锣鼓家伙打得特别,真的带出了一股瘆人的杀气。穆桂英柳眉倒竖,越战越勇,她已经把杨宗保打下马来,仍然一枪紧似一枪。杨宗保的脸上被木头枪尖划破了皮肉,鲜血直流,吓得他在台上乱滚,拼命抓住已经逼近自己咽喉的枪头,惊恐地盯着穆桂英那一双因愤怒而变得更加动人的眼睛,小声说:"你疯了!"

"这是叫你们逼的,"穆桂英说着手上又加了点劲,逼得杨宗保扑通一声仰面躺在台上,"告诉你,论武功你跟姑奶奶比差远了,我马上就可以送你上西天!"

台下有叫好的,有起哄的。杨宗保真的慌了神,死死抓住穆桂英的枪头,"露婵,这是演戏……"

花露婵忿忿地说:"你们批斗我的时候不也是动真的吗?"

"你要造反哪?"

"许你反就不许我反?你不让我好活,我也不让你好死,明年的今天就是你的忌日!"

杨忠恕双手一推花露婵的枪头,身子向外一滚,咽喉总算躲过了花露婵的枪尖。他走腔变调儿地喊叫起来："来人哪,造反派集合!"

"炮声隆造反队"的战士从幕后一拥而上,花露婵抖擞精神,一脚踩着杨忠恕的肚子,右手从腰里拔出一把真剑,"我看谁敢靠前! 你们再往前走一步,我就把他砍了!"

造反派们都被镇住了,双方在舞台上僵持着。突然,黄烈全右手握着大刀,左手抓着被反绑双手的邵南孙走上台来,阴毒地嘿嘿怪笑,"花露婵,你敢动杨副队长一根毫毛,我就先把你的情人砍了!"

花露婵暗暗着急:"冤家呀,冤家! 你可真够窝囊,就这么老老实实地让人家给绑起来了……"邵南孙还是那副三孙子样,痴呆呆地望着她,嘴还挺硬,话里有一种只有她才听得懂的机智:"露婵,你放了他,他们决不会放过你。我是勤杂工,问心无愧,无私无畏,他们能奈我何?"

花露婵眼睛一瞪,"走,我们找个地方去说理。"

黄烈全骄横地一撇嘴,"造反有理,毛主席是我们的红司令,在中国哪有你们这种人说理的地方!"

"哼,你也就靠嘴上说得热闹,你见过毛主席吗? 毛主席知道你是老几?"花露婵心一横,"走,咱们去找毛主席评理,不见到毛主席,中国也真没有说理的地方了。"

还是按照戏台上的规矩,造反队的喽们走在前面。黄烈全押着邵南孙,花露婵押着杨忠恕紧跟在后,在他们的后面是吵吵嚷嚷的观众。这支奇怪的队伍行进在一条金光闪闪、无比宽阔的大道上,成千上万看热闹的群众尾随其后,像滚雪球一样形成一支浩浩荡荡、一眼看不到头的大军。沿途有发面包和送茶水的。大家越走越热,口干舌燥,渐渐被一片白光笼罩。原来毛主席就挺立在前面的大道中央,周围光芒四射,看不清他的面目。黄烈全那群造反派赶紧从口袋里掏出红袖章,像变魔术一样,眨眼的工夫胳膊上都戴满了红袖章,举着红宝书,呼喊一阵万岁之后,又唱了起来:"敬爱的毛主席,我们心中的红太阳……"

只有花露婵和邵南孙没有红袖章,他们十分眼馋。花露婵壮着胆子往前走了两步,热泪滂沱,颤声说:"毛主席,您还记得我吗?"

主席显然记不起来了。

造反派们发出讥讽的笑声。花露婵继续说:"我给您演过戏,五八年春天在省委一号院的小礼堂里。对啦,我那天是反串武生,为了让您瞧个新鲜,演的《大闹天宫》,一口气打了九十个旋子。演出结束后您把我拉到怀里,问我多大年纪,我说九岁。您高兴地说'好一个漂亮的小猴子'!还让我坐到您腿上照相……"

"你还有一个漂亮的名字——花露婵。"

"对,您的记性真好!"花露婵的眼泪流得更欢了,"我永远记住那天您跟我说的话,照完相之后,到南侧舞厅我又为您清唱了《借东风》。您叫我去跟侯永奎学《夜奔》,还问我家里的情况,问我会不会跳舞。我说不会,您站起身说'我教你'。"

"呵呵呵……"

花露婵感到那笑声是这么洪亮和意味深长。她不再紧张,不再害怕,肚子里似有说不完的话急急忙忙地说下去:"六一年夏天在北戴河的中直礼堂,我为您和周总理演出了《宝莲灯》,您在接见我的时候说,'小猴子一下子变成了小神仙。'第二天又看了我的《八大锤》。在跳舞休息的时候,我还为您清唱、舞剑。"

"不错,你是个文武全才的好演员,就是不会跳舞。"

"可黄烈全、杨忠恕他们却把我打成牛鬼蛇神,批斗我,打我,骂我,我受尽了摧残和侮辱。他们这样做是错误的,违犯了革命大方向。您说我讲的对不对?"

"你说得对。"

花露婵激动得真想高呼万岁,真想给老人家磕个头。黄烈全赶紧抢过话头:"你欺骗伟大领袖,罪该万死!毛主席,我们造反派的大方向永远是正确的,对不对?"

"你说得也对。"

造反派们欢呼跳跃。邵南孙斗胆,上前一步大声说:"毛主席,如果花露婵是对的,黄烈全他们就错了;若是黄对,花就错了。您怎能说双方都对呢?"

主席转头看了他一眼,语调里带着笑音儿说:"你说得也对!"

大家怔住了。邵南孙胆大包天,居然敢批评伟大领袖。而伟大领袖又全无责怪的意思,反说他是对的……也许这正是太阳的伟大之处,他能容纳万物,包涵一切。不像凡人,从一生下来就闹是是非非,争个你错我对,一定要弄得是就是是,非就是非,你就是你,他就是他……

"原谅我,我太疲乏……"

"毛主席,我的事怎么办?"花露婵哭喊着向前扑去……

"当今世界思想紊乱,彷徨无主,谁来阻止这种崩溃的趋势呢? 怎样补救人类的缺陷、迷惘、悲苦和不幸呢? 你们不要因现实的满足就以为得到了真正的满足,也不必把眼前的不幸看做是永恒的不幸。要追求一种永恒、圆满、至善、至美的真理,让每个人的才能、人格、智慧和感情都达到圆满的境界。"

群众并未听懂领袖的教导,却急不可耐地欢呼起来:"万物生长靠太阳,干革命靠的是毛泽东思想!"

"你们真的是这么喜欢太阳吗?"

众口一声:"无限热爱,无限崇拜!"

"那好,我们立刻就做个试验,检验真假,看看每个人到底是什么变的。你们把眼睛都闭起来,感受太阳的温暖。太阳的能量是广大无限的,有人利用它种庄稼,有人利用它发电、取暖、做饭、办工厂、搞科研等等,总之是各取所需。但是大家都忽略了一点,太阳能还可以透视人们的心灵。你们现在的感觉怎么样?"

大家都不能说话了。理智还是健全的,还能听得到伟大领袖的声音。只觉得衣服在剧烈的太阳光下被烧焦了,皮肉也渐渐化成一摊清水,顷刻间变成一股轻烟蒸发掉了,每个人只剩下了赤裸裸的灵魂。花露婵看见,一只奇大凶狠的母螳螂,舞动双刀向她脸上砍来;一条白色巨蛇,张着大嘴,露着利齿,喷着毒涎,向邵南孙越逼越近;黄烈全看见一只大毒蜘蛛缠住了自己;杨忠恕则被浑身长满毒爪的蜈蚣咬住了鼻子……于是,他们又都挥舞刀枪,想把各自眼前凶恶的爬虫杀死。这时,突然出现一位长髯神仙,甩动如云的长袖,制止了他们:"小子们! 不要动刀子,我这里有一支笔,拿这笔在你们看到的动物身上画个圆圈儿,做上记号。"

他们都照着做了。身上由热变冷,天上的太阳变成一个冷森森的巨大冰球,他们浑身颤抖。

神仙说:"你们睁开眼检查自己的身上。"

大家都惊呆了,吓出一身冷汗。花露婵在自己的胳膊上发现了她画在螳螂前爪上的圆圈儿,她看到邵南孙在腿上找到了他在蛇身上做的记号。黄烈全性子粗野没用笔做记号,而是拿刀尖在蜘蛛肚子上割了一刀,现在他的肚皮上张着一道流血的伤口。杨忠恕胆小,来不及画圈儿,慌忙把钢笔捅到蜈蚣嘴里,替下自己的鼻子。现在那支钢笔正咬在他的嘴里……

"你们知道这是怎么一回事吗? 人——都是相互为敌的。这场触及灵魂的大革命,就是要把每个人心里的魔鬼施放出来,先伤别人,后伤自己。一个勤劳善良、聪明有志气的民族,就这样一步步变成了多疑的、懦弱的、自私的、散漫和冷漠的民族。这是谁的罪过? 你们一人一个脑袋,为什么要跟着别人的脑袋转? 为什么只要有一只羊带头,其余的羊就都愚蠢地跟着走? 人除本性之外,别无他物。你们造出一个红太阳,他的存在是你们思想上的假定,他不是万能的,不能送人上天堂,也不能让人下地狱。

"原谅我,我是这样疲乏和软弱无力……"

"毛主席,我的事怎么办?"花露婵哭喊着向前扑去……

"露婵,醒醒!"方月萱摇醒了花露婵,"你困了,为什么不躺到床上去好好睡一觉? 这样坐着小板凳趴在床上睡,既不舒服,又容易做梦。你刚才梦见什么了? 又哭又喊,怪吓人的……"

花露婵虽然睁开了眼睛,一下子却还不能从梦境中挣脱出来。她惊恐地仰头看看那三百瓦大灯泡,又一阵头昏眼花,旧泪没有擦干,新泪又流出来了。仍像在梦里一样喃喃地说："我梦见……"

她猛地清醒过来,急忙止住了自己的话头。她梦里经历的那些奇奇怪怪的事情,万万不可如实地告诉方月萱,否则,一上纲,一分析,可真要当反革命了。但她心里又憋得难受,梦里的一切她都记得清清楚楚,每一个细节都十分清晰真实,就仿佛是她亲身经历的事情。她感到迷惑不解,这是奇梦、吉梦,还是怪梦、噩梦?她真想找个人痛痛快快地说出来,把心里的忧虑、痛苦和委屈全倒出来。但眼前坐着她的同事、难友,她却不敢吐露半点真情实话。病态的孤独就像一座冰山压在她的胸口上,冻透了她的全身。

方月萱并未多心,反而对花露婵产生了一股同命相怜的情意。她像姐姐、像母亲一样把花露婵的头拉进自己的怀里:"傻丫头,又梦见你从前那些得意的事了,给毛主席演完戏,坐在他怀里撒娇……是啊,那是够美的,也够出风头的,可那些好事都过去了。毛主席现在也救不了你,要解愁还得靠这个——"

她从自己的床底下掏出多半瓶白酒,倒了半茶杯,递到花露婵的嘴边,"喝吧,喝上几口你就会感到心里好受多了。"

花露婵看看方月萱的神色,感到她是诚恳的。从她身上还闻出一股淡淡的酒香,她喝酒之后显得比平时可爱和亲近多了。花露婵接过茶杯,猛地灌了一大口,又苦又辣,像火炭一样烧灼着她的口腔和食管。方月萱像变魔术一样,不知从什么地方又摸出一包油炸核桃仁,抓了两颗塞进花露婵的嘴里,笑着说:"瞧你龇牙咧嘴的这份熊样儿,酒是我们这种人最靠得住的朋友。"说着她自己也喝了一口,咂咂嘴,又香喷喷地嚼着核桃仁,有滋有味地说:"核桃可是好东西,做一个女人尤其离不了核桃。我坚持每天至少吃十个核桃,它不仅能养脑补身,而且使人皮肤白嫩细腻,衰老得慢。"

她说得很认真,不像开玩笑。花露婵看着她直发怔:身陷牢笼,不知还能不能再重见天日,亏她还有心思讲究养生之道。人真是个怪物,方月萱又把盛酒的茶杯推过来。花露婵不敢再喝,只吃了一颗核桃仁。方月萱点上一支烟,喝口酒,嚼一颗核桃仁,抽一口烟,恬然自

得。花露婵真有点羡慕方月萱的这股劲头,大难临头想得开,能够及时享乐。她问:

"你既然讲养生之道,为什么又离不开烟酒? 把嗓子搞坏了,以后怎么唱戏?"

"你还想唱戏呀! 还有我们的戏唱吗? 你唱戏还没有唱够,难道罪还没有受够吗? 我可是受够了,只要能活着出去,就算烧了高香。"

是啊,方月萱说的是真情实话。花露婵点着头,心脏重新被那种最可怕的、她一直不敢承认、不愿承认的绝望的铁钳夹住了,她感到一阵窒息。她首先是个演员,其次才是女人,而演员的生命只有在舞台上才会放出光彩,才会持久,甚至不死。她有那么多戏要演,一辈子也演不完。她宁愿像某些不幸的老前辈一样累死在舞台上,也不愿过一种没有戏演的生活。如果舞台不需要她,哪儿还需要她呢? 她还能够活着吗? 活着还有意思吗? 眼下她并不十分惧怕政治上的打击,也不需要任何安慰,只想获得信仰和希望。而周围发生的一切和各种无情的事实,正急剧地摧毁着她心里仅存的那一点信仰和希望。方月萱抱着她的肩膀,用一种少有的凄怆的声调安慰她:

"别想那么多了。你真是一个好姑娘,除去会演戏,别的全不懂,也没有坏毛病。我可不像你,现在什么乐趣也没有了,就剩下喝口酒抽口烟了。活一天算一天,要学会自己找乐儿,给自己解闷儿。"

从前她们在舞台上是一对竞争对手,如今相同的命运使这对冤家相依相靠着说起了知心话。

"你这些吃的喝的是从哪儿搞来的?"花露婵问。

方月萱得意地笑了,"这还不容易吗? 只要你别太死心眼儿。不论打手也好,看守也好,他们都是人,爱钱,喜欢女人,爱看笑脸。这些我们都有,用它去换点自由,买点舒服。都到这步田地了,还留钱干什么用?"

"你就不怕他们揭发批斗?"

"他们得了好处,还敢揭发吗? 你不要听他们满嘴马列主义,这都是些临时工、臭杂拌儿!"方月萱忽然把嘴凑近花露婵的耳朵边,故作神秘地告诉她一个惊人的消息,"你还不知道吧,你那一位也被关进来了。"

花露婵一惊,"谁?"

"你怎么还跟我装傻,你的那一位还能是谁?"

"他,南孙?"

"不错,正是你那个傻孙子。"

"为什么,为什么要抓他? 他的伤还没有好!"花露婵像疯了一样,站起身向门口奔去,举手就要砸门。方月萱把她抱住了,"露婵,你要干什么?"

"我问问他们,为什么把南孙也抓起来? ……"花露婵呼喊着,泪珠溢出眼眶,滚滚而下,像一片泪雨,从整个脸上淌下来。

方月萱扶她坐回床上,她的疯狂正是她可爱的品格的裸露。现在,邵南孙的爱是她活着的惟一支柱,如果再失去邵南孙,她就失去了全部生活! 邵南孙两番落入杨忠恕的毒手,定难逃脱厄运……她的疯狂般的真情流露,感动了方月萱,陪着她一块儿掉泪,说:"你别犯傻,深更半夜的你找他们去说理,不正好送上门去,能有你的好儿吗?"

花露婵越哭越伤心,"都是我把他给害了!"

方月萱摇晃着她的身子,安慰她:"这回可是他自己想进来。昨天上午,孙子借着给你送饭想看看你,崔明不让进,他把一饭盒饺子全砍到崔明的脸上。以后又碰上了杨忠恕,话不投机,他自己大摇大摆地走进了班房,跟你父亲和武班侯他们关在一起。"

"不知他身上的伤好了没有?"

"肯定是好了呗,不然他也不敢闯这龙潭虎穴。"方月萱忽然口气一转,又诚心实意地羡慕起花露婵来,"快别哭了,我要是你呀,美得光笑还笑不够哪! 邵南孙真心爱你,特别是在眼前这种形势下,不怕跟你沾包、受你牵连,敢为你去死,肯为你牺牲他的一切。我们做女人的能碰上这样一个男人,是前世修下的福分,你多幸运! 不像我尽碰上那种无情无义的男人……"

方月萱说着说着也哭起来了,花露婵反过来又安慰她:"丁局长不是对你不错吗?"

方月萱擦着眼泪点点头。

"前些天听说他老婆死了,以后你们可以正式结婚嘛。"

方月萱摇摇头,"以后,谁知道以后会怎么样?"

"月萱,不是我说你,你不该对丁介眉写那么狠的揭发检举材料。"

"我那是被逼的。他是走资派,我不跟他划清界限就一块遭殃。与其都完蛋,不如保住一个。丁介眉绝顶聪明,他不会怪我……"方月萱又点上一支烟,"不说这些了,我找个机会让你跟邵南孙见见面……"

房门忽然被推开了,两个女人被吓了一跳。造反派进女班房从来不敲门,也不分钟点,任何时候都可以大摇大摆地闯进来。所以她们从不敢脱了衣服睡觉。

崔明站在门口说:"花露婵,跟我走。"

花露婵的脸色立刻苍白了,"干什么去?"

崔明说:"队长找你谈话。"

花露婵说:"天这么晚了,有什么好谈的?"

崔明嘻嘻一笑,"提审你们这些牛鬼蛇神还分钟点? 别磨蹭,快跟我走!"

"等等。"方月萱上前一步挡住了花露婵,她向崔明送着媚眼,"麻烦你向杨队长报告一声,我有情况要向他坦白交代,请他现在就接见我。"

崔明不解,"杨头叫我提花露婵,你这不是狗拿耗子——多管闲事吗?"

方月萱递上一支烟,还笑着替他划着了火柴,"我确实有重要情况要向杨队长汇报,你只管给通报一声,多受累了,小崔。"

崔明吸了一口烟,冲她挤挤眼,转身又出去了。起初,花露婵十分感激方月萱这一侠义之举,渐渐地却感到不安和害怕,谁知道方月萱会向杨忠恕说些什么呢? ……

方月萱急急忙忙先抓了一撮茶叶放在嘴里咀嚼着,开始梳头、擦脸,从上到下仔细收拾打扮了一遍。旁人不会看出她是精心化妆过的,但可以明显地感觉出她的秀丽精巧和逼人的女性魅力;丰满姣嫩的面颊,柔软而闪着光泽的头发;虽不鲜艳刺目却格外整洁合体的外衣,也相当成功地衬出了她那轻徐、圆曲的线条,满身弹性,机灵猱捷。她把嚼烂的茶叶咽下去之后,又用花露水漱了嘴。她这是准备去受审吗? 平时外单位的造反派借她去批斗,她总是故意把头发弄乱,把脸上弄脏,穿上最旧最破的衣服。但这是跟本单位的造反头头深夜谈话,那就大不一样了。她一听说杨忠恕要夜审花露婵,脑子马上就转了两个弯儿。黄烈全窜到文化局当司令去了,目标盯住了全局的权把子,京剧团将来就是杨忠恕说了算,她最怕杨忠恕先把花露婵搞到手。花露婵比她年轻,也比她名声好。杨忠恕还是个光棍汉,以前就打过花露婵的主意,很可能趁着"文化大革命"的乱劲儿,给自己找一个色艺双全的老婆。花露婵以前看不上他,现在地位颠倒了,杨忠恕连拉带逼,也许她也不得不就范。她可不能让他们成了好事,她早就相中了杨忠恕:小白脸,唱戏也不错,将来就是京剧团的团长。以前曾是她到嘴的肥肉,现在更不能让花露婵抢去。她必须抢先行动,不可坐失良机。所以才演出刚才那一幕见义勇为,好像是替花露婵两肋插刀的活戏。她们两人的区别就在于:一个不仅在台上会演戏,台下更会演戏;而另一个只会在台上演戏,下了台却不会演戏。

花露婵猜不透方月萱的心思,她只担心方月萱把她俩刚才的谈话添油加醋地汇报上去。方月萱好起来真好,坏起来真坏,变化无常。谁也猜不准她什么时候是真的,什么时候是假的。刚才还像一对好朋友,现在又成了一对仇人……

过去的故事之六

半夜两点钟,正是造反派撒欢儿的时候。他们喜欢白天睡觉。只要没有特殊任务,整个上午都用来睡觉,有时一直睡到下午三四点钟。等到夜晚降临,他们就来了精神,闹到凌晨两三点钟。——夜深人静,正是他们快乐的高潮。据说伟人们多是喜欢这样的作息时间表:乾坤颠倒,昼伏夜出。

与京剧团只一墙之隔的文化系统造反大本营里,驻扎着造反大军中的精锐部队,人称"敢死队"或"铁血团"。他们是不允许在晚上回家去睡觉的,要时刻保持高度的警惕性,召之即来,来之能战,战之能胜。这些骄傲的敢死队员,都是文化局下属各剧团的演员、职工,支持李鹏万、黄烈全一派的学生(包括从外地来福北串联的红卫兵中的勇敢分子),还有一批从社会上招募来的临时工(黄烈全答应了他们:只要在运动中表现得好,等造反派夺权以后就可以将他们转成国家正式干部或工人)。"敢死队"占据了文化局那座惟一的四层大楼,楼里不仅有足够使用的枪支弹药,还储备了大量的粮食、罐头和糖果饼干之类的食品。他们自豪地宣称,如果"全无敌"发动进攻的话,他们凭借这栋楼就可以坚守三个月。即使对方撂原子弹,他们也可以钻进防空洞的地道里抵抗一阵。他们是职业武斗队,在前不久与"全无敌"的那场大血战中,死了好几十个弟兄。活着的人真是捡了一条命,还不好好快乐快乐!

楼里不缺少好酒、好烟、好鱼、好肉,他们从一般的吃喝玩闹中已感觉不出乐趣,每天都希望能玩出新花样,得到新的刺激。这批混世

174

魔王中有人得了一种乱砸乱烧癖,喜欢砸门窗,砸玻璃,砸收音机、电视机,越是毁坏贵重的东西,得到的快乐就越大。用公家的被褥点火取乐儿,把文化局的桌椅、电话、电影放映机等,全都一件件地大卸八块,毁坏成一堆堆破烂不堪的残骸。把资料室的书架推倒,拆了烧火,让房间和楼道里堆起一尺厚的图书当地毯。奇怪的是,他们在做这种游戏的时候,脸上现出的不是快乐,而是仇恨:"老子想要的,一切都归我;老子玩儿够了,不想要的东西,你们也别想得到!"

"敢死队"的据点里,还有几间屋子专门存放从资本家、地主、富农和各种"牛鬼蛇神"家里抄来的东西。有人就喝得醉醺醺的,穿上旗袍,戴上金戒指、金表、金项链,男扮女装,又唱又跳。或几个人在床上搂抱厮滚,或挥舞着大刀,一边乱骂,一边到处乱砍。

还有人抱着本残缺不全的《金瓶梅》,看得心迷意乱,魂飞翠乡。有的在玩弄大美人的画像和女明星的照片,也有的干脆给公狗穿上大衣,喂饱香肠,让母狗趴在钢丝床上配种……

"敢死队"大楼成了一个天堂和地狱的混合物。酒气、肉香、艳色、污秽、狂欢、实惠、破坏,疯魔般地寻找刺激,求一时痛快,满一己私欲。他们的所做所为无视任何价值标准,让心里的魔鬼恶性膨胀,吞吃别人,也吞吃自己。谁也不愿多想自己行动的最后结果,仿佛他们就是上帝,宇宙还是一片混沌。

尽管如此,他们仍然玩儿得有点腻烦了。这两天头头们似乎在筹划重大的革命行动,顾不上他们,他们就越发闲得难受。有一个从北京来的见过世面的红卫兵,自称"孙大圣",出了个主意:"今天晚上我们弄个活物来玩玩吧!"

仍引不起人们的兴趣,"还不是老一套,什么狗驴斗、烧猫烧蛇,没意思。"

"不,弄个活人来开开心。"

立刻有人响应:"对,弄个女的来,要漂亮的。"

有的嘴里连酸水都流出来了,"花露婵、方月萱,这俩小娘儿们是全福北拔尖的人物。"

老成一点儿的立刻泼凉水,"不行,你们别惹祸。花露婵、方月萱是俩好货,但名气太大。连大头头早就眼馋得不行,都不敢动手,你们要想解闷儿,找个二三流的货色就行啦。一定要找被关起来的牛鬼蛇神,来去方便,名正言顺。"

大家开始凑女人的名字,各自报出自己看中的女干部或女演员的姓名……最早想出这个主意的"孙大圣",却用轻蔑的口吻打断了同伙们的想入非非:"你们这群色鬼!真想调戏女犯人?这件丑闻要是传出去,让对立面知道了,破坏了革命大业,李鹏万、黄烈全还不把你们的脑袋揪下来!"

"你小子别卖狗皮膏药,出坏主意的是你,充好人的还是你。"

"二小穿马褂——假正经!"

"孙大圣"越发一本正经了,"别忘了我们是硬骨头造反派。今天晚上应该选一个死硬的走资派来收拾一下!"

"走资派里谁最强硬?"

"佟川!"

"佟川是明硬,暗里最硬的是丁介眉。"

"对,那个老小子在批斗的时候一句话也问不出来,嘴最硬。"

"好,就把丁介眉押来!"

这很容易,文化局的牛棚就是大楼后面的老仓库,不到十分钟,丁介眉被带来了。他只穿着一身单衣,好像刚从被窝里被掏出来,浑身瑟瑟发抖。这不全是因为冷,还有惊吓和恐惧。几个月来他被批斗了不下百次,两个孩子跟他划清界限,一个去向不明,一个流落街头当了小偷。上个月妻子连吓带饿,悬梁自尽,几天之后才被邻居发现。他在两个持枪的造反队员押送下,回家把妻子的尸体从绳子上抱了下来。妻子半身瘫痪,绳套就系在窗户上,居然也把人吊死了。看来人若真拿定主意想死,是一件很容易的事情。他没有哭,当时没有心思掉泪,也没有工夫号啕。他一个人抱不动妻子僵硬死沉的尸体,只好抱紧上半身,让下半身拖在地上。妻子活着的时候,两条腿稀软,谁料死后却像木棍子一样挺直梆硬,双脚咚咚地敲打着楼板、楼梯,他艰难地一步一步从三楼上往下拖。两个造反队员立场坚定,真正做到见死不救,一手端枪,一手堵着鼻子,只管跟在后面监视着丁介眉的行动,不许他扛着死人逃跑。他把妻子拖到楼下以后,有一个过路的人见了不忍,帮他把尸体抬上了火葬车。当他回到牛棚以后,才蒙着头大哭一场,偷偷用发给他写检查书的纸写了一篇祭文。这是他多半生以来写得最真实、最富有感情的一篇文章,也是他真正自愿写成的检讨书——拷打自己的灵魂,向妻子的亡灵检讨自己的一生。然后向西方磕了三个头,把祭文付之一炬。

他感到自己已经心灰意冷,只几天的工夫,头发变成了灰色,又干又脆,一团一把地脱落。他仿佛突然进入了智力衰退的老年期,动作迟钝,神情呆板,目光灰冷,喜欢半闭着眼睛,只要能看清眼前的饭盒和三尺远的道路就行。他一坐可以一天不动地方,对蹲牛棚也不再感到是不可忍受的事情。谁能想到眼前这个木讷、肮脏的老瘦猴儿,就是半年前那个年富力强、才华闪烁的丁局长呢!

丁介眉的心里也像他的外表一样发生了剧烈的变化。现在事态的发展,哪怕是最忠诚驯良的党员,也必须拿出吃奶的劲,才能说服自己相信眼前发生的事情都是正确的。他可以闭上眼睛,闭上嘴,不看不说,但要想把自己的心也完全掐死,那就不是他个人能办到的了,必须借助造反派的力量。今天夜里他们又想起了什么新花样儿呢?丁介眉自从被揪出来以后,还没到造反队员的寝室里来过。过去这里是文化局的大会议室,现在则摆着十几张单、双人钢丝床,五颜六色的被褥,各种偷、抄来的高级陈设:大理石桌子、大衣柜、沙发、花瓶,奇奇怪怪的古物、电唱机、收音机等什么东西都有。另外还有一堆堆空的和半空的酒瓶,打开的和没有打开的罐头、面包、火腿、腊肠、烟灰烟蒂……说不清是一股什么味道,浓浓的像液体一样灌进丁介眉的鼻子。他又把眼睛半闭起来,好像是悄悄打开身上的安全阀,这是他自卫的惟一武器——用沉默对付一切事变和暴力。

"孙大圣"用放之四海而皆准的一句话开场了:"丁介眉,你知罪吗?"

这是对付一切"牛鬼蛇神"最有效的下马威。对方如果回答"知罪",就要自己罗列罪状,不管给自己列出多少条大罪,也不会说他完全交代了,最后还得落一个有意隐瞒罪行。如果说"不知罪",那就是成心顽抗,一顿毒打更是逃不过了。怎么回答都不行,最好的办法就是不吭声。造反派们有的嘴里嚼着东西,有的喝着酒,有的抽着烟,有的躺着,有的坐着,有的站着。你一嘴,他一句,不回答谁的问话也不行,要都回答又办不到,最好的办法仍然是沉默。

"你没有睡醒还是眼有毛病?"

"他不睁眼就是对造反派的蔑视!"

于是,两个勇士上前,左右各用两根火柴棍儿,把他的上下眼皮支了起来。丁介眉立刻变得暴眼突睛,丑陋可怖。敢死队员们哄堂大笑,"瞧这份儿德行!"

"孙大圣"说:"这回看得见了吧?丁介眉,你老老实实听着,我们这些人专治最顽固不化的家伙。群众揭发你从来没有好好交代过自己的罪行,今天给你一个最后的机会。从现在到天亮还有四个多小时,你不许停顿,要一口气坦白到天亮,而且要深刻生动,不能打官腔和光扣空帽子。如果有人听着听着睡着了,那就是你的罪过!"

"对,讲你跟方月萱是怎么一边看着《金瓶梅》一边瞎搞的……"

这也是不可能做得到的。检讨错误不可能太生动,这帮大爷喝得都有八分醉了,随时都可能打起呼噜来,谁敢保证他们能不睡觉?如果真的讲得很生动,能吸引住他们,那就会说你放毒,罪加一等。丁介眉不能张嘴,也不敢张嘴。造反派们不耐烦了,"你哑巴了?"

"八成是舌头叫方月萱给咬掉了吧!"

"这家伙刀枪不入,干脆用手榴弹炸!""孙大圣"又出了坏点子,"先给他做个示范。"

有人摁住一只猫,另一个人把炮仗塞入猫的肛门内:"丁介眉,好好看着,你如果再不张嘴也用同样的办法治你!"说着点燃炮仗,砰的一声,猫的肛门被炸裂,鲜血直流,发出瘆人的嚎叫。敢死队员们也开心地大笑起来。

"快,给丁介眉的嘴里也插上一根儿,看他的嘴还硬不硬!"

有个五大三粗的队员,举着一根手指般粗的炮仗走到丁介眉的跟前。正要往他的嘴里塞,目光正好和丁介眉那变形的眼睛相对,突然惊叫了一声,扔掉炮仗,后退好几步,"他,他死了,活像个吊死鬼!"

丁介眉的眼睛果然一动不动,只有白眼珠,不见黑眼球,眼角和火柴棍支撑的地方有血迹渗出来,狰狞吓人。

"那好吧,他既然装吊死鬼吓人,我们就干脆叫他做个上吊试验。""孙大圣"搬了个凳子,踩上去在门框上拴了个绳套。然后命令丁介眉站到凳子上,脑袋伸进绳套,"给你三分钟的时间考虑,要讲话就快开口。不然我一脚把凳子踢倒,你就真的成了吊死鬼。"

"一分钟啦!"

"两分钟……"

丁介眉的沉默就是实际行动,是同造反派强大的实力进行较量的手段,沉默中同样也有一股可怕的力量。敢死队员们被这无声的蔑视和挑战激怒了——

"吊死他,吊死他!"

有人端翻了凳子。丁介眉被吊在空中,腿脚乱蹬,拼命挣扎着想抬起胳膊抓住绳套。但是,两只胳膊无论如何也抬不起来,无力地垂挂着,身子疯狂地扭动着,眼球仿佛要流出来,舌头眼看也要吐出来。看着丁介眉这副垂死挣扎的样儿,造反派们先是一阵狂笑,很快这笑容就冻住了,他们感到毛骨悚然,不敢再看丁介眉那追命索魂的鬼相,一个个低下头,或转过脸去。出这主意的"孙大圣"也胆怯了,战战兢兢走上前,抱住丁介眉的双腿把他放下来。

敢死队员们对这种游戏已经感到厌烦了,一个个东倒西歪,不大会儿工夫都沉沉睡去。等丁介眉苏醒过来,连"孙大圣"也睡着了。他吃力地扒着凳子从地上站起来,揉揉痛得难受的双眼,慢慢地走到每一个敢死队员床前。他想借着明亮的灯光仔细端详他们的相貌,永远记住这些脸。

这些人的脸比刚才吵嚷着要吊死他的时候,更令他心寒胆战。俗话说,胆大的人敢看五十张死人的脸,却不敢看五十张熟睡的男人脸。人死如虎,睡着的人比死人更可怕,他们表面上像死人,有死人的阴森和凶恶。然而他们的灵魂还活着,这可怕的灵魂就挂在他们的脸上,狡诈的,险毒的,凶恶的,猖狂的,远不如死人的脸那样安详老实。有睁着眼的,有咬牙切齿的,有私语的,有冷笑的,每个人的灵魂不一样,扭曲变形的程度也不相同。不是魔怪野兽,却胜似魔怪野兽。丁介眉连一张脸也认不出了,他看得毛发倒竖,一股阴森森的寒气直透骨髓。

他闭上眼睛,默默地给自己壮了壮胆。

大理石的桌子上有纸和笔,他工工整整地在一张纸上写了两句话:

毛主席万岁!

永远忠于毛泽东思想!

他把这张白纸叠好,小心翼翼地放进自己的上衣口袋。然后站到凳子上去,将脖子伸进绳套,自己用脚踩翻了凳子……

崔明朝门上猛踹一脚,嘴里高声吆喝着:"跪下,开始请罪!"

他们像上足了发条的大玩具,扑通扑通,都对着毛主席的标准像跪了下来,各人默念着自己的罪行。其实是各想自己的心事——

邵南孙最焦心的是不知想什么办法能见到花露婵。光是崔明倒不难对付,最让他头疼的是花露婵跟方月萱关在一个房子里,要躲过方月萱的眼睛就不那么容易了。他个人什么都不在乎,却不能给花露婵惹麻烦。两个人只隔着一层楼板,一个星期以来他用尽心思,不断地上厕所,故意在楼道里大声说话、吵闹,想吸引花露婵在楼上探个头,只要能看上她一眼,两人打个照面,彼此心里都会好受些……

武班侯不愧是能屈能伸的大丈夫,他当大演员的时候比谁都会摆谱儿,现在比谁都能装孙子,什么气、什么罪都能忍受。可就是经不起挨饿。大家都是两天没吃东西了,数他闹得最凶,好像就要饿死一样。他偷眼瞧瞧门口,见崔明已经走了,就学"马派"念白的韵调,一板一眼地说出了声:"祝您万寿无疆。班侯罪该万死,惟求不做饿死鬼。古代砍头之前,尚且让犯人吃个酒足饭饱,何况我们赶上了现在这幸福的社会主义社会。但愿今天能有一顿饱饭吃,好让我有力气更深刻更全面地检查自己的问题……"

牛英贤仍然死看不上武班侯。但他不会去向造反派告密,一是丢不起这份人,二是像他们这样的人,告别人的密自己也不会得到好结果。武班侯也很清楚这一点,在牛棚里倒有一种安全感,所以才敢耍笑玩儿赖,自寻开心。

牛英贤没有这种心思,他总感到自己太冤枉,一不是当权派,二不是地富反坏右,三不是"三名三高"的人物。自己不过是个有名无实的导演,无权无威,混碗饭吃,凭什么把他关进牛棚?以前他不得志,不吃香;现在仍然是臭狗屎,倒霉蛋!

吴性清表面上最平静,像老和尚烧香一样虔诚,一副超凡入圣的神态。他并不感到肚子里有多饿,反倒十分留恋这异乎寻常的两天安静日子,没有人来给他们训话或抽打他们、侮辱他们、咒骂他们。每天只是由一个花钱雇来的看守主持他们向毛主席"早请示"、"晚汇报"的仪式(他从心里讨厌"早请罪"和"晚认罪"这两个词儿,喜欢用"早请示"和"晚汇报")。这两天中也没有一个人被拉出去批斗,自从他被关进牛棚以后,还从未享受过这样的和平。如果就这样下去,他宁愿不吃不喝,也落个心静耳净。可他心里老有一种不祥的预感,造反派们不知又在憋什么花样儿?

花啸天眼神恍惚,表情木然,他是这个牛棚里年纪最大的人。作为一个老艺人,他的大半生都是按照戏剧的规律生活过来的。这种生活更符合人的感情规律,却为社会规律所不容,因此充满戏剧性,不断遭受命运的暴风雨的袭击。眼前的屈辱和过去的盛名一样都像一场梦,连他自己也感到惊奇不解。不论哪个朝代,为什么偏偏都跟他过不去?从前,军阀和大资本家喜欢霸占演员的身子,虽然也发生过毁人毁艺的事情,却从未见过像现在这样集中地、大规模地朝着艺术下毒手,霸占演员的心和感情,夺走演员赖以活命的舞台和观众。他曾挨过阎锡山马弁的一鞭子,把一只耳朵抽聋了。咽不下这口冤气,就在身上挂个大牌子,贴着状纸,一路讨饭、唱戏,去南京告状。当时轰动了整个梨园界,南方和北方的同行朋友纷纷支援他,发声明的、捐款的,舆论闹得很大,至少把心里那口窝囊气发出来了。现在被关起来了,连告状也不行了……他只要不挨斗,就往硬邦邦的木板床上一躺,脑海里旧事云涌,联想蜂聚,无法排遣。回忆——成了他惟一的财富,想借此安慰那千疮百孔的心灵。岂知回忆本是人类折磨自己的一种本能。所以他的样子老像成天睡不醒,又像整夜睡不着,患有严重的失眠症。他只有在真正睡着了的时候,才感到安全快乐,醒来时倒像还留在一场噩梦里。他请罪的时候正好跪在邵南孙的后面,邵南孙那颗特别刺眼的光秃大脑袋,就像"文化大革命"的纪念碑一样挺立在他眼前。凡是了解中国的人,一看见这个脑袋就可以断定他不是好人,被剃过光头,挨过死打,不是从监狱跑出来的,就是从牛棚放出来的。可怜的年轻人,这都是为了救他和他的女儿。他感激邵南孙,心里还怀着一种内疚。现在这个世道上的人,难得有这样的骨气和忠诚,管他是丑是俊、有没有大本事,只要能度过这次难关,他愿把女儿嫁给邵南孙。正是由于这种复杂和微妙的关系,虽然翁婿关在同一个牛棚,他却从不跟邵南孙说话,邵南孙仍然很怕他……

他们跪了大约两倍于往常"请罪"的时间,仍不见崔明回来下"请罪完毕"的命令。这小子准又是上街吃早点了,吃完早点还不知会碰上什么熟人胡聊一顿,也许再甩两把扑克……他们就一直这样傻跪着?其实武班侯早就像乌龟一样趴在地上了,其他人也都闭目养神,有的摇摇晃晃,有的昏昏欲睡。邵南孙起身去推推大门,果然上了锁。他悄悄捅捅牛英贤,然后把花啸天和吴性清扶起来坐到床边上,大家都看着武班侯那个王八样子,又可怜又可笑。可谁也不想提醒他先爬起来坐一会儿,等听到崔明的脚步声再跪下去也来得及。大家不愿意整天光是犯愁、想死,即使判了死刑的两个人凑在一起,遇到机会也想寻寻开心。不自找快乐,这牛棚的生活就更难熬了。然而这几个

人中能成为取乐对象的,只有武班侯和邵南孙。邵南孙盘腿坐在武班侯的对面,细声细语地如同说悄悄话:

"肚子还饿吗?"

"饿极了!"

"看来今天也不会有饭吃了。"

"哎呀……"

"轻点声,我们得做长期挨饿的准备。看样子,闹好了隔几天给我们一顿饭吃,闹不好就得被饿死!"

"我现在就觉着快饿死了!"

"我是医生,不会让你死的,但你要照我的话做,我教给你一个方法,保你饿三五个月没有问题。"

武班侯睁开眼,"你小子拿我找乐儿吧?"

邵南孙仍像念佛一样,"罪过,罪过,把别人的好心当成驴肝肺。闭上眼睛,尽量减少运动,心静气平。对,脖颈前伸,吐气,好。吸气时缩脖……"

武班侯明知是拿他开玩笑,仍然煞有介事地按照邵南孙说的要领去做,"这样伸头探脑,不是活像个大王八吗?"

"对了,就要学王八,学得越像越好。心里想着王八,想自己就变成了王八……"

"好你个孙子!"武班侯举手要打,"要不是看你这个秃脑袋不禁打,真应该给你一拳。"

"放肆! 这是真理。不信科学,理当批斗。"邵南孙仍然如和尚打坐,念念有词,"世界上寿命最长的动物就是乌龟。《史记》上记载了一个故事,有个人在儿童时代拿乌龟垫床,待他老死以后家人移床,乌龟仍然活着。证明它不吃不喝,在床脚下委曲求生,仍旧活了四五十年。"

"你是狗戴嚼子——胡勒!"

另外几个人却对邵南孙的话发生了兴趣,吴性清问:"乌龟是不是就以空气为食?"

"当然不是,乌龟也是食肉类动物,它所以能绝食不死,在于它有引导之术。人若模仿乌龟的动作,也能免于饥渴的死难。"邵南孙慢条斯理地讲起故事来,对大家来说有故事听,时间就过得容易些。"古代有个叫张广定的人,为躲避兵祸战乱(很有点像现在这种局面),不能把四岁的女儿带走,又不忍让她饿死家中或死于刀枪之下,暴骨路边。于是就把女儿放进村外的一座空坟里,用篮子放了一些食物和清水。三年后张广定回归故里,到坟里想收女儿的遗骨殡埋,谁料女儿并没有死,见到父亲欢喜非常。张广定问她是怎么活过来的,女儿告诉他,吃完竹篮的东西之后,饿得难受。看见坟坑里有个大乌龟,伸颈吞气,就仿效乌龟的动作,渐渐不渴也不饿。三年不死,而且脸色润泽。"

武班侯说:"这可真神了! 你这张嘴能把死的说活,活的说死。"

"这可不是我瞎编的,谁要不信就去看东晋葛洪写的《抱朴子》。"

"这下我们不用犯愁了,没有饭吃就'引导'一番。"武班侯又伸颈吞气,试验起来。

一开心就大意,谁也没有听到门外的脚步声,崔明早在门口站了一会儿啦。他突然推门进来,大家吓了一跳,想再跪好已经来不及了。

"好啊武班侯,你不好好向毛主席请罪,学王八探头干什么?"

武班侯紧张了,这件事说小就小,说大就大。如果崔明给汇报到上面去,经造反派们一上纲上线,那就闯了大祸。他恼怒地盯着邵南孙,"是……"

这乱子是邵南孙惹下的,他本不愿意答理崔明,现在也只好出头了,"他这是饿的,想磕头请罪已经没有力气了。"

武班侯立刻装得更像了,"对对,你们想把人活活饿死呀!"

崔明眼珠一转,"邵南孙,我还没有问你呢,你们这几个没听到命令为什么就坐起来了? 不光不好好低头认罪,还在毛主席像前大肆宣扬封建迷信、古人死人、乌龟王八,攻击'文化大革命',侮辱伟大领袖! 你小子有几个脑袋,还想活命吗?"

这一手可真够厉害的。如果他把这些话原封不动地捅出去,这几个人就会遭受一连串的批斗,挨几顿毒打。轻则身上脱层皮,闹不好还会惹出更大的麻烦! 他们嘴上说不怕是假的,心里却在打鼓,懊悔不迭。

邵南孙是祸头,大家都可以不吭声,他则不能不癞蛤蟆垫床脚——硬充硬货。好在他的舌头像他那七棱八角的脑袋一样锐利,还能即兴编出一些领袖和伟人的警句格言,像举着圣旨一样对别人连蒙带唬:"崔明,这都是你一手造成的,想把我们饿死灭口,谁指使你干的?动机何在?你让我们一跪好几个小时,他们连饿带累都昏死在地上。要知道,除我之外,他们都是重要的线索,把他们整死,你负得起责任吗?怎么向你的上级和革命群众交代?你在'早请示'的时间里出去大吃大喝,下棋打扑克,你对毛主席是什么态度?你逼急了,我们就把你的所作所为捅出去……"

崔明还真有点发傻,"你,你还倒打一耙!"

邵南孙见好就收,立刻放缓了语气,"这是为你好,你别以为自己是牛棚看守就可以为所欲为。马克思教导我们,狐狸经常夸耀自己的皮毛和尾巴,岂不知正是这最值钱的皮毛和尾巴常常给它带来灾难。列宁也教导我们,无罪的人干吗要害怕地狱?我们已经到了这步田地,你还能把我们怎么样呢?再打也是死老虎。别忘了你可是临时工,造反派的头衔儿也是临时挂,出了差错,闹出人命来,谁还敢让你转正……"

崔明被镇唬住了,只剩下造反派的架子还放不下。牛英贤趁机又递上一支烟,并为他点着了火。

"不是我成心不给你们饭吃,这是杨头儿布置的,要饿你们两天,洗净你们的肠胃和黑心烂肺,下午发给你们最宝贵的食粮。"

"什么最宝贵的食粮?"大家都很警觉,不知又要出什么事情。

"当然是精神食粮。还叫你们派一个人上街去买红油漆,下午要开个十分重要的大会,让你们必须把脑袋涂成红的。否则就不发给精神食粮,而且要在他脸上用针刺出'牛鬼蛇神'四个大字,再涂上蓝色化学药水,四个大字就深深地烙进皮肉,一辈子也洗不掉。"

"牛鬼"们一惊,这不是古代的"髡刑"或"刺面"吗?一股剧烈的屈辱感,使吴性清、邵南孙他们周身寒战。倒是演过《夜奔》的武班侯,并未真正理解刺配沧州的含义和这两个字对林冲的人格和精神所造成的摧残。他站起来自告奋勇："我去买油漆。"说完还用舌头舔舔嘴唇，表明他想借着买油漆出去饱餐一顿，享受一下自由人的生活。

崔明不同意，"你不行！"

"为什么？"

"你是大牛鬼蛇神，怕你逃跑。再说，一会儿还要开你的批判会。"

武班侯像一摊烂泥一样倒在床上，"饿了两天啦，还要批判？你们不想叫人活了！"

崔明说："等会去向批判你的人讲。"

邵南孙看看另外那老三位，他希望花啸天和吴性清这两个年纪大的人中，有一个人出去吃顿饱饭，呼吸一下自由的空气，想不到牛英贤点了他的名，"南孙，还是你去吧。"

吴性清也赞成，"你最年轻，还能走动。我们饿得一点力气都没有了，连大门也出不去就得躺下。"

难得开口的花啸天，也闷声闷气地加了一句："出去要机灵一点。"

邵南孙从崔明手上接过钱要走，崔明却不放心，"邵南孙，你可别肉包子打狗——有去无回。哪儿都是造反派的天下，你逃不出我们的手心。再说你要不回来，他们几个就别想好受了！"

牛英贤说："你放心吧，他是自己进来的，你叫他跑他也不跑。"

邵南孙说："你不放心就跟我一块去。"

"我还有事儿，你给我带两盒烟回来就行。"

"要什么牌子？"

"'卫东'的就行，我抽不起好烟。"

邵南孙会心地一笑，"你甭管了，保你满意。我在两个小时之内一准赶回来，请你在十一点钟的时候到门外接应一下，免得好烟被别的造反派搜去。"

崔明一拧脖子，摆出一副"二百五"的劲头，"我看谁敢？"

邵南孙跟武班侯想的一样，出了牛棚先痛痛快快地大吃一顿，认真犒劳受了委屈的嘴舌和肠胃。他上过中医学院，不敢由着性子专拣喜欢的东西吃,更不敢吃得过饱。只挑那些营养丰富的食品结结实实填了多半肚子。他大伤刚愈,身体极需来自蛋白质的矿物质、氨基酸、维生素。最后又集中补充了大约有一千毫克的钙,这是他身体所需要的数量,鬼知道究竟吞进去多少,也许只有十毫克或大大超过了一千毫克。他把一瓶炼乳抹在奶油蛋糕上,油糊糊甜腻腻地吞了下去,钙能强壮骨骼,消除紧张,防止失眠。他把自己的肚子打发得有底儿了,才去买油漆。

染料店里买卖兴隆,尤其是红油漆销得最多。有人整桶整桶地买,还有的一买几十斤、几百斤,气魄大的单位论吨买。看来天下的造反派都想到一块去了:刷红牌子、写红标语、把黑帮脑袋染红,制造红彤彤的中国、红彤彤的世界,怎能不需要红油漆?

邵南孙见景生情,心里突然打个冷战。"黑帮"的脑袋是肉长的,不同于木头牌子,涂上油漆怎么洗掉呢? 如果带着头发涂油漆,油漆将粘住头发,像活择毛一样把头发一绺一绺地都拔下来。若是剃光头发涂油漆,油漆会堵死汗毛孔,伤害皮肤,人受得了吗? 用水洗不掉,用刀刮不得,还得再买一桶汽油。涂了洗,洗完再涂,人的脑袋经得住这样揉搓吗? 他又犯愁,又愤怒,最后只买了两个空油漆桶。他提着两只空桶,先到文具店买了一大包红色水彩粉。这东西照样能把脑袋涂红,却没有油性,用清水一洗就掉,不会伤害头发和皮肉;又买了刷子、推子、剃刀,以备急需,正好塞满了一只油漆桶。然后又到食品店,买了一堆蛋糕、饼干、巧克力、奶油糖、炼乳等等,塞满了另外一只空桶。当然也没有忘记再买上四盒上海产的"大前门"烟,准备向牛棚看守行贿。

崔明并未在大门外接应他。好在上午是造反派们睡懒觉的时间,邵南孙没有碰到多大麻烦就回到排练大厅。崔明正守在门口打盹儿,勉强睁开眼瞄了瞄两只油漆桶,"买来了?"

"买来了。"

"替我带的烟呢?"

邵南孙从口袋里掏出两盒"大前门"递过去。

"哎,我不是叫你买'卫东'吗?"崔明很不满意地嘟囔着,从口袋里掏出钱包,邵南孙摁住了他的手,"算我送你的。"

"这……"崔明还有点不好意思,拿眼朝四外瞅瞅,心里却很得意。邵南孙这小子刚来的时候有多横,现在还不是乖乖地来巴结他,这叫不打不相识。

邵南孙乘机溜进自己的牢房。武班侯撕心裂肺的呻吟声吓了他一跳,吴性清站在武班侯的床前,望着他那血肉模糊的躯体手足无措,不知该怎样帮助他。另外两个人躺在各自的床上,眼看武班侯疼得浑身抽搐,也都一筹莫展。邵南孙放下油漆桶问:"他怎么啦?"

没有人回答他。他自知问了句蠢话,自然是在批判会上被打的,这还用问吗?

武班侯自己答腔了,"南孙,快救救我。你是大夫,疼死我了,我活不过今天了……"

"老武,我马上给你想办法,先抗住了,别泄气。给你吃点蛋糕,肚子里有食也会好受一些。"他说着话已经打开了装食品的油漆桶,分给每人两块蛋糕,外加四块奶油糖,并嘱咐说:"先吃这一点,越是饿得时间长越不能猛吃。"

他把其余的食物全锁进自己的工具箱。

有蛋糕堵着嘴,武班侯安静多了。邵南孙用清水为他擦洗了伤口,检查了伤势。从表面看他伤得很惨,身上的衣服被撕成了一条条的布丝儿,如狼咬狗啃。前胸、后背和大腿,几乎没给他留下几块好皮肉,像开花馒头,往外渗着血。但伤口不深,并没有打坏骨头。脚踝部位有几处刀伤,两根大筋差一点被完全砍断。头部伤得较轻,虽然也青一块紫一块,却未出血。他用被开水烫过的湿毛巾轻轻擦拭着,不论碰着什么地方,武班侯都龇牙咧嘴地叫喊一声:"哎呀,南孙,我还活得了吗?"

邵南孙没好气地说:"你离死还远着哪!真要这么死了,岂不太便宜你了!"

他看着武班侯那血糊肉烂的样子真有点犯愁,伤口太脏、太烂,应

该打防止破伤风和止痛消炎的针,哪怕有点碘酒消消毒也好。他问:
"他们没说要送你去医院或请个医生来吗?"

"他们下死手想要我的命,怎会送我上医院呢?"武班侯见邵南孙变了脸色,真的害怕了,生怕邵南孙记恨他在花露婵身上缺的德,不肯相救。

邵南孙确实感到作难,没有药物,就是再高明的医生也没有办法,他只好劝说武班侯少动弹:"……别处的伤也许还不碍事,就是两条腿上的大筋,被砍得只连着一点,你要格外小心。"

武班侯忽然哭了,"他们就是想挑断我的大筋,还狠命掐我脖子,想毁坏我的嗓子,叫我以后登不了台唱不了戏。兔子急眼还咬人哪,我一见他们下了毒手就拼命挣扎,上身被人抱住,多亏腿脚上还有点功夫,不然今天就把这一百多斤给他们了……"

"谁?"

"除去我那个宝贝徒弟,还有谁?"

"杨忠恕?"

"他把我整死,将来福北京剧团的文武老生就由他挂头牌了。"

"刚才是他打的你?"

"他小子蔫坏损,指使一帮破鞋和活王八们围攻我,想借刀杀人。他早想好了,即使把我当场打死,也是革命群众的义愤,与他毫不相干,多阴险!"

"今天开的是什么会? 他们打你总得有个名目啊。"

"'武班侯专题批判会'。"武班侯用乞求的可怜巴巴的目光望着邵南孙说:"好兄弟,我以前确实做过一些不是人干的事,但不能都怪我,更不够死罪。今天这个会是杨忠恕的阴谋,我站到台上偷眼往下一瞧,就猜到形势不妙,那些破鞋和她们的王八男人都坐在前三排,显然是借官台唱私戏,想找我报仇。你也知道,这些贱女人当初都是主动找的我,还不是图我有名、有钱、有权给她们分派好活儿,过去我想推都推不开她们。如今她们都是贞妇烈女,都成了受害者,就我是坏分子! 造反派们还在旁边起哄,专门追问花花绿绿的细节,我说也挨打,不说也挨打。最后一咬牙,决定实话实说,谁坐得最靠前先点谁的名。把她们怎么跟我要钱,我是怎么玩儿的她们,一五一十,详详细细地公之于众,让群众心明眼亮,他们要再打我就是公报私仇。果然不出所料,我点了谁的名,谁立刻耷拉脑袋,连她的王八男人也抬不起头来。他们不怕寒碜,我还怕什么? 看看到底谁丢人! 我刚说了三件事,主持会的人就不让往下讲了,批判会开不下去了,只好宣布散会。我不讲他们逼我讲,我真的讲了实情,他们一个个都瘪了。其他群众在一边看笑话,起哄凑热闹,杨忠恕想用王八、破鞋批斗我的计划破产了。谁知我一走下批斗台,有人就用破麻袋罩住了我的脑袋,我立刻陷入了狼群狗阵……南孙,你是个重感情讲义气的人,我把什么都告诉你了,万一我死了,你好知道真情。"

牛英贤并不可怜武班侯,反倒鄙夷地说:"这就叫王八咬坏蛋!"

"老牛,你见死不救,还拿我开心。哎呀,疼死我了。……"武班侯那大演员的架子一点没有了,正是他的这份熊样和赖劲儿,反倒赢得了邵南孙的怜悯。人一被关进牛棚,彼此间的关系就变得很奇特了……

"我去想想办法。"邵南孙直起身,离开哼呀咳呀的武班侯。不经意地扫了一眼花啸天,发现他眼前的蛋糕还一点没吃。邵南孙心里一动,理解了老人的心思,走过去轻声说:"您把它吃了吧,我给露婵留出来了,一会儿想办法送给她。"

邵南孙还得去找崔明,不管他心里对这个粗俗的临时工有多么厌恶,许多事情都得求他,必须想尽一切办法跟他搞好关系。通过那两包香烟,他试探出崔明爱贪小便宜,对这种人可以继续使用贿赂的办法。但要掌握时机和分寸,闹不好会被他反咬一口——腐蚀拉拢造反派的罪名可是不轻! 邵南孙又私自溜出变成了牢房的化妆室,低头耷脑装着去厕所,耳朵眼睛却不闲着,帮着脑袋想主意。出了化妆室往右拐有个门,可通排演厅的后台,这个门经常锁着。即使叫他们到排演厅里去参加批判会,也不准从后门直接登台,要先出楼,围着排演大厅绕半圈儿,从剧场的正门进去。出了化妆室往左走十几米,有一道大门,出去就是京剧团的院子,旁边有一个楼梯。平时崔明就守在这儿,楼下四个男鬼,楼上两个女鬼,谁有什么举动也逃不过他的眼睛,把前后门一上锁,他们插翅难飞。因此,他并不经常死守在这儿,不是躺在自己那间干燥朝阳的小房子里睡大觉,就是出去找自己的一伙人聊天打扑克。刚才邵南孙回来的时候看见崔明还守在这儿,这工夫又不知跑到哪儿去了。各门上都挂着锁,小楼里阴森森、空荡荡,静得出奇。难怪人们把它叫做"鬼楼"！平时谁也不愿意到这个不吉利的、充满晦气的地方来。就连坚信唯物主义的造反勇士们,宁愿参加敢死队去冒生命的危险,也不愿守在这座"鬼楼"里当个看守牛鬼蛇神的"鬼头"。杨忠恕却乐不得把这份差使交给一个临时工,崔明两眼一抹黑,不懂戏,不了解京剧团的历史和现状,六亲不认,老实听话,这正是杨忠恕所需要的人……

邵南孙隐隐约约听到楼上有女人的说话声,这可能是方月萱和花露婵在说话,楼上只有她们两个人。他心里一阵冲动,真想不顾一切地跑上楼去。恰在此时有脚步声从楼梯上传来,跟着又响起吹不成调儿的口哨,定是崔明。他心里一美就吹口哨,不知又捞了什么便宜,这小子好像对这份"鬼头"的差使很满意。邵南孙躲进厕所,等崔明走到跟前才走出来,"崔师傅……"

崔明一激灵,"邵南孙,你溜出来干什么?"

"你这不看见了,上茅房。"

"你不知道上厕所要先报告吗? 回去,看来我还得把你们的门锁上!"

"我嗓子都快喊破了,可你听不到,只顾在楼上跟两个女犯人乱搭讪。"邵南孙又拿出过去当"前台"的嘴脸,嘻嘻笑着,话里有话。

"你……你这是什么意思? 谁跟女的乱搭讪了?"崔明要翻脸,他还是没有经验,这一变颜变色反倒证明他心里发虚。

"崔师傅,你别着急,我实在憋不住了就自己跑出来啦,听到你在楼上正批判那两个女黑帮。我没别的意思,如果她们也需要油漆,我正好买得多,可以分给她们一点。"

　　崔明还真怕邵南孙听到了他跟方月萱的谈话。他俩的谈话从来没有界限,他在她面前端不出造反派的架子,他暗地里帮过她的忙,也从她身上捞过一点便宜。虽然没有什么大事,就是那种黏黏糊糊,捅一把摸一把的事情,要是让杨忠恕知道了也够他喝一壶的,他知道杨忠恕和方月萱私下里的关系。杨忠恕也曾敲打过他,干得好,保证给他转成京剧团的正式职工。如果胡说八道,惹是生非,不仅不会让他转正,还要把他送进铁血团,不叫对立面的子弹打死,就被自己人的流弹送命,反正得要他的小命灭口! 这年月杀个人就如同踩死个蚂蚁,有冤又能到哪儿去诉?

　　崔明赶紧严肃认真地向邵南孙做解释:"油漆先放在你那儿,用的时候再去找,方月萱正是为这件事叫我去找杨队长,她要跟头头当面谈。"

　　邵南孙心里咯噔一下,方月萱能指挥崔明,调动杨忠恕,看来他们的关系并不像表面上这样简单和界线分明。同是"鬼楼"里的犯人却分成不同的等级,待遇也大不一样……他立刻摆出一副十分焦急的样子,说:"你顺便告诉杨忠恕,武班侯伤势惨重,不赶紧送医院恐怕有危险。"

　　"死了活该,你少管闲事!"

　　"啊?"邵南孙真想朝眼前这张长满粉刺、毫无表情的脸狠揍一拳。

　　"别说是他,就是丁介眉又怎么样? 死了不也就白死了!"

　　邵南孙一惊,"丁介眉死了?"

　　崔明满不在乎,"在铁血团的房子里吊死的。"

　　邵南孙控制着自己的情绪,"武班侯跟他不一样,过去是你们杨头的老师。"

　　"快别提这码事,杨头儿最恨他。"

　　"为什么?"

　　崔明支支吾吾,"……具体的我也说不清楚,反正谁都知道他是国民党员,给蒋介石唱过戏。家里有俩老婆,养猫养狗,以前抱着猴子到理发店理发,连派出所都管不了他。吃喝嫖赌,五毒俱全,光是被他祸害的妇女就不计其数。这还不是罪大恶极？"

"哪有这样的事，罗织罪状应该多少贴点谱儿……"邵南孙故意装得大惊小怪。连临时工都能一套套地抖落出武班侯的老底，可见杨忠恕已把舆论造得相当邪乎了。这显然是想置武班侯于死地……

邵南孙对武班侯本无好感，如今却产生了真正的同情心。他对崔明说："不管怎么说，我以前当过医生，总不能见死不救啊！"

"你当过医生？"崔明瞪大眼睛瞅着他。

邵南孙很熟悉从崔明眼里突然闪现出来的光芒，这是许多病人在医生面前不自觉地流露出来的乞求和希望的光。邵南孙觉得有必要向这个可怜的家伙做点自我介绍，也许能唬他一下子，"我从中医学院毕业以后在人民医院当了两年大夫。因为爱看戏，才主动要求到京剧团当了'前台'，只图每天白看戏，谁知运动一来倒了这么大霉！"

"你们这些黑帮当中真是藏龙卧虎。"崔明立刻改变了说话的口气，他也许有求邵南孙的地方。

"如果杨忠恕不管，你放我到院子里抓几只活蝎子。我不能眼看着他死在班房里！"

"抓蝎子？"崔明不知是出于好奇，还是对刚才邵南孙的话抱有怀疑，想验证一下，或许还有其他原因……反正他最后答应了邵南孙的要求，让他回牢房等着。

邵南孙从工具箱里拿出蛋糕、炼乳、巧克力、奶油糖等等，用自己一件洗得最干净的内衣包好，递给花啸天，"等一会儿杨忠恕要把方月萱叫到别的屋里去谈话，我借着给老武弄药把崔明调开，您去看看露婵，万一被人撞见就说送衣服。叫她多长个心眼儿，方、杨暗中很可能还穿着连裆裤……露婵如果还不知道我被关了进来，您也不要提起这回事。她要打听我的情况，您就叫她别操心，保护好自己……"

花啸天没有说话，抱着那包食物的手却微微抖动。

崔明回来了，"邵南孙，走吧。"

"杨头儿呢？"

"正跟别人谈话。"

"我能跟他说说武班侯的伤势吗？"

"不行,不行!"崔明十分紧张,"他给牛鬼蛇神训话的时候,任何人不许打搅。"

邵南孙瞟了一眼花啸天,跟着崔明走了。

排练厅的后面有一个死夹道,两间废弃的土屋,一堆烂石块。这本来是条小胡同,由于盖楼时把另一端堵死,于是变成了死角。平时没人到这个地方来,成了蝎子、蜈蚣、蟋蟀等昆虫的理想栖息地。蝎子喜欢昼伏夜出,从立春之后才开始活动,福北地区虽然气温较高,眼下算冬眠时期,蝎子集居在一起,特别好抓,赶巧了在一片瓦块底下能抓到五六只。邵南孙右手拿着筷子,左手端着饭盒,像夹饺子一样熟练地把蝎子夹进饭盒。掀石块,撬墙缝,挖旧墙根,他越干越有劲儿。崔明怕蝥,背着枪远远地躲在一边看着,不断地催促他:"你快点,该吃午饭了。"

邵南孙看看已经抓了有小半饭盒,"差不多了,回去吧,别等杨头儿跟方月萱办完革命大事找不到你,给你惹麻烦。"

"没事,我跟他请示过了。"在回去的路上,崔明开始主动跟邵南孙答话,而且连称呼也变了,"老邵,你还真不简单呐!"

"这算什么!"邵南孙不介意地嘿嘿一笑。

"我也有点病你能治吗？"

"什么病？"

"这……"崔明的脸忽然红了,这副窘态反而使他显得朴实善良了,"这种病不好说出嘴。"

"在大夫面前没有说不出嘴的病。"邵南孙成心端起了医生架子,"好吧,找个合适的机会再说,你先看我怎么给武班侯治伤。"

回到牛棚以后他用清水把蝎子洗干净。坐到武班侯的床前,用手拿起一只正在挣扎的活蝎子麻利地掐去它的尾刺,送到武班侯的嘴边,"老武,把它吃下去。"

"啊!"武班侯吓得大叫,脑袋摇得像拨浪鼓,圆睁双眼躲避着那只张牙舞爪的毒蝎子,"快拿走,你想把我毒死!"

邵南孙笑了，把那只活蝎子扔进自己的嘴里，嚼嚼咽下去了。众人一惊，连武班侯也安静下来。他像一个有经验的医生那样，慢条斯理地做武班侯的思想工作："蝎子身内没有毒，它的化学成分很复杂，有碳、氢、氧、氮、硫等，但不是毒素。这是冬眠的蝎子，肚里也很干净。现在对你最大的威胁是破伤风和疼痛。杨忠恕不许送你上医院，也不让我上街为你买药，现在只有这一条路——蝎子是珍贵的中药，它的功能就是防风止痛。你如果不听我的话，那可就没办法治了！"

武班侯把眼睛一闭，"南孙，我听你的，你说吧，吃多少？"

"吃到你实在咽不下去为止。"

武班侯不敢想也不敢看，把活蝎子嚼个三五下就硬吞下去。吃到第五只的时候，恶心得难以忍受。邵南孙只好打住，灌他一杯温开水压住恶心，趁旁边的崔明不注意，又把一块奶油糖塞进他嘴里。

邵南孙把其余的蝎子捣烂如泥，敷在武班侯的伤口上。一会儿工夫，武班侯就感到伤处凉森森的，周身不再火烧火燎地疼。他长嘘了一口气，"南孙，谢谢你。班侯如果大难不死，定然报答。"

崔明凑到邵南孙耳边说："中午清静的时候，你到我的屋子里来一趟。"

邵南孙点点头。同房难友都奇怪地看着这俩人奇怪的新关系——一个专政人员，一个被专政的对象，敌对的两极似乎有了某种默契。

在这种亚热带地区，即使是所谓的冬天，午后的太阳光仍然具有一种火辣辣的威慑力量。在毛主席十二点二六米高的塑像前，搭起红牌坊，上贴五个金色大字：迎宝书大会。一溜长桌上铺着干净的红绸子，气氛庄严而热烈。既喜气洋洋，又不像娶新媳妇那样嘻嘻哈哈，乱嚷乱闹。京剧团的人一个不少，全都准时在院子里站好了。这是大家政治生活中的大事，考验每个人对伟大导师、伟大领袖、伟大统帅、伟大舵手的感情和态度。大家的热情理所当然地无比高涨，这热情里甚至含有一种神圣和肃穆的成分，相互间打招呼和说笑话都很讲究措辞,连张嘴张到什么程度都掌握着分寸。这种场合出一点差错就是政治问题……

目前京剧团里每天坚持上班的或以团为家的人,是那些掌权的头头、敢死队员和过分热心的造反战士,以及抱着各种目的投机钻营分子。胆小怕事、身上有儿或过分老实的人,每天也到剧团里来打个照面,再有就是蹲牛棚的黑帮分子。其余的大多数人平常都呆在家里,碰上有自己感兴趣的批斗会或听到什么新闻,才到团里来瞧瞧热闹。只有在发工资的日子才会像今天这样全部人马都到齐。大家按照等级在红牌坊的两边排好队,全副武装的敢死队员在前,普通的造反战士居中,逍遥派和从其他反对派组织中倒戈过来的人站在最后。一些警惕性最高、满脸杀气(他们是最革命的,任何场合都不改变自己最革命的表情,也无人敢计较他们的表情)的敢死队员,手持步枪,站在门口两边和院落四周,担任警卫。大家在等待着那个庄严时刻的到来。

"牛鬼蛇神"不在此列,他们被拿枪的崔明看押着,远离这荣幸的人群,站在毛主席巨型塑像的屁股后面,弯着腰,低垂着那光秃秃、红彤彤的脑袋。除去他们头上的颜色无可指摘(其实也不是没有漏洞,只因为造反派光抓大事,身忙心粗,没有看出他们头上涂的是红水彩而不是红油漆),整个样子都太难看了,像几个默哀的花和尚,显得不伦不类,与整个大会隆重欢乐的气氛极不协调。大家不住地打量他们这奇怪的红脑袋。说也奇怪,虽然染成了红色,并不给人以美感,也没有让人联想到这是革命的红色以及红心红胆、红天红地、红色江山、红色世界等等。相反倒让人感到滑稽、可怕,鲜血淋淋的让人恶心、眼晕!

花露婵和方月萱的脑袋没有弄红。男鬼可以剃光头发再上色,女鬼怎么办? 她们几个月前被铰过头发,现在还像狼咬狗啃过一般,如果再逼她们剃光,涂成个红鸡蛋,那还像个人样吗? 会比男鬼更吓人。杨忠恕手下留情,免了她们涂红脑袋。

其实,花露婵应该感谢方月萱。方月萱不愿毁掉自己的美貌,跟杨忠恕求了情。杨忠恕对这两个黑明星也有自己的打算,也不愿意让她们变成丑八怪,那样还有什么味道?

　　"牛鬼蛇神"们盼着"红宝书"快点来,他们肚里没食,时间长了可支持不住。不管怎么说,他们挨了三天饿总算有了结果,今天领到"红宝书",晚上就可以吃顿饱饭了。

　　邵南孙更心急,恨不得大会立刻开始。今天的大会与往常的批判会不一样,他们不是主角而是陪衬,"红宝书"一来群众就不再注意他们,他可以好好看看花露婵。他们站成一排,中间只隔着两个人,却谁也看不见对方的脸。他从来没有像现在这样明确地意识到,自己在心里对花露婵的爱恋是这般强烈,这般持久!花露婵的心就是他的天堂,有了她的存在,才对眼前这如同一场慢性疾病般的生活,产生了希望。他并不缺少对付疾病的力量、勇气和幽默。刚才,当他意识到花露婵就走在自己后边,感觉到她那灼热的目光炙烤着自己的后背时,他用紧张的力量好不容易才压住心里的激情,没有做出蠢事。花露婵未被削发涂红,使他大松一口气,否则真不敢设想会有什么结果。他今天一天最担心的就是这件事,像花露婵这样容貌姣好的姑娘,红极一时的名角儿,在政治上被打成"牛鬼蛇神"还可以忍受,倘若在形体上真的把她变成鬼,她很可能会用生命保卫自己做人的(特别是做个女人的)尊严。只要花露婵不出事,他还有什么可怕的?即使杨忠恕看出来他们头上涂的不是油漆,他还可以说染料店的红油漆早被抢光了,没有买到。反正临时再去搞油漆也来不及了。何况崔明今后对他只能睁一只眼闭一只眼,不会逼得太紧,这小子正有求于他。他跟女朋友胡搞的时候被人撞见,慌忙中生殖器被床沿硌伤,从此不能起性,又不敢到医院去看,希望邵南孙积大德,让他摆脱假男人的苦海,成为一个名副其实的小伙子……

　　忽然有锣鼓声自远而近,敢死队员们拥到大门口燃放起鞭炮。一辆大卡车在前面开道,车上载着一面大鼓和六个骄傲的鼓手,同时擂动鼓槌,个个使尽全身力气。疯狂的鼓声吸引了沿途成千上万人的眼光,真是出尽风头。专门去迎接"红宝书"的主要人物杨忠恕,坐在驾驶楼子里。后面是一辆披红挂彩的中型货车,车箱里就装着"红宝书",由京剧团的一号人物黄烈全跟车护送。院子里群情激动,每个人都想表现自己的积极,显示自己对毛泽东思想的渴求。大家都很有礼貌地拥向运载"红宝书"的汽车,抬脚的,仰脸的,敢死队员列队护住"红宝书",维持着会场秩序。人们的欢呼声,连成一气儿的炮仗炸裂声,在地面上滚动。高空则激荡着口号声和二踢脚的爆炸声,形成了一种立体的音响效果⋯⋯

邵南孙趁机上前半步,脑袋没有抬,微微向左一侧。方月萱比鬼还精灵,后退半步,用左手从后面轻轻地推了花露婵一下。看见了!两个患难情人的目光像胶一样黏在一起,再也分不开。顷刻间他们那备受摧残的感情之树,重新复苏、生长、繁茂,长出灿烂的新芽。目光就是雨露,浇灌着感情的新芽。目光也可以吞吃,也可以交谈,也可以代表不能接触的肉体和灵魂表达全部感情——

邵南孙:"你好,别哭,要忍住。傻孩子,这可不是掉眼泪的场合。"

花露婵:"我的好人、亲人,你的伤真的都好了吗?别哄我。求求你,别再为了我冒险办傻事。你若能出去就尽量逃离'鬼楼',别管我。我活是你的人,死了做鬼也跟着你。"

邵南孙:"我要求你活着,好好地活着,不许再提这个死字,连想也不要去想它。倒霉的不止我们两个人,从马连良、裘盛戎到丁介眉,有几亿人都不得不分享中国社会的总命运。要相信潮水最低的时候就快有转机了。"

她目光柔和,带着忧郁的勇气,表达出对他的爱永不满足的神情。这种饱含着深沉痛苦的甜蜜眼光,把一股强大的电流送到他的身上,柔柔地抚摸着他的脸和全身的每个部位。

花露婵:"你真好,跟你在一块心里就塌实多了。你不论当'前台'还是当黑帮,都这么自信,这么从容。用机智的眼光注视着自己的命运,心平气和地对待眼前的一切事情。你就不犯愁?真的超脱了这个丑恶的由侈谈的小人和狂叫的猎狗组成的人世?你身上这股超人的智慧和魅力真叫人喜欢。我非常爱你,可是从来还没有好好爱过你呢,我真恨,真后悔……你真的不后悔? 不嫌弃我? 像我这样的人现在连狗屎都不如,人家要跟我划清界限还来不及呢……"

邵南孙:"别说傻话,你无论找什么理由也休想把我甩掉! 现在最重要的是要懂得,我们将在一种心照不宣的逆境中,过一段相当长的日子,痛苦能净化人的灵魂,在逆境中便于认识人生,摸到生活的底蕴。露婵,最难得的是要在困境中保持自身的洁白和尊严!"

花露婵:"这能做得到吗? 周围一片漆黑,看不到任何希望,连生命本身也变成了丑恶的现象,谈何洁白和尊严!"

邵南孙:"你是出类拔萃的演员,在智力发展上应该比那些人更高一筹。这个世界上没有可以深信不疑的事情。一切美好的东西都摧毁了,只应该站在自己生命的高处看生活,相信自己,越在黑暗中心灵越会闪光,用机智和诙谐对付恐吓和辱骂。实在不行就装聋作哑,当前就数沉默伟大,其余都是愚蠢!"

……

黄烈全开始致贺词,天虽不冷,他仍然身披绿色军大衣。眼下他这身打扮是最有气派、最让人肃然起敬的装束。他身上除去原有的那种不管男女、三风五气、横扫一切的气概,又增加了一些掌管着整个文化局命运的人应该有的毛病。庄重的神态,恢弘的气度,过分讲究抑扬顿挫的声调,为便于下边的人记录,格外注意咬文嚼字,拖长每一句话的尾音。滔滔雄辩,谆谆教导,大智大勇,深刻尖锐,如绕口令,似顺口溜,颠扑不破,空无一物。

"……革命的灯塔,世界的营养,精神的原子弹,核心中的核心,灵魂中的灵魂……"一点不错,有了一个"灵魂中的灵魂",一般的灵魂就没有用了,大家都可以不要灵魂。因此才产生了现代中国这种特大不幸——人口过剩,灵魂太少。

邵南孙一只耳朵听着黄烈全的演说,而且只听清了开头的几句,有一句没一句,似听非听,主要心思还盯在花露婵的身上。

邵南孙:"美丽出自痛苦,真是一点不假。在这个倒霉的牛棚里,你变得更完美无缺了。但明显地有点虚弱,更具一种纤细沉静的古典美。再演《宇宙锋》可以不用化妆了。我却更喜欢那个大破洪州的穆桂英,能吃能睡能打……"

花露婵:"南孙,你就别讲笑话了。你受的罪、吃的苦头比我大,你肚子里的委屈比我多,我知道你的心思,为了不让我操心,自己把心里的痛苦压住,故意装得笑呵呵的。我真想你,想得好苦,别的罪都好受,惟独这种思念的苦楚最难挨呀!……"

邵南孙:"我也一样!"

他们必须控制自己的感情,否则两个人只有抱头痛哭。邵南孙要表现得比自己热爱的人坚强,他没有权利把痛苦和弱点暴露给对方,只能把它掩藏起来。可惜,男人往往不像自己想象的那么坚强,尤其是在女人面前。邵南孙只希望花露婵把心里的委屈全部诉说出来,痛苦太烈,积压太久,她的神经就会承受不了。精神一旦被炸垮,就不可能孤独地守在地狱的门前而不进去了。他最担心的就是这一点,想用雪中送炭般的爱,在精神上给她以力量和温暖。

邵南孙:"你每天都干些什么?"

花露婵:"想你。回忆和幻想是最幸福的收容所。"

邵南孙:"这还不够,要多活动,找活儿干,分散自己的注意力。不能消极地受困于环境,智者总是善于利用环境。"

花露婵:"还能干什么?要知道我们是在牛棚里,离地狱比人间还更近一点,而且不是神话中的地狱,是实实在在的、由我们自己制造的地狱。"

邵南孙:"放心,有我这个丑八怪把守着地狱的大门口,你休想进去,只能回到人间天堂里去。"

花露婵:"我不愿听这样的话。你不丑,你是男人中最漂亮的,有一个不同寻常的头脑,有男人的气概和良心,充满生命的活力。我不怕地狱,只怕和你分开,我老有一种不祥的预感。"

邵南孙:"不会的,死神都没敢从你的手里把我夺走,还有什么力量能拆散我们! 我们一块来对付这个寡情寡义的命运。其实,只要想开了就没有什么了不起,荣誉和屈辱总是难舍难分的兄弟,任何人的命运都是由幸福和不幸这两股绳子拧成的。命运对我已经十分照顾了,爱上了你并获得了你的爱,我此生还要求什么呢? 我大难不死,必有后福。我生来不服输,也决不会轻易输掉自己的脑袋和灵魂。你跟我还不一样,一身系着四条生命——名旦花露婵的生命,终生要依靠你的花老先生夫妇的生命,还有打不死赶不开生缠活缠的邵南孙的一条小命。在任何情况下,你个人都没有权利软弱消沉,即使在牛棚里也要千方百计寻找生命的突破口。当你精神上实在感到困扰和绝望的时候,就想想这些,想想我。眼下意志就是力量,豁达和逍遥就是性灵的最好补剂。"

杨忠恕走过来,"你们在说什么?"

邵南孙用奇怪的目光瞟了他一眼,没有答腔。

杨忠恕说:"邵南孙,我在问你话呢?"

邵南孙说:"不明白你的意思。"

杨忠恕提高声音喝道:"你老实点! 我问你,这么重要的大会你不好好地听着,接受教育,为什么要在下边说话? 刚才你跟花露婵说了些什么?"

邵南孙很平静,"我没有说话。"

"崔明,他们刚才说什么了?"

崔明也奇怪地看看他的上司,虽不敢得罪他,在这众目睽睽的场合也只能实话实说:"他们的确没有说话。"

杨忠恕仍不相信,又问夹在花露婵和邵南孙中间的方月萱和牛英贤:

"你们听到他俩说话了吗？"

他们都摇摇头，牛英贤还加了一句："他们有几个脑袋，有什么比丢脑袋还重要的话非要在这种场合说出来不可？"

方月萱那跟他有着某种默契的足可信赖的目光，也告诉杨忠恕他的怀疑是多余的。杨忠恕有点下不来台，可他仍然不相信自己的感觉会出错误。就凭邵南孙和花露婵刚才那种神情，怎会没有说话？这样一对如干柴烈火般的情人，好不容易见了面，还能够控制住自己的感情？他忽然给自己找到了台阶，严厉地责问崔明："武班侯怎么没来？"

"他伤重走不了路。"

"好啊，等一会儿他就能走得动了！"杨忠恕冷笑着走了。下面就要由他和黄烈全向革命群众发放"红宝书"。

大红塑料封面，烫着金字的四册《毛泽东选集》，用一条红丝带捆着，送到每个造反派和革命群众的手里。这些日子，发放"红宝书"形成了高潮。各行各业、各个单位都发，连居民委员会也挨家挨户地送，办喜事、当先进、参加各种积极分子代表会议，得到的礼物和奖品也都是"红宝书"。谁的家里都不止人手一套，有的每人平均两三套。大凡有头有脸的能耐人，谁不多捞它几套，尽管已经不稀罕了，但是在这种隆重的场合，大家双手接过沉甸甸的"红宝书"，心情还是很激动的。这是一种政治待遇，有人想要还得不到呢！比如，低头站在高十二点二六米的巨型毛主席塑像后面的"牛鬼蛇神"们，就没有资格获得"红宝书"，他们站在那儿只是从反面陪衬这欢乐的气氛。叫他们再一次强烈地感受到，自己低下的政治地位。此刻就连崔明也感到浑身不自在，心里又恨又悔，他如果当个敢死队员，就会站在前面最先领到"红宝书"。而现在则要等到给所有的人都发完了才会轮到他。他愤愤地瞪了一眼身后那帮牵累了他的"牛鬼蛇神"们，不由自主地又往前迈了两步。躲躲晦气，也好让大家看清楚，他跟"牛鬼蛇神"们是不一样的。

应该得到"红宝书"的人都拿到了，杨忠恕跟黄烈全小声嘀咕了几句，然后宣布："我们欢迎一切站错了队，走错了路线，犯了各种各样错误的人，反戈一击，勇敢地和反动路线一刀两断。凡是愿意站到革命派一边,愿意回到毛主席的正确路线上来,无论什么人,无论什么时候,我们都是非常欢迎的。方月萱原是修正主义文艺路线上的干将,几个月来她深刻地检讨了自己的错误,而且揭发检举了走资派、修正主义分子、自绝于人民的现行反革命分子丁介眉。她参加了今天的大会,感到无比幸福、无比激动,要求向革命群众表示一下自己的心情。我们赞赏她这种态度,现在给她一个公开亮相的机会。"

方月萱哭了,杨忠恕刚一点到她的名字,两行热泪就流下来了。当她激动地从塑像的后面绕到前面去的时候,已经泣不成声,只能抽抽搭搭地说:"感谢黄队长和杨副队长给我这样一个向革命派公开认罪的机会。我愿脱胎换骨,重新做人,誓死站在毛主席革命路线一边,请革命群众监督我。为了表示我的决心,纪念今天这个非常有意义的日子,从今天起我把自己的名字改为'毛雄文'!我原是孤儿,无名无姓,为什么不可以姓毛呢?从今天起我要努力做到不辜负这个名字……"

她的话居然赢得了一些人的掌声。黄烈全当场把一套"红宝书"送到她手里,群众热烈鼓掌,欢迎这个穷苦的孤儿归队。

塑像后面的那几个"牛鬼蛇神",受到的震动最大,有人妒忌,有人愤怒,有人悔恨,有人嗤笑。但都感到这是个重要的信号,这信号到底预示着什么,一时还把握不准。他们都是搞戏的,以前总把演戏当成了一种艺术手段,当成一种谋生的职业,却没有想到它也可以成为一种政治手段。演戏也是人生的重要一部分,有人演给自己看,有人演给别人看,有人只会演假戏,有人却能演真戏。现在的时代是辞藻胜于内容,正好做戏……

杨忠恕在宣布"迎宝书大会"胜利结束的同时,又突然改变腔调儿,愤怒地公布了一个惊人的消息:"鉴于历史反革命分子、堕落腐化的坏分子、反革命修正主义文艺路线的黑干将、国民党员武班侯,拒不参加迎宝书大会,疯狂对抗毛泽东思想,反对伟大领袖毛主席,已经构成现行反革命罪。现在宣布,立即逮捕法办!"

两个公安人员早把武班侯从牛棚里揪了出来,给他戴上手铐,连拖带拉地塞进了吉普车。

院子里的气氛陡然大变,口号声又响起来了,词句已改成:"打倒武班侯!""无产阶级专政就是好,就是好!"

敢死队员燃放鞭炮送瘟神。这时候的鞭炮跟迎宝书放的鞭炮不一样,每个二踢脚上都绑着铁钉,专朝着"牛鬼蛇神"身上打。邵南孙趁乱劲用身体挡住花露婵,一步步往排练厅里撤退。花啸天上了年纪,动作不利索,一只炸飞的铁钉击中了他的左眼,他还没有来得及吭一声就摔倒在地上……

现在的故事之五

　　刘二根停车问路的时候,邵南孙醒了。他刚才真的睡着了吗?那一切真的只是一场噩梦吗?不管多么可怕的梦总有醒的时候,而噩梦般的现实,却永远也无法摆脱,如怨鬼,似毒蛇,纠缠着你的心灵。古人讲噩梦伤神,现代科学家则认为梦能锻炼大脑的功能。他呢?越来越不理解自己了,醒着也能做梦,睡着了也不能"舒舒服服地假死过去",比睁着眼更清醒。他甚至不能准确地预见自己每一个行动的后果。他对盼了许久、准备了许久的这次即将与花露婵父母的会面,已失去了原有的热情,只剩下一点好奇心和不断折磨着他的责任感。他老是卸不掉心里的重担,其实并没有人把担子压给他,是他自己想不明白,老跟自己过不去。过去的事永远也追不回来了,以前占了便宜的,如今又亏了大本;以前损失惨重的,今天就一定都能捞回来吗?历史从来不欠账,更不会要对谁偿还什么。过去有多少人把历史当成了妓女,上至伟人下有草包,都想捉弄它、耍笑它,按自己的心意打扮它,到头来历史原来有它铁一般无法更改的面目,它不是慈爱的,相反倒是很残酷的。像铁弓岭一样有着永不衰老的风姿,迈着花样翻新的步伐,带着莫测高深的讪笑,变换着灿烂炫目的服饰,而且从不做梦,从人类做噩梦的年代走到了梦醒的今天……

　　他用手指弹着自己的脑门,隐隐作痛,的确是醒着。他管不了社会的历史、别人的历史,却写了花露婵的历史。历史本身是一回事,写历史又是一回事。所有的历史都是后人写的,所有后人都有权重写历史。从这个意义上讲,历史也是可以任人打扮的。写历史就是创造历史。他洗刷了前些年只能称做是一种历史的荒废的社会强加给花露婵的一切耻辱,白纸黑字,重新为她立传树碑。自己也算对得起她了吧? 这样想也不能使邵南孙的心里得到解脱,他心灵深处再也无法维持惯有的平静和安宁。人——可真是感情的奴隶,他不完全听命于自己的理智,也不绝对服从现实。失去了爱很痛苦,得到了新的爱也不怎么快乐,到底怎样才能高兴呢?

汽车离开柏油路,拐到一条坑坑洼洼的土道上,前面有一片灰黄色的土疙瘩,那想必就是他们要找的村落。邵南孙对农村的情况并不陌生,一眼就看出这个村子够穷的,房舍破旧,连一条整齐的街道都没有。如果村子稍微有点积蓄,也会把本村惟一的大道修得平整一些。也许是人穷心又散,连脸面也顾不过来了。花露婵就出生在这样一个地方? 邵南孙心里真不是滋味,说不清是感到亲近、悲凉,还是失望……

二根很容易就打听到花啸天的家,有看热闹的小孩子自愿给带路。这么漂亮的面包车,并不经常光顾这个布局分散的村庄,因此看热闹的人不少。邻里间传递消息的速度比面包车还快,等他们找到花家的时候,已经有十几个人站在门前迎候,或者叫瞧新鲜。花露婵的继母慌慌张张地从屋子里奔出来,邵南孙跳下车,怕老人摔倒急忙上前扶住,"伯母,您老人家好吧?"

"邵……邵同志!"花母一句话没说完就哭了。邵南孙也猛觉一阵心酸,他的眼睛本来就发红,这工夫红得更厉害了,但他没让眼泪流出来。门口围了一群妇女和小孩儿,惟独不见花啸天出来,他心里直发紧。花母老泪纵横,只顾擦眼,顾不得说话。他不知是该劝她,还是径自扶她进屋。

多亏邻居大娘开腔了:"同志,你从城里来?"

"对,我从福北来。"

又有一个大嫂开口:"你是剧团的?"

邵南孙只好哼哼唧唧地答应着。

"你可是要接花啸天回城里去?"

"不，我只是来看看他们。"

"哼，看看管什么用？死的死，瞎的瞎，把好好一家人给毁了，随后又一脚把他们踢到农村来，叫他们靠什么？"

"我们村好几辈儿就出了一个花露婵，她是全村的风水，叫你们城里人给害死了。她一死整个花家店的风水都破了，我们越闹越穷！"

花母收住眼泪，急忙替邵南孙辩解："他是露婵没过门儿的女婿，你们别错怪好人。"

"哟，那你还不快领姑爷进屋里去坐！"

一声"女婿"叫得邵南孙五内俱焚。从一见面，花母所表现出来的那种不见外的热烈的亲近感，就令他感动和惭愧。一个遭遇到种种不幸的人，只有遇到了久别的亲人才会这样。花母从感情上没有拿他当外人，但他确实并没有成为花家的姑爷。

花母对他的称呼又是很客气的：

"邵同志，屋里坐吧。我们家又脏又乱……"

邵南孙打量一眼用柴棍圈成的小院，收拾得干干净净，甚至过分干净了，几乎看不到有什么东西。坐北朝南的两间陈旧土房，一间用来做饭、放东西，另一间想必就是卧室。花母掀起布门帘让邵南孙和刘二根进里屋。花啸天在床上倚墙而坐，形同一盘干树根，双眼紧闭，面色青黄。邵南孙不禁吓了一跳——

"花先生！"

"她爹，邵同志来看你了。"

花啸天似乎从鼻子里哼出一点声音，表示他听到了。这张曾让邵南孙感到过畏惧的脸，如今成了一块空白，一个零蛋，从上面什么内容也看不出来。喜怒怨恨、生死忧患等七情六欲全都隐去了，只剩下一堆像白纸烧过后留下的褶皱。

邵南孙战战兢兢地凑过去，"花先生，您怎么啦？"

花啸天的嘴唇似乎轻轻嚅动了一下，但没有吐出声音来。

邵南孙抓住他的手，"花先生，您睁开眼看看，我是南孙……"

花母带着心灵上深深的凄怆说："他的眼瞎了！"

"右眼不是好的吗?"

"回来以后也慢慢地看不见东西了。"

"咳呀!"邵南孙心肺欲裂,真想高声对天叫骂,命运欺人太甚!同时他心里也感到愧疚,应该早来看望。他可以猜想得出,这些年一对老人是如何艰难地熬过来的⋯⋯

他仍旧抓着花啸天的手,趁机为老人切脉。他断不出老人身上到底有什么病,这样的脉象他从未碰到过,内脏好像并无太大的问题,但一切器官又似乎都不正常。虚无缥缈,频率如丝弦的余音,缕缕不断,半泣半诉。人无疑还活着,心却半死了。邵南孙胸腔里烧起一股仇恨的烈火,一时尚不知要朝谁下手的强烈复仇情绪,使他又变得热情、高尚,重新唤回来他身上原有的真诚和乐于助人的精神。他激动地说:

"花先生,您跟我回福北吧?"

花啸天仍如死人一般,不吭不哈。

邵南孙转而求告花母:"伯母,您收拾一下东西,下午跟我一块回城里。先在全福北最好的宾馆里住着,我去跟地委书记交涉,把你们原来的房子要回来,然后送花老先生进医院治病。"

"那敢情好了。你又回剧团了?"

"没有,我还在铁弓岭养蛇。但是一切都不用您操心,全部花消由我负担。"

花母做不了主,还得去问花啸天:"她爹,邵同志好心好意来接你,咱就跟他去吧?"

花啸天毫不含糊地摇摇头,说明他什么都听得见,心里并不糊涂。

邵南孙急了,"为什么? 为什么?"

花啸天不做回答,却喁喁哝哝:"露婵,你不要走,再陪爹坐一会儿⋯⋯"

邵南孙大惊,把花母拉到外屋小声问:"花先生是不是神经出了问题? 他常说胡话吗?"

"自从他的右眼也瞎了以后,就很少下床,跟任何人都不说话。如果我不逼他吃饭喝水,他就不吃不喝。反正他也分不清白天黑夜,像老和尚打坐一样成天不动地方,就一个人喁喁哝哝地跟露婵说话玩儿。"花母一边说一边掉眼泪。

邵南孙明白,花啸天可不是跟女儿说着玩儿! 他只觉得心里发冷,从里向外凉,真是欲哭无泪。

花母点火做饭,叫他到里屋歇着。邵南孙忽然心生一计,叫刘二根把面包车靠近花家门口,将对着花啸天窗户的车窗全部打开。车里装有收录机,他从书包里拿出一盘磁带放进去,并嘱咐刘二根守在车旁,看着那些瞧热闹的孩子,别叫他们吵吵嚷嚷的起哄或爬到车上捣乱。

一曲"南梆子"悠悠入耳——

　　　　大雁叫引得我神暗心酸,
　　　　荒郊外撕裂下孝裙半边,
　　　　权做纸写血书捎往西川。
　　　　伸十指有长短,口咬哪个也心颤,
　　　　银牙一磋中指破,昏沉沉泪涟涟。
　　　　强打精神睁双眼,血水淋淋染衣衫。
　　　　拜上我平郎夫心寒胆战,
　　　　妻住寒窑忍饥渴身受孤单,
　　　　托大雁捎血书望夫早还……

连花母也攥着柴火怔住了神,这分明是露婵在唱。她浑身哆嗦,如痴如梦,露婵似就站在她面前,喊嗓子、练功、演出、谢幕……"露婵!"她哭喊着跑出屋子。

邵南孙静静地坐在床边,观察着花啸天的神色。他在创作《大千世界》的过程中,以搜集资料为由,凡花露婵生前去演出过的地方,他都去了,到当地的电台和文化局发掘一切跟花露婵有关的东西。凡有花露婵的唱片或花露婵演出的实况录音,他都转录到自己的磁带上,随身携带。高兴了、烦闷了、太闲了或太累了,都要听上一段花露婵的戏,看书写作的时候也必须听着花露婵的戏才能集中精神,才思敏捷。没有花露婵的陪伴他就一行字也看不进去,一个字也写不出来。每天晚上,他也要先听一段花露婵的戏才能睡得着觉,否则就要睡不安稳。他有一台心爱的索尼牌小收录机,每逢出差身不离机。昨天晚上在佟佩茹的床上,快意事一过,陡生一股悲凉,感到无聊,甚至很瞧不起自己,想听到花露婵的声音。自慰,自责,想求得花露婵的原谅……总之是几种感情都有。佟佩茹不知是早就知道他的习惯,还是看穿了他的心思,提出要他的小收录机,作为他们俩人的终生纪念品,他当然不能拒绝。今天就只好用面包车上的收录机,效果反而更神秘,花露婵的声音似乎从天外传来,悠扬悦耳,飘飘忽忽。他相信,花啸天会把每一个字、每一个腔儿都听得十分真切。

花啸天的脸渐渐有了一点血色,《鸿雁捎书》的唱段也结束了。邵南孙想真正打动他,给他那干瘪的灵魂以强刺激,唤回他的感情。但能不能对这个已经死了一半的老人起一点起死回生的作用,那就要看下面几个《春闺梦》的唱段了。这本来是一出程派戏,一九五九年花啸天从右派分子的劳改队里被"甄别"出来,帮助女儿整理演出了这出戏。此戏假托汉末公孙瓒和刘虞互争权位,发动内战,人民惨遭战乱之苦,张氏的新婚丈夫死在阵前,她终日在家伫盼:"门环偶响疑投信,市语微哗虑变生。"不觉积思成梦,梦见丈夫解甲归来,半是欢欣,半是哀怨。倏忽间战鼓惊天,乱兵杂沓,面前所见尽是一堆堆血肉骷髅……

　　　今日里见郎君形容瘦损,
　　　乍相逢不由得珠泪飘零……

花啸天嘴角抖动,挺了挺身子,莫非想接词往下唱?也许他心里已经唱上了:"提起了从前事犹如梦境,你与我重相逢细话前因。"

　　　细思往事心犹恨,
　　　生把鸳鸯两下分。

　　终朝如醉还如病，

　　苦依熏笼坐到明。

　　……

　　两颗泪珠从花啸天失明的眼睛里挤出来，缓缓地顺着干瘦的脸颊往下滑，还没有滑到嘴角，就被极为缺少水分的皮肤吸干了。又有新的细而扁的泪滴滑下来……泪是情感的电流，有情就说明他的心还没有全死。连邵南孙的双眼也是潮糊糊的，此景此情，这出《春闺梦》不单是放给花啸天听，好像对自己的心境正也合适，花露婵简直就是专门唱给他听的。由"二黄倒板"突然改成"快三眼"——

　　一霎时顿觉得身躯寒冷，

　　没来由一阵阵扑鼻腥风。

　　那不是草间人饥乌坐等，

　　还留着一条儿青布衣襟；

　　见残骸都裹着模糊血影，

　　最可叹箭穿胸、刀断臂，临到死还不知为着何因？

　　这个是头颅破眼还未瞑，

　　更有那死人须上结着坚冰。

　　寡人妻孤人子谁来存问？

　　这骷髅几万年全不知名。

　　河上下有无数鬼声凄警，

　　听啾啾和切切，如怨如诉冤魂惨苦，骂将军全不顾涂炭生灵！

　　花啸天突然大哭："露婵，爹对不起你，全是爹把你害了！"哭喊着低头朝窗台上撞去，邵南孙扑上去将他抱住了。

　　花啸天这位唱了多半辈子戏的老艺人，由于多年不说话，嘴的功能退化，几乎丧失了语言表达能力。邵南孙却一定要让他张嘴。只有吐出胸中积愤,化掉陈年块垒,他那麻木僵硬的灵肉才有可能复活。否则,邵南孙能看着花啸天这个样子就拔腿离开花家店吗?那又怎对得起死去的花露婵?

"当初我若是依着她亲娘的话,不让露婵唱戏,供她上中学,考大学,何至于会有今天的家败人亡!我想去找露婵,又怕见她的亲娘……"花啸天每吐一个字都很费劲,一字一顿,说一句停一会儿。

"老先生,您想到哪儿去啦,露婵是被当时那个世道害死的。我就是大学毕业,可难道少受了罪吗?"邵南孙想套他多说话,话多了,心中的积闷才能流出来。

人总是不由自主地想诉说自己的不幸。花啸天的性格却很特别,关于女儿,他有一肚子话要说,以前却宁愿让这些话烂在肚里。不是所有的痛苦都能向人诉说的,何况他从来就是"贵人玉话迟","文化大革命"中造反派们费了很大气力,也难以搜罗到几条他的"反动言论"。自五七年以后他变成了"花神仙":口中话少,心中事少,腹中食少。一生三少,神仙到也!以前的话少是超然,这十几年的无话则是绝望。不向外人动情,也不跟亲人大嚷大叫。刚才听到了女儿的召唤,他想跟女儿对话。反正他已经走到阴曹地府的门口了,看见了自己的亡灵,不由自主地想呼喊,想咒骂,想诉说自己的一生和女儿的命运——

邵南孙以话引话,向花啸天讲述了自己这几年的生活情况,讲了他的话剧《大千世界》,讲了他想写《花露婵传》的打算,请求老先生帮助,多介绍一些花露婵的情况。只要这本书能够写好,花露婵就死不了,永远活在世上。艺术是永恒存在的……不知哪一点打动了老先生,他慢慢开口了:

"我们村原叫花子店,专出叫花子,唱戏的、耍猴儿的、变把戏的人特别多,从前人家把从艺的人看得跟讨饭的差不多。到现在,全国各地的剧团里还有不少我们花家店的人,但能达到露婵这种程度的人不多。这话从我嘴里说不合适,可她活着的时候我从不捧她。逼她学戏的是我,以后打她骂她,嘴里从不喊她一句好儿的也是我。我心里明白,心里得意,却很少给她笑脸。我对不起孩子!"

"不打不出戏嘛,露婵能成为全国知名的头牌演员,跟您对她的严教有很大的关系。"邵南孙对花露婵的经历知道得不少,他想把话题引到花啸天本人身上,"您是几岁登台的?"

"十一岁。我父亲除种地外还做点生意,日子过得不错。我自小不争气,爱看戏,爱打架,只念了四年书就偷着离开家到福北学戏。为了不让家里人找到,后来又跑到省城,住在一个朋友家里,白天帮人家干杂活、做买卖,有时也到码头找点活干,晚上唱戏。挣了钱自己花,不知道管家。家里花三石粮食替我买了个媳妇,我不要,也不回家,没多久父亲就病故了。据大哥讲,父亲是活活被我气死的。父亲死后,大哥好吃懒做,家道逐渐败落。我先唱梆子,后唱京剧,十八岁才真正走红,在阳寿县认识了露婵的娘。她是本县没落的进士府小姐,天天晚上看我的戏,以后就跟我走了,也算是正式下海唱戏了……"

邵南孙从花露婵的嘴里多少知道了一点关于她父母恋爱的故事。一个爱唱戏的大家小姐,如醉如痴地看上了风采俊逸的花啸天,况且他当时红极福北一带。于是便抛弃了如锦似绣的一切,包括大家闺秀的良好名声和书香门第的金字招牌。她娘跟着花啸天私奔以后,日子久了,那种疯狂的热恋逐渐冷静下来,她发现爱情是不对等的。演员的爱情靠不住,不管她有多么优越的条件,也不能独霸花啸天的感情。一个演员很少只爆发一次爱情,更难得能组织一个全始全终的幸福家庭。演员的名气越大,对家庭进行破坏的危险性就越大。她以千金小姐的身份,付出了巨大的牺牲,并不能换得花啸天绝对的忠诚,也不能保证花啸天年年、月月、天天永远感激她,永远发疯般地爱不够她。他有爱得发疯的时候,也有浑得发疯的时候。有时在酒后,他可以像野人一样,因一点小事就动手打她。她长这么大何曾受过这样的委屈! 她对这一切并不觉得不可忍受,最害怕的是不能保证花啸天在台上台下只爱她一个人。他演薛平贵,就爱王宝钏;他演王富刚,就爱陈秀英。成天演戏,难辨真假,她坐在家里难免不疑神疑鬼。摆在她面前的有两条路,一条是像许多名演员的太太一样,两耳装满了对丈夫的谣言和别人的挑拨,对丈夫一百个不放心,丈夫上台自己坐在后台监视。丈夫下台更是形影不离。岂知管得住人管不住心,徒惹得丈夫反感,感情必然日渐淡薄。只靠道义和责任感来维系家庭关系是靠不住的,她可不想走这条路,屈辱地成为丈夫的累赘。另一条路就是自己成为王宝钏、陈秀英。她年轻漂亮,有文化,从小爱看戏,还很能哼几段,也算是个票友。瞒着丈夫拜师学戏,狠下了一年的功夫,突然宣布下海,竟然一举成名!虽然挨了丈夫一顿暴打,可她心里很得意,在花啸天的恼怒里除去怪她把他瞒得好苦,还有惊讶、佩服和妒忌。从那时起她也成了剧团的主演,无论台上台下,都和花啸天平起平坐。花啸天以前对她是感激、爱和打,现在加了一个"敬"字,不敢轻易向她动手了。她才算真正过上了伉俪偕行的生活。一个女人只有对丈夫的爱是不够的,还要有自己独立的人格和力量。但她内心深处所经受的痛苦只有自己才最清楚。她暗地里发誓,以后决不让自己的孩子唱戏,也不许他们跟演员结婚。所以当花露婵长到三岁的时候,就被送回老家,托大哥大嫂照管。他们成天奔波,到处去演戏,带着孩子也实在不方便。再说花露婵渐懂人事,她担心演员的生活会污染孩子的心灵。

"我把唱戏挣的钱几乎全都寄给了哥嫂,只求他们好好对待我的孩子,等露婵年龄够了,就送她去上学。前半年还可以,后来露婵就成了大嫂的小丫环,倒尿盆儿,打洗脚水,铺床叠被,每天吃别人的剩饭,还不给吃饱。大嫂抬手就打,张口就骂,什么话难听就数落什么,骂露婵的娘是婊子,骂我是戏花子,婊子和戏子生的孩子还能好得了吗?在花家门里露婵最不值钱,大嫂的三个孩子可以随意欺侮她。露婵却成天饿肚子,又没有伙伴跟她玩儿,常常一个人躲到村口去哭,盼着爹娘回来把她接走……"花啸天那封死多年的泪泉突然打开,就再也止不住了,"一开始我们并不知道女儿在家受了这么大罪。有时回去看看她,大嫂就给她穿上新衣服,让她手里拿着好吃的东西,露婵趴在她娘怀里哭着闹着要跟我们走。我们都以为是孩子不愿离开亲娘老子,还斥骂她几句。谁知露婵从小心强好胜,除去跟她娘死哭,一句别的话也不说。每逢年节,孩子想爹妈就更厉害。越到年节我们唱戏的也最忙,哪有工夫回家看女儿。我们过的也不是人过的日子,一半心思拴在孩子身上;每天晚上卸了装,她娘就抹几滴眼泪,我喝一壶闷酒。有一天,听到邻村一个老木匠托人捎来的口信儿,我们才下决心把露婵接出来。

"大嫂知道露婵每天都饿着一半肚子,为了防备她偷吃家里的东西,每天吃过饭就把剩下的饭菜放在竹篮里,挂在屋顶的一个铁钩上。不要说才四岁的露婵,就是大人,如果不踩凳子也够不着那个饭篮儿。可是,每天傍晚,大嫂从外面打完牌回来,都发现饭篮儿被人动过了,篮儿里的好饭菜全没有了。她当然不会怀疑别人,盛怒之下就把露婵痛打一顿,少不了还有一顿臭骂。再加上露婵嘴硬,从不承认自己偷吃了家里的东西,也不求饶,使大嫂更是火上浇油,每天都要演一出这样的戏。连大哥请来给他做家具的木匠师傅都看不下去了。露婵没事就守在老师傅的身边,给他拿火点烟,给他斟水,替他扫刨花,跟他有说不完的话。老师傅喜欢她,原以为她是大嫂拾来的或买来的孩子,后来知道了她的身世,就更怜爱她,相信她没有偷吃家里的东西,那么是谁偷的呢?老师傅开始留心了。

"大嫂养狗不喂狗,可那条大黑狗长得像黑熊一样。每天下午,家里人都出去了,院子里只剩下干活的木匠和无处可去的露婵,大黑狗就溜进堂屋,用嘴拉过一只木凳,正对着吊在屋顶的饭篮儿,然后跳上木凳,后爪踩凳,身子直立,前爪把饭篮儿摘下,再跳回地上饱餐一顿,简直比人还灵巧。木匠师傅偷着看了个满眼,赶紧把大嫂叫回,正赶上大黑狗站在凳子上,两个前爪举着吃空的饭篮儿往铁钩上挂。大嫂恼羞成怒,举棍就打。大黑狗身上挨了两棍,丢掉饭篮儿溜之乎也。晚上等大哥赌钱回来,两口子把黑狗堵在窝里又打了一顿,实际是打给木匠师傅看,埋怨他多管闲事。木匠师傅吃完晚饭,就动身回家了,他的村子离花子店还有五里路。干木匠这一行有个规矩,每天干完活走夜路,必须随身带一件自己使用的工具,斧子、凿子、锛子等等,什么都行,为的防身避邪。那天老木匠走到半路的时候,大黑狗突然从路边蹿出来,它显然是等在这儿要报仇的,多亏老木匠带着一把锛子,人畜展开了一场殊死的恶斗!最后木匠师傅的脸上和身上多处受伤,被黑狗撕咬得血糊肉烂。那条黑狗也差点被锛子砍死,瘸着腿哀嚎着溜走了。木匠师傅回家养了半个月的伤,担心人狗联合起来把露婵折磨死,才托人给我们捎信。我和她娘连夜赶回花子店,二话没说,抱起自己的闺女就走。"

花露婵从未跟邵南孙讲过这段经历,他听着很新鲜,又后悔不该把收录机送给佟佩茹,只好掏出本子来记。他听着听着激动起来,把自己写花露婵的剧本给老先生读了几段,可惜花啸天眼睛看不见了,以后只能让别人读给他听。邵南孙更详细地补充了一些自己的写作和获奖的情况,介绍了地区文化局为花露婵召开追悼会的情况,也讲了他灵机一动,临时冒出的念头,准备采访所有跟花露婵有过交往的人,包括害死她的那些人——李鹏万、黄烈全在监狱里,杨忠恕还在唱戏,崔明当兵去了,邵南孙都想找到他们。他又一次请求花啸天帮助他,也为了自己含冤死去的女儿,鼓励他把存在肚里几十年的话全倒出来。

"露婵是我们的天堂,有她在身边我们的日子就过得无比美满。她娘特别爱干净,把露婵打扮得像个小洋人,她自己没有工夫给露婵做衣服,就尽给闺女买时髦的新衣服穿。头发剪得短短的,跟城里姑娘流行的'卓娅头'一样,两只大眼亮得像葡萄珠,谁见了谁喜欢。我们一开戏,她就坐前排看,我们下了台,她就跟团里其他演员的几个孩子跑到台上去乱蹦。演员练功她也跟着学,演员喊嗓子她就跟着唱。她比我们更喜欢剧团,团里人多热闹,大家都喜欢她,每天都有新鲜事好看。剧团转移时,其他演员坐大马车,我是主演,骑一辆'三枪牌'自行车,露婵坐在车大梁上,她娘骑一辆'凤头'车走在旁边,一家三口说说笑笑。每到这种时候露婵最得意了,缠着我讲故事或教她唱戏。我是戏篓子,还怕没故事讲吗?就一出戏接一出戏地讲给她听。只要我给女儿一讲戏故事,她娘就让她坐到自己的车子上,检查她的语文作业,出算术题叫她口算,让她背古诗,背诵她娘不知从哪儿找来的小学语文课本。她娘一有空就教她读书，像正式老师一样留作业，露婵很给她娘做脸，功课一讲就透。玩是玩，闹是闹，作业从来不耽误。她娘为了不让她去看练功、学唱戏，就尽量多留作业，她宁愿不睡觉也把作业赶完，弯着心眼儿也不能耽误看戏。我认为这是小孩子的新鲜劲儿，没往心里去。她娘可有些着急，露婵已经五岁多了，想找个好地方送她去上学。我们当时是县级京剧团的演员，在这个剧团不愿干了可以到另一个县的剧团去，流动性很大，有时一年要换好几个地方，没有自己固定的家，把孩子往哪儿送呢？就在这时候发生了一件事，最后由我做主把女儿交给了这倒霉的命运。

"在洪县演《金水桥》，露婵娘演银屏公主，我演皇上。化好妆临上场了，演秦英的人突然肚子疼，疼得他在后台打滚，随即又上吐下泻，无法上场。找不到顶替的人，临时改戏又来不及，后台乱成一锅粥，大家愁得抓耳挠腮。露婵不知从哪儿钻出来，走到她娘跟前大模大样地说：'娘，我上！'她娘一开始没当真，团里人可当真了，大伙都问她：'你能演？'露婵的小脑瓜一晃，答得嘎嘣溜脆：'我能！'她娘抬手就是一巴掌，露婵倒在地上哭了。她娘从来没有捅过她一指头，那天真是急疯了，她恨女儿不争气，为什么非要学唱戏！打完了又心疼，把露婵搂在怀里替她擦眼泪。团里人不敢说话了，都向我使眼色。我知道她娘的心思，可救场如救火，真要是因一个配角儿晾了台，还不等于砸了我跟她娘的锅！我把露婵拉过来，问她：'你记得住戏词儿吗？''记得住！''上台以后知道往哪儿站，知道怎么演吗？''知道，知道，我都看过三百六十遍了，戏词儿早就背得滚瓜烂熟了。'我叫琴师给她吊吊嗓儿，还真有嗓子。她人太小没有合适的行头，把她娘的一个褙子铰去一块，大家七手八脚地把她装扮起来，提心吊胆地送她出了台。谁知她装扮起来以后更自在，特别得意，没有一点怯场的意思。她一登场观众都站起来看，议论纷纷，后台也空了，都挤到前台两边看一个五岁半的孩子第一次登台。露婵一副天不怕地不怕的劲头，观众情绪一热，她就更来神了，一张嘴就得了个满堂彩：'母亲莫要哭号啕，听孩儿从头说根苗，我父功劳不算小，儿打死卖国贼不犯律条！'台下热，台上也热，

娘是真娘,儿也是真儿,是演戏也是演自己。那场戏她娘的感情也格外真挚,真的带着哭音儿:'儿呀,跪下。'

"'儿不跪!'

"'奴才!'娘用牙笏一砍,露婵才跪下。等她说完'皇姥姥,我到后花园玩儿去了',就欢蹦乱跳地跑回后台,不愿洗脸,到处照镜子,比画各种各样的动作。她娘卸妆后连饭也不吃,就往床上一躺。在这之前我是赞成她娘的意见,让她上学将来成大器,我不在乎她能不能继承父业。可是她五岁半登台就引起这么大的轰动,我这做父亲的心里自然很得意。剧团里还有几个跟她年龄差不多的孩子,条件一样,每天也是台上台下地乱蹦,为什么都不行? 而露婵一举手一抬脚就是那个架势。谁也没有教过她,她就知道演旦角儿唱、念、做应该怎样,演秦英、金宝(《杀子报》里的配角儿)这一类角色唱、念、做应该怎样。她天生是块唱戏的好材料,这样的孩子不培养太可惜了。但我也不愿强拗着她娘的心意,那些天我喝酒特别多,量也大,她娘板着脸一天天的不说话。露婵开始懂得,娘不愿叫她唱戏,在娘跟前就拼命学语文、做算术。中午躺在床上,就像得了魔怔一样,把每一出戏,从头到尾连锣鼓点都能背下来。演员爱逗她,也爱教她,得先看看她娘在不在,她也背着娘跟演员们一块练功喊嗓子。

"以后演秦英的演员病好了也不上场,仍叫露婵顶替,这样剧场效果好,卖票多。还有一些小丫环、小孩子的角色也都叫她上。她娘心里不愿意,可也没法,拗不过大伙。这一来可就管不住了,她半公开地学起戏来了。迁团的时候她坐在我的自行车大梁上学唱词儿,那时学戏都是口传身授。到了住地放好铺盖卷儿就背词儿,每天早晨醒了不下床,先背一遍戏词儿。没有人叫她非这么做不可,可她有兴趣,给自己把弦上得很紧。什么戏都学,旦角戏有《红娘》《玉堂春》《锁麟囊》,老生戏有《徐策跑城》《追韩信》《杨槐自尽》《柴桑关》等等。她六岁那年春节,我们正赶在南江县演出,回到家乡老朋友特别多,大年三十那天还非要我们一家子再加演一场。我跟露婵演出《柴桑关》,她演周瑜,我演张飞,父子同台,一大一小,身材相差悬殊。周瑜戏重,要求演员有较强的理解力和表现力,演到后面要口吐鲜血,动作幅度很大。露婵自小学的行当多,所以人小理解力不弱,三十分钟的戏三个高潮,观众特别满意。我真正的目的是叫女儿在家乡人面前亮亮相。老朋友们十分惊讶,赞不绝口。她娘也显得很高兴,端着一杯水站在下场口,茶杯上盖块毛巾,专门伺候她闺女。但是,过完了年,露婵的娘突然告诉我,她估计自己得了病,再留在剧团也没有几年戏好唱了,决定离开剧团。而且已经在南江城里买好了一间房,守着女儿上学,连学校都找好了。别看我脾气暴躁,表面上看家里大事小事似乎都由我做主,其实她娘的主意比我正,心路也宽。只要她想干的事,你就是把她脑袋砍下来也拦不住,不然她当初也不会有勇气嫁给我。我只好答应了。露婵插班上二年级,功课很好,她娘俩终于过上了安定日子。

　　"谁料她娘命苦,还没享上一年的清福就病得起不来床了。我也离开剧团回家专门服侍她。在南江治不好她的病就去福北,福北还治不好又去了省城。多大的医院都进了,什么样的大夫也请了,就是没有治好她的病。也许是治得了病,救不了命啊!不是她命苦,是我命不好,把她克的。到最后她不光一点东西吃不下,喝口水都不行,连打针都没用了,血管里都是空气,把药水都给顶了出来。她头昏脑涨,不敢睁眼,不敢抬头。有的大夫说她胃里长东西,有的说她血液中毒,她得的到底是什么病只有我最清楚。她过去是横草不拿、竖草不摸的小姐,嫁给我这个穷艺人以后,没过得一天舒心日子。为婚事跟家里闹翻,父母不认她,她心里想念父母却又不能回去看看。谁都是人生父母养的,这能不成为一块心病吗?忧郁就是不治之症。我的脾气不好,不能体贴她,喝完酒以后没有人形,常惹她生气。再加上常年奔波劳累,她哪受得了这份罪?没有个不生病的!我早就应该知道这一点,可我从来没有好好照顾过她!都是我把她拖累坏了。如今我只有想死、闷死、愁死、悔死,才能对得住她。当时我也知道自己对不起她,就是倾家荡产也要给她治病。那些年两人唱戏积蓄下的钱都花光了,自行车、手表、衣服也一件件地卖光了。最后把南江城那间房也卖了,真是倾家荡产!露婵的娘也只剩下最后一口气了。我借了一辆木板车拉她回花子店,露婵抱着她娘的头,一边流泪一边给娘背课文、讲故事。我走得很慢,尽量保持木板车的平稳,露婵娘跟着我流离颠簸了十几年,眼下可再也经不住颠荡了。我一定要把她拉回花子店,她活着是我花啸天的人,死了也得堂堂正正地把她埋进我花家的坟地。

"她的头躺在闺女的怀里,露婵的左手握着她娘的左手,右手捏着一个剥了皮然后又用纱布包着的橘子。隔一会儿,挤出一点橘子水抹抹她娘那干裂的嘴唇,再往娘嘴里滴上两滴。只能挤一两滴,让它慢慢渗到嗓子眼儿里去,挤多了就会呕吐。她胃里已经没有东西可往外吐,就会憋得背过气去。走到半路,露婵的娘忽然睁开眼睛,好像心里挺好受,叫我歇一会儿再走。我坐在板车边上,握着她的右手,也很高兴,'露婵她娘,你是花家人,回到花子店什么病都会好的。'

"她想笑,可是没笑出来。声音很弱可仍然那么甜:'啸天,我愿意你叫我名字。'

"我很惭愧,在心里怨恨自己真不是东西! 她嫁给我以后,为了表示自己的身份并不比她低,打掉她进士府千金小姐的威风,维护自己大丈夫的尊严,当着别人和露婵的面,从不叫她名字。老用'喂'和'露婵她娘'来代替。这些年来她心里受了多少委屈! 我眼睛里又发热,老想流泪,往往脾气最粗暴的人,感情也最脆弱。以前撒酒疯时动手打了她,不管她哭得多伤心,我也是不掉一滴眼泪的。自从她病倒以后才更知道她的好处,我和露婵都不能没有她,一看见她那难受的样子我就想哭。又不愿让她和孩子看见我的眼泪,真想找个没人的地方大哭一场,这也许是一种赎罪的心理。这大开洼里除去我们一家子没有外人,我的那点男人的自尊已经管不住悔罪和爱怜的眼泪了,说:'礼蓉,跟着我太委屈你了。我以前待你不好,从今后一天要喊你一百遍,老不离开你,也不让你丢了魂儿。礼蓉,你可不能丢下我们爷俩不管!'

"这回她真的笑了,还流出了眼泪,'啸天,别说傻话了。嫁给你是我心甘情愿的,至今不后悔。我没有白来一世,各种滋味都尝过了。我的女儿很有天分,将来一定能够为我争气! 婵婵……'

"露婵低下头,不小心把眼泪掉到娘的脸上,'娘,我听着哪!'

　　"她娘问:'跟娘说实话,长大了你愿意干什么?'

　　"'我要考大学!'

　　"'不想唱戏?'她娘又问。我赶紧捏了露婵一把。露婵太小,不懂大人的心思,咬着小嘴唇说:'也想。'

　　"'好孩子,就要说真话,娘不怪你……'礼蓉的气力越来越不济,我叫她别说了。她不干,非要把话说完,'婵婵,你的脑子特殊,就是想唱戏也要读好书,不读书将来要后悔的……啸天,我把女儿就交给你了,她不论干什么都会有大出息的。她自己愿意学戏就叫她学吧……但有一条,不许学文武老生。我知道你的小心眼儿,在女伶人才济济的情况下,没有特殊的技能很难出人头地。而女武生屈指可数,堵这个冷门,奇货可居,你想叫她拔尖……但那会改变她的性情,毁了她个人一生的幸福,叫她工青衣花旦……'

　　"她说完就闭上眼了。三十里空荡荡的大洼,塞满了我们爷俩的号啕声。露婵抱着她娘,在木板车上一边哭一边撞头,哭做一团,死去活来。老实说,要不是有露婵在,我就挖个坑把礼蓉放进去,然后自己一头在车把上撞死。但我还是拉起了板车,一步一把泪,慢慢地稳稳地朝家走,别颠着她,别惊吓着她。我应该为她拉车,我真后悔,要早想到替她拉车该多好……"

　　中午饭很简单,谁也没有心思吃东西。邵南孙带来的一堆罐头和各种营养丰富的补品,花啸天也没有动一筷子。邵南孙又劝他跟自己一块回福北,他执意不肯,却又不说为什么。邵南孙心里揣测,老先生可能预料到自己的时间不多了,不愿离开花家店,愿意终生守看着前妻的孤坟,也许还指望死后就躺在前妻的身边。邵南孙对花露婵的生母充满了敬慕和同情,花露婵也跟他说起过,她长得很像自己的母亲。他听完花啸天的讲述,心里更涌起一阵冲动,他要去看看周礼蓉的坟,凭吊一下这位可尊敬的女性,感谢她生了花露婵这样一个值得骄傲的女儿。

　　饭后他扶花啸天躺下,让老人睡一会儿,并说:"请伯母领我到村里转转,如果来不及,走的时候就不向您面辞了。千万多保重,有事给我写信,我会常来看您的。"

花啸天上午说话太多,过分激动,现在已昏昏沉沉了,没有说话,只点点头。其实,邵南孙的心里还有个最重要的问题想问花啸天,就是花露婵是不是真的被她师傅或佟川之类的人物糟蹋过身子,一是怕刺激花啸天出事儿,二是怕得到一个肯定的答复自己也受不了。

邵南孙走出屋子,站在院子里四处寻觅。问:"家里有铁锨吗?"

"干什么用? 可以到邻居家借。"

"我想给礼蓉伯母的坟上培点土。"

花母叹了口气:"哪还有坟,早就平了!"

"为什么?"邵南孙一惊。

"学大寨改天换地的时候,大队贴出通告,限三天各家各户必须把自己家的坟地推平。要不火化肥田,要不就深埋到五尺以下,不许堆坟头,不得影响上面挖沟或种庄稼。否则大队就出动拖拉机,把所有的坟头都铲平翻开,暴尸扬骨概不负责!"

邵南孙心里一阵憋闷,堵得难受,说不上是恨,是气,是哀,是怨。有恨要报仇,有气要发泄,有哀要哭出声,有怨要倾诉,他眼下什么也做不到,只感到恶心,一切都是这么丑恶,这么灰冷,没有活力,没有意思。完了,就这样完了? 一代名伶,一位坚强的敢于追求自己幸福的女性,死后都不能占有一抔黄土! 后人想祭奠她,都不知道她的亡灵在什么地方! 尊敬她的人,怀念她的人,都找不到一个可以寄托哀思的地方了。不留一点痕迹地从地球上消失了,以后还将从人们的记忆里消失,真是彻底的死亡!

他悲从中来,人活着千般争斗,一日无常万事休。只有这像裹尸布一样的天空,不死不生,不减不长,死的活的都在它的包裹之下,死的不会复生,生的早晚要死。

露婵的继母给他端来一杯茶,他顺势在院里的小板凳上坐下来。对眼前这位善良厚道的妇女,他也充满了同情,她嫁给花啸天以后又享过什么福呢? 据花露婵讲,这位老实的继母是她相中的,而不是她父亲相中的。

　　露婵生母死后的第二年,有人张罗给花啸天续弦。他带着女儿住在分家得来的那两间土房里,过着简单而又清苦的日子。每天胡乱搞点吃的,让女儿吃饱,自己则是有一顿没一顿。这位在福北一带颇有名气的演员,正像脱毛的凤凰一样还不如一只山鸡!吃不像吃,穿不像穿,脾气古怪,见人不说话。他精神已垮,把全部希望都寄托在女儿身上,正式教她练功——唱念做功、身段功、把子功、毯子功。每天早晨四点钟就把女儿喊起来练功,吃过早饭送她去上学,放学回来接着练。练腿功,单腿一站就是两个多小时,站得露婵浑身麻木。三伏天在麦场中央画两个圈儿,一大一小,刚能站下两只脚,花啸天用根绳子系在女儿腰里,绳头抓在他手里,另一只手里拿根柳条,让露婵打旋子。六个旋子一圈儿,今天打三十个,明天三十二个,一点一点往上涨,最后涨到每天要打七十二个。肩膀稍高一点就是一柳条,矮了就打不着。有时连外人都看不下去,谁能理解他?谁家大闺女愿意嫁给这样一个戏疯子?况且又穷得叮当响……

　　怪就怪在这里,愿意嫁给他的人还真有,而且都是大姑娘,本村就有两个。花啸天心灰意懒,只想找一个能给女儿做吃做穿的老妈子。他让媒人去问露婵,只要露婵同意就行。七岁的小露婵,居然敢大包大揽地替父亲相亲。先偷着去观察第一个候选人,那姑娘是村里积极分子一类的人物,据说其舅是解放军的一个师长,还有哥哥在北京工作。姑娘本人也十分精神,看样子能说能干。露婵的母亲就是个美人,她喜欢长得好看的人。但是,她不知在什么时候形成了一个观念:漂亮人总是命苦。也许是戏里老有"红颜薄命"的故事,不知不觉地影响了她。她犹犹豫豫地又去相看第二个候选人。这个姑娘可不爱出头露脸,很少出门。小露婵坐在人家门口抓家儿玩儿。等了大半天人家姑娘才出来,怀里抱着一大盆要洗的衣服,人样子可不好看,无法跟第一个姑娘相比。小露婵偏偏一下子就认定,这个人保准心眼好!好像她得到了某种天意的暗示,对方那厚厚的嘴唇,走在大街上那低眉顺眼的神态,还有怀里那一大盆冒尖的衣服,都让她感动,觉得亲近。

事情就由她决定了。

继母是露婵挑中的,因此继母过门后对她特别好。她把露婵收拾得干干净净,鲜鲜活活。穿的戴的,从上到下,从里到外,都是继母亲手做的。

长相不好看的人,命运未必就好。邵南孙很想知道,眼前这位看上去有六十多岁,实际上才五十四岁的妇女,现在怎样看待她跟花啸天的结合,是基本满意呢,还是嘴上不抱怨,心里已后悔?她听着花啸天那样有感情地讲述他的前妻,连最细小的事情都没有忘记,她的心里是什么滋味?他说:"这么多年,多亏有您照顾花先生。这个家里如果没有您,真不堪设想。只是苦了您啦……"

她感激地抬眼看看邵南孙,这样的话只能从外人嘴里听到,露婵活着的时候也常提起这一点,但从丈夫嘴里却从未听到这种贴己的话。但她并不抱怨,花啸天就是这种脾性,再加上老挨整,越老话越少。她又不懂戏,花啸天有了难处也不能替他分担;她关心的事情,花啸天又不感兴趣。她心里明白,花家父女从没拿她当外人,每月发了工资都交给她,随她怎么花,从来不过问。花啸天嘴上不说,心里还是感谢她、依靠她的。她还要求什么呢?怎么样不是过一辈子?当初要是嫁个农民,难道就不吃苦、不受累吗?她跟着花啸天还真没有吃多大苦,受多大累,走南闯北见了世面,就是经常担惊受怕。他们几起几落,"文化大革命"使他们倒了大霉,重新回到这个倒霉的花家店,不回来不行。以她的心气,就是充军发配到更苦更远的地方,也不愿再回到老家,丢人现眼,叫外人看笑话。她打掉牙往肚里咽,当着外人从没露过倒霉相,不愿被人看热闹。她非常感激邵南孙开着车来看他们,带来那么多东西,还想接他们回城里去住。这件事很快就会在村里传开,叫那些幸灾乐祸的人看看。要知道,这十来年很少有人这么气派地来看过他们。邵南孙是个有情意的人,露婵已不在人世了,他并没有忘记露婵的父母。何况露婵活着的时候,他们也只是谈谈恋爱,并未正式结婚,当时花啸天还一百个不同意呢……

邵南孙看她那温顺木讷的样子,觉得没有必要拐弯抹角,就直话直问："您跟花先生结婚以后也常挨他的打吗？"

"看你说到哪儿去了，他从来没有动过我一指头。"

"呀，他的脾气不是很暴烈吗？连露婵成了大演员以后，还要不断挨他的打嘛。"

"那已经成习惯了，不是真打，打不疼的。有的时候，我倒真愿意他跟我发发脾气，把肚里的闷气放出来。可他从不跟我喊叫，有什么话都存在心里。我不怕他发脾气，就怕他不说话。"

"这么说，花先生对您一向是很客气的？"

"自从露婵的亲娘死后，他的脾气改多了。"

农村妇女能够获得丈夫的尊敬就以为是最大的幸福了。邵南孙为她抱屈，在花啸天的客气里也有一种冷漠，他不再打老婆，可也失去了热情和对待前妻那样疯狂的眷恋。他确实只想给女儿找个称心如意的后娘，并不是要给自己找个称心如意的妻子。他说：

"看来露婵选了您这样一位继母是选对了。您当初为什么就同意嫁给比您大十几岁的花先生呢？您别见怪，我可能问得太莽撞了。"

"不要紧，你又不是外人，我们也都老了，刚才她爹还不是把年轻时候的老底儿都抖搂了？我那阵儿主要就是可怜他们爷俩，露婵长得别提多叫人疼，又机灵又懂事。他爹在村里也算是个人物，一表人才，卖了祖传的几亩地给老婆买好棺材，出大殡，不怕寒碜，不怕挨骂。他给老婆披麻戴孝，真哭真嚎，我在旁边看着都动心，他是个有情有义、敢做敢当的男人。不管他眼下多穷，媒人一提我就同意了，家里想拦也没拦住。在一块过了多半辈子，证明我没看错人。他倒霉的时候不拿我出气，他得意的时候也没有忘记我，从不拈花惹草……"

邵南孙全明白了，她自己感觉是幸福的、知足的。

他看看表，二根已经睡了有两个小时了，够路上用的了。他出差总是让司机把觉睡够，精神养得足足的再上路，上了路就把命交给司机了，自己放心大胆地睡觉、想心思、构思小说或新剧本。他从书包里拿出一个纸包，交给露婵的继母："这是八百块钱，你们想吃什么就买什么，敞开花，别在钱上打算盘，千万不要再委屈自己！"

"这……这钱我不能要,我们能过得去,剧团退赔了一笔钱。"她十分感动,哀喜参半,女儿不在人世了,要接受一个从未过门的女婿的钱,也实在让这个正直的农村妇女感到不好意思。

邵南孙非叫她收下不可,"我没家没业,要钱没有用,您就当是露婵给的钱吧!"

"他爹知道会怪我的。"

"那就不让他知道,您也应该想点后事了,积蓄点钱。"

花露婵的继母这才把钱收下了。

邵南孙上车喊醒了刘二根:"睡足了吗?"

"嗯。"二根揉揉眼,端起茶杯喝了口凉开水。

"福北不停了,直回铁弓岭!"邵南孙不愿再见到佟佩茹。花啸天夫妇使他又找回了已经丢失的许多东西。

面包车开动了,他朝窗外摆摆手,看见花露婵的继母在擦眼泪。

"哎——呀!"

邵南孙把胸中的万千感慨,苦辣酸甜的诸般滋味,化作一团沉重而浑浊的热气,长长地吐了出来。脑袋舒舒服服地躺在靠背上,闭上眼睛。他对自己感到满意,多亏到花家店来一趟,证明自己还是个热血汉子,在昨天干了那件不是人干的事情之后,今天又做了件大好事。他仿佛找回了失掉的良知,恢复了旧日的情绪和真挚,心里获得了平衡。

这一趟还得到了意想不到的收获。现在他可以说真正理解花露婵了,她为什么会成为那样一个特殊的演员,又为什么会爱上他这样一个人……

每个剧团里几乎都有不少悲剧型的演员(比如黄烈全),未被发现有什么演出天才,就拼命练功,吃了许多苦头,阴差阳错地当了演员,只能终生跑龙套。即便能混上个主要角色,也成不了大气候,而露婵是先唱戏后练功,先被发现有艺术天才,然后再精心培养。不算她父亲,先后拜过三位高师,有扎实深厚的练功基础。十岁在灵寿县京剧团正式挑班,一鸣惊人,十二岁调到省京剧团当主演。两次进北京参加全国戏曲汇演,第一次得了二等奖,第二次拿了个表演一等奖。梅兰芳亲自给她说过两出戏,帮助她分析自己的优势,向她讲解各种流派的不同唱法。她所以能成为一代耀眼的京剧明星,毫不奇怪。

同时,她母亲的遗传、临终的嘱咐,极大地影响着她文化素质的形成。她爱看书,什么知识都吸取,不论练功多苦,从不敢丢掉学文化。每到一地,花啸天都花钱请老师给她补习功课,在培养女儿上,老先生是不惜血本的。她在省团的那几年,每年暑期都参加省一中的考试,最后居然拿到了一张高中毕业证书。她把证书当做供品,老摆在母亲的遗像前,也许省一中给她这个大名角儿以特殊照顾,那张毕业证里也不无水分。但她这个大活人不是假的,气质、品格、有没有教养,一张嘴就露馅了。一个有相当文化修养的演员同一个不认识几个字的演员是大不一样的,不论是在台上的表演还是下台后的谈吐,是很容易区分的。最早惹起邵南孙注意并让他动情的,不正是花露婵那与众不同的气质吗!方月萱、小兰玉这些演员长得也很好看,但跟她站在一起,孰轻孰重,不是很清楚的吗?作为演员,她身上没有那种有了也不算错的俗气、媚相和贱劲,她美得清灵而纯朴。在台上她闷声不响地追求自己的风格,有自己独特的细腻自然的表演。她从不炫耀自己的老师(包括梅兰芳给她说戏的事),也不愿成为别人的复制品,因此别人永远无法模仿她或取代她,她有与生俱来的高贵和丽质……

她也是演员,也要成天做戏,怎么会形成了与众不同的品格呢?不论台上台下、人前人后都一样真诚……

邵南孙今天找到了答案:这要归功于她父亲,归功于他们的遭遇。

她十岁挑班儿,月薪八百元。两年后调到国营的省京剧团,重新定工资,每月改为二百七十元。一九六〇年困难时期,国家号召自动降薪,她降了七十元,还剩二百元。以后调到福北京剧团,又降为一百七十元。"文化大革命"中只发给她三十元生活费。她名气越来越大,经济地位越来越低,对她的心灵不可能没有一点打击。她的父亲被打成右派分子,罪名之一是:"把孩子当成自己的,带着她满天飞!"

"把女儿当摇钱树,想买洋房、置地,当地主兼资本家兼戏霸的三料反动分子!"她在台上是中心,下了台却是被批评和嘲弄的对象,很自卑。除去自己的父亲,几乎没有什么知心的好朋友,每天除去练功读书,也很少交往。再加上父亲管束特严,除了演戏不许和任何人接触,不许多说话费嗓子,不许烫发和穿洋里洋气的衣服。父亲是老艺人,她是小老艺人,爷俩加起来有一套半封建的东西。

实际上,她是在孤独中长大的,一种表面上热热闹闹的孤独。所以她身上常有一种孤寂情调,令邵南孙无比爱怜,常为她担心。她喜欢坐长途火车,一个人对着车窗想入非非,一个人呆着是最美的。难怪她有白雪一样纯洁的品格⋯⋯

从另一个角度说,这倒也省了她不少麻烦,有时正是她身上的某种封建意识救了她。省城也好,其他一些大城市也好,总有某些干部和他们的子女,喜欢看戏,喜欢跟漂亮的演员们交朋友,把她们叫到家里去唱戏、教戏、跳舞。花露婵就很少享受这样的待遇,她总能知趣地退让,或者被人叫做"不识抬举地端臭架子"。因此,邵南孙并不真的相信夏恒秋那些闲话,他只是心里感到别扭。花露婵不是那种轻浮的姑娘!

哪里都有人借官台唱私戏。花露婵无疑是个好演员,却只唱官戏,不唱私戏。当命运要她在生活里扮演某个角色,逢场作戏的时候,她却一筹莫展,感到痛苦和悲哀。她始终不知道在人间这个广阔的大舞台上怎样当个好演员,怎样做个名角儿。她的生活经历使她对那些想亲近她的领导和名人存有戒心,而对比自己地位低的人愿意亲近。所以,她才迷恋上憨厚忠诚的邵南孙。

当时,他们有两颗性质相同的灵魂。令邵南孙痛惜的是,当他真正理解了花露婵那格外纯洁的灵魂以后,她本人已经远远地离他而去了。没有她的陪伴,他管不住自己的灵魂。不知今后还会发生什么可怕的变化!⋯⋯

邵南孙很激动,心里升起一股写作的欲望,只要再摸清花露婵真正的死因,就可以动笔写《花露婵传》了。

直到现在还没有一个人能对花露婵的死做出圆满的解释,至少对他来说这还是个谜。大家都笼统地说她是被迫害致死,到底是怎样被迫害致死的呢?用的是什么手段?她离开这个世界的时候是什么样子?没有人能够做出明确的回答。

当时,造反派们说她是病死的,夜里突然大出血,通身都被自己的血浆糊住了,等到看守发现时早已断气了。邵南孙不相信这种说法,他知道花露婵并无大病,怎么会突然大出血?他当时怀疑是被造反派们打死的,或受辱不过自己割断了动脉血管。现在他推翻了自己的猜测,若是自杀身死,造反派们乐不得给她扣上一顶"自绝于人民"的帽子,何必要说她病死?再说像她这样一个经历过许多苦难的人,是不会那样轻生的。倘是受刑过重而死,为什么没有听到喊叫声?谁是行刑者?

他在写《大千世界》的时候,还不能到监狱提审黄烈全、李鹏万。杨忠恕和方月萱还在位上,拒不见他,他又打听不到崔明的下落,只好用了一种象征性手法:一片黑森森的像原油一般凝重的血海,血海上浮动着一片杏黄色的光芒,那上面躺着花露婵雪白的尸体……

他写《花露婵传》必须绝对真实,对花露婵生命中的每一个重要阶段,都不能含糊其辞。这也是他毕生最大的一桩心愿。想到这儿,他心里又被那股折磨了他十多年的复仇的欲望烧得疼痛难挨,每根发梢都向外喷射着怒火!

他睁开眼喊了一声:"二根,放盘磁带听听。"

刘二根还以为他睡着了呢,赶紧把一盘录有花露婵唱腔的磁带放进收录机里。

现在的故事之六

邵南孙没有敲门,在这阴森空寂的"鬼楼"里,任何一点响动都格外刺耳。他轻轻地直接推门而入,眼睛一花,疑是误入仙府:彩灯高悬,异香扑鼻,顿觉周身舒畅,神飞心摇,飘飘欲醉。花露婵黑发高挽,着淡绿色紧身旗袍,脚登奶白色高跟皮鞋,美艳娇柔,散发出优雅的魔力,正含笑伸开双臂在迎接他。邵南孙又惊又喜,竟呆住了,说:

"露婵,这种时候你打扮得如此漂亮,想干什么去?"

"呆子,今天是我们的好日子啊!"

"什么好日子?"

"结婚呀! 人生还有比这更大的喜事吗?"

"结婚?"

"你不是早就盼着这一天吗? 怎么,不喜欢这样的洞房花烛?"花露婵向他靠过来,他却不自觉地往后退,不敢接近花露婵。花露婵脸色突然变了,"你不乐意? 你也嫌弃我是牛鬼蛇神?"

"不,我愿意,我正求之不得呢! 可你看我这副样子,连身上的衣服也没换,跟你站在一块太不相称了!"

"我爱的是你这个人,又不是衣服,把它脱下来就是了。"花露婵说着就要为他解衣扣,他急忙躲闪,说:

"我没带衣服来,脱了穿什么?"

"非得要穿衣服吗? 祢衡在大庭广众之下赤身裸体击鼓骂曹,'敢露父母之遗体,方显出是清白君子'。身体是父母给的,最洁净,是真正的诗,是一幅画,是一首交响乐。从现在起你是我的丈夫,我是你的

230

妻子,难道还怕我看吗?"

她美丽动人,风度高雅,内心却似有一种神经质般的固执。

邵南孙心醉神迷,任其摆布。花露婵像个溺水者抱住一根木头一样,疯狂地搂紧了他的脖子,在他的唇上、脸上、头上、肩上和胸上亲吻着,然后又跪在地上吻他的下身。红色的唇印印满了他的全身,花露婵的眼泪也流了他一身。

"南孙,我害怕,你不要离开我。我们没有时间了,今天再不结婚,你就永远也得不到我了……"

"露婵,你不要胡思乱想,我永远也不离开你,你到哪儿我跟到哪儿。将来我们还要举行正式的结婚盛典,让全福北的人都知道我们的结合,看看我娶了个多么漂亮的新娘!"

"有你这番话我就满足了。将来你不会忘记我的,是吧?"

"别瞎说,我们一定能白头到老!"

"我们快点举行仪式吧,然后让你过一个真正的洞房花烛夜。"

他们双双跪倒,冲着小桌上花啸天、周礼蓉的剧照和邵南孙父母的一张照片,磕了三个头,然后两人又互相拜了三拜。邵南孙把新娘扶起来,拉到自己的怀里,轻轻地说:"我们跳个舞庆贺一下吧!"

不知从什么地方传来一阵轻柔的乐声,也许是从他们心里发出来的。两个人搂抱着,慢慢地滑动着脚步。邵南孙是在大学里学会跳舞的,而花露婵从未下过舞场,为了不扫丈夫的兴,把脸贴在他脖子上,将整个身子交给了他,随他怎么转动。转了一会儿,她见邵南孙有点发喘,她不愿过多地让他耗力气,就让他坐在自己床上,说:"我差点忘了一件事,这种吉时良辰,岂可无酒?"

她从床下掏出多半瓶酒,倒进茶杯里一点,递给邵南孙;又往饭盆里倒了一注子,自己举起来。先喝成双酒,连干两次。再喝交杯酒……花露婵情不可抑,果真大口吞酒,邵南孙还保持着几分清醒,"露婵,你什么时候学会了喝酒?"

"这种年月没有学不会的事情。"

"喜酒不可过量,你还是别喝了吧!"

"莫辜负这良辰美景,只有这半瓶白酒做媒,岂能不尽兴? 来,我们就用一个杯吧,这叫'同心酒',共饮一杯酒,偕老到白头!"

"露婵,酒精损害嗓子,以后还是少喝酒为好。"

"要嗓子有什么用? 方月萱天天喝酒,现在还不是照样演阿庆嫂,成了红得发紫的大主演! 噢……别提她,免得破坏了我们的兴致。南孙,我给你清唱几个段子吧,助君酒兴。"

"好啊,我好长时间没听你的戏了。不过要小声点,夜深人静,免得被外人听到。"

"唱《霸王别姬》怎么样? 里面还有段剑舞,让你看看我的身段。"她拿起一块床板,准备当剑。邵南孙把木板夺过来扔到床底下去,抚着她的双肩笑着说:

"我们刚结婚,为什么要唱'别姬'呢? 坐下吧,让我们好好说说话。"

花露婵扎到他怀里呜呜地哭起来,邵南孙抚摸她,吻她,帮她擦眼泪,让她安静下来。

"南孙,抱紧我,我害怕!"

"别害怕,什么事也没有,你就是喝酒太急了。"他轻轻地抚摸着她的头发,她的后背。

"南孙,你好像对我没有兴趣,你瞧不起我?"

"露婵,你醉了!"

"南孙,除了你,这个世界上没有第二个男人碰过我的身体,包括我的父亲,从我懂事那天起,他的内衣不许我洗,也不许我把内衣随处乱放。可对你我实在是等不及了,我的一切都是属于你的,今天我要全都给了你……"

"露婵,我的好妻子!"邵南孙紧紧抱着她那滚烫的躯体,自己也像遭了电击一般,"没有正儿八经地举行婚礼,我是不会欺负你的,不然,就太委屈你了,太对不住你了……"

今晚,花露婵这种阵发性的歇斯底里,正是她美丽灵魂的裸露。她温柔地抚摸着邵南孙的头、耳和脸,眼睛里射出爱的炽火,"南孙,你真是谦谦君子,别瞧不起我。去年你送给我的一本书里就有这样的话,一个真正贤慧的女子,走在大街上的时候应当像天使,在单位里待人做事应当像圣人,在家里要诚实,晚上跟丈夫在一起的时候则要像魔鬼般淫荡……"

突然,屋门被急促地敲响,崔明像索命无常一样发出瘆人的叫喊声:"花露婵,快起来!"

屋里的一对恋人被吓了一大跳,最紧张的还是邵南孙。如果让崔明或其他造反队员把他堵在花露婵的房子里,不论对他还是对花露婵,后果都不堪设想。他想下床先穿上衣服,可花露婵的双臂紧紧搂住了他的脖子,"你不要离开我,我哪儿也不去!"

"咚咚咚!"崔明把门敲得更响了,"花露婵,快点!"

"什么事?"花露婵忽然镇定下来,在屋里答应了一声。

"当然是好事,是李司令派车来接你去,还能有坏事?"

"李鹏万? 这个福北头号魔鬼,深更半夜找她去能有什么好事!"邵南孙感到事情严重,却又一筹莫展。他处于眼前这种境地,连自己都不能逃脱,如何搭救花露婵呢? 他这个从来都有主意的人,此刻却没了主意。

花露婵反倒异乎寻常地沉稳。由于绝望,她的眼睛变得深邃而冷酷。邵南孙还从未见过她这副神情,心头一颤。她说:"我没有别的路可走了,要死我们也死在一块! 你不会抛弃我吧?"

邵南孙无比激动,他抱紧了已经成为自己妻子的花露婵,"看来也只有这样一条路了,对我来说能抱着你离开这个世界,是很知足的,是最满意的结局。只是你,太可惜,太冤枉了……"

"不,我们终于结成了夫妻,人生复有何求?"花露婵身上焕发出宁静而刚毅的精神力量。

崔明又一次敲门催促:"你怎么回事,再不出来我可要砸门了!"

"不行,"邵南孙突然清醒过来,"露婵,我们不能这样死。这样死在一块儿,他们会把所有的脏水都泼到我们身上,不论他们怎样造谣污蔑,我们也无法洗刷了!"

"死人还怕什么？双眼一闭把什么都洗刷干净了！"

"现在还没到那个地步，你应该去看看李鹏万到底想干什么，然后再作计较……"

花露婵冷冷地笑了，"你不想死，你怕了！这不怪你。'夫妻本是同林鸟，大难临头各自飞'。你来日方长，我不应该牵累你……"

她猛地推开邵南孙，转身从桌上拿起一把剪子，嚓嚓嚓，把自己的秀发剪下一大把摔到邵南孙的怀里。然后又抓破自己的脸，用充满幽怨的目光最后望了一眼邵南孙，向门口走去。

"露婵——"

……

面包车在公路上飞驰，车厢里仍然回荡着花露婵的唱腔声。

邵南孙这一觉睡得真香。几天来的劳顿之苦，一扫而光，醒来仿佛又获得了一条新的生命。铁弓岭腹地，神奇钟秀，险恶偏僻。不要说城里人，就是当地人也不愿意住进来。而邵南孙一回到这个地方，就感到精神放松，吃得饱睡得着，自由自在。这里是他的家嘛！

铁弓岭几十万只不同的鸟类，比他醒得更早。在窗外一片啁啾，彼此答唱，低一阵高一阵地呼应着，交错着，重叠着。清雅热烈，组成鸟的多声部大合唱，像高山流泉一样倾泻下来。离开铁弓岭，哪里还有这般美妙的、显示着无穷生命力的歌声啊！

邵南孙没有赖床的习惯，一醒来便翻身下地，到卫生间漱口刮脸，裹好护腿护袜，走出房门。

空气清冽香甜，直沁肺腑。邵南孙连吸几口，似乎想把五脏六腑都清洗一遍，立刻觉得整个身体都变得通明透亮起来。

蛇伤研究所副所长、邵南孙最得意的学生柳眉，好像早就在门外恭候着他，"邵老师，您回来了！"

"回来了，家里没什么事吧？"

"上海给您寄来一笔稿费，二百八十元，我已经叫人从县上给取回来了。还有两封信、几本杂志，在我的屋里放着哩。昨天下午地委办公室来了个电话……"柳眉用一种异样的目光盯着邵南孙的眼睛，邵南孙不动声色，一副有权也有威的样子。他一回到自己的王国，不仅外表，连自我感觉也不一样了。

"电话说什么？"

"因为您不在，对方就什么也没说，似乎很神秘。"柳眉那探寻的目光中含着某种忧虑，"又进来四个病人，伤势都够重的，今年春天毒蛇好像格外穷凶极恶。岭南县的副县长伤快好了，要他多少钱？"

"一千五！"

柳眉笑了，"是不是多了点？"

"一千五百元买条命还算贵？而且是县太爷的命！至少一千五，再想往上多要，由你决定。"在这里必须由他说了算，这一点绝不能含糊！

师徒两个边说边走，进了蛇园。邵南孙拿起一根蛇叉，打开一个蛇笼，里面有两条蜷伏着的五步蛇。邵南孙用蛇叉挑逗两个蛇头，它们立刻昂头吐舌，发出的响声。他继续用蛇叉拍打它们的身躯，两条恶蛇嗖地立起半条身子，咄咄咄——脑袋像闪电般地连续向对方袭击。铁弓岭人把五步蛇叫做"无毛虎"，可见其凶恶。龙头虎口，黑质白章，嘴里有四颗长牙，身上画着二十四个线条和颜色都很复杂的方格，尾巴上装备着二分长的佛指甲，看一眼都令人毛骨悚然。邵南孙看着却嘿嘿笑了。经过几个回合的较量，有一条蛇落荒而逃，溜出了蛇笼。柳眉像从地上捡一根麻绳一样抄起五步蛇的尾巴，三抖两抢，蛇的筋骨完全松弛了，左手一抓蛇胆的部位，一米多长的毒蛇像面条儿一样被她拿到一间很干净的房子里去了。等邵南孙锁好蛇笼来到实验室的时候，那条可怜的五步蛇脑袋被挂到钩子上，尾巴已被剁掉，控出了多半碗血。邵南孙端起来一饮而尽。柳眉又熟练地用刀子剖开蛇腹，取出蛇胆放在不锈钢勺里递给老师，邵南孙也一口吞下。

"够吗？要不再杀一条？"

"不，足够了。"邵南孙满意地擦擦嘴。

他每次出差回来或连开几天夜车身体损耗过大的时候，总要对

235

五步蛇大开杀戒,喝蛇血,吃蛇胆,中午和晚上还要大摆蛇宴,痛饮蛇酒。

柳眉似乎还有许多问题要向他汇报。也许并没有什么大不了的事情,她完全可以做主。她只是想借机跟他单独多呆一会儿,他们有好几天没有见面了。但是起床的时间到了,柳眉不得不走出实验室,吹响了哨子。

这个"研究所"听来像个科研单位,其实过的还是一种集体生活。起床、吃饭、上下班、开会、学习、就寝,都听从副所长哨音的指挥。说好听点,像一支小部队;说难听点,像一座和尚庙。全所十八个人,邵南孙带着十七个徒弟,全都没有结婚。柳眉是大师姐,其余都是小伙子,最大的二十七岁,最小的只有十七八岁,都是山里人的子弟。邵南孙有他的道理,农村的孩子肯吃苦、好管理,而且容易知足,每月发给他们五十元工资就很满意,何况他这里还不只发五十元。能成为邵南孙的徒弟也并不是一件容易的事,首先一条就是敢抓毒蛇。报考蛇伤研究所的第一道手续,不是填履历表,也不是交验证件,而是领一副网兜和蛇叉上山抓蛇,抓来两到五条毒蛇才有资格报名。这是玩儿命的事,没有特殊的胆量是干不了的。干这一行要想永远不被蛇咬也不可能。全所十八个人,无一例外地都被毒蛇咬过。所幸的是他们没有"一遭被蛇咬,十年怕井绳"。而是越干跟蛇的缘分越深。整个铁弓岭县十几万人,每年有上千人被毒蛇或毒蝎、毒蜘蛛伤害,从前一年死个几十人是不新鲜的。自邵南孙被遣送到铁弓岭来以后,因毒蛇咬伤而致死的事情,就很少发生了。不论被什么毒蛇咬伤,只要不超过十小时就送到他这儿来或把他请去,一般是不会丢掉性命的。他不仅在铁弓岭是声名赫赫的"蛇神",还有人远从福建、江西、湖南、湖北等地来投师。近两年他没有精力再收新学生了,除非有特殊情况或碰上了叫他格外喜欢的小伙子。因此,各地冒充是他学生的人多起来,骗钱误人。有时他不得不带领着自己的学生去抓冒充是自己学生的人……研究所的小伙子凡碰到这种骗子,就把人家臭打一顿,有时打得太重,人家就找到邵南孙这里告状,邵南孙拿出钱叫人家去看伤。挨打的人一走出研究所,邵南孙的真学生正在背阴处等着哩,把钱如数要回来,再给两拳……

邵南孙穿过蛇园,登上北面的山坡。花露婵的坟墓就建在这儿,大理石墓碑上赫然刻着——

著名京剧表演艺术家花露婵之墓

邵南孙敬立

一九六七年十月

这是个衣冠冢,里面只埋着花露婵的两件衣服和唱戏穿过的行头、刀枪等物,全是邵南孙偷出来的。衣冠冢所在的这个地方,邵南孙认为风水最好,后面是铁弓岭的北峰,浓密茂盛的原始森林,像宇宙之神织成的一挂壁毯,色调柔和,层次分明,从海拔两千七百米的峰顶垂掉下来。山顶气温低,林木呈黛绿,山腰是墨绿,山脚则一片翠绿。常绿阔叶林是老绿,黄山松林深绿,野生香榧林浓绿,山地草甸嫩绿,棕榈、杜鹃、蕨类、苔藓等各种地被杂灌和地上堆积盈尺的落叶则是浅绿、淡绿,连清泉飞瀑也是翡绿色。满眼都是绿、绿、绿!名副其实一个"绿色的金库"。像屏风一样护卫着花露婵坟墓的,是一棵独木能成林的大榕树。这棵历尽沧桑的古树,不知什么年代被雷电劈成三棵树,每一棵树干上又长出成百条粗大的气根,独自就形成一片树林。富有侵略性和寄生习惯的藤蔓野花缠绕其上,层层垂挂。更有同其争夺空间、见缝插针的野荔枝、野龙眼,枝横连理,华盖重叠,组成树上有树,树上有藤,藤上有花的"空中花园",遮天蔽日,蔚为壮观。"叽嘎叽嘎"、"骨突骨突"、"唆唆唆唆"、"咕咕咕咕"的鸟鸣,正是从这大森林里倾泻出来的。

花露婵坟墓的左前方有一大片莲塘,荷叶如盖,翠浪千重。右边就是流香溪,拟态蛇园里那股清水就是从流香溪里引过去的。邵南孙的王国就建筑在流香溪的下游。两幢乳白色的小楼,一幢是研究所的办公楼,一幢是招待所。他引以为骄傲的蛇园则几乎占据了整个流香坪,一道奇特的白围墙,顺山势逶迤蛇行,圈成一个不规则的椭圆形。

里面是个缩小成千分之一的铁弓岭,也是层峦叠嶂,郁郁森森。晨曦的光流赶不散时浓时淡的晓雾,在蛇园里流动着,飘漫着。一个个散落在树木丛中的灰色小房子,时隐时现,显得神秘而又瑰丽。整个蛇园里,栖居着几千条毒蛇。当初邵南孙曾设想,如果把他逼急了,他就打开所有的蛇笼,即使拥来千八百人也不在话下。每一条毒蛇都是一个替他复仇的勇士,他摆的是真正的"蛇阵"!

他很得意当初鬼使神差一咬牙来到了铁弓岭,而且选中了流香坪建蛇园。这里北有高峻的山脉挡住了西北寒流的南侵,东有天然屏障阻留住来自海洋的台风和强气流,使这个地区形成了温暖湿润、云雾缭绕、雨量充沛的生态环境。再加上垂直落差大,地质构造特殊,有深谷,有小盆地,有高山,每一种地貌都有不同的坡向,坐落在不同的部位,因而就形成了各种各样的小气候环境,为各种不同的生物提供了优越的生存条件。这里生长着从海南岛到长白山的成千上万种热带、亚热带、温带、寒带植物,还有种类繁多的昆虫、两栖动物、爬行动物、鱼类、鸟类、兽类。铁弓岭是块生物圣地,然而热衷于"革命"的中国哪顾得了它呢?有谁知道它,又有谁愿意到这个穷乡僻壤来呢?他邵南孙被置之死地而后生,也算是因祸得福吧。他之所以有了自己的事业,自己的地盘,自己的声望,说起来还得归功于铁弓岭。

花露婵坟墓的前面,有一块篮球场大小的平地,长满细嫩的萱草、凤兰花,还有各种不知名的野花,幽香飘逸,明净清爽,邵南孙喜欢早晨到这里来活动筋骨。他打了一套太极拳,然后拔了一束鲜花,放到花露婵的墓碑前。他望着墓碑上的字,突然一阵心跳,多亏当初留了个心眼儿没有感情用事。立墓碑时,他最早想刻的是这样的字:"爱妻露婵之墓"。下面刻:"夫南孙立"。他们毕竟没有结婚,立这样的碑似乎名不正言不顺,如果头衔儿改为"未婚妻"和"未婚夫"又太不像话!为了稳妥才刻上那句不带感情色彩的"官话"。现在看倒是做对了……

"邵老师,该吃早饭了,要不都凉了。"

正在愣神的邵南孙吓了一跳。不用回头看也知道是柳眉,这又是一个难题——

过去的故事之七

花露婵突然死亡的噩耗把邵南孙打蒙了。当他得到消息时,花露婵的遗体已经进了火葬场。造反派们当然不会通知他。他像疯了一样在"鬼楼"里撞头,然而撞不出"鬼楼",甚至连牛棚也出不去,打听不到一点有关花露婵死亡的原因。"鬼楼"里换了新的看守,崔明也神秘地调走了……

他感到自己的生命干枯了,生活失去了目的,活着不再有丝毫的意义。花露婵的死把他赖以生存的全部乐趣、动力和精神力量都带走了。痛苦太甚所引起的脑神经爆炸,突然轰垮了邵南孙的全部理智。他找了根绳子,夜里趁吴性清和牛英贤睡着以后,就拴在窗户上上吊了。他要随自己的情人而去,用生命抗议这个不公平的世道,制造一次事件,传扬开去未必不是一段佳话。至少那些同情他们的人会敬重他,赞赏他殉情的壮举。谁知当绳套勒紧脖子,他全身重量都吊在那根麻绳上的时候,意识模糊,躯体不自觉地进行挣扎。麻绳突然绷断,扑通一声,死神松手,把他又丢回阳世。

吴性清和牛英贤被惊醒,赶忙为他掐人中、窝腿、捶背抚胸。然后扶他盘腿坐起,免得走气泄神,蹬腿闭眼。邵南孙脖子抻了三抻,才引上来那口阳气。吴性清看着他紫青的面色好不难受,焦急地鼓励他:"哭,南孙呀,放开嗓子哭,哭出声来就会好受些!"

邵南孙睁开眼睛。吴、牛两个老实人又满怀同情地劝解他,什么"人死了不能复活呀","你还年轻呀","要往前看、要想得开呀"……邵南孙流了一会儿眼泪,但始终没有哭出声。对两位好心人摆摆手,

"你们别说了,上吊断绳说明我命不该绝!我已尝过死的滋味,今后不会再寻短见了,你们快睡觉去吧。"

他捡起那根麻绳,用报纸裹好放在自己箱子里。

从那天起,他的心变成了一块石头:粗硬、森冷、沉重。世界上的一切对他都无所谓了,他什么也不在乎了,一个活着没有希望的人,还会感到失望吗?他知道自己生命的严冬降临了,眼睛蒙上了一层灰调子,不看任何人,也不看自己的生活。造反派们对他也不太注意了,花露婵一死,他的存在不再成为别人的障碍,更不会对当权者构成什么严重的威胁。他成了一个隐遁的人,渐渐地那股对生活感到沉重的严肃劲儿也从他身上消失了。几个月后,福北的造反派们抗不住全国的大潮流,各单位拖拖拉拉地组成新的掌权机构——革命委员会。有些走资派被"结合",有的牛鬼蛇神被"控制使用",连牛英贤也被调到《沙家浜》剧组去"戴罪立功",排练现代戏需要他这个跳大秧歌出身的导演。邵南孙忽然想到自己的将来,他还不到三十岁,以后总得找点事干。干什么呢?万不能再留在京剧团,这里不是人呆的地方。再说露婵已经不在了,他在这里呆下去毫无意义。只有一条出路——重新当医生。再回人民医院已不可能,一是人家不一定愿意再要他,二是自己也没有脸回去。当初人家不放你出来,你非要当剧作家,谁敢耽误你这辉煌的前途!如今变成"牛鬼蛇神",回到医院也只能打扫厕所和楼道,那还不如就在京剧团里泡蘑菇呢。还有一条出路是回老家,父亲是弓脚县有名的老中医,两个哥哥都在父亲身边当助手,惟有他不争气。他混成这个样子怕见父亲,怕见家乡父老……

他在重新寻找生命的突破口,压倒一切的需要是开创自己的事业。"天生我才必有用",上吊都吊不死,可见命大。无论如何也要再试验一番,开拓命运的新疆域。他每天的任务就是写检查,用一张白纸规规矩矩地写上题目:《邵南孙的检查》。再写满一页纸的套话(无非就是些阶级呀、路线呀、世界革命呀、中国形势呀等等),放在面前。然后开始回忆他从小背过的全部医书,把祖传的和邵家几代从民间搜集来的神奇单方、秘方、验方,全都细细地从脑子里过了一遍筛子。凡有关医治各种毒蛇咬伤的处方一一写出来,不同蛇伤要用不同的中草药。治疗五步蛇咬伤,效力最好的是南蛇藤根、萝根、杏香兔耳风、仙茅、萱草根、乌桕叶等等;医治眼镜蛇咬伤,多用小槐花鲜根、山白菊鲜根等;丁葵草对竹叶青蛇伤有奇效;一支箭专治蝮蛇咬伤;银环蛇伤就要用大青叶、裂叶秋海棠根、万年青等来医疗;还有什么乌龟尿、金蝎、蜈蚣……等等都有各自独特的疗效。他还把那些不好辨认的草药画出图形,标出特征。看守过来了,他就把那张"检查"盖在上面;看守走出去,他再接着写自己的医书。很快他就写出了两本这样的"检查"。以后,他被允许晚上可以回家睡觉了。还是在当医生的时候,他从卫生局的宿舍楼里分得了一间房子,左邻右舍全是大夫,有些人还是他的朋友。他的挚友李度就住在他的楼上。他每天晚上一回到家里就查医书、问朋友,他正从一个被社会所鄙视的、从字面上看也是贬斥和充满讽刺意味的政治上的"牛鬼蛇神",逐渐变成一个真正的"蛇神"。至少理论上的准备和思想上的武装已经接近完成了。

　　当造反派们对那些感情上能够接受又多少有点用处的人,刮过"结合"、"控制使用"的风以后,又刮起一股更猛烈的"清理阶级队伍"的旋风。对那些"死不改悔的"、"顽抗到底的"(即对造反派有害无益或无害无益的)走资派及各种"牛鬼蛇神"实行清扫,赶出城市,统统下放劳动,或干脆遣返原籍当二等农民。花啸天自从被二踢脚崩瞎一只眼睛以后,以养伤为名一直躲在家里。这次也没有能逃脱"清理"风,被遣送回花子店了。福北城又开锅了,人心惶惶,今天我送你,明天他送我。再加上学生的上山下乡运动,去新疆,去东北,去内蒙,去海南岛,去广西、云南……火车站、汽车站、河码头,每天都有各种形式和各种规模的送别。有的敲锣打鼓,有的持枪押送,有的欢天喜地,有的垂头丧气,还有的咬牙切齿。母送子,女送父,有人偷抹眼泪,有人就敢在月台上放声痛哭! 连人人羡慕的地委大院也乱了营,石恒泰留下了,佟川被扫地出门。李鹏万、黄烈全这些新当权者就要搬进来,已经失势的要搬出去。旧的阵营已经分化,新的营垒一盘散沙。一片爹死娘嫁人、各奔前程的景象。

像蛇一样聪明的邵南孙,感到自己的时机来了,于是向京剧团革命委员会打了报告,要求到最荒僻的铁弓岭上最荒僻的北峰公社去插队落户,终身务农,脱胎换骨,重新做人。这可是爆了个大冷门。那么多上山下乡的,凡理智健全的人,宁愿去一无所知的大西北、大西南,也不去出了名的又穷又险恶的铁弓岭。自从花露婵死后,人们都以为邵南孙精神受刺激过重,不很正常,这个举动正好验证了这种议论。本来遣送之风不一定能刮到他的头上,只要他不吭声,谁也不会再注意他这个真正的"孙子"了。即使把他遣送回原籍弓脚县,还不是跟福北市差不多,也许回到老家以后他的处境反而比在福北要好得多。谁想到他会发这种神经病!京剧团掌握实权的革委会副主任杨忠恕(他还不是党员,所以没有当上主任。但第一把交椅还空在那儿,他是实际上的主任),接到邵南孙的报告真是大喜过望,邵南孙虽然已成死老虎,对他眼前的权势和地位构不成任何威胁,但毕竟还是一块心病。何不顺水推舟,把他发配到铁弓岭最荒凉的北峰。如果再被毒蛇咬死,岂不斩草除根,永绝后患了。杨忠恕立刻批示:同意。限三天内离开福北!

这种事京剧团不能自作主张,还要履行审批手续,报请文化局核准,无非是走个形式。他给文化局革委会副主任黄烈全打了个电话,黄责令局组织处马上批准,并在当天办好一切遣送手续,免得邵南孙醒悟过来变卦。而且决定由刚结合到局组织处的周凤起负责押送他去北峰。第二天他们就动身了,没有人送,更不会有人哭,就像掉个树叶一样自然合理,悄悄地无人理睬。也许大家都不知道,谁也没想到他的动作会这么快。这正是邵南孙所求之不得的。人生失意无南北,他恨不得一步就逃离这个禁忌重重,人欲横流,充满阴谋和缺陷的福北城!但他愿意悄悄地消失,偷偷地不让任何人觉察,他可不想看到敌人快意的笑脸和朋友们怜悯的眼神。

他感到满意的是有个不错的伴儿,若真是由一个造反队员押送他,这两三天路程上的罪该怎么受?周凤起名曰"押送",实际就是陪同他下去。他原是文化局组织处的副处长,邵南孙从医院调到文化系统来，就是经他点的头。他至少对邵南孙的真实情况有所了解，总不会落井下石、脸儿一绷真的拿他当犯人看待吧？但是人面随高低，世间冷暖瞬息万变，两人一见面还没有说话，邵南孙的心就凉下来了。周凤起完全不认识他了。神情阴冷而傲慢，目光中透出厌恶和蔑视。更要命的是他不打官腔不说话："喂，你就是邵南孙吗？走吧，路上要老实点！"

邵南孙还有什么话好说？"文化大革命"是一面可怕的镜子，它能照出人的真相，也可以像哈哈镜一样让人变形，失去原来的人样，也许周凤起是故意虚张声势，处于邵南孙这样的地位假的也得当真的听。好在邵南孙落到这步田地已是直树不怕站着死，像黄烈全、杨忠恕这些真造反派他尚且不惧，何怕一个刚加入造反队的周凤起！一路上周凤起严格地跟他划清界限，一张嘴就是居高临下的斥责。越是在人多的场合——汽车上、客店里、公社或大队的办公室里，他的嗓门越高，革命的派头摆得十足。邵南孙的档案袋抓在他手里，里面装着邵南孙的人事关系、户口关系、吃粮食和领布票的关系、各种履历表和政治鉴定。总之，作为一个中国人（不论好人或坏人）万不可缺少的证件都控制在周凤起的手里。邵南孙只能采取鲁迅式的战术：最高的蔑视是无言，连眼珠也不转过去。他不想也无法理解周凤起的难处，周凤起又不能跟他讲明，自己刚被结合上来就摊上了这趟苦差，造反派是信任他，还是想考验他呢？反正邵南孙就是这个德性了，何苦因他再毁了自己的政治前途，对他严厉点总不会有错。

大势已去，怎能不低头！

佟川要请李鹏万吃饭，还怕人家不赏脸，只好请石恒泰出面。李鹏万是地区革委会主任，石恒泰是革委会工交组的成员，他们是上下级关系，好歹还能说上两句话。当初一宣布下干校的名单，有佟川没有石恒泰，大家都猜测造反派们看中了石恒泰的领导经验。他没有什么民愤，对福北地区的情况熟悉，工作能力又强，李鹏万不找这样的人替他干事，怎么能掌得好整个福北的印把子？按理说，应该让石恒泰当地区革委会副主任，但李鹏万怕他对自己的权力构成威胁，有意不让他当官。

石恒泰虽然被降为一般干部，仍然令佟川羡慕。至少他还留在福北城，每天三顿饭，能吃得饱，晚上有个干干净净能睡觉的地方。也不必起早贪黑地在造反派们的咒骂声中卖苦力干重活！

约好李鹏万三点钟来，快四点了还不见人影儿。佟川心里焦急，李鹏万是拿架子呢，还是根本就不打算来？

石恒泰安慰他："再等一会儿，反正离吃饭的时间还早。他现在也是个人物了，亲口答应的事不会失信的。"

"没关系，李鹏万不来才好呢，我们自己吃！"佟川装出满不在乎的样子。他什么时候这样丢过人，向自己瞧不起的敌手献媚讨好？李鹏万算什么东西，一个"四不清分子"、"坏分子"！倒退一年，他跪着来见佟川，佟川还未必肯答理他。可现在他成了胜利者，代表毛主席的革命路线，而佟川却成了修正主义路线在福北的主要代表人物。胜者王侯败者贼，不管佟川认头不认头，事实如此。他身在对手的屋檐下，如果死不低头，别的不说，在那劳改营似的干校里再呆上半年，老命就得搭上。他无法向毛主席请罪，却可以向李鹏万表示尊敬。他一再提醒自己，见了李鹏万决不低三下四，不提任何要求，请他来吃饭这件事本身，就说明佟川承认李鹏万在福北的绝对权威，表示自己的顺从。再要甜眉俗眼，那还算人吗？这已经够憋气的了……

两个旧日的当权派等得心烦。想下棋解闷，又怕李鹏万一步闯进来，看见他们居然还有闲情逸致下棋，产生反感。如今做人须格外小心，一大意就会给自己惹麻烦。反正怎么也没有好，眼睛抬起来说你死硬到底，妄想翻案；眼睛埋下去说你心里有鬼，消极反抗；眼睛平视说你目光呆滞，装傻充愣。他们各有各的难处，石恒泰不愿向佟川解释自己的困窘，两个人只好坐着干等，说一些可说可不说的闲话。

五点钟的时候，门外响起汽车喇叭声，佟川和石恒泰起身迎出去。李鹏万身着夏装，笑容可掬地跳下汽车，跟他们握手，"让你们久等了，我刚从岭南县赶回来。"李鹏万的态度使佟川感到意外，甚至有点受宠若惊。如果李鹏万摆出一副傲慢无理的架势,对他半答不理,他又该如何呢? 还不是照样得请他进屋,请他吃饭,自己只会更狼狈! 要知道在干校里随便哪一个造反派战士都可以任意侮辱他。看来真是阎王好见,小鬼难搪。李鹏万既然有那么多拥护者,成为福北的第一号人物,必然有过人的东西,有特殊的魅力。佟川很想仔细观察他,可是一碰上李鹏万的目光,他的眼睛就闪开了。

"星期天也不休息?"石恒泰以主人的身份让李鹏万进屋。

"没办法,是敌人不让我们休息。五点半钟还有个小会。"李鹏万满面春风,用抱怨的口吻掩饰他作为福北地区主宰的得意之色。佟川心里咯噔一下,他不知道李鹏万所说的"敌人"指的是谁? 感到又紧张,又为难,无论怎样快,在半小时里是不可能吃完这顿饭的。石恒泰赶紧叫家人开饭,让李鹏万和佟川入席,"饭菜早就准备好了,没有什么好东西,请鹏万同志多包涵。"

李鹏万拦住了石恒泰,"谢谢你们二位的盛情,今天实在来不及了,有人还在办公室等我呢!"李鹏万一副日理万机的样子,眉目间显露出有宏谋在方寸,他不容石恒泰再说客气话,转脸对佟川说:"老佟,在干校生活怎么样?"

"不错。劳动,改造,接受批判。"

"要注意身体,争取早点毕业。实在吃不消的话就来找我,我叫他们给你换个轻闲一点的工作。"李鹏万身上带着少有的人情味儿,像个首长一样彬彬有礼地说着关心佟川的话。

佟川不敢对干校有半句抱怨的话,也不想刚一见面就请求李鹏万开恩,准许他回到城里来。看来他这个造反大头目既会粗声大气地骂人,也会彬彬有礼地撒谎。自己哪一句话说不好,就可能再被他加上一条罪。佟川只能说几句客套话:

"谢谢鹏万同志的关心,我对干校还是很有感情的。"

"听说你在自己的地铺上打死一窝小耗子,老耗子向你报仇,把你的被褥咬坏,还把小耗子的尸体和耗子屎等放在你的被里。有这回事吗?"李鹏万边说边笑,始终掌握着谈话的主动权。

佟川点点头，承认确有此事，而且差一点顺嘴说出心里的怨气——人要是倒霉，连老鼠都敢欺侮你！李鹏万说出这件事，使佟川惊骇不已。这说明自己在干校的一举一动，李鹏万都了如指掌。他完全知道自己在干校里受着怎样的罪，刚才那番假惺惺的关心话是什么意思呢？他那张志得意满的脸就是他的灵魂，他想让你在干校里烂掉，除非你向他叩头求情。但即使那样，他也未必肯开恩。口头上说得无比动听，行为上奉行邪恶。佟川感到李鹏万比他想象的更厉害，更难对付……

各存戒心。三个人又说了几句无关痛痒的废话，李鹏万的秘书进来提醒他："李主任，开会的时间快到了。"

李鹏万热情地跟佟川、石恒泰握手告别，带着自信的笑意，一阵旋风似的走了。他根本就不想在这里吃饭，一切都是做戏，他玩儿的这一套佟川早就玩儿过了，既不打算给人家想要得到的东西，又不绝了人家最后一线希望，让对方抱着热火罐感激他。佟川也曾是玩弄权术的大师，可是，权术权术，有权才好施术。他现在手中无权，纵有天大的本事，也只能受制于人。

佟川站着发怔，石恒泰却深长地嘘了口气，他的任务完成了。钱花了，饭菜做好了，时间耗费了，李鹏万也给请来了，人家不在这儿吃是另一回事了。相反，李鹏万一走，他反而感到轻松了，身上像卸掉了一个包袱，笑着对佟川说："来吧，他不吃咱们自己吃！"

周凤起从一进文化局就搞组织、管人事，经常接触局的权力核心，是领导者的幕后参谋。领导可以一个一个走马灯似的换，他换不了，任何一个头头上来都离不了他。他精通中国的权力法则，脑袋里装的都是各个时期的中央文件，能倒背如流。这就是他的资本，什么时候需要，依据哪一个中央文件，他立刻就能找出来。而且还掌握着文化局所有干部的档案，堪称"老机关"。前几个月造反派们要砸档案室的时候，他把有些干部档案副本上的某些材料透露给造反派们，这使个别人倒了点霉，不少干部私下里对他有意见。但此举却保护了整个档案室。如果像福北运输公司一样,造反派们一把大火把全部档案烧个精光,又该如何呢?再说,干部的档案都分正、副本,正本才是最重要的,上级考核、提拔一个干部主要是依据正本,副本只是参考,让造反派知道一点副本上的东西又有什么关系?他周凤起能挡得住造反派吗?国家领导人的祖宗八代都叫造反派给抖搂个底儿掉,一个小小的福北地区文化局的老底儿,还能瞒得了形形色色的"挖老底战斗队"和"抓叛徒尖兵团"?周凤起觉得自己丢小保大,干得挺聪明。造反派因此也对他有好感,基本上没有让他靠边站。一成立革命委员会,造反好汉们就意识到,要想在中国大小当个头头,还得按共产党的章程办事,首先得入党。文化局的造反派要入党、提拔干部,都不能不通过周凤起这一关,他又有点吃香了。原来的"组织处"改为"组织组",在这个部门工作光是党员还不行,更要靠得住,祖宗三代都要十分清楚,是真正的"红五类"!在造反派的头面人物中,细查起来能够达到这个标准的还真不多,周凤起又成了组织组的"大拿"。令他不安的是黄烈全并未明确地宣布他当组长,是对他不太放心呢,还是另有打算?在这种微妙的时刻,周凤起怎能不加倍小心!

他跟邵南孙一路上看到不少新闻:打架杀人的;笑着送葬、哭着迎亲的;把革命口号"大鸣大放"写在茅房的墙上,因而被绑在茅房的柱子上强迫接受"鸣放"气味的;把卖羊的农民连同羊一块拴在道边的电杆上展览资本主义势力抬头的;耳朵眼里塞个玉米粒就标志着他有粮食要卖,后面跟着一帮饥肠辘辘、贼眉鼠眼的农民……每遇到一件新鲜事,司机总要停车看半天。公共汽车没有准钟点,想开就开,想停就停,司机为了抓条蛇烧着吃,可以把乘客扔在山道上蹲两个小时。邵南孙反正是光脚的不怕穿鞋的,乐不得游游逛逛,看笑话、找乐子。周凤起可是急得老出白毛汗,第四天的晚上他们才赶到北峰公社。眼见为实,这里果然不是一般的穷乡僻壤,农民穷得连造反的劲头都没有,分不清谁是造反派,谁是普通老百姓。革命机构不健全,找不到头目人。只有一个自称是"文书"的人,在一间勉强还称得上是房子的办公室里接待了他们。毫无热情,把邵南孙的档案袋随便翻了两下就扔进一个抽屉里。邵南孙心里一阵悲哀,那个档案袋是他的第二生命,就这么随便一丢,要是被老鼠咬了,被农民卷了烟抽,他岂不成了一个不合法的"黑人"?那比当个有合法身份证的"牛鬼蛇神"更糟糕!周凤起本来还准备了一套"交接辞",向接受单位介绍邵南孙的阶级立场、政治表现、所犯错误以及请贫下中农对他要严加监督和改造的话,一看这阵势只好全省略了。他只是请公社文书给解决吃饭和住宿的实际问题。文书很感为难,时间太晚已无法派饭,至于住处嘛……反正不能让他们在这间屋子里坐一夜,因为文书自己也要睡觉。办公室就是他的卧室,他可不想让这两个不速之客睡在自己床上,再说那张小床无论如何也睡不下三个男人。

周凤起紧凑合,不断降低条件,"同志,公社招待所里要安排不下,随便给我们找个住的地方就行。我只住一夜,明天就回地委。他嘛——"他用手一指邵南孙,"是牛鬼蛇神,只要有个挡风遮露水的地方就行。"

文书好像被触动了灵机,"村南有个放棺材的大房子,你们敢住吗?"

邵南孙怀着一种恶作剧的心理说:"放棺材的房子一定不错,因为谁家的棺材也不愿意受到风吹雨淋。"

周凤起立刻呵斥他:"你少说话,我看你是不见棺材不落泪!"

"邵同志说得对呀,那个大棚子很结实,别说是露水,就是下大雨都不漏!"文书一边说着就一边引他们往外走。邵南孙紧随其后,剩下周凤起一个人也不得不跟出来,只能在心里咒骂这个鬼地方:光穷不怕,这儿穷得愚昧落后,穷得连基本的组织手续、党的原则、阶级路线都搞不清楚了。把一个被遣送来的牛鬼蛇神当同志,把押人的和被押的混为一谈。

文书不断向他们解释,表示自己的歉意:"铁弓岭是福北地区最穷的一个县,我们公社又是铁弓岭最穷的一块山区,管的地方很大,人口没有多少,公社所在的北峰大队也只有百十户人家。不像平原上的公社,像个机关的样子,有招待所、食堂、干部宿舍等等,我们这里有许多地方还靠刀耕火种哩……"文书领着他们在一座孤零零、黑糊糊的房子前面停下来，推开用毛竹和蒲草扎成的门，里面黑咕隆咚，一股潮漉漉的霉味混合着干草和木头的气息。

文书划着了火柴，在屋角上果然停着一口白生生的大棺材。邵南孙带着手电筒，他把从路上采集的那捆草药扔在地上，从包里取出手电筒先检查那口棺材，好像是刚做成的。他挪开棺材盖，见里面还有零星的木屑、刨花，散发出一股清香的柏木味。他把自己的提包放进棺材里，说："我今天晚上就在这里面睡了。"

连公社的文书都一怔，"你睡在棺材里？"

"是啊，这里面不是挺好嘛！"邵南孙口气里带着一种嘲弄。

这间房子的确很大，足可以摆下十几口棺材。靠门口的地方有一张旧竹床，一张旧桌子和两把坏竹椅，文书建议周凤起睡在那张旧竹床上。周凤起没有别的办法，只好认倒霉委屈这一夜了，好在这张竹床总比那口棺材要好些。他早就知道，押送"牛鬼蛇神"必然要沾染上一身晦气，果然不假！公社文书很高兴，终于把这两个倒霉蛋安顿下来了。邵南孙问他：

"这个大棚子是干什么用的？"

"存放棺材的。"

"有时候也停放装着死人的棺材吧？"

"你怎么知道的？"公社文书被邵南孙问得头皮发麻。

"那张竹床不就是给看尸的、守灵的人准备的吗？"

"邵同志，看来你对山区的风俗习惯还挺熟悉。"

"这屋里闹鬼吗？"

"啊，不……没听说！"文书吞吞吐吐地赶忙往外走，"你们早点休息吧。"

"别害怕，要不要我送你回去？"邵南孙客客气气地把文书又送出了屋外。他留意观察，周凤起果然不敢一个人留在这个棺材棚里，也跟了出来。

文书感到过意不去了，"邵同志，你睡在棺材里不害怕吗？要不我给你另找个地方……"

"不,唯物主义者是不迷信鬼神的。再说,我本人现在就是鬼。从前是医生,常跟死人和幽魂打交道,还怕什么呢?那棺材里防潮,挡风,蚊子、蚂蚁、蝎子、毒蛇都爬不进去,我很满意能找到个新棺材。"邵南孙是说给周凤起听的。送走文书回到棚子里,他又客气了一句,"周凤起同志,你愿不愿意睡到棺材里?"

"不不,还是你睡吧!"

"好吧,那我就不客气了。"

邵南孙跳进棺材,用一根木棍横放在棺材帮上,垫住棺材盖,既能流通空气,又可以遮挡从棚顶掉下来的东西。他并非硬着头皮装大胆,实在是怕不起来,站着光棍一根,躺下一根光棍,又不是没有死过!真要能碰见鬼还不错哩,可惜花露婵的鬼魂追不到这儿来了,他离她太远了……这个公社包括那个文书,给他的印象都不错。天高皇帝远,信息阻塞,贫穷无知,阶级斗争的观念就不会太强,敌我界限也不会那么清楚,这才是最适合他生存的地方。吃苦不怕,受累他也不在乎,只求能跟大家一样活得像个人,不再当孙子。他轻轻地呼吸着带甜味的空气,有一种就要获得自由的快感。"喜则气缓",邵南孙先睡心后睡眼,很快就进入了梦乡。他一离开福北城,睡觉就格外地实在。再加上今天确实有点累了,以提包当枕头,有点偏高,窝着脖子,他刚一睡着就毫不客气地打起呼噜来。刚开始声音很轻,后来越来越响……

这下可苦了周凤起啦!

他后悔没有带着安眠药。只要自己一睡着了,就什么都不在乎了。他用尽一切办法强迫自己入眠:数数、意守丹田、紧闭眼皮、想一两件美事……全不管用。他反而越来越清醒、越紧张。山里的夜格外黑,格外狰狞。黑暗是整个儿的,无边无际,浓烈得没有一点缝隙,仿佛用钢铁浇铸而成——梆硬、沉重、深不可测。更令人恐怖的是山里的夜不是死的,而是活的,像魔鬼的胸膛——不停地蠕动!它呼气时阴风呜呜,卷得松涛轰鸣,树干吱呀,竹棚摇晃。它忽而又憋住一口气,声息全无,静得让人毛骨悚然。只有自由自在的虫子发出唧唧啾啾的叫声,更添几分恐怖。

周凤起真羡慕那些无知无觉、无拘无束的虫子,眼下当个人还不如变成虫子,躲在黑暗中轻松自如。从棺材里又传出高一阵低一阵的呼噜声,周凤起愈发焦躁和恐惧。如果邵南孙也睡不着,至少还有个活人跟他做伴,共同承担这狰狞恐怖的黑暗。现在只剩下他一个人清醒地面对神秘而凶恶的黑夜,"怒则气上,恐则气下,急则气结",他又怒、又恐、又急,要想睡着觉是不可能的了。可怎样熬到天明呢?神经老是这么紧张,闹不好真会被吓死!他小时听过的和看过的关于鬼的故事,全在眼前活动起来——

突然,邵南孙的棺材发出咔咔的响声,周凤起猛地从竹床上坐起来,身上的每一根汗毛都竖了起来!他不敢喘气,不敢出声,睁大眼睛盯着屋角放棺材的地方,影影绰绰还能看见一堆白糊糊的东西,正往他这儿移动,不断发出瘆人的响声:咔,咔咔,咔——白棺材周围有黑雾漫漫,阴风凄凄,他骤起一身鸡皮疙瘩,如同裹上了一层蟒皮。头皮紧得像箍上了铁板,麻木而坚硬。他忽然想起一个驱鬼的办法,用手轻轻地拨拉头心,据说这样可以发出一种让鬼魂感到害怕的火光,不论什么怨鬼也不敢靠近他。

棺材里却发出嗤笑声:"嘻嘻,别动,看我收拾你⋯⋯"

周凤起惊叫一声,叽里咕噜地跑出了棺材棚!

邵南孙翻个身,又沉沉睡去。棺木风干,继续"咔咔"地响着,声音并不大,白天没人注意,在夜里听来就格外瘆人了。这却并不打搅邵南孙的美梦,他难得在梦里碰到好事;今天也许是自"文化大革命"以来第一次做好梦,一般的响动是不会惊醒他的⋯⋯

第二天,等邵南孙醒来,周凤起已经走了。他心里反倒觉得有点过意不去,不管怎样,人家总算护送自己一程,临分手应该说句客气话或把他送到汽车站⋯⋯有几个人站在棺材棚门口向里张望,不知是对他的身份感兴趣,还是看他睡在棺材里感到新奇。棚子外面人声喧哗,还夹杂着女人的啼哭声。他走出去,看见道边有一群人围着一辆小推车,车上躺着一个四十多岁的农民,已昏迷不省人事,有个中年妇女守着小车哭泣。邵南孙那根医生的神经一下子活跃起来,急忙上前打听。原来,那车上的汉子昨天下午被毒蛇咬伤,送到县医院人家说治不了,又给推了出来。今晨想搭公共汽车去福北,司机不让上车,怕死在车上找麻烦。每当夏季来临,这样的事情很多,汽车司机见得多了,有心做好事也管不过来。这汉子眼睁睁地就得回家等死了,说的人伤心,看的人着急。邵南孙忘记了自己的身份,挤过人群检查汉子的伤势,脉息如丝,牙关紧闭,半身已经红肿,确实相当危险。他对妇女说:

"大嫂,我以前在地区医院当过大夫,现在被遣送你们这儿来劳动改造……"

妇女一听他是大夫,不等他把话说完就扑通一声跪下了,"求您救救他,救救他吧!"

邵南孙慌忙把大嫂扶起来,他心里没有根,只能实话实说:"他的伤很重,耽误的时间又太长了,一般说蛇伤时间过长就不好办了。我实在没有把握,只能试试看。"

看热闹的人替妇女做了主:"你就别客气了,他已经是等死的人了,死马当做活马治吧!"

邵南孙指挥众人把受伤的汉子抬进棺材棚,放在竹床上,问道:"知道是被什么蛇咬伤的吗?"

"犁头蛇。"

一个十几岁的小姑娘解开一条布口袋,从里面倒出一条血糊肉烂的大蛇。邵南孙不觉也吸了一口凉气,原来是条五步蛇,因它头似犁状,当地农民叫它"犁头蛇"。邵南孙看看这位胆大的小姑娘,身子很单薄,却一脸大人相,眼里闪着一股仇恨。他说:"小妹妹,去找个人家要点醋来。"

他解开在路上采集的一捆草药,捡出青木香、半边莲、杏香兔耳风叶等几种药捣烂如泥,然后用醋调拌好敷在已经有些发黑的伤口上。他又挑出一些草药切碎熬上,嘱咐大嫂多长时间喂一次药,多长时间

换一次药,尽量多捣烂一些,把所有红肿的地方都敷上。又问小姑娘:

"你怕蛇吗?"

小姑娘摇摇头,"我恨它!"

"它是被你砍死的?"

"是我爸和我。"

"那好,你把它的皮剥下来,把蛇肉洗干净熬成蛇羹,我有用处。"

他向这母女俩布置好该干的事情,就从提包里拿出一个面包放进自己口袋里,借了个背筐,拿着根竹竿,上山采药去了。

采药回来,整整三天三夜,邵南孙就守在病人身边,喂药、敷药,根据病势的变化不断调整药方和药量。药用光了就又上山去采。他比病人的家属还要紧张,因为他心里多一层负担,这是他来到铁弓岭的第一次亮相,能否把这个汉子治好事关重大。虽然他把丑话已经说在了前面,治不好人家不会怪他,但是对他的声誉、对他今后在铁弓岭的处境却不会没有影响。他知道自己经验不足,用药格外小心。但他毕竟是门里出身,自小受父亲熏陶,五岁开始背医书,以后又在中医学院学了四年。理论基础很扎实,知识面广阔,脑瓜儿也灵活,第二天就控制住伤势。第四天,汉子醒过来了,他叫柳顺,对邵南孙千恩万谢。这个下放的大夫早不来晚不来,偏偏赶上他有难的时候来,不信天意也不行。还证明他这个受了半辈子穷的农民,也是福大命大造化大。一个星期后他能够走路了,到公社替邵南孙办了手续,邵南孙就跟着这一家人到流香坪落了户。

有一天晚上,柳顺的姑娘提着个行李卷钻进了邵南孙的土屋。他以为是柳顺夫妇怕他夜里冷,派女儿给送被子来了,就笑着说:"我有被子,一点也不冷,你拿回去吧。"

小姑娘神色有点紧张,两只眼睛盯着邵南孙的脸,一张嘴还是那股小大人的味道:"这是我的被子。"

"那你为什么要拿到这儿来?"

小姑娘不说话。

"说话呀,为什么? 出了什么事?"

"我要跟你学认药,治病!"

"哈哈哈——"邵南孙开心地笑了。小姑娘的脸立刻变得通红,现出害羞和生气的样子。邵南孙马上止住笑声,郑重其事地问:"你多大了?"

"十六岁。"

"哟,我还以为你只有十二三岁呢。叫什么名字?"

"柳眉。"

"上过学吗?"

"在北峰上到高小毕业。"

"你不怕毒蛇吗?"

柳眉咬了咬嘴唇,"不怕。"

"好样的。你可以白天来跟我学怎样治蛇伤,为什么要住在这儿?你看我就这一间屋……"

"我可以替你做饭、照顾病人。"柳眉人小主意大,表现出令人难以置信的固执,且又全不理会邵南孙那说不出嘴的为难之处。

他相信这又是柳顺夫妇想出来的一种感谢他的方式。山里人心眼实在,自从他侥幸治好了柳顺的蛇伤,柳顺夫妇千方百计想报答他的救命之恩,给他钱(虽然数量不多,已倾其所有),他不要,想留他住在家里,他不干。他需要自己的事业和自由。如今他们又想出这样的主意,让自己的女儿来伺候他……

他跳下床,拎起柳眉的铺盖卷儿,"回去吧,我去跟你爸讲。"

柳眉一把夺过自己的铺盖卷儿,又放到邵南孙的木床上,"要去你自己去! 远处来看病的人可以睡在这张床上,我为什么就不能睡? 再说你只有晚上才有空教我……"

柳眉说着说着哭了起来。邵南孙慌了,赶紧哄她:"小妹妹,别哭,别哭!"

"谁是小妹妹?"柳眉最生气他这哄小孩的口吻。

邵南孙哭笑不得,还得连求带哄:"好吧,柳眉同志,不管怎样,咱们还得去跟你父母讲一声呀!"

"你别搬我的行李。"柳眉觉得只有行李放在他的床上才牢靠,他想收她也得收,不想收她也得收。

他在前面走,柳眉在后面默默地跟着。

柳顺一见他把女儿领回来了,那张宽厚诚实的脸上现出难堪的神色,勉强笑着说:"我说怎么样,被退回来了吧! 我早知道小眉不是那块材料!"

邵南孙一怔,"老柳大哥,你真想叫柳眉学蛇医呀?"

"不是我叫她学,是她自己哭着喊着要去跟你当学徒。我怕给你添麻烦,老拦着。今天让她吵烦了,她妈就开了活口,同意她去碰碰运气。"

邵南孙感到事情不像他想的那么简单,他严肃地说:"老柳,当蛇医要会抓蛇,这是个危险的活儿,女孩子不合适。"

柳眉抢着说:"我不怕,我从小就不怕蛇!"

邵南孙为难地看看她,仍然对柳顺说:"既然如此,白天家里没事的时候叫她先来跟我学认药,把行李就拿回来吧。"

柳顺说:"不,要学就像个学的样子,我们把柳眉就送给你了。反正她下边还有两个兄弟一个妹妹。"

柳顺的妻子也插嘴说:"叫小眉住在那儿,一早一晚还可以伺候你。"

"不……"邵南孙就那一间小土屋,他憋了半天才说出一句,"那不方便!"

柳顺当机立断,"小眉,认邵同志当干爹,跪下磕个头!"

邵南孙一把没拉住,柳眉真的给他磕了个头,"干……爹。"最后一个字含含糊糊,不知叫的是"爹"呀,还是"哥"?

邵南孙急得脸红脖子粗,"老柳,你不知道我是什么人吗? 我是'牛鬼蛇神'!"

"四里八乡都知道你是个好蛇神!"

"咳,你说到哪儿去了……"邵南孙手足无措,他还不到三十岁,尚未尝过结婚的滋味,怎么能当干爹呢? 想推辞也是不可能的了,只好说："柳眉，我的身份不好，认我做干爹会影响你的前途，就喊我老师吧，我收你做学生。"

从那天晚上起，他跟柳眉就在同一个锅里吃饭，同在一间屋里睡觉。名为师生，实则更像兄妹，然而比兄妹更亲密。因为他们毕竟不是真兄妹，相互有一种异样的依恋，却又十分纯洁。即使邵南孙有时候冒出强烈的男性冲动，他也没敢破坏两人圣洁的关系。柳眉是给他磕过头，喊过爹的。倒是身体逐渐发育成熟，且又过分懂事的柳眉，有时情不自禁地跟他撒娇，想获得他的爱抚。幸好他知道自己的身份，从未失去理智。直到一年多以后，找邵南孙看蛇伤的人越来越多，公社又给他盖了两间房，他和柳眉才分开住。在这一年多的时间里，柳眉似乎突然长成大姑娘了，当之无愧地成了邵南孙最得意的助手。除去银环蛇、五步蛇、眼镜王蛇和眼镜蛇的咬伤还需邵南孙亲自动手外，其他毒蛇咬伤她全能自己处理。邵南孙知道自己的根子不够红不够硬，不便多出头露面，就把所有的功劳都加到自己徒弟身上。凡有出头露脸的事情都让柳眉去。几年来她成了县、地区和全省的劳动模范，一九七七年又被评为全国三八红旗手。只有一件事不顺心，眼看已经二十多岁了，还没有找对象，而且不想找。她的心事邵南孙完全知道，却无能为力。以前他还有个借口：自己是黑帮分子，不能牵连她。现在连这个借口也没有了……

现在的故事之七

占地近五千平方米的拟态蛇园是邵南孙的骄傲，也是他的蛇伤研究所的财库。每周取两次蛇毒，凡取毒的日子邵南孙都亲自披挂上阵。

所谓拟态蛇园，是完全仿照毒蛇的野外生活环境建造的，大园中还有许多小园，能够适应几十种毒蛇的生态习性和活动规律。几万条蛇自由自在地在拟态环境中生活、繁衍后代，再加以人工投放大量多样化的食物，这里真是一个毒雾迷漫的蛇的乐园。从外表看，竹木茏翠，奇石怪洞，曲径通幽，还伴有淙淙流水。当你真正地靠近了它，在和煦的阳光下都觉得阴气森森。至于那些阳光照射不到的树阴里、山背后以及洞穴中，就更显得阴森恐怖。各种颜色、各种形状的毒蛇举目皆是，一个树枝上盘卧着十几条青竹蛇，与树枝的颜色一模一样，会出其不意地飞到人的脖子里来。一个石洞里就可以蜷伏着一百多条蛇，成群结伙，令人胆寒。有的在蛇居门口昂首吐芯，不可一世；有的在园里爬来爬去，会悄无声息地缠住人的脚；有的在溪水里游弋，一副飞扬跋扈的样子，一有响动便扇起浪花咻咻追人；有些更凶猛的大蛇被关在笼子里，一有人从笼前经过，便摇头吐芯，向外冲击，发出的怪叫，十分恐怖。

令人不解的是，每当邵南孙一踏进蛇园，众蛇立刻安静下来，气势矮了半截。有的静卧不动，有的摇尾乞怜，有的溜之乎也。其实一个也跑不掉，邵南孙和他的徒弟们一个小园一个小园地取毒，不同的蛇毒放在不同的茶杯里。毒蛇认得他们，他们也几乎认得清每一条毒蛇,抓起毒蛇趁其张嘴的时候把特制的小碟送到它的毒牙下,白色的毒液便流到碟子里。一分钟取一条,麻利得很。蛇的感觉是很敏锐的,美国人造的"响尾蛇"导弹,不就是受蛇的启发、依据蛇的原理吗?它们也许知道"蛇神"和他的弟子不会加害于它们,所以表现得比较听话,很少出什么事故。

刘二根则留在前面守电话、看大门、负责接待,捎带着清洗和检修他的汽车。现在的蛇伤研究所变成了一个对各色人等都很有吸引力的地方,当权者、好奇者、作家、记者、名人学者、观光旅游者、贪吃者、贪玩者……都想到这儿一饱眼福,有的则想得到点刺激。经常是上午十点钟一过,各种各样的客人便蜂拥而至。每个客人都有"来头儿",不是经邵南孙朋友的介绍,便是由上级机关的人陪同。邵南孙虽是"蛇神",在人间也要接受领导者的管理,如公社、县委、地委、省委等等。没有"来头儿"根本就不敢到流香坪来,来了也会给碰回去。北峰公社当初对邵南孙不错,没有怎么监督他、管制他。他知恩必报,现在对公社、大队的头头们相当客气,有求必应,流香坪周围的村庄都沾了蛇伤研究所不少光。他跟县委无冤无仇,也算客气。跟地委有冤有仇,决不客气。一般地说,有文人学者来访,邵南孙总是远接高迎,山珍野味,让其大吃大喝一顿,然后再海阔天空地神聊一通。这种川流不息的客人给这个不足二十人的蛇伤研究所造成很大的压力,赔钱、赔东西、赔工夫。所长几乎天天在招待所大宴宾客。凡是到这儿来的人,都想见见他这个蛇神,他一高兴就一分钱不收。在喝得眼饧耳热之后,人家一捧他,一抬他,他很少有不高兴的时候。这样一来,单吃蛇肉、喝蛇酒,就赔了不老少。所有参观者都是奔毒蛇来的,看毒蛇、吃毒蛇、捎走毒蛇酒。这里毒蛇虽多,每一条都是冒生命危险捕捉来的,常年跟毒蛇打交道毕竟是一件玩儿命的工作。蛇越毒肉越香,客人们越爱吃,邵南孙的徒弟们看着挺心疼。蛇越值钱,捕捉的时候危险性也就越大。他们心里有意见,但不愿说出来,徒弟们对邵南孙又感激,又怕。

今天刘二根有权,把客人都堵在接待室里,声称取蛇毒的日子工作紧张又危险,谢绝参观。他在邵南孙的徒弟中是最老实的,从不多说多道,也不多管别人的闲事,只说一句"不能进",再也没有话了。任客人磨破嘴皮子,他也不做解释,只顾擦汽车。今天来的客人看样子就都有点来头,头一拨是一辆小轿车和一辆中级轿车,下了车连男带女一大帮,真吓了刘二根一跳:"老天哪,这么多人! 得多少蛇给他们吃?"陪同来的是个什么武装部长,一身军装,态度挺横。在接待室等了一会儿,他就不耐烦了,对刘二根说:"快去把你们的所长找来!"

刘二根不吭声。

"你怎么不说话? 你不去找所长我们就自己进去了。"武装部长果然有军人的勇武。刘二根还是不着急,不紧不慢地甩出几句话又让武装部长停住了脚步:

"取毒的日子蛇都红了眼,到处乱窜、乱飞,见什么咬什么,一咬上还就不松口。你知道所长在哪个园里取毒? 恐怕找不到所长先找到阎王爷了!"

武装部长见动硬的不行,只好来软的,把刘二根拉到一边儿小声说:"你知道那个老头儿是谁吗?"

"谁?"

"是咱们警备区的副司令员!"

刘二根一惊,"哎呀,这么大首长为什么非赶这个日子来? 太危险了!"

"我三天前就向你们县委打了招呼。"

"等一会儿,人齐了我带你们从外边看看。"

说着话第二拨客人又到了,铁弓岭县委的宣传部长陪着一个什么杂志的女记者来采访邵南孙。其余的人大概是宣传部长的小姨子、小舅子、兄弟媳妇和邻居之类的角色,总之是来帮吃帮喝的。刘二根在心里盘算了一下:"得,今天至少又是三桌。"

宣传部长是蛇园的常客,每次都带着不同的客人或随从。他大概在汽车里还向漂亮的女记者猛吹了一通,自己如何支持邵南孙,跟邵南孙关系如何好呀等等。他带着自己的队伍没进接待室,随随便便地跟刘二根打着招呼："小刘,南孙在吗？"

"正在取蛇毒。"

"是吗？太好了！"他转身向女记者讨好,"您真有眼福,赶上取蛇毒最好看,最精彩！"

宣传部长熟门熟路,径直往里走。刘二根可抓了瞎,管也管不了,拦又拦不住。刚才吓唬武装部长的那一套,他不敢对宣传部长使,不怕生脸的大官,就怕熟脸的朋友。武装部长一见这个阵势,狠狠地瞪了几眼刘二根,还说了几句不三不四的闲话,也招呼自己的人跟在宣传部长的后面向园里走去。

刘二根到底还是老实,又气又恼又没有办法,只好跟在后面。宣传部长在前面夸夸其谈,炫耀自己的知识,充当了导游：

"……这就是我在车上给你介绍的拟态蛇园。世界上人工饲养五步蛇的最高记录是活一百八十天,他们这儿的五步蛇已经活了好几年啦,越活越壮,越繁殖越多。"

女记者说："蛇园的围墙也不算很高,毒蛇就爬不出来吗？"

宣传部长得意地笑了,蛇园就好像是他的一样,"日本研究蛇的专家,来看过之后也提出了这个问题。你仔细看那围墙,跟普通围墙不一样。呈凹形,任何蛇也爬不上来。"

"有意思。外国人来的多吗？"

"经常来,去年还在这儿开了个国际蛇研究年会,规定每人宣读自己论文的时间不得超过二十分钟,南孙宣读了三篇,每篇都只用八九分钟。他是作家,用词准确,没有一个废字。反应还挺好,都在国际性的学术刊物上发表了。"

"真是多才多艺！"女记者端着小本子不停地记录,还不时地用挂在脖子上的相机拍照。她记得认真,讲的人兴致就更高了。

"南孙绝对是个怪才,没有什么东西能够征服他,而他想征服的东西就一定能够办得到。"

"这位'蛇神'颇有点传奇色彩。"

"这一带的农民传说着不少关于他的故事。"

"是吗？你快讲一个。"

"捉蛇、养蛇、取毒、制蛇药、治蛇伤这些事就不值一提了,他这个'蛇神'神在什么地方呢？假如有哪一条毒蛇昏头昏脑地咬了他一口,他一点事没有,就像被蚊子叮了一下,而那条毒蛇立刻就会死去。晚上,他坐在山坡上吹一声口哨,铁弓岭所有的蛇,无论大小,无论有毒的还是没毒的,全得从四面八方赶来,趴在他的脚下听候训示。那些咬了人的毒蛇就会受到处罚,甭想逃得过他的眼睛。他如果用草棍在地上画个圈儿,就是把犯错误的毒蛇关了禁闭;没有他的恩准,那蛇到死也不敢出圈儿!"

"太妙了!"女记者天真地拍起手来,刘二根看着很不得劲。"他的脾气一定很怪吧?"

"脾气倒不怪,干他们这一行的身上都有点江湖义气,南孙公开就敢说,医院是为老爷办的,他的蛇伤研究所是为农民办的。治蛇伤要看人收费,对干部和享有公费医疗的人收得多,甚至敲点竹杠;农民来了不收费,赔药、赔吃喝、赔房钱。"

武装部长的队伍里有人插了一句:"这有点占山为王的味道!"

宣传部长没有答理这个狂妄的年轻人,看样子他是那个老头儿的少爷或女婿之类的人物。宣传部长仍然只向女记者献殷勤,好像吹捧邵南孙也可以抬高他自己的身价:"他这个山大王还不容易被'招安'。去年我们县医院想请他去当副院长,他不干!""要是我,也不干!"女记者的鼻子哼了一声。

这时,邵南孙领着几个徒弟从拟态蛇园里最大的一座魔窟——五步蛇专园里走了出来。女记者急问:"哪个是邵南孙?"

宣传部长高兴地大叫一嗓子:"南孙!"

邵南孙没有听见,或许是有意不搭腔,很快又消失在另一座蛇居的后面。女记者急不可耐地说:"我们进去看看可以吧?"

"不行!"宣传部长面有难色,他深知毒蛇的厉害,不愿冒生命危险来讨好眼前这个漂亮女人,"没有南孙保驾,外人私闯蛇园将冒九死一生的危险!"

女记者甩开宣传部长,自己走到刘二根的面前磨叽。身上那股好闻的香味使这个山里小伙子感到很不好意思,不觉后退了两步。她说:"小刘同志,你能不能带我进去见见你们所长?"

刘二根不知说什么好,只能用手指指拟态蛇园大门口上的牌子——"谢绝参观"。

感到有点没味儿的宣传部长,赶紧过来帮腔:"你把南孙叫出来,就说我领来一位《当代生活杂志》的记者,要写他的专访。"

刘二根说:"今天实在不行,你们就在外边看看吧。那边还有个大陈列室,各种蛇的标本全有,我可以带你们去看。"

"我要看活蛇,看邵南孙怎样取蛇毒,还要拍照片。我是记者,记者哪里都可以采访,上至中外的国家领导人,下至国家最机密的导弹发射基地,还有比你们蛇园更危险的中越边境上的战场。我叫华梅,你无论如何要帮我个忙。"女记者从小皮包里拿出一张名片送给刘二根。真是要命,她那一双熠熠闪光的眼睛里流露出亲昵的乞求和命令的意味,心肠再硬的男人对这样一个女人的请求也难以拒绝。她打扮奇特,却并不妖气;她谈吐随随便便,却叫人感到她意志坚强,似乎不达目的决不罢休;身上有一种优越的女皇风度,却又平易近人的讨人喜欢和诱惑人。她站得离刘二根很近,身上那股淡淡的外国香水的味道老也飘不散。刘二根窘得脸红脖子粗,只得说:"您在这儿等着,我去问问老师。"

刘二根一推开蛇园的门,华梅就抢上一步,双手死死地抓住他的左胳膊,冲他狡黠地一笑,"我跟你一块去问。"

刘二根的身体像通了一股电流,紧张而又有一种奇异的快感。但愿华梅身上的那股香味,不要把大大小小的毒蛇都吸引过来!

快见到邵南孙的时候,刘二根才把华梅的手推开,紧走几步拉开距离。有一只逃命的老鼠正巧撞在华梅的脚上,她惊叫一声往前就跑,立刻有几条大蛇向她追来。"救命呀!"她的高跟鞋踩上一条滑鼠蛇,身子一歪,摔在邵南孙的脚底下。

邵南孙手里正抓着一条蝮蛇,没有回头先骂了句:"你找死呀!"

"有蛇神在此,我还会死吗?"

出语俏皮,声音清脆悦耳。邵南孙奇怪地回过头来,看见了华梅那富有魅力的笑容和见面熟的神情,他的火气不知不觉地被一股岚雾般的女性的快乐气息给融化了……

所长也算够意思了,亲自下厨,为客人们端上了最后一道菜——鸡蛋虾米蘑菇汤。饭菜的规格往下压,接待的规格往上提,人家翻山越岭,从大老远的地方跑来,还不是对你蛇伤研究所感兴趣,何苦要得罪他们?不给实的也得给点虚的,尽量让参观者回去说蛇研所的好话。

他笑容可掬地表达着自己的歉意:"菜和汤都齐了。我们这儿是穷乡僻壤,人手又少,从科研、治伤、养蛇、种药到做饭、招待、保管等后勤杂务,全是这几个人干。饭菜简单,招待不周,请大家谅解。"

客人们全都泄了气,想吃的那些好东西一样也没吃上:流香溪里没有受过任何污染的娃娃鱼,营养价值胜过燕窝、鱼翅的铁弓岭石蹦,五步蛇和童子鸡合炖的龙凤汤,这些味道醇厚鲜美,饱餐一顿可以对身体进行全面滋补的东西桌上都没有,甚至连大名鼎鼎的铁弓岭蛇酒也没有见到。据说喝一口蛇研所自己泡制的五步蛇酒,全身筋脉畅通、舒服,可以听到自己关节的响动声。到这个地方来参观,就是为了吃点新鲜,看点新鲜。该吃的都吃不上,谁能谅解?客人们积了一肚子怨气,感到面子上最下不来台的是两位陪同。宣传部长是吃过龙凤汤的,绘声绘色地向女记者华梅和自己的亲眷吹了一路。而且一口一个南孙,在路上说了大话,凭他的面子保证能吃上龙凤汤。谁知连龙凤汤的味儿都没有闻上,太难堪了!用他的话说,邵南孙只差没长毛,若长了毛比猴还灵,自然会注意到宣传部长那红一阵白一阵的脸色。邵南孙可知道这位宣传部长有一张破嘴,最好能利用它,不能用也要把它堵上。如果惹翻了他到处瞎巴巴,又有什么好处呢!

他走过去替宣传部长打圆场:"老何,今天真是对不起你。我昨天刚从福北回来,事情太多,来的客人又多,来不及准备什么东西招待你,算是叫你赶巧了。"

有邵南孙这几句痛快话,宣传部长立刻眉开眼笑了,"没关系,我们又不是外人。"

"你今天别走了,晚上我们好好聊聊,明天上午我用车把你送回去。"

邵南孙这两句够朋友的话使宣传部长的脸色完全正过来了。他笑着说:"咱们俩见面还不容易,我今天必须赶回去,明天上午还有常委会。"他忽然一拍脑门儿,"差点忘了正事,书记让我告诉你,县委想支持你们蛇研所一笔钱。"

"噢……县委想要我点什么?"

"对你来说是小事一桩,一百斤蛇酒。"

邵南孙刚才表现出来的那股讲友情的随和劲儿马上消失了,目光盯着宣传部长的眼睛,脸变得生动起来,一股盛气凌人的情绪从他身上扩散出来,"一百斤蛇酒也可以卖一千元,我还落个被支持。支持我的人多,指挥我的人就多了。指挥我的人太多,我就什么也干不成了!"

华梅放下筷子,掏出小本子记下他这一段话,邵南孙看了她一眼。

宣传部长又有点尴尬,"书记也是好意。"

"请你转达我对他的谢意。他什么时候想喝蛇酒就打个电话来,我会派人送去,别再提钱。过去谁给我五十元钱,我终生感激,现在你给我五万元,我连眉毛也不会动。你们慢慢吃,我还有点事就不陪了。"邵南孙的礼貌周全,却让人感到冷冰冰的,是一种机智的敷衍。而生活中敷衍是少不了的,特别是他和他的蛇伤研究所已经出了名,他每天为名而忙的事情太多了。

他一离开餐厅,客人们纷纷咒骂他,甚至有人摔筷子推碗,发泄心里的怨恨和丧气。邵南孙耳根子发热,他知道人家在骂他,甚至猜得出会骂些什么话。如果他给每张桌上端去一盆龙凤汤、一瓶蛇酒,他们吃得心满意足之后,就会当面奉承他,把他捧上了天。回去以后还会把他说得神乎其神,把铁弓岭说得悬而又悬……

武装部长在餐厅门口追上了他,严肃而直率地质问他:"你今天是不是故意的?"

"您指的是什么?"

"为什么让首长吃这样的饭菜?"

"对不起,我这儿没有小灶。"

"你是不是国家干部?"

"曾经是过,'文化大革命'中被赶下来了。"

"不奇怪,要不你这么没有组织观念! 你是党员吗?"

"不是。"

"噢,难怪呢!"

武装部长用鄙视的眼光对邵南孙上下打量了一番,一甩手掉头而去。他已经弄清楚今天没有吃上龙凤汤的原因,可以向首长有个交代啦。

"吃,吃,吃,这群蝗虫!"邵南孙真想骂出声,也放一放自己心里的火气。以前他倒霉的时候在人前装孙子,现在打下了一块自己的天下,为什么还要向各种各样的蠢货赔笑脸? 为他们端汤端饭,有一处伺候不好,是人不是人的都可以给他脸色看,他图个什么?

送走客人,蛇研所吃午饭的哨音也响了,邵南孙喊住了手拿饭盒正想躲开他的刘二根,"下午不论谁来或谁走,都不要打搅我,我一个也不见!"他对接待这种客人越来越腻烦了。

他说完径直回到自己的宿舍。刘二根在后面小心地提醒:"邵老师,该吃饭啦!"

"我不吃了!"

邵南孙回到自己的房间,把门锁碰上,伸手要往酒柜里拿酒,眼睛正好碰到墙上的五个大字:生气不喝酒。这是他父亲的遗墨。当他被关在牛棚里受罪的时候,老人家在弓脚县也受尽污辱,得了一种中医叫做"气臌"的病,就是因生气后常喝闷酒所致。后来得到邵南孙被遣送铁弓岭的消息,如同雪上加霜,给不争气的小儿子写了这条遗嘱就谢世了。

邵南孙的手又从酒柜里抽回来,值得为这些事动肝火吗? 他冷静下来,肚子里的火气似乎也消了许多。近来他的肝火很旺,动不动就发脾气,事后总是对自己很不满意。他从喧闹的福北城来到人烟稀少的铁弓岭之后,曾经度过了一段与世无争的生活,充满了闲云野鹤般的情致。从什么时候开始又搅进了这个嘈杂的社会搏斗场? 随着他的名气越来越大,钱越来越多,来参观访问的人也就川流不息,铁弓岭开始热闹起来。扪心自问,他不是很喜欢这种热闹吗? 他就是要出名,要成功,要洗刷生活加到他身上的全部耻辱,由三孙子变成爷爷! 他十年卧薪尝胆不就是要等待这一天吗? 他为什么还不满意呢? 生活又出了什么毛病? 他如果为每一个来访者都宰杀一条五步蛇,不要说徒弟们不高兴,会消极反抗,连他自己也心疼。可他要这么多毒蛇干什么用? 赚那么多钱有什么用? 毒蛇不过是他通向成功的阶梯,难道能蹲在这个荒山沟里守着这些毒蛇过一辈子吗? 他以前是打算这么做的,可现在,他的主要兴趣和精力都放在了写作上……

他打开带电脑的索尼牌双卡立体声收录机,花露婵轻柔的声音,如云似雾地弥漫了整个房间。他需要听到她的声音,需要跟她交谈,只有她的声音才能柔抚他的大脑,使他忘记一切烦恼和疲倦。表面上看他很红,取得的成就令人眼馋,实际上却很懦弱和孤独,也只有孤独才是他惟一最牢靠的朋友。他躺倒床上,闭着眼睛,花露婵的声音把他托了起来,飘飘欲仙。

"老师,开门。"柳眉敲门,邵南孙不能不开。

柳眉手里提着一个长方形的平底竹篮儿,撩开上面雪白的盖布,一团热气夹带着喷鼻的香味散发开来。一碗鲜美的蛇羹,一碟香菇烧石蹦,还有一碟清蒸流香鲫鱼,一盆米饭。她把饭菜摆在邵南孙的写字台上,把筷子递到他手里,回手关掉了录音机,她害怕听到花露婵的声音。她在邵南孙这里看到过花露婵的照片。在那长长的黑夜里,邵南孙像父亲一样把她搂在怀里,流着泪给她讲花露婵的事情,她也陪着掉眼泪,深深地可怜和崇拜那位天仙一样的女演员。现在她从心里对花露婵有一股说不出来的妒忌甚至是憎恨,花露婵早就死了,可她的鬼魂还缠着邵南孙！

"你怎么不吃啊？"

"您先吃吧，我等一会儿再吃。"柳眉的眼睛里闪烁着无比的温柔和关心，多少还带有一点淡淡的凄苦。她愿意默默地看着他吃饭，他吃一碗，她为他盛一碗。

她性情温顺和蔼，但在温厚中又藏着刚强劲。邵南孙一看到她这副天真善良、一往情深的样子，就替她难受，也感到自己对不住她，把她给耽误了。他眼看她由小姑娘变成大姑娘，现在成了老姑娘，芳菲的岁月已经过去了，有两条含怨带愁的细纹爬上了她的前额，再加上她不想也不会化妆打扮，看上去比实际年龄要大。而铁弓岭的山风只会把她打扮得脸色发红，皮肤粗糙，从外表看怎么叫人相信她是个还没有结婚的姑娘呢！

邵南孙把筷子又递还给柳眉，"我还有勺儿，有好长时间咱俩没单独在一起吃过饭了。"

"这是您一个人的饭，我再去拿。"

邵南孙拦住了她，"我一点不饿，吃不了这么多，咱俩凑合一下就行了。"

柳眉的脸上立刻泛出一层幸福的光亮，这时候的她显得聪明、善良，心底的善意泛到脸上，增加了她的妩媚。她几乎不怎么吃菜，不断把蛇羹、石蹦舀到邵南孙的碗里，用筷子把鲫鱼的刺儿剔净以后，光把鱼肉夹给邵南孙。邵南孙一看她，她就含羞带嗔地低下头去。邵南孙心里一阵激动——多好的姑娘，将来一准是个贤妻良母，谁能娶到她算谁有福气。

"小眉，该找个对象结婚了。咱们所这么多小伙子，就没有一个中你的意吗？"

柳眉的神色立刻黯淡下来。邵南孙自知失口，这些年柳眉等的是他，不光他心里很明白，蛇研所的人没有一个不知道的。就连柳眉的父母这两年一见了他就躲开，大概也是觉得不好意思。在铁弓岭甚至还有人传说他早就给柳眉破了身……

"小眉,我知道你的心思,都怪我把你害了。你是个难得的好人,在我最倒霉的时候是你陪着我过来的,一直照顾我这么多年,我要感激你一辈子。可是,我们俩是不能结合的,人家都知道你曾认我做干爹……"

柳眉哭了,"从那时候起我爹妈就等于把我给了你。"

"啊!"邵南孙一愣,他索性就把话全说开了,"小眉,听我说,你并不了解我。你比我好,比我单纯,要是嫁给我不会有幸福的。我比你复杂,跟你比我可以说是个坏人。我真正爱的人已经死了,今后如果非要结婚成立家庭不可,也不会是出于爱情。你对我这么好,我怎么忍心毁你一辈子?"

"老师,您别说了。以前我真的做过和您结婚的梦,这两年您成了大名人,我知道自己不配。我只求您真的拿我当干闺女,不管您到哪儿去都把我留在身边,只要能伺候您一辈子我就知足了。"

"柳眉,这怎么可以? 为了我你牺牲自己的一生,不值得! 你不知道我都干了些什么事,我没有你想象的那么好……"

"我知道。"

"你知道了?"邵南孙的脸忽然涨得通红。

"您要离开铁弓岭了,回福北当文化局副局长。"

"谁说的?"

"刚才地委打电话来了,二根不敢找您,就让我接的电话,地委组织部让您这两天去一趟,谈谈工作。"

这倒不是个坏消息。邵南孙从椅子上站起来,兴奋地在屋子里走了几步。忽然看见了柳眉那失望和痛苦的目光。他安慰她说:"你放心,我不会离开铁弓岭的,这里是我的根据地,我的避难所。这里有我的事业,我的十年心血,我舍不得丢下蛇研所。但是,这个副局长我也想要,让那些曾欺侮过我的人看看!"

柳眉信赖地看着他,目光中充满了敬慕和迷恋,似有千言万语横溢在心头,就是那张嘴表达不出来。

"柳眉,我敬重你,也喜欢你。这种喜欢是真诚的,没有一点邪念,是对一个好妹妹、一个好助手的爱。人有尊敬,才有真情,我不是常有这种真诚的,请理解我。"

柳眉点点头,她被感动了。她特别喜欢听邵南孙讲话,不论他讲什么都那么有道理,让人信服,而且声音好听,表情富于感染力。她心里的激情渐渐像发面团一样膨胀起来,由对邵南孙的崇拜变成了对他的憎恨,憎恨他对自己太敬重、太真诚、太老实。她渴望他的爱,渴望他占有她,糟蹋她或是杀了她! 这是一个机会,她也可以扑上去,咬他,掐他,爱他,把什么都给他,他不答应就杀死他。也可以像十年前一样,把头扎到他的怀里,搂住他的脖子,撒娇,哭个没完,让他不停地抚摸自己,亲吻自己,说尽好话……现在她却什么都做不出,什么话都说不出,只有痴呆呆地望着邵南孙。

邵南孙问她:"你怎么啦?"

"没事。"她生自己的气,嫌自己拙嘴笨舌,恨自己太窝囊。

"你这样下去怎么行呢? 我一定要帮你找个配得上你的小伙子。"

柳眉突然火了,"我的事您别管,既然最好的人不要我,我也决不会嫁给二三流的小徒弟。您守着个死鬼的坟可以过一辈子,我就不可以守着您这个大活人过一辈子吗? 您跟谁结婚我都不管,反正我要跟着您!"

她把剩菜剩饭收拾到篮子里,推门出去了。

"哎呀,啧!"邵南孙重重地叹了口气,柳眉的一片深情让他感动,也造成他很重的负担,跟好人在一起责任太大,自由太少。他厌恶虚假,也害怕感情用事,不论思想上和身体上,他都要求自由自在,喜欢超然和享受。比较起来,他当然尊敬柳眉而瞧不起佟佩茹,若论在一块玩儿,他宁愿选择佟佩茹,玩儿完就散伙,在心理上不会失去平衡,没有缺德和犯罪的感觉……

四支火把分插在山间草甸上,给黑森森像一块铁板似的黑暗点上了四个红点。善于扑火、外号又叫"火蛇"的五步蛇,从附近的山林里游出来,张着血口扑向火把。蛇研所的小伙子们便干脆利索地将它们捉住,放进蛇袋。这情景像童话一样美丽和惊心动魄。

女记者华梅的好奇心得到了极大的满足。这场外人很难看到的捕蛇表演,是应她的要求专为她安排的。起初她吓得后背直冒冷气,死死搂住柳眉的胳膊,寸步不敢离开她的保护人。渐渐被捕蛇者的机智和勇敢所感染,心也稳定下来,她才有心思欣赏这精彩的捕蛇场面。她很庆幸,没有白来一趟铁弓岭。下午她不听陪同的劝告,自己断然留了下来更是做对了。她敢吹牛,连那个废话连篇的宣传部长也未必见过这种场面。如果不是亲眼所见,她这个自视清高的女才子也无法想象、甚至不敢相信夜间捕蛇竟是这般惊险,并且充满了神奇的浪漫情调。头上繁星闪烁,山野一片漆黑,偶尔传来一两声不知是什么动物的怪叫。多得怕人的蝙蝠,扑扑棱棱地在她身边飞来转去,有几次似乎扫到了她的头发,碰上她的衣领,却决不会撞到她的脸上。夜幕使铁弓岭变得更加神秘而凶恶,每一寸黑暗好像都埋伏着一个危险,点起一个火把非但不能驱魔赶邪,反倒会引来一些毒蛇猛兽。如果是一个人被抛在这样的地方,不被毒蛇咬死,也会吓死。现在她身边有这么多山里勇士,还有什么可怕的?也正因为有她在场,那些小伙子们也格外精神抖擞,动作勇猛。

华梅拿出照相机,问柳眉:"如果我用闪光灯的话,火蛇不会扑上来吧?"

"不会的。"柳眉真诚地照顾她、保护她,心里多少还有点妒忌她、钦佩她。

像华梅这样的人才配做女人。她并不是有多么了不起的美貌。美貌和魅力是两回事,美貌不一定就有魅力。她相貌平常(至少在柳眉的眼里是如此),可是她会打扮,会说话,善于利用自己做女人的优势,而又极其大方和自然。可见天生不太美貌的人可以学得有魅力,魅力是才情和智慧的外衣,是一种诀窍,一种受思想意识支配的行动。

华梅知道了柳眉在蛇研所的特殊地位,要想接近拒绝采访的邵南孙,全面了解这个神奇的人物(包括他的私生活,越是有点名气的人,掩盖其品质的假象就越多,而在私生活中却最容易暴露他们的天性),要想在蛇研所畅行无阻，必须先得征服这个实权在握的副所长。她先放弃了对邵南孙的采访，转而进攻柳眉。有的女人只对男性有魅力，在同性面前往往被孤立，遭到忌恨和厌恶。华梅在同性面前仍然能发挥女人的特长——女人跟女人之间还有什么不好谈的。只用了两个多小时，她们俩就建立起一种友谊。柳眉讲述了自己的全部经历，包括对邵南孙的感情及两人的特殊关系。平时她找不到一个可以听她讲这种话的人，她的心事也从不肯对外人讲，只因华梅并不是被动地光听她讲述，华梅也讲自己的故事，介绍自己的见闻，讲一些与柳眉的境遇有关却又是她闻所未闻的知识：恋爱、婚姻、有关性生活的争论，发达国家的妇女是怎样生活的，中国正在发生什么变化，以及大城市不同层次的姑娘都是怎样对待这些问题的。她们俩好像不是采访和被采访的关系，更像两个相互信赖的朋友谈知心话，争着说话，相互打断，相互补充，在交谈中相互了解得更深了。华梅把自己随身带着的化妆品当做礼物送给了柳眉一部分，告诉她怎样保护皮肤，怎样化淡妆，让别人只感到你年轻了、漂亮了，却看不出丝毫化过妆的痕迹。

华梅真心佩服柳眉的勇敢、坚韧和在事业上所取得的成功，觉得她也算大山里的一个奇女子，却又同情她在感情生活中的苦闷。依她这样的性格，默默地、老实巴交地爱着自己的老师，能有什么结果呢？对一个农村姑娘来说，她长得不算难看，邵南孙真的是个财色不迷的真君子？不知是出于记者的猎奇心和敏锐的意识，还是出于女人的感情、感受和自我困惑，她越发迷上了邵南孙。在柳眉的帮助下，她又见缝插针地和好几个小伙子进行了交谈。她身上的香味到处飘荡，使这个小伙子太多姑娘太少、精神生活又过分单调的蛇研所，空气也变得清香了。小伙子们都表现得异乎寻常的兴奋，他们希望有年轻的异性参观者住下来。何况华梅的谈吐举止又是这样随便和得体，小伙子们有点着魔。她要什么给她什么，她问一答十，她想着怎样上山抓野蛇，就专为她搞了一场夜战……连柳眉都感到有点妒忌了。这些小伙子从来没有对她献过这样的殷勤，大家总是一本正经。她如果有华梅的一半能耐，邵南孙也不会对她这样，两人在一块儿就像两根木头一样。如果像华梅这样,天下还有什么事情办不到呢?

华梅按动快门,袖珍型傻瓜照相机里装有一截儿五号电池。在如此广大的黑暗面前,它闪出的光亮短促而又微弱,像星星眨眼一样,不仅撕不开沉沉夜幕,甚至不能在它上面烧穿一个小洞,一次又一次地被黑暗吞没了。倒是她的声音,紧张的惊叫,热情的话语,欢快的笑声,似乎驱散了黑暗。

"二根,看我,好!"相机闪了一下鬼火。

每一个被拍照的捕蛇者,都喜欢在黑暗的掩护下跟她搭讪几句话。

"华同志,你白费劲儿,照不上的。"

"也许不太清楚,但保证能照上,朦朦胧胧的更美。"

"有的记者相机里不装胶片,成心拿我们耍着玩儿。"

"你看我像耍着玩儿的吗?"

"不……好说。"

"你真坏,不像二根那么老实。告诉你,我至少有三种底片,相机里一卷儿,笔记本上一卷儿,心里还有一卷儿,通过两只眼用大脑皮层做底片拍下的照片是最保险的。"

"你洗出来以后,不管好坏可要寄给我们。"

"那还用说!"

蛇抓得差不多了,小伙子们都凑过来围着华梅说闲话。华梅忽然灵机一动,"要是把火把变成火堆,在这儿举行一场舞会可太妙了!"

捕蛇者们开心地笑了,"谁会跳呀?"

"我教你们,每个人只要半小时就可以'扫盲'。"她搂住柳眉的肩膀,"怎么样,咱回去拿个录音机来。"

柳眉看她那认真的样子真是哭笑不得,"天太晚了。"

刘二根也一反常态,抢着说两句有风趣的话:"音乐一响,要是把各种动物都引来怎么办?"

"那就来个人兽大联欢。"

"说得好听,到时候还不把你吓死!"

"大家收拾东西回去吧,就寝的时间快到了。"柳眉不得不发话了,否则这些小光棍儿真会陪着迷人的华梅在这儿说到大天亮。柳眉打心眼儿里羡慕华梅这种善于和人相处的本领,她身上仿佛有一种磁铁般的吸引力,来了还不到一天,大家就跟她这样熟悉,这样亲热。

华梅跟小伙子们说说笑笑地回到蛇研所,她告别热情的小伙子们回到招待所自己的房间,整个一座小楼里只有她一个房客,静得让人发瘆。她梳洗了一下,上身又加了件衣服,然后走下楼来想再去碰碰运气。

熄灯的哨声已经响过了,蛇王国里的国王——邵南孙的房间里还亮着灯光。可见在这儿他就是法律,不受任何制度的约束。华梅暗喜,上前轻轻地敲门。

"谁?"

"我。"

正在花露婵的唱腔声中凝神写作的邵南孙,听成是柳眉的声音了。蛇研所里只有她一个姑娘,况且此时的邵南孙心里想的是花露婵,眼睛看到的是花露婵的幻影,耳朵里听到的是花露婵的声音。深山寂寂,静夜情浓,他的思想感情正处于一种燃烧的状态。一个下午和晚上已经拿下了五千字,甚感得意。这时候有个姑娘来聊聊天,也是一件快事。他开了门,灯影里站着丰姿绰约的华梅。

"你?"

"不欢迎?"

"不……请进!"

华梅迈进门槛就站住了。她凝神欣赏花露婵的唱腔,眼睛打量着邵南孙的房间。这显然是他的书房或叫做办公室,面积相当于城市里两个标准间那么大,迎面有四个做工精美的大书柜,顶天立地,颇有男子汉气概。临窗的写字台也奇大无比,其规格绝不亚于一些大首长的办公桌。造型奇特的文物架,琳琅满目的玻璃酒橱,全套的高级沙发,机织的羊毛地毯。东面有个门通向卧室和卫生间。正墙最显眼的地方,挂了一幅花露婵的剧照。整座房子让华梅感到舒服、清雅,中央还留出一块很大的活动空间,主人在文思不畅或构思新作时可以踱步沉思。看得出,他喜欢享受,也会享受,这无疑是铁弓岭土皇上的宫殿。她不觉自言自语:

"想不到在这深山野岭还有这么豪华的房子,此时此地再加上这绕梁的仙乐,真是福地洞天。"

"请坐。"

"这么晚还来打搅你,实在抱歉。"

"我还以为你已经走了呢。"

"我此行的目的是为了采访你,阁下不跟我深谈,我是不会走的。"华梅调侃地说,"老实说,只要我感兴趣的人,不论他是多大的人物,都能见得到,而且能掏出他的真心话。"

"真厉害!"邵南孙不喜欢狂妄和风骚外露的女人,正如他厌恶方月萱一样。何况华梅又打断了他的创作,因此他的语调冷冰冰的,缺乏应有的热情,"我不是大人物,但有权保护自己,不需要别人来帮倒忙。你也许认为我不识抬举,我并没有请你,与你无冤无仇,何苦要来招惹我?须知你们采访谁、在报纸上登点关于谁的趣闻逸事,正是坑害人家!"

这家伙有一张狗脸,说翻脸就翻脸,不要说面前站着的是位美妇人,即便是个男子汉,乍一见面也受不了这样劈头盖脸的一顿抢白。华梅从未碰过这样的钉子,她不是好惹的。但邵南孙的这一番话,更激起了她心里的热情。也许平时向她献殷勤的人太多了,她讨厌那些温顺得近乎雌化的男人。邵南孙不近人情的凶样儿,石块一样粗粝的头颅,强盗般锋利逼人的眼神,舒适而又随便的装束,放浪形骸,全不把女人当女人看,使她感到一种特殊的男性压迫力量。她被噎得一时无话可说,邵南孙身上这种富有侵略性、带着一身野味儿的气质,让华梅意夺神骇,她脸色涨红,呼吸急促,胸脯起伏。这副嗫嚅窘迫的媚态,让邵南孙心里一动。

"给我点水喝可以吗?"华梅主动打破僵局。

"当然可以。要不要喝点酒?"

"你有什么酒？"

"什么酒都有，就是没有次酒。"

"……还是喝点水吧。"

邵南孙为她打开一瓶崂山矿泉水，华梅惊奇地说："你这里怎么还能买到矿泉水？我在省城里都不容易喝上崂山的矿泉水……"

"有公路，有现代化的运输设备，有钱，什么东西买不到？你们大城市里有的，这儿有，你们大城市里没有的，这儿就不该有吗？"邵南孙的话里老有刺儿，而且口气里带着明显的优越感。他身上那股"优秀分子"的气质太重了。这并没有引起华梅的反感，他是有权利自豪的。何况他又是从城市被遣送到这深山老林里来的，理所当然对城里人、城市生活抱有一种敌视情绪。为了争一口气，也要把自己的生活搞得比城里人还要好！相反，她十分欣赏这种强者的性格……

"老邵，你当初为什么非要到铁弓岭来呢？难道当时就算出会有今天这样的成就？"

邵南孙讥讽地笑了，"怎么，采访正式开始？"

他无论跟谁谈话都要占据主动。他的智力、他的敏锐和自尊心不允许他跟着别人的思想跑，何况这还是在自己的房间里。华梅很少在智力上碰到这样严重的挑战，从一走进这个房间就处处被动，她面颊绯红，"不，我不想再干让你反感的事情。但是你的经历太吸引人了，我对你这个人非常感兴趣，我们就不能像朋友一样聊聊天吗？"

"好的。"邵南孙顺手关了录音机，从酒橱里拿出两个高脚杯和一瓶烟台张裕酒厂生产的金奖白兰地，给两个杯子斟满酒。顺手又拿出一堆下酒的零食：牛肉干、鱼干、葡萄干、香蕉、奶油咸味蚕豆等等。反正今天晚上也写不成了，索性陪着这个女人散散心吧。

华梅脱去外套，水红色的锦绸衬衣系在蓝色牛仔裤里，乳峰挺秀，曲线动人，长睫毛忽闪忽闪发出一道道媚光。两人对呷了一口酒，邵南孙说：

"你刚才不是问我为什么要到铁弓岭来吗？当时我就想结束戏剧性的生活，忘掉人生的荣枯沉浮，远避人世，离群索居，过一种与世无争的生活。谁叫我不想死呢!"

"可你没有隐姓埋名,相反倒干出了一番惊人的事业,这怎么理解?"

"这非我本愿,我只想活得舒适而自在,不苟得取,不妄希冀,自得其乐,自享野趣。做一'铁弓道人'足矣!"邵南孙摇头晃脑,甚是得意。

华梅嫣然一笑,知道他说的不是真心话,但佩服他的机变,"这么说你是因祸得福喽!"

"祸跟福总是连在一起的,谁能断定我现在所谓的福气,不会给我带来大祸呢?"

"你讨厌那些来参观捧场的人,就是怕他们给你惹麻烦?"

"在当今这个世界上让人深信不移的东西是不多的。保持疑点,拒绝信赖别人的权威,对每一件事都用自己的感官和思索去考察,人就会聪明。"

邵南孙因阅历丰富而带来的超人智慧,令华梅惊讶,"你看得太透了,要知道人身上值得称赞的东西毕竟比值得蔑视的东西多。"

"不错。但你忘了还有一句俗语——通向地狱的路是由善良的心铺成的,有人太善良,才有人犯罪。灾难最容易毁掉那些善良软弱的人,所谓大难不死,必有后福,多是指那些强者,他们能把灾难当做一剂长生不老的仙丹吞下去。"他一口把杯里的酒喝干了,拿起一块牛肉干嚼着。

华梅又为他斟上酒,她眼睛生辉,秋波荡漾,"你成年跟毒蛇打交道就不害怕吗?"

"毒蛇不可怕,它从不主动向人进攻,有人犯它,它才犯人。而人比毒蛇更可怕,你不招惹他,他也会向你发动攻击!"

"成年蹲在这里你不感到寂寞吗?"华梅换了话题。

"寂寞是很有意味的。徜徉于山林泉石之间,尘心自息,俗气顿消。我常借境调心。古人说石令人隽,竹令人秀,水令人澹,花令人韵,冷落处存一热心,便得许多真趣味。像你这种热闹场中的漂亮人物,是体味不到这种妙处的。"

华梅媚眼妖笑,"瞧你这飘飘欲仙的样子,你真是神秘的造物主的一个神秘的造物。"

"此话何意？"

"你是一个纯粹的男人，连思考问题的方法和一切生活习惯及爱好都是男性的。你具备使你成为一个人的素质，我说的是人——地道的人。在你的生活中不论成功或失败，最终都能表现你自己。有的人生是腐烂，你的人生是燃烧，我敬佩你身上的这股自信和力量……"

邵南孙心里美滋滋的，以自醉醉人的眼神望着洒脱风流的华梅。

华梅接着说："同时你又是个奇妙的矛盾体，绝顶聪明，又肯埋头苦干；胆大包天，又小心翼翼；想与世隔绝，又出人头地，要报仇雪耻；脱俗超凡，又苦苦恋着花露婵的亡灵；包括你在女人面前表现出来的那股凶劲，也是为了掩盖你心里的拘谨、怕羞和紧张。你的个性特点是自制，有强大的内在韧性。我说得对不对？"

邵南孙从沙发上站起来，走到华梅的跟前，他真想把这个聪明过人的女人看透，他们两个好像在斗智、斗嘴。华梅却突然矜持起来，"怎么，我说得不对？"

"对，对极了，你比我自己更了解我。"

华梅感觉出对方的激情烧起来了，她制服了大名鼎鼎的蛇神，心里愈发得意，双眸光波闪耀，摄魂取魄。说："我会相面，不仅能看透你的性格，还能推断你今后的祸福。你的福堂广阔明亮，说明你正交桃花运。"

邵南孙的脸腾的红了。

"别害羞，这个世界上太缺乏享乐了，你有权利去寻找它。"华梅神态轻佻，魅力逼人。她是那种初看上去长相一般，越看却越经得住看的女人，越看越美，细看更迷人。邵南孙眼睛发直，他知道华梅在挑逗他，便假装疯魔地一下子抓住了她的手，说：

"假如我现在就找到了呢？"

华梅用力将手抽出，拿纤细雪白的手指点着他说："小心，不要找错了人！"

"华梅，我还从未遇到一个像你这样大胆而又聪明的女人，我们可以建立起一种强烈的智慧的感情。"

"我有丈夫、有孩子,有个很牢靠的小家庭。"

"那跟我有什么关系?"

"你也太霸道了!"她嘴里这样说,脸上却没有一点生气的样子。邵南孙摸不着她的心思,他还是第一次碰上这样的女人,把自己挑逗起来,却又假模三道,他认输似的重新坐回沙发里。

华梅格格地笑了。

邵南孙抬起头,"你丈夫好吗?"

"好极了,性格老实,脾气温和,对我照顾得特别周到,百依百顺。凡事都由我做主,他从不说个'不'字。我跟他有兄妹的情谊,母子般的感情,就是没有情人的爱恋。爱就得燃烧,不燃烧就算不得是爱上了!"

"那你们为什么不离开?"

"我舍不得孩子,也舍不得家庭,那是我的避风港。在中国这个特殊的环境里,有个家庭是安全的、自由的。没有家庭反而容易遭人议论,成为众矢之的。"

邵南孙故做失望地说:"我刚才是脑袋发热,自不量力。你当然不会跟我组织家庭,不论是在这穷山沟,还是在福北市。"

"傻瓜!"华梅神态疏狂,"最重要的不是签订一纸婚书,而是获得女人心里最高的热情。"

邵南孙自知刚才被耍了,立刻魂飞魄扬,站起身毫不犹疑地重新向华梅逼过去。

华梅轻巧地躲开了,"笨猪,我原来没有打算住在你们这儿,所以没带洗漱用具,借你的用具在这儿洗个澡可以吗?"

"我求之不得。"

她走到卫生间门口,又回头送来勾人魂魄的一瞥,"不许偷看!"

现在的故事之八

　　方月萱黛眉紧锁，神思恍惚，手里握着热乎乎的景德镇双龙瓷杯，一股水气带着茶香从杯里冒出，盘旋上升，在屋顶飘散开来。从地委大院传来一阵阵恼人的鞭炮声，这是在"文化大革命"中被扫地出门的老家伙们在往回搬家。为了驱赶"文革"的晦气，更是想扫除造反派的邪气，每一户都不惜破费买了大量鞭炮在大街上放，楼道里放，屋里放，连厨房、厕所、阳台上也要放上一挂。实际上这是臭美。他们落实政策归来，把在"文革"中抢占他们房子的人统统赶走，扬眉吐气送瘟神，怎能不痛痛快快地放鞭放炮？"文化大革命"曾批判过"还乡团"，那不过是耸人听闻，方月萱现在才真正体味到什么是"还乡团"，什么是"反攻倒算"！她和杨忠恕结婚以后就住在老地委大院，在一幢小楼的三层上占了四大间房。如今他们被赶到这个又脏又乱的小胡同里，只给了一间南房，破旧不堪，又阴又潮。如果他们心里没有病，倒可以赖在地委大院不出来，或至少也要提个条件，要求分给两间像样的房子，但杨忠恕身上有儿，没被抓进监狱就认为是便宜，能给个地方安身就很知足了。他们一接到让腾房的通知，没敢让人家费唾沫就乖乖地搬出来了。

　　方月萱望着茶杯怔神儿，"我怎么这么倒霉呢？'文化大革命'中吃丁介眉的挂落儿，现在又吃杨忠恕的挂落儿。我在'文革'中蹲过牛棚，现在应该给我落实政策。大家似乎都不记得这件事儿了，只记得我是造反派头头的老婆！"

　　右眼皮突然噔噔噔狠跳了几下，方月萱心里一紧，举起茶杯猛然朝地上摔去。啪——景德镇双龙瓷杯被水泥地碰得粉碎,茶水溅得到处都是。

正在外面小厨房里做午饭的杨忠恕,慌慌张张地跑进来,"怎么啦?"

方月萱一脸怨恨,"刚才我的右眼皮跳。"

杨忠恕也火气攻心,"那你摔茶杯干什么?"

"左眼跳财,右眼跳灾,摔个杯子破财免灾!"

"嘿!"杨忠恕真想给她一个大嘴巴,他在外面受气,回到家也不得安生,"你为了免灾不会摔个玻璃杯吗,这一个景德镇茶杯就是一块多钱!"

"这茶杯是用我的钱买的,你管得着吗?你造了半天反,还不是挣那一口醋钱,还不够老娘的零头。"杨忠恕闷腔了。他把老婆的火气勾引出来可就由不得他了。方月萱得理不让人地继续数落:"哼,扔这一块多钱你心疼了,涨工资的时候别人都有份儿,就是把你甩下了,那得买多少景德镇茶杯?"杨忠恕哪儿痛,方月萱就专往哪儿踢,一句比一句更厉害,把杨忠恕的嘴堵得死死的。

他咽口唾沫先把心里的愤怒压住,弯腰拿起簸箕和扫帚,清扫着碎瓷片,想借此转移自己一触即发的肝火。他握着扫帚把的手微微颤抖,激烈搏斗的血液仿佛要从手指上溅射出来。眼下厄运正追赶着他:被开除出党,身上的大小职务也给撸了个净光,只是因为查不出他直接杀人的证据,监狱才没有找他。他的周围布满了陷阱,人们见了他,或厌恶地掉头躲开,或愤恨地拿鼻子哼一声,或露出幸灾乐祸的假笑,或虚伪地表示一下同情,这一切都使他颤栗。无论白天黑夜他都摆脱不了内心的恐惧。在这种时候,谁还会想到要给他涨工资呢?方月萱倒恢复了原工资,比他的将近高一倍。他不是怕她,但必须忍让。自己已经四面楚歌,家里可不能再闹事儿。方月萱是个什么样的人,他又不是不知道,她什么事情都做得出来,招惹了她就会从窝里造反。他现在最需要的是平静,能苟且偷安就是幸运,何况他们还有个小孩儿。遇上了风暴,任何一个港口都是好的。

杨忠恕把地打扫干净,摆上饭桌,好像什么事情也没有发生,小心翼翼地问方月萱:"还喝点酒吗?"

"喝,不就还剩下这点乐趣吗!"

"晚上还要演出,喝点葡萄酒吧?"

"不,喝白酒。演出有什么关系? 我们无论多卖命也落不了好,不如借酒浇愁。"方月萱不等丈夫坐下就先干了一杯。

杨忠恕真想骂她一句"嘴馋心浪"! 看看方月萱那狂荡骄横的样子,把到了嘴边的怄气的话又咽下去了。自己眼下正走倒霉运,破鼓滥人捶,要想活着挨过这一关,就不能不喝下自己酿制的毒酒,管它味道是苦、是辣、是酸、是甜……他叹口气,再为老婆斟上一杯,劝解地说:"月萱,犯不上发愁,还有比我们更倒霉的,人活一辈子不能老走运。"

"我跟着你什么时候走过好运?"方月萱把筷子往桌上一摔,她最瞧不上男人这副低三下四的孙子样,杨忠恕越是委曲求全,她心里越烦。当初他是那样飞扬跋扈,在台上也是一个风流小生,如今却萎靡得不像样子,刚到四十岁头发就白了。成天像耗子一样躲在家里,哄孩子做饭,王八情长,英雄气短,不敢出门,怕见熟人,这算什么男子汉! 许多事情都得靠她去办,走门子,托人情,为了他的事成天抛头露面,听够了闲话,看够了人家的白眼儿。再加上丈夫又是这般不争气,简直是个外强中干的草包,叫方月萱心里怎能不窝火? 她愤愤地说:"人家浩亮、刘庆棠现在倒点霉还值得,当初出尽风头,露了大脸,该吃的吃了,该见的见了。你呢? 充其量不过是个地区京剧团的革委会副主任,以前还是个二流演员,现在倒成了个人人讨厌的龙套……"

方月萱的话还没有说完,脸上就重重地挨了一巴掌。杨忠恕扑上来,死死地掐住了她的脖子,不让她叫喊,免得惊动四邻,徒惹别人耻笑。他眼睛通红,一副要同归于尽的架势,"我在外面受气,回到家还得受你的气! 我早就不想活了,我看你也活腻了,咱俩一块走,省得你再去攀高枝,让我临死还戴顶绿帽子……"

方月萱不反抗,不挣扎,不哭不叫,眼睛一闭,身子一动不动,任其掐捏捶打。他们两在台上是好角儿,在台下更是好角儿,有时在台下做戏比在戏台上演得还真。生活里有的是戏,人们常根据自己利益上的需要,在不同时间、不同场合演出各种各样的戏。有的人能够演好自己的角色,有的人则演不好自己的角色。他们两人若是打给群众看,两口子就大吵大闹,揪头发,撕脸皮,闹得四邻不安,全团轰动。若是打给领导看,就到办公室里去打,闹死闹活还闹离婚,领导一劝架,再拐弯抹角提出自己的要求:要补助、争戏码、想出头或其他各式各样的打算。有时真哭,有时假哭,假的做真,真的弄假,活生生把夫妻生活变成了一出出好戏。今天这两口子是真打。方月萱也不愿意让外人看笑话,便摆下肉头阵,不论杨忠恕怎么打都不吭一声。

凭方月萱这样的人物,怎么会老老实实地挨这种死打呢?杨忠恕心慌了,他松开手,拿一只手掌贴到老婆嘴上试试她还有气没有,另一只手摇着她的肩膀:"月萱,月萱……"

方月萱睁开眼睛,目光冷酷,倾泻着无尽的蔑视。惟独没有丝毫的畏惧与胆怯,视杨忠恕如死物,嘴角浮现出扭曲的怪笑,"打呀,怎么不打了?你不是发狠要把我掐死吗?"

杨忠恕嗳嗬,扬脖儿灌了一杯烈酒。

方月萱坐直身子,虽然挨了打,在气势上仍然压着杨忠恕一头,"我看你也就这点能耐,只会在家里打老婆!"

她站起身,拿上自己的小提包,转身往外走。

杨忠恕拦住了她,"月萱,你干什么去?"

"你管不着!"

"吃完饭再走吧。"

"光吃气就饱了。"

"都怪我,我是个大浑蛋,受了一肚子窝囊气不该往你头上撒!"

"别来这一套,刚把人打哭了,又想把人哄笑?我再留在家里怕你对我下毒手。"

"不会的,我再动你一指头就不是人生父母养的!"

"量你小子也没有那份胆子!"方月萱仍然一副恩断义绝的样子,没有丝毫游移和眷恋,"滚开,让我过去。"

杨忠恕害怕了,他不敢再动硬的,扑通一声给方月萱跪下了,在台上演戏经常下跪,何况这是在自己家里,又没外人看见。他抱住老婆的双腿,呜呜哭起来,边哭边诉:"……我知道是我牵连了你,看在夫妻的情分上,看在我们才刚刚五岁的孩子身上,你也不能在这个时候离开我……"

"行啦,别又演戏了。孩子呢?"

"奶奶接走啦。你不答应,我就不起来。"这很像一句戏词儿。

"瞧你这份德性,刚才还像条光棍儿,转眼又变成个窝囊废。好吧,我答应你,咱们俩有福同享,有难同当,白头到老,还不行吗?"

杨忠恕站起来,扶方月萱坐下,接过她的小提包挂回墙上,重新为她斟上酒,端上菜,雨过天晴,夫妻对饮起来。

三杯酒下肚,杨忠恕又端起了丈夫派头,"你不看现在,也得念当初。当初我们结婚的时候,你还是牛鬼蛇神,我正春风得意,我不嫌你,你不恨我,我们也算是患难夫妻。现在又倒了个儿……"

方月萱说:"当初你是乘人之危,不然我怎么会嫁给你?"

"话不能这么说,你不嫁给我也许就跟花露婵的下场一样。"

"那又怎么样?花露婵现在成了英雄,守身如玉,死得其所。我们活着却成天被人戳脊梁骨。"

"不管怎么说,好死不如赖活着。"

"你未必能活得好,邵南孙回来当上文化局副局长,他要追查花露婵的死因……"

杨忠恕的脸色突然变了,"月萱,花露婵死的那天晚上,咱们俩不是正在一块儿吗?她的死跟我没有一点关系,你心里很清楚。"

"我清楚又有什么用?事实是一回事,人家信不信是另一回事。当初你们整人家的时候都有事实根据吗?这叫做一报还一报。你早做准备,他肯定会找你。"方月萱的话令杨忠恕不寒而栗。听她的语气似乎是与她毫无关系,她站在一个客观的公正的立场上,冷静地跟自己的丈夫划清了界限。

老天在上,他承认当初造反的时候有私心。但是,当时支配他行动的最主要的动力,是一种可悲的盲目而又虔诚的信仰。信仰突然破灭,倒霉的还是他自己。他付出了血汗,付出了年华和全部才智,甚至把性命、把一生的荣华富贵全都押上了,到头来得到的却是历史的嘲讽,生活的愚弄。他认输,但不认错。他没有错,是大人物错了,是阶级、路线错了,是历史错了,为什么要让他承担罪名?

"文化大革命"把中国人感情的花瓶和理智的天堂一块捣碎了,大家都成了偏见的奴隶。当初他整邵南孙是出于派性,现在邵南孙要整他也是出于派性。一代、两代,也许还有第三代人,都要带着派性和各种各样的偏见进棺材!

苍天——这个老浑蛋,真是太公正了,它让世间所有的人受侮辱的机会均等,飞得高跌得重。他以前做过狗事,现在就得像狗一样活着。如果别人还不放过他,他就要咬人,就要拼命!

杨忠恕想起了另外一个传言:"听说邵南孙搞了好几个情人,他早把花露婵给忘了。"

"他忘了花露婵也不会忘了你我,我刚跟他谈完话。"

杨忠恕一惊,"他找过你了?"

方月萱点了点头,"他跟十年前可不一样了,从骨子里往外冒寒气,嘴角挂着笑,牙齿上有毒刺儿,真正是一尊凶神!"

杨忠恕脊背发冷,仿佛听到了毒蛇那咝咝的叫声。

邵南孙在周凤起和吴性清的陪同下走出上海牌轿车。

红楼剧场的门口围着一大群人,吵吵嚷嚷要往里挤,大概都是些没有拿到票的文艺爱好者和业余作者,盛气凌人的服务员则坚持凭票入场。这时有人发现了邵南孙,大家都转过脸来,小声议论着,指指戳戳。

邵南孙心里有些紧张,脸上微微泛红,瞥了一眼门口的海报——

铁弓岭蛇伤研究所所长、福北地区文化局副局长、著名作家邵南孙,介绍创作经验并传达全国文艺工作者代表大会的精神。

"怎么,我也算著名的作家啦?"他嘴角一咧,加快步子从剧场的侧门进了后台。

对文艺界的事情格外热心的地委书记佟川、地委宣传部长以及武班侯、方月萱、牛英贤等文艺界的知名人士,已经在台上坐好。邵南孙先跟佟川握手,颇感意外,"您怎么也来了?"

"听你的报告嘛!"佟川乐呵呵的,好像还不知道自己的女儿跟邵南孙的关系。

"您往这儿一坐,我还敢作什么报告呢?"邵南孙穿一身挺括的西装,英俊潇洒中又透出几分野性的气魄。他吸引了全剧场人的目光。

方月萱冲他做出迷人的微笑。

武班侯亲热地拉他坐在自己的身边,小声跟他嘀咕个没完:"老弟,你现在成了大名人。你看,红楼剧场什么时候有这样热闹过,我们演戏没人看,英雄模范作报告只有半场人,一听说你讲课大家挤破了门槛子。"

"这跟我没有关系,他们是冲着文学来的,当代的年轻人对文学艺术怀有强烈的兴趣。"别看他嘴上这样说,身上那股强者的自尊心却得到了极大的满足。此时此地各种感受交织在一起,狎玩命运、报复社会所获得的胜利感,灵与肉、情与思的感应,从前那些零零星星的幻想的镜片如今聚合成铁的事实,他感到莫名的痛快。

他真想大声宣布一个带有戏剧性的事实:"想不到我邵南孙也有这一天!"

他的心恍若一团紫雾,喷涌升腾;整个身子像一缕轻云,飘飘摇摇。他笑着,回答着各种各样的问话,其实他什么也没听见,至于自己说了些什么他也不知道。

"南孙,散了会我请你到九河楼吃海鲜。"

"今天中午是周局长做东,也有你的席位。"

"晚上哪?"

"晚上是老吴请客。"

"他妈的,请你吃饭还要排队!"

"明天晚上我请你……"

吴性清宣布开会,剧场里一时安静不下来,连后面的楼道里都站满了人,门外还有一堆人进不来。一个文艺方面的报告会,在福北这样一个偏远的中等城市怎么会招引来如此踊跃的听众?吴老夫子惊讶莫名,无法理解。他没想到邵南孙的名气会这样大,在群众中会有这般离奇的魅力。越是地处偏远的中小城市,对名人就越感到新鲜,其崇拜的程度也越加热烈。何况邵南孙又是这样一个富有传奇色彩的新闻人物,把他的作品的影响、"蛇神"的经历除外,单是最近传出来的有关他的桃色新闻,也有助于扩大他的知名度。

不要说吴性清,就是邵南孙本人也未必认识其中奥秘。时代像旋风一样吹乱了人们的精神价值和道德观念,迅速地改变着人们的意识。社会对一个善搞女人的男人从前都是唾弃的,能够影响他的升官、提级,使他在人前抬不起头来。而现在就不那么唾弃了,即使嘴上唾弃,心里也不唾弃,每个人甚至怀有一种连自己也不愿承认的复杂感情:妒忌、佩服、鼓励。如果是女人,谈起这种喜欢拈花惹草的男人,心里也总是不平静,怀着好奇、随便和幽冥神秘的感情。能搞女人的人至少不是傻瓜,有灵气,有旺盛的精力,还要有过人的勇气和胆量。古代的风流才子是如此,当今世界上的风流人物也是如此。邵南孙正是赶上好时候,沾了女人的光。大家都想看看他长得什么样儿,听听他说话是什么腔调儿,为什么他有那么大本事……

"喂,请大家安静!"吴性清吹吹话筒,"现在开会。从剧场的气氛可以感觉出来,大家对今天的报告怀着浓厚的兴趣。今天到会的除地委佟书记和有关负责同志以外,还有从几十里、几百里以外的山区农村赶来的各县的文化宣传干部、剧团负责人、演员和创作人员。我们很少举办这样的大型报告会,邵南孙同志刚被调上来担任地区文化局副局长,分工抓创作。前不久他在全国优秀剧本评选中获得一等奖。他的作品大家都非常熟悉了,有剧本也有小说。他有雄厚的生活积累,也有丰富的创作实践经验。他在领奖期间作为特邀代表参加了全国文代会和剧本创作座谈会,装了一肚子新的精神和文艺信息,下面就请他作报告。"

嗡嗡响的剧场突然安静下来。

邵南孙迈着急促的步子走到台中间的扩音器前,坐下后先把话筒向外推了推,用这个动作镇定情绪。然后才抬起头,目光灼灼地扫视着全场,显出成功者的自信和魅力。他为今天的报告做了精心准备,可以说胸有成竹,决心让福北人见识见识什么是当前中国文坛上的第一流水平。当他目光扫视着拥挤的剧场时,忽然灵机一动,决定不用原来想好的开头,临时抓个彩——

"文坛不应该用一道大门挡住那些热情的文艺爱好者,焉知他们当中将来不会产生伟大的作家和演员? 我请求把门的同志敞开大门,让外面的同志都进来,乐池里有位子,后台的台上也可以坐。"

剧场里响起掌声。人流像潮水一样从后门涌到前面来。一片笑声和交头接耳的议论声。邵南孙这个出其不意而又颇得人心的开场白获得了一致的赞扬。气氛活跃了,他的精神完全放松了。

"我很紧张,也很胆怯,因为我看到剧场门口有一张大广告,感叹文艺界也进入了广告时代。诸如'车到山前必有路,有路就有丰田车','西铁城领导钟表新潮流','药物牙膏国内首创',等等。"

又是一阵笑声和掌声。

"我是个蛇医,一点不假,却不能脸不变色心不跳地承认自己是个作家,更不可能跻身'文艺新潮流'。今天只想实实在在地讲一点个人的感受、感知、感应、感慨、感想⋯⋯"

他的声音浑厚洪亮,不太标准的普通话夹带着不少福北腔,使他的语言更具有特殊的机智和幽默感,征服了听众。坐在第三排的华梅和坐在头一排正中间的佟佩茹,正如醉如痴地向他做出各种会心的微笑。她们红潮上脸,感到幸福和自豪。这更刺激了邵南孙的情绪,愈发神采飞扬,才思横溢⋯⋯

"这家伙,就像一个从铁弓岭的神话世界里跳出来的魔鬼,突然轰动了福北城,迷住了涉世不深的男男女女⋯⋯"周凤起紧抿着温和的厚嘴唇,眼睛死盯着邵南孙的后脑勺,隐隐觉得自己失算了,不该给邵南孙提供这样一个大出风头的机会。忌恨、懊恼在撕扯着他的心,邵南孙激情饱满的声调在击打着他的耳鼓。

谁能预见社会的反复、人事的曲折变化呢?周凤起不是不想阻挡邵南孙重回福北城,当他发现挡不住的时候,就变成了邵南孙的热情支持者。他在福北可算是个无所不知的人,他在党政机关干了几十年,培养出一个数学家的头脑,讲理性,善分析,能够在混乱中保持特有的机智。他始终是个冷静派,知道在不能抗拒的时候硬顶是要吃亏的。他崇尚权力,善于在背地里充分发挥手中权力的作用,也知道权力经常会发生变化。当政治形势发生变化时,最危险的就是在不该使用权力的地方使用了权力,那只会整治自己。眼下像邵南孙这样的人正占天时,得罪这种人自己是要吃亏的。他是一个具备特殊才智的政工干部,把强烈的进取心和竞争性全掩藏在服从的外衣下面,小心翼翼地跟上局势的变化,不太靠前,也不落在后面。只要能保住自己的位子,必要时可以妥协,通过和解与调停达到化敌为友、巩固自己势力的目的。

文化局的权力掌握在党委会,他这个局长兼党委书记才是权力的核心。邵南孙还不是党员,当上副局长而不能进入党委会,也没有多少实权,这种人要的是名誉,是头衔。这些东西是他所不齿的,他要抓住实的,不要虚的,他深知务虚名而得实祸的道理。他经过一番权衡得失,用精细的头脑分析了错综复杂的难题,决定死死地卡住邵南孙的党票,不能让这个狂妄的家伙接近权力中心。其余那些没有多少实际价值的东西,投其所好,要多少给多少。一个人为了成功,有时必须来一番自吹自擂,人们记住的往往就是那些喜欢自我吹嘘的人,好像谁得势谁就是英雄。他并不羡慕这样的人,自满必损,物极必反,这类事情他见过的多了。丁介眉、黄烈全,现在又出来个邵南孙。他愿意提供条件让邵南孙吹个够,中午还要请这小子吃饭,他也免不了会敬酒祝贺,夸奖几句邵南孙讲得如何之好……

但是,他低估了邵南孙的口才,想不到这家伙竟如此聪明——

"……有人说是灾难成全了我,也许不无道理。'社会教科书上写得最多的是不幸,而不幸是一所最好的大学'——这是一位天才的话。十年浩劫,教给我们再也不能用直线式的眼光去理解人世间最曲折的事物了。有时对生活了解得越多,反而理解得越少了,别人对生活这本书只能读一次,甚至可以草草地翻过去。作家则必须仔细地反复攻读,认真咀嚼生活的滋味,我们都和生活订了个不太妙的合同!"

周凤起的大脑秘室里装满了各种秘密想法,他不动声色地观察着坐在台上的这些人的表情。

武班侯、方月萱是一对草包,像听相声一样只会咧着嘴傻笑。

吴性清是作学问的,居然还在小本上做记录,真不怕丢失自己的身份。他是个正统派,未必会全都赞成邵南孙那些尖锐的、出格的思想。

最摸不准的就是身边这位福北地区独一无二最有分量的人物佟川,他好像听得很专心,把邵南孙的话全部收入自己深不可测的思维中去。又好像什么也没听进去,皱纹纵横、历经风霜的阔脸,充满兴奋和疑虑,表情极端复杂。周凤起深知佟川性格中的弱点,喜欢感情用事。他看中了邵南孙哪一点呢? 为什么给予特殊的恩宠,爱护备至? 他爱附庸风雅,喜欢结交漂亮演员,作为一个领导人有这种便利条件,也无可非议。都是人嘛,谁不爱美? 但是,身为地委书记,对邵南孙这种轻狂作家,嘴尖皮厚,专爱惹是生非的人,理应深恶痛绝,避之犹恐不及才对,莫非真想招他做女婿?

佟川轻轻地碰碰周凤起的胳膊,小声说:"怎么样?"

"不错。"

"看不出这家伙确实有水平,从过去讲到现在,从国际讲到国内,有理论又有实际体会。这样的人才用好了是我们福北的光荣,也会给你文化局长脸上添彩;压着他不用,就成了我们的耻辱。"

周凤起点头,心里似有所动。

"南孙的入党问题你们也要及早考虑。"

"啊?"周凤起心里叫苦,这跟"文化大革命"中的突击提干、突击入党有什么两样?

"这样的人物还不是党员,你这个党委书记脸上光彩吗?中央号召多吸收知识分子和有贡献的科技人员入党,邵南孙哪一条都占上了。"

"是啊,我们马上考虑。可他不想把人事关系转上来,每年只想在上边呆半年,回铁弓岭干半年。"

"这很好嘛,等于深入生活,要尊重南孙个人的意见。他如果没有时间写东西,出不来成果我们也负不起责任。"

"当作家,还要当官,名也要,利也要,权也要,色也要,天下的美事都想占着,还给别人剩点什么呢?"周凤起心里忿忿然,却不敢说出来。

地震般的癫狂过去了,他的身子一股劲往下坠,恍恍惚惚从涅似的仙界坠到这松软的钢丝床上,情欲的激潮已经平息,周身酸软,有一种畅美的虚脱感。他心中洋溢着对华梅的感激和欢恋,是她让他享受了这般灼热,这般痴醉,这般精美的肉欲。他从来不知道男女之间的欢爱会达到如此完美的境界。他身上积压甚久的欲火,长期对爱的饥渴,几天来被华梅一股脑儿地引爆了,如同火山喷发。华梅那倾心无私的给予,狂乱与陶醉的激情,更让他得到了极大的满足。

华梅好像睡着了,脸埋在他的怀里,两条胳膊钩着他的脖子,宛若一团温润柔软的云彩包围着他。她肉体的魅力是无法抗拒的,洁白丰腴,滑腻暖香,曲线优美得无与伦比。他轻轻拿开华梅的手臂,翻身下床。华梅睁开眼睛,神态慵倦,越发娇媚可爱,"你干什么去?"

"我还有事儿,该回自己的房间了。"

"我不让你走,"华梅抛媚撒娇,"我们明天就要分手了,这最后一夜你忍心不陪着我。"

"我们来日方长,怎说是最后一夜?"邵南孙哄她,想穿衣服,华梅跳下床一把夺过他的衣服,甩到床上,用手抚摸着邵南孙的身体。

他的身体比他的脸要白,匀称,强壮,肩宽胸厚,骨盆狭窄,大腿腱肉饱满,一副标准的美男子体形。铁弓岭醇美的空气,精良的食物和滋补品,每天都有一定程度的体力劳动,使他身上的肌肉闪闪发光,弹性很大。华梅情不能禁,扑上去搂住他的脖子,吻他,吻得他透不过气来。她结婚三年,这三年好像白活,从邵南孙身上才得到真正的满足。几天来她如同在幸福的云彩眼儿里飘行,一刻也不愿离开邵南孙。她有说不完的情话,此时又忘情地唠叨开了:"我爱你,我要疯了! 你这个魔鬼,根本不知道我多么需要你,我离不开你,你对我太宝贵了。我愿意就这样死去,我愿意时间就这样停止,我愿意世界就这样静止不动,我太爱你了……我回去就离婚,一辈子也不离开你。你不会抛弃我吧,不要抛弃我,求求你,你想甩也甩不掉我……"

她突然呜呜地哭起来了,身子瘫软地倒在邵南孙的怀里。

邵南孙没有被感动反而更清醒了,眼前这个女人已经陷进了爱情的深渊,有可能会办出蠢事。他们是不可能结婚的,他只有在这种不承担任何责任和义务、也没有任何精神负担的情况下,才能淋漓尽致地享受情欲的全部欢乐。如果是正儿八经的一对夫妻能够这样胡来吗? 也决不会尝到这样的乐趣。所有爱情都是一种软弱的感情,而他即使在做爱的时候也不会失去理智,不会忘记分析利弊,权衡得失。他抱起华梅柔软光滑的躯体,吻干她脸上的泪珠,用雄辩的滔滔不绝的道理哄逗她,开导她,劝慰她。

他虽然还在笑,在亲吻,在爱抚,但华梅已经感觉出来这全套的亲热动作只是在机械地应付她、哄骗她,没有丝毫的热情。她绝顶聪明,知道自己一旦成了邵南孙的负担,给他造成了麻烦,也就永远失去他了。保持眼下这种聪明而又自由的爱情关系,是再好不过的了。她推开邵南孙,钻进被窝,用含着无限幽怨的目光望着邵南孙说:

"你真是个魔鬼! 爱起来能把人缠死,发泄完了就一把推开。人家说,就是神在爱情中也难保持聪明,只有你这个魔鬼才能做到又爱又有理智!"

邵南孙一边穿衣,一边辩解:"你说的那种爱是女人式的,是脆弱的、愚蠢的,不可能长久,那只能叫爱的奴隶。男人的爱就应该理智,要负责任,主宰感情,有男性的坚定和强悍。这样的爱才能持久。"

华梅媚光一闪,"反正你总是有理,滚吧,干你的大事去吧,魔鬼!"

"你不生气了？能够理解？"

"回来，亲我一下。"两人又交流了一番感情的脉冲，"魔鬼，不管怎么说我还是非常非常爱你。"

邵南孙走出华梅的房间，夜深楼静，他只消迈两步便回到了自己的房间。锁上房门，沏了一杯热茶，长出了一口气，浑身舒畅。从现在起到天亮之前，他是属于自己的，不会再有人来打搅。他无论如何也料不到，自己竟会耗费如此巨大的精力去应付女人的纠缠。陷入复杂的感情纠葛是十分麻烦的，"玩火者自焚"——不无道理。没有女人想女人，有了女人也是一种负担，倘若再被缠得无法开脱，简直就成了灾难……

他精神亢奋，尚无一点睡意，呷了一口热茶，舒舒服服地往沙发床上一躺，回想着这些天来的艳遇。女大学生、女演员、女业余作者……各式各样的崇拜者都有，她们包围他，要求跟他交谈，讨论各种稀奇古怪的问题。甚至有两个姑娘把他拉进一间小屋子单刀直入地问他有几个情人。还有人给他写信、送照片、拿稿子来请他提意见。现代姑娘(谁知道呢？里面也许有不少已经结过婚了)真厉害，有的含蓄，有的深沉，有的活泼，有的疯狂——赤裸裸不加任何掩饰地展开自己的攻势。她们各有特点，大都有让人动心之处。他发现自己的秉性中，原来还包含着大量好色因子，眼见这些因子正在集聚。不可过分抑制，也不能让这些好色因子自由自在地外化、爆炸。他的理智告诉他，玩玩是可以的，他既然含辛茹苦地盼来了这扬眉吐气的一天，干吗不痛痛快快地享受？但不可陷得过深。

他知道外界流传着不少关于他的桃色新闻，有些故事编得有鼻子有眼，更多的是捕风捉影，造谣中伤。熟人们见了面也常以此话题打趣他。他心里很生气，但全都一笑置之，不辟谣、不辩解，使人们更摸不着大门，不辨真假。被女人追逐，这说明有本事，也不是什么丑事，何况他年近四十才刚刚沾上女人的边儿。但深夜扪心自问，他感到对不起纯洁的柳眉，倘若她知道自己道貌岸然的老师竟是这样一个采花折柳的家伙，该是多么伤心！他甚至想不明白，自己曾认为此生跟女人再也无缘了,与柳眉朝夕相处十多年就从来未动过邪念,怎么成名之后突然诱发了心里的恶源……他在前半生吃了那么多苦,现在为什么不可以尽情闹一闹？大丈夫敢爱就敢负责,有什么好解释的？

他也觉得对不起佟佩茹。他几乎把她忘了,回到福北这么多天,从未想到过要去看看她。他忽然记起白天接到一封信,好像是佟佩茹写来的,当时来不及看就扔进了抽屉。他翻出那封信,厚厚实实的一沓——

南孙:

　　亲爱的,你好狠心,我想咬死你,吃了你,我恨你！尽管我的心里到现在还恨不起来……

　　那天夜里我把灵魂和肉体毫无保留地全都给了你……

邵南孙心里一惊,这封信若是被别人看到那还了得！他拿起笔,把有可能在不测的情况下成为别人手中把柄的一些话涂掉。心里埋怨佟佩茹是个蠢女人,写情书哪能这样直来直去,万一春光外泄,岂不被人抓住了通奸的证据！

　　你却不辞而别,我想你想得好苦,到处找不到你。这次你回到福北,升官扬名,全城都轰动了,惟独我不知道,你连个电话都不愿意给我打,你真的把我全忘了吗？你可真冷酷！我怎么会像疯了一样爱上一个如此自私而又冷酷的人？真是昏了头,自作自受,我把你想象得太好了,才对你如此眷恋。

　　我发着高烧,厚着脸皮要了张票去听你的报告,反正我已经是你的人了,顾不得怄气要强,只好把自尊心放在口袋里。人们不知道我正在发烧,反而说我气色红润,更年轻漂亮了,有谁知道我心里的万般滋味？你讲了些什么我没有听见,但我愿意听你讲话,渴望听到你的声音,如醉如痴地盯着你。每当你把目光转向我的时候,那强烈的流波把我的心都烤酥了,神魂飘忽,对你刻骨铭心的爱融化了所有的怨恨。你是那么聪明,那么敏锐,我为你骄傲!散了会,我多想跟你说几句话啊,可你老是被一大群人包围着,还有那么多年轻漂亮的女人,让你签名,跟你套近乎。我羡慕她们能那么随便地跟你谈笑,离你那么近。她们自己不会发光,要借助你身上的光照亮她们自己。我不是浅薄的女人,我不妒忌。我爱的人受到那么多人爱戴,我感到幸福。

我看见你的周身被一团雾包裹着,但它又是闪闪发光的。这种光很诱人。那些人看不到它,只是看到了你的才气、你的名誉和地位。我爱的是你这个赤裸裸的人,我看到的是你身上能发出奇异的光芒的东西,因此我才被你深深地吸引了。假如你在名利场中泡久了,发生了蜕变,变得善于应酬各种各样的蠢女人,那时你身上的光就会消失,也就不再吸引我了。

想起那个销魂的夜晚,你傻乎乎的,粗心大意,那样紧张,那样笨拙,那样诚实和纯情,对我说着感激的废话。那时的你多么可爱!那是我第一次尝受到一个真正男子汉的爱,我终生难忘,为这我要永远感激你。爱过了就不遗憾,我死而无怨!在茫茫人海里我总算把你等到了,总有一天我们还会相聚的,而且是永恒的相聚,再不分离!你不反对吧?现在你是那样风流潇洒,春风得意,我们的距离突然拉开了。你在天上,我在人间,我追不上,我感到害怕,感到悲哀。我恨自己配不上你!

南孙,我的亲人,来看看我吧。我真冷啊,浑身打着哆嗦,若有你在身边多好,你一定会把我暖和过来的。我真渴望你的拥抱、你的爱抚。我站在你身边就感到了一股力量。我被你男性十足的个性迷住了,我还从未碰到一个像你这样有胆有识又有情的人。我喜欢有男子气概的人,可是男人虽多,具有十足男子气概的人却极少,而你恰恰具备这样一种气魄。这是多么难得!我太爱你了……我身上有一种孤僻,不喜欢男人献殷勤,可是遇到你以后,我完全变了,那么热烈地想得到你的温存,连我自己都感到吃惊和害羞。

我已经断断续续地发烧一个星期了,脑子里时常出现幻觉,无法控制自己。

亲爱的,有谁像我这样爱,爱得这样深,爱得这样苦,烧心烧肺烧骨髓！爱,没有给我带来多少欢乐,痛苦倒是说不完的,几乎没有一天不流泪的。深刻的思恋是最痛苦的,无尽无休的思恋会耗尽一个人的精力和生命,使人变老、短寿。我害怕自己变老、变憔悴,让你见了讨厌,可又禁不住对你的思恋,谁能理解这痛苦？我向谁去诉说？

命运是无情的,作为一个人活在世界上是多么悲惨。我们连一棵树的寿命都抵不上,仅仅能够活几十年,而好年华不过一二十年,我剩下的就更少了。如果将我们的灵魂随着核糖核酸的传递复制下来该有多好,我们在下一代或下两代还会相遇,爱也会延续下去,也许就不会像我们这样苦。

南孙,我这样苦恋着你,你就不可怜我吗？不为之动心吗？不,苦水还是让我一个人来喝吧,我可不愿意你也像我这样无穷无尽的相思,我舍不得那么折磨你,男人的心应该装得下一个世界。世界上的女人多的是,纵然我死了,你还会遇上比我更值得爱的人。你的事业是主要的,千万不要为一个傻女人白白糟蹋了自己。我没有任何本事,只有一腔爱你的真情,所以爱你就成了我的天职。

如果你讨厌我的家庭,我可以跟父母一刀两断。你叫我怎么做我就怎么做,绝对服从你,不做违背你的意志或有损于你的事,我一定要听你的话。如果你嫌弃我本人,不愿正式跟我结婚,我也不会赖着你的,请让我保留对你的爱,让我做你的情妇吧。

我太累了,可是我还想写下去,我对你有说不完的话。我把写信当成一种快乐,只有在这时候我才能随心所欲地爱你,要怎么爱就怎么爱,要爱多深就有多深,要怎么赤裸裸都可以,用不着任何的掩饰。这在现实生活中是办不到的。我真怕你嫌我唠叨,也许你早就厌烦了。

亲爱的,我非常非常想念你,来看看我吧。

吻你!

茹　即日

邵南孙心里疚痛异常,那种对佟川实施报复后的快感,被佟佩茹的一掬纯情融化了。他身上鼓荡起一阵冲动,真想立刻去看望佟佩茹,安抚她,亲近她,向她表示自己的歉意。他不跟她结婚,她也不会赖上他,这一点尤其使他感动。

邵南孙不是没有良心的。但一个人光有良心不行,良心会把手脚捆住,什么事也干不成。干错一件事,良心就没完没了地跟自己过不去,那怎么活呀?所以,邵南孙找到了一套对付良心、保护自己的办法,为自己的行动辩解,使心理得到平衡。他欣赏佟佩茹流畅细腻的文笔,一封信写了那么多,稍加改动就可以成为一篇优美的散文。以前自己拼命地给花露婵写这种东西,现在可没有那份兴致了。有这种工夫还写小说呢!现在轮到别人给自己写了……

他带着微笑进入了甜蜜的梦乡。

邵南孙乘文化局的上海牌轿车去福北监狱,初夏的气温极为闷热,这是福北地区最难受的季节。车里没有空调器,更是热得难挨。路面不平整,多是土道,尘土飞扬,不敢打开车窗。名为小轿车,却远不如他自己的丰田面包车舒服,座位又低又矮,又没有录放机。好不容易挨了两个多小时,才在前不着村后不靠店的旷野之中,发现了一片厂房,烟囱、管道、白烟、热气,像是一座规模不算小的工厂。

在邵南孙的想象里,监狱应该是阴森森的铁窗,低矮窄小的囚室,银铐的镣铐。他对眼前的景象甚感惊奇,"这是福北监狱?"

"没错!"司机回答得很干脆。

轿车驶近监狱大门,他才感到它的神秘和森严的气势。格外高大的围墙,墙头敷设着电网,墙角耸立的岗楼上警卫人员持枪鸟瞰着墙里墙外,厚重的铁门关得严严实实,坦克也未必能攻得进去。门外还有一个岗楼,里面站着两个全副武装的警卫战士。门口挂着一个很唬人的招牌:福北新生机械厂。

他感到滑稽,却又笑不出,为什么不直接挂出福北监狱的招牌呢? 尽管挂着工厂的牌子,恐怕没有人不知道它是一座监狱。他不知为什么,突然想到在广州、庐山、黄山、北戴河等风景胜地参观过的林彪和一些大人物的别墅,用上等木料做的大门,也是这样又厚又大,也是这样门禁森严,气势逼人。在中国这块无神论的土地上,该有多少数不清的神秘! 不仅有神,还有神的对手——魔。所以生活才充满了各种神秘和魔力的诱惑。关在这高墙里边的大概就是魔或者是被魔力吸引来的。

由于他站在监狱大门口愣神,引起警卫人员的警惕,走过来询问。他递上介绍信,对自己过分活跃的想象力十分恼火。

铁门嘎嘎地打开了。在警卫人员的陪同下他来到二中队,黄烈全就关在这个中队。中队长姓辛,五十来岁,身板精瘦,连眼睛都像刀子。对邵南孙十分客气,通过交谈,他看出这位辛队长不仅了解他现在的一些情况,而且对他在京剧团的一些事情也知道得相当详细。邵南孙不禁毛骨悚然:

"你们监狱里难道也为我立了案卷?"

辛队长笑了,"您知道监狱是什么? 监狱就是灵魂修理厂。到这里来的人不是魂儿坏了、丢了,就是魂儿出了毛病。我们得把生病的灵魂治好,烂的和坏透了的给重新铸造一个。所以我们这些干管教工作的人,必须什么都懂点。我爱看杂书,经常向你们这些灵魂的工程师请教。真希望您这个大作家来监狱体验生活,写写监狱。"

"您读过我的作品可以理解,为什么还知道我在剧团里挨打、挨斗的一些情况?"

"黄烈全的案卷里有几个材料上提到了您,您又是福北的知名作家,我能不注意吗?"

"噢,"邵南孙脊背发冷,这岂不等于自己也在监狱里挂了号? 不管怎么说,在犯人的案卷里留下自己的名字是一件不吉祥的事情,这使他浑身很不自在,好像心里发虚,有某种不祥的预感。他极力驱散这种阴影,在心里安慰自己:"我永远不会到这个地方来,搞几个女人,两厢情愿,不触犯刑律,那有什么关系!"

他吸一口凉气,不明白为什么会由黄烈全想到自己头上,想到那些心里发毛的事情上去。他也许不该到这种不愉快的地方来,周凤起昨天听说他要到监狱提审黄烈全就劝过他:"你现在是副局长,对你来说这不算什么,在群众眼里就是官儿。会做官的人最重要的就是要会忘记,不该看的看不见,不该听的听不见,不该记的记不住。这也是名人的话。有些该忘记的事情,你还是把它忘记吧!"

他以为周凤起是暗指他们两人过去的不愉快的关系。自从他被提拔上来以后,周凤起待他很好,主动热情,却一字不提过去的事情。他知道周凤起心里对他戒备森严,担心他觊觎局长的位置,他心里颇觉好笑。讲心里话,他并不把文化局长这顶官帽子放在眼里,他所以接受这个副局长的任命,是因为在别人眼里这还是个不算太小的官儿。他想体验一下当官儿的滋味,借以看看别人的嘴脸,让亲者快仇者痛。他对过去的事情一件也不想忘记,一定要看看黄烈全、李鹏万现在的样子,问出花露婵真正的死因。既然来了,就好好见识一下中国的监狱。他顺着辛队长的话题很自然地谈到正题上:

"黄烈全被判了多少年?"

"无期徒刑。"

邵南孙心里怦然一震,"无期,他这一生就算完了,你们也用不着再为他铸造新的灵魂了。"

辛队长那一双刀子似的眼睛闪出柔和的光,"不,还是要看他的表现,表现好可以改为有期,表现更好的还可以再减刑。"

"他表现怎么样?"

辛队长沉了一下,"打个比方说,叫死猪不怕开水烫。他是全队最大的懒虫。从进监狱以后就不洗脸、不洗澡,每天吃完饭连自己的饭盆都不洗刷,衣服被子从来不拆不洗,已经看不出原来是什么颜色。身上臭烘烘的,谁也不愿挨着他睡。不读书,不看报,不听广播,连电影、电视都不看,有空就睡觉。可以十天半月不说话,如果张嘴就是骂人、打架,是监狱的一霸,其实是一怪。"

听到黄烈全变成这个熊样子,邵南孙并不感到有什么特别的满足和幸灾乐祸,"他从前可不是这个样子……"

"谁也不相信他还曾上台唱过戏。"

"唱倒是没唱过,他是龙套。"邵南孙感叹人生无常,一个曾被社会捧上高峰的人物,转瞬间又被社会抛进了深渊。

"武班侯也在我们这里呆了八年,没受一点罪。他组织了一个'新生京剧团',整整唱了八年戏。他脾气随和,爱说爱笑,犯人们都喜欢他。人家还是大演员呢,比黄烈全这个跑龙套的可强一百倍。"

"怪不得武班侯身上的玩意儿没放下,在监狱里也没断了唱戏。"邵南孙感到一种说不出来的滋味。

"他不光在我们监狱里演,还到外地去演出,给农民演样板戏,那些年'新生京剧团'可红了,到哪儿都受欢迎。"

"李鹏万判了多少年?"

"死缓,他在一中队。"

"他们被判得不轻啊!"

"这两个人身上都有几十条人命,虽然不是他们亲手杀死的,但是由他们指挥的。"

"花露婵是不是他们害死的?"邵南孙呼吸有点急促,"我今天就为调查这件事来的。我曾去过公安局,他们说黄、李两人已结案,材料都在你们这儿。"

"是的,您可以先看材料,有不清楚的我给介绍。"

"我可以审问黄烈全吗?"

"当然可以,不过您不要抱太大的希望……"辛队长目光锋利,神情忽然变得异常严肃,"您先看着,我一会儿再来。"他出去了。

过去的故事之八

"我记得是在大夺权取得胜利以后,大概是个星期六的晚上,李鹏万在地委一号院请我们这几个给他卖过命的人吃饭,庆祝夺权成功。李鹏万成了整个福北地区的大拿,我们这几个最早跟他一块造反的人,也都大大小小捞了个官做,大家很高兴。那天的饭菜非常高级,好多都是我没见过、没吃过的,有鱼唇、鲍鱼、海参、干贝、蛤蜊等。李鹏万特别大方,我们都觉得他的确是个领袖式的人物,不仅慷慨,还能把慷慨表演得充满感情,说话办事让大家折服。不论男的、女的、支持他的还是反对他的,都承认他有魅力,精力过人,冷酷沉稳,不择手段。实实在在,是福北造反派中一个最有力量的健将。

"他得意洋洋地发表了祝酒词,原话我记不住了,大意是:我们经过浴血奋战,终于迎来了这辉煌的时刻,旧地委彻底完蛋了,它们就像一挂臭烘烘的猪下水,提起来大肠小肠一嘟噜,放下去心肝肚肺一大堆,今天我们就把它全吃掉!从现在起福北是我们的天下了。为造反派真正开始掌握政权干杯!李鹏万酒后吐真言,再加上我们也不是外人,他介绍了自己成功的诀窍。他说:'一切活动的中心就是夺权,历史最坦白,有了权力就有了一切。不掌权,闹得多热闹也是白搭。掌了权,错的也是对的,胜利者不受审判。甭听他那一套,阶级斗争的法则实际就是弱肉强食。'他还有好几条经验,我记不准了,大概的意思是主宰一切的力量是时机,主宰一切的情感是憎恨,会抓时机,能够憎恨,才会成功。他那天没打一句官腔,说的全是大实话,我们十分佩服。

"大家酒足饭饱以后,桌上还剩下好多东西。我趁他们穿衣服的时候把好烟、好糖、酒心巧克力拼命往口袋里划拉,衣服上的所有口袋都装满了,最后还剩下两个多半瓶的茅台酒没处放。李鹏万见状把他的军用大衣披在我的身上。这一来不仅遮住了我身上那些鼓囊囊的口袋,还把那两瓶茅台酒也塞进了大衣口袋。我们两个最后离开餐厅,走到门口的时候,他从口袋里又掏出两块钻石手表递给我。

　　"当时手表很值钱,对我来说一次能捞到两块表是新鲜事儿。这么贵重的礼物不问清楚不能要,我虽爱贪点便宜,但不能叫他看不起。他说:'给你你就拿着,表厂让我试戴,我怎么戴得了这么多?'我一听也是不花钱的玩意儿,不要白不要,就接过来嘻嘻哈哈地为自己遮了一下羞脸:'李头,往后有这种好事,你多想着咱兄弟点儿。'

　　"他拍拍我的肩膀,十分仗义地说:'烈全,凡是好事保准少不了你的。你先把东西放回去,十点钟跟我去光明农场打兔子,怎么样?'

　　"'夜里打猎?'

　　"'更有味儿,保准你打了一次还想第二次,'他忽然神秘地冲我挤挤眼儿,'别忘了给我找个伴儿,美人都在你们文化系统,你不能忘了我。花露婵不是福北第一美人吗?今天晚上让我见识见识怎么样?'"

　　邵南孙看到这儿心房紧缩,血往上撞,刚一走进监狱大门时对黄烈全、李鹏万冒出来的那一丝怜悯之情,完全被一种强烈的憎恶和仇恨所代替。他想知道结果,又怕看到自己心目中完美无缺的爱神毁在这两个流氓手里……

　　"我一下子明白李鹏万的心思了,他请我吃饭,送给我手表,目的是要交换花露婵。我知道他早就在打花露婵的主意,毕竟隔着行业,身为总司令总不能瞒过我直接到牛棚弄人。花露婵又不是我老婆,完全可以拿她送人情。干得好,还可以此挟制李鹏万。往后我有好多事情需要求他点头。问题是我心里也想着花露婵。前一段时间忙着打仗、联合、夺权、争文化局一把手的交椅,顾不过来。现在大局已定,心满意足,也应该乐和乐和。听说李鹏万搞女人有一套,他那个家伙很厉害,不管什么女人只要叫他搞过一次,就再也离不开他。我应该在他之前先把花露婵弄上手,把个破货甩给李鹏万。花露婵是我管的人，自己不弄，乖乖地送给别人，也太不合算了！

"我把身上的东西放回家里，乘着酒兴急急忙忙先赶到京剧团。我很清楚牛棚都是外面有锁，里面没锁，用不着客气推门就进。花露婵正坐在床上对着白墙愣神儿，听见门响扭过头来，一看是我好像吓了一跳。她脸上挂着两颗泪珠，叫三百瓦的大灯泡一照像闪光的珠子。在牛棚里吃苦受罪没有使她变丑，反而更美了。她的美流露在各个方面，从上到下无一处不美。以前当大主演的那种狂劲和娇气没有了。也许是一连串的沉重打击、深刻的痛苦，改变了她的内心生活，因而也改变了她的容貌。在她脸上出现了一种奇妙的神采，给她的美貌更增添了一种绝世风韵：庄重、心敛意宁、华贵、忍耐、忧郁。我跟她在一起呆了好多年，那阵只能仰脸看她，光知道她漂亮，却不知道她漂亮得让人透不过气来，我一时傻了，站在门口不知说什么好……

"过了好半天我才清醒过来，暗骂自己不争气，你是干什么来的？你不就是图她美才来找她便宜的吗？怎么一见面反倒被她的美吓住了？现在她的小命儿抓在我手心里，我实际上就是文化局的局长，演员都是势利眼，怕她不从？抱着这样的女人睡一觉，才不枉来世上一趟。我的老婆给花露婵提鞋都不够资格。她擦干眼泪，也一声不吭地盯着我。在她那怀着敌意的目光注视下，我刚鼓起来的信心和处于优势的地位又开始动摇。点上一支烟，猛吸几口镇定住情绪，走到她的床边坐下来。她像被蝎子蜇了一样跳下地，坐到对面的空床上。她心里一定很紧张。我想跟她笑，可脸上的肌肉像冻住一样，调动不起来。没有法子，干脆直话直说吧，口气尽量装得亲热点：'露婵，真对不起你，我这些日子穷忙，没有来看你。'这已经不像个造反派大头头对牛鬼蛇神说的话了，她不可能听不出这弦外之音，却毫无反应。

"'明天剧团里开排《沙家浜》，方月萱的阿庆嫂，杨忠恕的郭建光。这两人很快就要举行婚礼。'我说到这儿发现花露婵神色一变，知道打中了她的疼处，便继续加压，'方月萱不论从哪一方面都不能跟你比，可你还在牛棚里蹲着。人家出头露脸，成了福北第一名旦。她沾光就在心眼儿活，看上了杨忠恕……'

"她忽然笑了,没有声音,我却感到很刺耳。她笑得很美,也很冷,笑纹就像玻璃碴儿一样扎着我的心。我昏头昏脑,不顾一切地向她实话实说了:'露婵,我现在就相当于过去的丁介眉,手里攥着比杨忠恕更大的权力,可以为你另组织一个剧组,《海港》《杜鹃山》,你演哪一出戏都是很合适的。条件是你得跟我相好,我从给你跑龙套的时候就爱上了你,现在更爱你了。只要你同意,我明天就跟老婆离婚,那不过是一句话的事。你要不愿意跟我正式结婚也行,人得给我,我决不会让你吃亏! 怎么样,答应我吧?'我突然产生了一种压倒一切的占有欲,疯狂地冲着她扑过去。她身子一躲,从地上抄起一根桌子腿儿,'黄烈全,我七岁练功,你给我跑龙套难道不知道我身上的功夫,想较量一下吗?'

"我可不想伤害她,触犯这样的美人是一种罪过,我心里也疼得慌。说来可耻,我以前不知道自己爱她,从来也没有真正想过这种不可能的事。那天晚上一看见她那张愁瘦了的脸,就不要命地爱上了,她提什么条件我都会答应。这时候,什么造反派的脾气,什么文化局长的身份,我全不顾了,脑袋一低,往地上一蹲,人熊话软:'你打吧,让你打几下也是美的。我知道你心里只有那姓邵的小子,他算什么东西,一个打杂儿的,下三烂。告诉你,他甭想出牛棚,永无出头之日。他一辈子没出息,你跟着他不活受罪吗?'

"'卑鄙!'花露婵仿佛受了极大的侮辱,她那冷酷的愤怒,使我身上打了个寒战,赶紧改嘴:'你要不答应我的要求,今天晚上我就无法保护你,等一会儿将有大祸降到你头上。'

"'你这是什么意思?'

"'李鹏万叫你今天夜里陪他去光明农场打兔子。他可是个玩儿女人的大色狼,而且玩儿完就扔,不负责任。想想能有你的好事吗?'我不敢抬头看她,头顶像被烙铁烫了一下,想必是她那仇恨的目光正狠狠地盯着我。沉了半天她才说:'你们还叫人吗? 你们不是响当当的革命派吗? 说的那些漂亮话还算不算数? 难道你们这些人就可以胡作非为,无法无天?'

　　"真邪门儿了,不论花露婵骂我什么,我都不生气,反而替她着急,耐着性子开导她:'都到这时候了,你就别想那些空道理啦。弱者才讲道理,强者是不受任何管束的。李鹏万不受任何思想和清规戒律的约束,他也不受任何别人的支配,他才不会被自己说的话管死哩……'楼下汽车喇叭响,我腾地站起来,知道是李鹏万来了,赶紧嘱咐花露婵:'不管你心里对我怎么想,今天晚上先听我的,我不会让你吃亏!'崔明上来喊我们,我抢先下楼,李鹏万在吉普车里坐着,我不好意思地跟他小声解释:'李头儿,有件事我不好意思跟你讲,现在不讲不行了,我跟花露婵明来暗往已经好些日子了,她是我的人,等我那头一离婚,我们就结婚。刚才你点了她的名,我不敢不答应,心里也不是滋味。你我哥们儿不错,我叫她陪你玩儿玩儿。但是你要高抬贵手,给兄弟我留张脸。'

　　"李鹏万一怔,我的话有求他的意思,也有硬的暗示,惹急了我什么也不怕,他不给我留脸,我也不跟他客气,真要给他抖落出去也够他小子受的。古话说'朋友妻不可欺'嘛!他脸色一沉,满肚子怀疑,'烈全,真的假的?我看你是想吃独份的,两人串通好唬我,拿我当傻小子耍!'

　　"我赶紧赔笑脸儿,'这种事还有假的?我在办离婚手续的时候,还要请你司令说句好话,多多成全!'他忽然笑了,'好说,你小子近水楼台先得月,我今天晚上就成全你们。'我身上不寒而栗,猜不透他这话是什么意思。等花露婵下来我特意给他们做了介绍,介绍到花露婵的时候我故意对李鹏万说:'这是你未来的弟妹。'

　　"李鹏万摆出了司令的派头,呵呵一笑,'京剧团两朵大花,你跟杨忠恕各摘走一朵,艳福不浅。'我看他眼睛盯在花露婵身上,露出像动物一样贪婪的神色。我叫花露婵坐在前面司机旁边的位子上,我跟李鹏万坐在后面。一路上李鹏万想出各种办法挑逗花露婵,提出各样的问题试探她的心思,她愿意回答的就说一句,不能回答的就不吭声,要不就笼统地说一句'我是牛鬼蛇神'。我在旁边比她还紧张,怕她一生气露了馅,也怕她把李鹏万惹翻。他问:'花露婵,你以前也陪着

佟川、丁介眉出来打过猎吧？'花露婵不回头，'没有。'

　　"李鹏万说：'别不好意思，方月萱就比你坦率多了，她就承认常有这种事。那些老家伙最会寻欢作乐了，没有一个手脚干净的。你说对不对？'

　　"花露婵不说话。反正李鹏万老有词儿，跟他在一块儿不用担心会冷场。他说：'在那些走资派的脑子里哪有什么共产主义理想？全都骗人，多少伟人都不能预计自己身后的事情，他们只想在活着的时候能对得起自己就行了。历史是指过去，而不是指未来。只有傻瓜才会为了天堂牺牲人间，为了明天牺牲今天，那岂不等于捕风捉影。你说对吗，露婵同志？'

　　"花露婵说：'我是牛鬼蛇神！'

　　"李鹏万哈哈一笑，'我们已经掌握了政权，很快就给你们摘帽子。再说你跟烈全一结婚还不就是局长夫人，仍然挑班唱戏。台上人不变，无非是坐在台下看戏的人变了，不再是佟川之流，而是我李鹏万。这就叫万事都受权威支配，许多人的命运也要受它左右。比如你想跟黄烈全结婚，我不点头就办不成。当然，我会给你们开绿灯的，明天就可以让人给烈全和他老婆办离婚手续……'

　　"花露婵的身子抖动了一下，我赶忙把话接过来：'司令，再等两天，等露婵从牛棚放出来再说。'

　　"李鹏万说：'那还不是一句话的事，只怕放出来以后，你的大美人也就飞了。可以先打扫厕所楼道，为方月萱她们搬搬道具，逐步升级。现在你只能强迫她的行动，不能强迫她的爱情，等到她的感情真正转到你这个造反派身上了，我们才能重用她。'这家伙，什么都看出来了。

　　"他又问：'花露婵，你是不是很羡慕方月萱？'

　　"花露婵说：'她没有什么值得我羡慕的。'

　　"李鹏万说：'是吗？她找过我好几次，我认为她是个好演员，我下令叫杨忠恕重用她，主演《沙家浜》。他们结婚，我当大媒。按一般规律，没有屁股的人就没有傲气，你是个例外，屁股不大，资产阶级臭架

子不小……'

"我赶紧解释:'露婵还关在牛棚里,怎么去看你?'李鹏万嘿嘿一笑。突然直起身子,指示司机开大灯。光明农场已经到了,几百名职工早已做好了准备,看见我们一到,立刻吆喝起来,灯笼火把,吼声连天,把迷迷瞪瞪的兔子哄赶起来。被车灯一照,兔子花了眼,只在搜索灯的光束里跑,非常有趣儿。车开得快了就可以把兔子碾死。李鹏万叫司机放慢车速,打开车门,把冲锋枪架在车门上对着兔子扫射。我则多用点射,反正能打上兔子就行。我们玩得特别痛快,李鹏万也给了花露婵一支自动步枪,我对她特别留神,她始终没放一枪,大概是从心里可怜那些兔子。

"李鹏万真是会当官儿,也会玩儿,简直玩儿得出了圈儿。我们过完打猎的瘾,已经半夜一点钟了,农场的头头早就摆好了宴席,又大吃大喝一顿。李鹏万不怀好意,拼命想灌花露婵喝酒,花露婵心里有一定之规,滴酒不沾,连菜也没有吃几口。李鹏万见攻不动花露婵,就想灌我。如果把我灌醉,他就可以毫无顾忌地对花露婵动手动脚。我铁心想保护花露婵,不敢多喝。到凌晨三点多钟,李鹏万终于打着饱嗝离开了饭桌,农场已经准备好了房间,我们可以美美地睡到中午再回市里。花露婵自己回到吉普车里,抱着那支半自动步枪,看来她想在车里过夜。为了不当着农场的头头弄得太僵,李鹏万决定马上回福北。农场的人把我们的猎物,还有他们送的甲鱼、酒、花生、水果等农副产品装进后车厢。在回来的路上,李鹏万气呼呼地没有多说话,脑袋靠在后垫上睡了一觉。我陪着花露婵在京剧团下车的时候,他睁开眼恶狠狠地说:'老黄,我看你是剃头挑子一头热,人家根本瞧不上咱们这样的人。可别忘了,我这个人专治刺儿头,你明天把她转到地委的牛棚里来,我把她调理好了再还给你!'

"我心里一颤,花露婵若到了他的手里,还不被揉搓熟了?我赶紧打圆场:'司令,她是当着你的面不好意思,我们俩到时候一定请你喝喜酒。'

"李鹏万鼻子里哼了一声,他显然不相信我的如意算盘能实现。

什么事情也瞒不过他那双贼眼。今天夜里他没有把花露婵这样一个大美人搞到手，一肚子火气没处放，最后又对我耍了一通威风，实际是说给花露婵听：'对于这种顽固的死硬派，最好的消灭方式就是彻底从舞台上把他们清除掉，从人民的记忆中，从历史上抹掉她的名字，叫她变成一个谁也不需要的人，就像大街上被人忘掉的坏电线杆子！'说完使劲一关车门，吉普车开走了。

"我送花露婵回到她的牛棚，心里想买她的好，临走的时候对她说：'露婵，通过今天晚上的事，你该明白我对你是一番好意了吧！李鹏万的话你都听到了，他现在是福北的大拿，性情狠毒，手段毒辣，连我也不敢得罪他。他给你规定了三条路，一是嫁给我，继续当主演挑班唱戏；二是给方月萱打杂；三是把你交给他，那就等于羊入虎口……'

"花露婵突然大叫一声：'滚，你们都给我滚出去！'她脸色煞白，眼睛像疯了一样。我忍住气，嘱咐崔明多留神，就回家了。

"当天中午，杨忠恕跑去找我，说花露婵死了。我一听到这消息就蒙了，又惊又怕又心疼。说老实话，就是我爷娘老子死了、我老婆死了，我也不会那么难受。是一种哭不出，说不出，憋在心里的难受。据杨忠恕说，她不是自杀，通身到下没有一点伤痕，是阴部大出血而死。被褥全都泡红了，她的血从门缝一直流到楼道里。我怀疑这种大出血是遭到粗暴的奸污以后造成的。当天夜里我找了几个人把崔明捆起来，先把他打了个半死，我眼睛都红了，他不说实话我真会把他打死！那天晚上有可能强奸花露婵的必定是'鬼楼'里的人，外人进不去大门。'鬼楼'里就是崔明、邵南孙、牛英贤这几个人。崔明死不招认，不论是花露婵的屋子还是邵南孙的屋子全都在外面上了锁，直到发现楼道里有血的时候，花露婵门上的锁还没有人动过。再说花露婵身上也没有留下任何被强奸时抓挠的痕迹。这真是一个谜，这个谜一直像鬼魂一样纠缠着我，有一次我请教一个大夫，他说有可能是因为死者长期郁闷，突然过度愤怒，造成血崩。

"我听了医生的话，才知道是我把她逼死的，我是杀害花露婵的凶手！我虽然参与指挥过武斗，死了不少人，那些条人命与我无关，我不负责,不认罪!因为我差点也把自己的小命儿搭上。没有我,别人造反照样也会杀人,也许杀得更多。那笔账要算,也应该去跟上头算。没有上头的支持,我一个跑龙套的演员,能兴那么大妖作那么大乱吗?但是,对花露婵的死,我心甘情愿承担全部罪责,为此枪毙我都是应该的。天哪,我不怕羞耻,没有任何顾虑了,把心里的话一五一十地全倒出来,也就心满意足了。我根本就不是人,我爱花露婵,自己却不知道,拼命整她,报复她,对所有跟她相好的人全都恨之入骨,往死里整。还吓唬过杨忠恕,不许他打花露婵的主意,最后却由自己把她害死了!自从她死后,我再也没有碰过我老婆,不信你们去问。我跟花露婵许过愿要跟老婆离婚,总觉得花露婵的阴魂老跟着我……”

现在的故事之九

　　邵南孙涕泪横流，趴在桌子上痛痛快快地哭了一阵。花露婵死得这样惨！深沉的痛苦在他心里烧灼，在他周身翻腾。花露婵是个善良的姑娘，她不知道，也不理解世上的邪恶；同时她又是个有地位的名演员，身上有高贵的尊严，心里有巨大的内在力量，怎能忍受这种残暴的人身的凌辱和精神上的折磨！

　　他不相信"血崩"之说，似乎又难以全部推翻黄烈全的交代。不管这个大流氓的目的和手段多么卑鄙，他对花露婵的那点真情还是令人感动的。不，黄烈全的"真情"是大可怀疑的，他避重就轻，实际上是在巧妙地表白自己。莫非黄烈全是个最有创造性的骗子，以所谓吐露对花露婵的真情，掩盖他们真正的罪行？也许是他跟李鹏万这两个色中饿鬼在酒后狂暴地蹂躏了花露婵，才使她大出血……

　　他想象着花露婵死时的惨状，不禁发指眦裂，哪还有耐性再继续翻看那厚厚的卷宗。辛队长走进来，见他眼睛赤红，料想定是想起往事，为被黄烈全害死的花露婵而伤情。作家也跟演员差不多，感情丰富，泪囊太浅。辛队长忽然对邵南孙产生了一种敬意和亲近感，他问："怎么样，能解决您的问题吗？"

　　邵南孙指指黄烈全关于花露婵被害致死的交代材料，"你们认为他说的话可信吗？"

　　辛队长说："我对自己管的每个犯人的案情，都下过一番工夫。黄烈全的这个交代基本符合实际情况，跟李鹏万的交代以及光明农场和其他一些旁证材料都能对上号。"

邵南孙问："为什么没有崔明的证词？"

辛队长说："这的确是个疏漏，据说他当兵了，在一七七部队，离这儿很远。不过没有他的证词也可以定案。"

邵南孙心里很不以为然。崔明是重要的证人，而且还有奸污杀人的嫌疑，连黄烈全都曾怀疑过他。怎能因为路远就可以不去调查，公安局就是这样办案的吗？他记下崔明的部队番号和驻地，说："我可以见一下黄烈全吗？"

辛队长说："当然可以，是在这儿谈，还是到审讯室去谈？"

"在审讯室里谈！"邵南孙决心要出出心里的这口恶气，至少也要对黄烈全好好奚落一番。

"那好，他们快下工了，我先领您去审讯室，等黄烈全一回来就带他去见您。"邵南孙跟着辛队长出了办公室，顺便参观了一下监狱。这座监狱的确更像一个工厂，面积很大，一条条整洁的柏油路，鳞次栉比的厂房，每个角落都打扫得干干净净，简直是一尘不染。如果这个工厂的主体不是由犯人构成的，一定能获得文明生产的优胜奖旗或卫生先进单位的称号。

辛队长像任何一个热爱本职工作的先进人物一样，不无自豪感地向邵南孙介绍了自己工作的监狱。这里没有囚室，只有禁闭室，用来教训那些打架闹事的犯人。除去体弱有病的犯人以外，都得参加劳动。有七个车间，还有几千亩土地，一切都是自给自足。连盖房子都是自己干，每年还要上交国家几百万元的利润。监狱里有医院，有夜校，出版自己的报纸，有剧团和阅览室。那些医生、编辑等"高级职员"中，也有不少是犯人。邵南孙参观了犯人的住房，这是一栋四层大楼，每个宿舍有一间教室那么大，搭起两排通铺。每个犯人占一米多宽的一块地方，床上无比整洁，横竖都成一条直线。被子叠得四四方方，见棱见角儿，像一溜大火柴盒。毛巾挂成一条线，漱口杯放在一起，牙刷都朝一个方向，脸盆放成一排，水泥地擦得能照见人影儿。邵南孙不由得发出一阵赞叹：

"哎呀，想不到监狱是这个样子！这更像营房，比一般的家庭都干净。黄烈全真是走运……"

辛队长笑了,他理解一个对中国监狱一无所知的参观者此时的心情。他喜欢邵南孙这个人,爱动感情,说话随便。他向邵南孙发出邀请:"南孙同志,有兴趣吗?来蹲上一段时间,吃住保您满意,写写我们监狱的生活。"

"我一定再来!"窗外传来一阵整齐的歌声,还有"一、二、三、四"的号令声。

犯人下工了。辛队长领着他走出犯人宿舍,只见下工的犯人排着队列,穿着同样的囚服,一律剃着光头,迈着出操般的步伐从柏油路上走过来。

辛队长先把邵南孙领进审讯室,实际上这是一间会客室。两个长条桌把房子一分为二,桌子前面有几个圆凳子,大概是给犯人坐的;桌子后面有几把椅子,还有一个大柜子,柜门上挂着锁。旁边有个门通向另一个房间,辛队长先为邵南孙沏上茶水,然后去找黄烈全。

邵南孙打量着这间所谓的审讯室,猜测着黄烈全现在会是一副什么样子,心情有点激动。他将要以审讯者的身份出现在黄烈全面前,而当年那个想把他置于死地的家伙,如今却成了阶下囚。他等待这次见面已经等了好长时间了。不知为什么,他感到成功,并不像他想象的那样完美。也许关押黄烈全的这个地方太好了,黄烈全的待遇要比他在"文化大革命"中的遭遇强得多。使他没有那种强烈的胜利者的喜悦,感情十分复杂……

辛队长领着一个矮个子犯人进来了。这就是黄烈全?

脏兮兮的灰色囚服,连胸前的标志——"福北监狱"四个字都模糊不清了。头皮和脸也跟囚服的颜色差不多,说黑不黑,说黄不黄,说灰不灰。倒不是说他脸上有多少油污、汗垢和尘埃,其实并无一种明显的可以叫得出名字的物质遮住了他原来的肤色。似乎是一种混合物,由他自身分泌出来的汗液同空气中的各种污染物化合而成的一种油彩,使他通身上下像生了一层锈。他漫不经心地看了一眼邵南孙,显然没有认出自己的冤家对头。他经受的审讯、审判、外调人员的提问和调查太多了,当然不会记住他们每一个人的面目。在被审讯者看来,所有的审讯者面目都差不多。他对各种各样的提审反感透了,又没有办法逃避,只好硬着头皮应付。越短越好,不要误了自己吃中午饭。可是这些搞外调的家伙大都是饱汉子不知道饿汉子饥,总是问个没完……

辛队长替他作介绍:"黄烈全,这位是福北文化局副局长邵南孙同志,向你调查一些问题,你要实事求是地讲……"

黄烈全突然抬起了头,眼睛直愣愣地盯着邵南孙。这才叫仇人相见分外眼红。

幸灾乐祸、仇恨、鄙视、怜悯等许多特殊的情感,形成一股深切的力量在摇撼着邵南孙的心。辛队长小声对他说:"你们先谈,我就在旁边的屋子里,有事打个招呼我就会过来。"

屋子里只剩下他们两个人,空气中有股腥味儿。当然是邵南孙先开口:"黄烈全,你大概没有想到自己也会有今天吧?"

黄烈全不答理他,用手往地上大声擤着鼻涕。然后眼睛一翻,目光中重又流露出他特有的贪婪和狡狯,满不在乎地斜视着邵南孙。

第一个回合邵南孙并未占到便宜。当他在自己接触到的一切方面都取胜以后,竟在这个已经彻底失败了的老对手面前,有一种难以稳操胜券的紧张情绪。黄烈全不是被他打败的,是做了整个政治形势的牺牲品。他俩不是斗智,也不是权势的较量,纯粹是灵魂的搏击和性格力量的测试。邵南孙换了话题,讥讽地说:

"你在这儿过得不错啊!"

"比你在牛棚那阵好。至少没有人把我的脑袋打成烂桃,胳膊腿也是囫囵的。"黄烈全脸上现出怪笑,没有丝毫的畏惧和顾虑。他反正已经被判了刑,死猪还怕开水烫吗?何况邵南孙也不能拿他怎么样,在气势上反而比邵南孙猖狂多了,被审的压着审讯者一头。

邵南孙目光闪闪,喷射着满腔仇火。却又知道跟黄烈全磨牙自己得不到便宜,便单刀直入地提出自己想问的问题:"黄烈全,你说实话,花露婵到底是怎么死的?"

　　黄烈全眼睛一翻笑了,他明白了邵南孙的来意,怪笑着以一种无赖的狎邪口吻说:"姓邵的,你爱着花露婵,可是连她的边也没沾上,她却把贞操给了我。哎呀,真美,她的身体又白又嫩,就像一架钢丝床。她跟我在一块也美得了不得,兴奋过度突然断了气……"

　　辛队长从旁边的屋子里走出来,打开柜子拿出一台录音机放在黄烈全的面前,"黄烈全,你把刚才的话再说一遍!"

　　黄烈全一下子蔫了。他已经习惯于拿高尚的东西开玩笑,尤其是高尚的感情。

　　辛队长声音不高,每句话都像钉子一样揳进黄烈全的心里,"如果你今天说的是真话,那以前的交代就全是欺骗,我们要重新审理你的案子!"

　　"不,不……我刚才说的是假话。"

　　"故意给组织制造麻烦,罪加一等。这些道理你又不是不知道。你口口声声说爱花露婵,她已经被你们逼死了,你还这样糟蹋她!这说明你没有一点悔罪的表现。"辛队长的一番话把黄烈全说得低下了脑袋。

　　邵南孙的脸色一会儿青,一会儿白,周身冷飕飕的,有愤怒,也有惶遽。黄烈全舌头上全是狗屎,已经失去了做人的起码尊严,由人变成了一个动物。如果说辛队长的那几句话能使他老实下来,正是唤醒了他身上残存的那点人性。邵南孙心里滋生了一种说不清楚的东西,是一种令他自己也感到惊讶的心理变化,与他原来的意愿相反,他又有点可怜黄烈全了。黄烈全这种近乎疯狂的自我作践,恰恰是人性的流露,现在的他比过去那个叱咤风云的造反头子更像个人样儿,他实际上并不是表面上的这个他。精瘦的辛队长对改造犯人确有一套办法。邵南孙又提出一个问题:

　　"黄烈全,当初如果你心里没有鬼,为什么不把花露婵的尸体送到医院进行解剖化验?"

　　黄烈全并不看邵南孙,却对辛队长说:"我当时心里有鬼,害怕大家知道我带她去打猎、逼她跟我结婚的事,后事办得越麻利越好。再说那阵到处都是乱哄哄的,别说死个牛鬼蛇神,就是我们自己人不清不白地死了,也不会送到医院去解剖检查。"

邵南孙又问:"假如你真的对花露婵还有一点情分的话,请你摸着良心说句真话,花露婵是不是被你跟李鹏万糟蹋死的?"

黄烈全从凳子上站起来,眼冒凶光,"假如你真的爱花露婵,为什么还非要往她身上泼脏水?告诉你,花露婵的死也有你一份责任,如果不是你把她给迷惑住了,她不会那么死心眼儿!演员有几个死心眼儿的?如果像方月萱一样,还会死吗?"

邵南孙实在控制不住了,也吼叫起来:"正因为她死了,所以才是花露婵。如果顺从了你,比死还坏!"

"呸!"黄烈全往地上吐口唾沫,把脸扭过去,让屁股对着邵南孙。

这叫什么审问?邵南孙什么也没问出来,反惹了一肚子气。

辛队长先把黄烈全打发走了。然后领邵南孙去招待所吃午饭,不断宽慰他,劝他不要跟这些囚犯一般见识,怄气更是不值得。

邵南孙一句话不说,心里堵得满满的,只是出于礼貌才吃了几口人家精心为他准备的午餐。他原来还想会会当年不可一世的"总司令"李鹏万,现在已没有这份心思了。当初这些人整他的时候,可以任意打骂凌辱人格,甚至轻而易举地就能要他的命。他现在春风得意,却不能用同样的办法报复他的仇人,真憋气!

从福北监狱回来以后,邵南孙一连好多天都心烦气躁,说话尖刻,动不动就发脾气,老把"辞职不干"挂在嘴头上。"又不是我要当这个副局长,壁立千仞,无欲则刚,我宁愿回铁弓岭养蛇!"

工作还是在做。他召集各剧团负责创作的头头开了两天剧本讨论会,又分别到各个剧团落实了今年的创作演出计划。新官上任三把火,他至少得像那么点意思。他挂着名儿一点事不干说不过去,他知道自己干得太多,别人也不一定喜欢。他愿意头上有个官衔,却没有想到这顶纱帽会带来这么多麻烦。各种人都来找他,都以为他是名人,又是头头,手里一定有很多权力。什么事情都来找他,要房子、涨工资、调工作、争角色、买电视机、上医院……真是关系难处，工作难干，好人难当！

他不想借副局长的位子再往上爬，但又舍不得丢掉已经戴上的官帽子，骨子里还瞧不起当官的。……应付着，混着，说话随便，不看场合，身上那股清高孤傲的气质太过于外露了。他见不得平庸，听不得没有味道的废话，不可容忍奸诈和欺骗。他在铁弓岭什么事都是自己说了算，养成了惟我独尊的脾气。当了副局长仍然喜欢发表一针见血的意见和慷慨激昂的批评，好像他说的都是对的，常让别人下不来台。事情过去以后，自己又后悔，这是何苦呢，自己既然不拿这个小小的副局长当一回事，又何必那么认真呢？

人家背地里都说他官大脾气长。他自己也不满意自己，无缘无故的郁闷、发火，为一点完全不值得的事情就可以气得大吵大闹。这是怎么回事呢？好像在心里憋了十几年的那口恶气还没有放出来。也许是离开铁弓岭太久了，他想念蛇园，想念自己的书房，想写作……对了，《花露婵传》刚开了个头，而且是个十分满意的开头，不应该间断，要继续写下去。只有写作才是他的根本，才是他生活的第一需要。现在主宰他一切的不再是爱情、金钱、名誉、地位，而是事业。事业就是一切，只有事业才是生活的核心，在任何时候事业总是第一位的，牵动着他的喜怒哀乐。他的事业是写作，而不是当副局长。他写作的时候是很痛苦，精血耗尽，卡壳的时候比自杀还难受。但是不写作的痛苦比写作的时候更大，脾气反常，连自己也不认识自己了！每天能写上四千字，对世间的一切都那么满意，心情舒畅；如果能写上万八千字，简直就飘飘欲仙。晚上听听京剧，喝上两杯酒，人生之乐莫过于此。他还想访问一下崔明，然后回铁弓岭把《花露婵传》写完。最早唤起他创作冲动，给他的创作带来新的活力的是花露婵，她至今仍然是他创作的巨大动力。自古才子多风流，文人多是从女人身上吸取创作的灵气，不风流就难成才子。华梅、佟佩茹等又给了他新的激情，每次读她们的长篇情书，都有一种遏制不住的创作欲望。他有半个多月没有摸笔了，能不心烦意乱？

　　文化局后勤处给他找了一套新房子,两室一厅,就在地委大院旁边,是刚落成的新楼,很清静。他从宾馆搬出来,买了一张床和两把椅子,只要能睡觉就行了,他还没有认真想过是不是要在这儿安个家。连锅碗瓢勺都没有买,他可不想自己下厨,每天在文化局食堂吃饭。算上厨房、厕所,大小五间,全部空荡荡的,散发着油漆和水泥的味道。他根本就不认为这是他的家,远不如住在宾馆里舒服方便。他可以自己花钱(当然是蛇研所的钱),不叫文化局报销。现在分到了新房子,再住宾馆就说不过去了。真是多此一举! 他并未申请要房子,没有房子就可以经常回铁弓岭,慢慢地只在文化局挂个虚名儿就行了。现在有了这套房子反而成了累赘,谁叫他是副局长呢! 有多少人想房子想蓝了眼,却分不到房子。

　　他在福北再呆下去非憋疯了不可,于是向周凤起请了假,明天就去一七七部队调查崔明,把这桩心事了结就算了。一七七部队跟福北还隔着两个省。但一想起花露婵,想起那代价昂贵的过去,他就变成了另一个人,感情像着了火,谁阻挡他,他就毁灭谁! 他也真想再见见那个生殖器失灵的浑小子……

　　下午,杨忠恕找到他的办公室,想跟他谈谈,为过去的事情向他道歉,他冷冷地拒绝了,可以说是把对方骂走了:"你不用来这一套,这不是什么道歉的事。黄烈全进去了,你为什么还能登台唱戏、逍遥自在? 我正在调查花露婵的死因,我们以后会有机会谈话的。"

　　杨忠恕诺诺而退。他脸上挂灰,一脸苦相,那副弯腰悔罪的神色令邵南孙格外厌恶!

　　邵南孙从黄烈全身上惹的气,要撒在杨忠恕身上。杨忠恕现在不敢乍刺儿,他怕进监狱,怕不让他唱戏,怕邵南孙报复他……

　　邵南孙把杨忠恕训斥走了,自己的情绪也被破坏了,怒气涨满了全身。他拿好火车票和零用的东西,提前离开了办公室。找不到一个能消烦解闷的地方,只好回家躺着,想着以后怎样找机会整治一下杨忠恕和方月萱,以消解心头之恨。到了吃晚饭的时间,他仍旧不愿动弹,走到文化局食堂还要二十分钟,他宁愿饿一顿,明天早晨到火车站一块吃吧。本来他可以去找佟佩茹散散心,但他有个毛病,在心烦和干正事的时候讨厌这些女人,况且又不知道佟佩茹是不是准在群艺馆?群艺馆归文化局领导,以他现在的身份到自己下属的单位去,比较招摇。也许是被紧张和孤独折磨得疲倦了——他也得了这种时代的通病,好像世界上就只有他一个人,他就这样死去也不会有人知道……

有人敲门。

邵南孙躺着没动,他不想开门。他在福北很有几个真正的朋友,但都不在文艺界,他们也不知道他的新住址。知道他住在这儿的都是本系统的人,这种时候追到家里来的不会有外人,很可能又是来求他办什么事情。天哪,他讨厌那些专为个人事情来找他的人,他们不拿他当人,只把他看作是掌握着副局长权力的工具。

敲门声很轻,生怕惊吓了主人。又很有耐性,敲几下停一会儿,然后又敲几下,文雅而又节奏匀称。看来,来者不是粗俗之辈,更不会是那些不拿自己当外人的演员们。邵南孙下床开了门。

"是你?"邵南孙愣住了,门外站着方月萱。她强作镇静,脸上挂着甜媚的笑。怒气突然涨满邵南孙的大脑,他全身激动,挡住门口:"毛雄文同志,有何见教?"

方月萱的脸腾地红了,低下头去:"南孙同志,让我进去说,行吗?"

邵南孙想了想,还是闪开身子,让她进来,随后碰上门。他脸色瘆人,目光冷酷。给方月萱搬过一把椅子,自己却不坐,从头到脚地打量着方月萱。款式优雅的水绿色旗袍,使她那本来不高的身材显得苗条修长了,脸上进行过精心的修饰,光可鉴人。一股香气飘满了整个房间,她通身上下光滑妖艳。狎玩生活的反而占了便宜,三十几年的风风雨雨并未在她身上留下什么痕迹,韶华将逝,仍然姿色撩人。花露婵严肃认真地对待生活,却被生活吞没了!邵南孙一看见方月萱,就无法不想起花露婵。他当官以后有意疏远她,一直冷淡她,她却老想跟他套近乎……

方月萱没料到邵南孙会如此不近人情,她窘迫难挨,感到邵南孙的目光就像鞭子一样抽打着她的身子。她的全部本事,在这个野人面前一点也施展不出来。他看到的只是她那没有任何装饰的很不漂亮的灵魂。

方月萱知道哭告和哀求是没有用的。这些天来她没少在邵南孙身上下工夫,他都不屑一顾。她剩下的只有一招儿——撒泼!

她猛然扬起头,媚光一闪,"孙子,别以为你当了局长就了不起了,你还能把我们吃了?"

她一声"孙子",愈发激怒了邵南孙,"毛雄文你想干什么?"

方月萱继续数落他:"你算什么男子汉大丈夫,小肚子鸡肠子,心里有气往女人身上撒。你拍着胸脯想想,我方月萱什么时候做过对不起你跟露婵的事?你干吗要这么逼我们?杨忠恕找你赔礼认罪,你把他赶走。我三番两次登门道歉,你简直要把我吃了。你还有点人味儿吗?"

这话不仅损伤了邵南孙男人的自尊心,而且让他知道了方月萱来找他的目的,于是他尖刻地说:"这么说你是来替自己的男人求情的?"

"他有错误,可没犯什么罪,用不着求你!"

"那你找我来干什么?"

"跟你算账!"方月萱声狠气暴,眼角眉梢却抛娇撒媚。

邵南孙嘿嘿一笑,"跟我算账,好啊,我倒要领教一下,你算什么账?"

"你光棍一条,住着一套这么好的房子,我们一家三口住一间小南屋,这合理吗?你这不是以权谋私吗?"

"你生气?你眼红?毛雄文同志,好运气不能老跟着你!"

"你在搞特权!"

"特权?"邵南孙嘴角飘溢着讥笑,"你不就格外喜欢特权吗?你喜欢过丁介眉的特权,喜欢过武班侯的特权,更喜欢杨忠恕的特权。今天找到我这儿来撒泼,不也是想分点特权吗?"

"你?"方月萱再有本事,也没脸呆下去了,她起身要走,"邵南孙,你不过当了个芝麻粒儿大的官儿,不要得意忘形,老娘看着你!"

邵南孙拦住了她,"别走,我还没跟你算账呢!"

"你要把我怎么样?"方月萱惊恐地盯着邵南孙。

"我要领教老娘的厉害!"邵南孙犀利的目光让人感到一股寒意,他一步步向方月萱逼过去,方月萱吓得连连后退。"不义的人还不如重义的狗,你们害死露婵,毁了我一生的幸福,却要求我对你们宽厚;你们冷酷无情却希望别人对你们怀善心;你们阴险狡诈、恶毒卑劣,倒希望别人跟你们赤诚相见……"

方月萱是花露婵的老对手,她是杨忠恕的老婆,如今还来替杨忠恕求情。憎恨和轻蔑勃然引发了邵南孙身上一种变态的报复心理。他只觉得激情膨胀,似浪涛拍击胸腔,两眼血红,一步步贴近方月萱。

方月萱吓坏了,以为他要掐死她,"你要干什么?"

由于愤怒和情火萌生,他的脸扭曲了,带着瘆人的怪笑,气也是横着出来的,"你不是说我专在女人身上撒气吗? 今天索性撒个够!"

他抓住她的双手,把她扔到床上。跟这样的人发生关系是不可原谅的,连他自己也会鄙视这纯粹恶性的发泄。也许正是想干这不该干的事情,才更激起他一股暴虐的冲动。他像一个胆大包天的强盗一样,并不慌张地扒光了她的衣服。从她身上飘出的一阵阵香气,刺激得他更加兴奋。她那洁白丰腴的腰肢和胸脯,肉感十足,更增加了他的血液的热度,身上发出热的战栗。一切都在不由自主的反射中爆发了,仇的倾泻,恶的快感……

方月萱停止挣扎,迅速反应过来,大喜过望。双臂像蛇一样缠住了他的脖子……眼前一片雾气蒸腾,个人的恩怨似乎在这炽热的肉欲中熔解了。

邪恶的欲火并未完全烧毁邵南孙的理智,当方月萱那欢乐轻盈的身躯,潮滋滋的舌尖拼命向他迎送的时候,他忽然闪过一个念头:这可能是一场圈套,杨忠恕也许正在门外边等着。但他没有害怕,身体也没有发软,反而鼓捣得更凶猛了。最好能让杨忠恕看到这场面! 方月萱手脚瘫软,微微颤抖,发出阵阵呻吟……

邵南孙发泄完那一腔邪火,立刻就对方月萱十分厌恶,觉得近处看她并不像从远处看她那么美，一脸细纹，屁股也太大，妖精都是靠屁股来迷惑人。她的嘴里还有一股烟味儿，这个娘儿们一定背着人吸烟。邵南孙对烟草的味道格外敏感和厌恶。他推开方月萱，感到口干舌燥，到厨房去漱嘴。

凉水一进嘴，他的大脑也感到一阵凉爽。他惊讶地发现，自己的良心底下潜藏着恶的欲念，在自己颇为满意的性格中还有一种阴暗的、见不得人的东西。他立刻又安慰自己，即使不干今天这种事，他也不可能再遵照良心和人格生活了。干一次是干，干十次也是干。如果花露婵活着，自己决不会变成这个样子。眼下这个时代就非常讨厌守法主义。"文化大革命"就是由普遍的善良酿成的普遍的罪恶……谁知道呢？也许本来就是狼对，而羊错了……

他走出厨房，方月萱已穿好了衣服，倚着床帮斜瞟着他，一副娇慵不堪的神态。邵南孙对她已毫无兴趣，甚至连一点余热温情也没有了，一边整理自己的衣服，一边想着怎样快点把这个女人赶走。

方月萱自作多情地问他："你满意了吧？"

"你呢？"

"你的劲儿可真大，像头野驴。"

邵南孙心里骂了一句："这个贱货，真不要脸！"不过她没有说错，他们两个都不高尚，都是驴。他脸上露出鄙夷的神色，"原来大名鼎鼎的方月萱就是这个样子！一个不美的美人计……"

"你……"要不是方月萱久经沙场，真会臊得一头撞死。她稳了稳神，低声下气地说："走吧。"

"到哪儿去？"

"去吃饭。"

"我没有食欲，只觉恶心。"

"我请客。"

"干吗要你请？"

"我的饭里有毒？还是你觉得我不配请你吃饭？"方月萱不再怕他，伶牙俐齿，"我知道你不愿让别人看到咱俩在一起，怕影响你这个副局长的名声。"

邵南孙眼里闪过一道冷酷的光,"恰恰相反,当初他们侮辱我的未婚妻是在大庭广众之下,如今我愿意全城的人都看见他们的老婆陪我逛大街、下饭馆,我何怕之有?　就看我有没有这份兴趣?"

"这么说,你对我一玩儿完了就没有兴趣喽?　刚才你压在我身上的时候兴趣倒蛮大!"

真是个不要脸的女人。邵南孙不理睬她话里的威胁成分,讥讽地说:"不,你原本就是文化局长的情人,如今若再上一个副局长,正是物归原主。"

一阵冷战掠过方月萱的脊梁,他俩虽然刚发生了肉体关系,却仍然是一对仇人。这个当初曾不顾一切地钟情于花露婵的男人,现在变成了一个可怕的冷血动物。这实在叫她下不来台,她又不想把关系弄僵,只好用撒娇遮掩自己的窘态,"你这个缺德鬼,嘴太损了!"

她把头发理顺,把旗袍上的褶子平,对着卫生间的镜子仔细修饰自己。故意用亲热的调子说:"南孙,我给你介绍个对象吧?"

"谢谢,我的感情嫩苗已经被踩死了,再也不会发芽了,不能坑害人家大姑娘。"邵南孙知道不陪她吃顿饭就难以赶走这个讨厌的女人。

"你干吗对人那么冷淡,好像别人都欠了你八百吊钱。"

邵南孙等的有点不耐烦,"社会对我冷淡,我凭什么要对社会火热!　你还有完没完?"

"完了,催命鬼!"方月萱真不亏是个演员,三弄两弄,又把自己收拾得规规矩矩,俊秀可人。挎上小提包,跟邵南孙走出房门。关于杨忠恕的事她不敢再提起,两人有了这种关系,量他不会手下不留情。其实她今天找邵南孙并不是为了丈夫,而是为了自己……而眼下她只适宜说点家长里短的闲话:"现在你都红得发紫了,还说社会对你冷淡。你当我不知道,你的情人足够一打。"一出房门,邵南孙就不愿意再多说话,哼呀哈的敷衍。走在大街上方月萱的表演恰到好处,亲热而又正派。话不断,笑声不断,走到哪里都格外引人注目。

邵南孙情知上当了。明天,福北城里不知又会传出什么闲话。他刚说过大话,只好拿出男人的气概,逢场作戏地应付着。

嘎噔噔、嘎噔噔……

钢轨在车轮的倾轧之下发出无力的呻吟,枯燥乏味。邵南孙并不晕车,偏偏一听到这种声音就想睡觉。真要躺下还不一定能睡得着,别人说话听得到,火车每到一站也都知道。只是迷迷糊糊。而负责记忆的大脑细胞又格外活跃,好像把前世、后世的事情都想起来了,浮想联翩,幻觉丛生。这不是坏事情,对他来说正求之不得,他在这种状态下往往会有惊人的发现:闪光的思想,新奇的立意,好的语言和细节,不知从什么地方跑出来,会自动涌到他的脑子里。每有"珍珠"飞来,他便在小本子上记下几个字,写作时把这些"珍珠"串起来,就是绝妙的作品。

但是,他只能在夜里才能躺下,而他的全部路程是两天一夜,真是活受罪。他睡下铺,对面是个老教授,不知要到什么地方去开会,由夫人陪伴,大概夫人的车票不能报销,买的是硬席票。早晨老教授还没有起床,夫人就过来照顾他,晚上伺候他睡下夫人才走,看上去夫人的年纪并不比教授轻,身体却显得比教授硬朗得多。整个白天,老夫妻俩就在这张铺上过日子,一会儿喝水,一会儿吃零食。教授口福好,胃口也不错,脾气开朗,诙谐多智。两人有说不完的话,夫人常被逗得哈哈笑。当两人说累了、笑累了、吃足了,就让夫人躺下睡觉,教授端起一本书坐在夫人头边当守护神。他们这种相亲相爱的样子真叫邵南孙眼馋,他猜测人家一定是结发夫妻,他不好意思看他们,也不愿听他们的悄悄话。只有一点不理解,老教授想必不缺钱花,为什么不给老伴也买一张软卧票,何必这么轮班睡一个铺位?

睡上铺的两个人是军队干部,看样子级别不低,不苟言笑,不看对面这一对幸福的老夫妻,也不答理邵南孙,两个人却理所当然地坐在邵南孙的铺位上谈自己的事情,不到熄灯时间,不回到他们的铺位上去,真是严格遵守作息制度的标准军人。这本来就是不合理的,邵南孙非但不是什么首长,而且在这个软卧车厢里又数他最年轻,为什么反倒买着了下铺？也许人家把他当成了搞长途贩运的暴发户。他真想跟两位首长中的一个对换一下铺位，一看人家那神圣不可侵犯的样子，多一事不如少一事，只好坐在角上，脸朝窗户，数着路基旁边急速闪过的电线杆子……

土地愈见干黄和焦枯，大片大片的荒废着，不知为什么不种庄稼？也许是种了也不长。偶尔有麦田从眼前闪过，那麦苗也像老人的头发一样干赤糊拉。惟独三三两两在田间劳作的年轻人，穿着甚是鲜艳，给黄色田野增加了一点生气。远处连绵起伏的山峦，光秃秃，灰糊糊，全是石头，寸草不长，没有一点绿色。有时腾起一片烟尘，响起隆隆炮声。邵南孙立刻觉得身上燥热，口里发干，便端起茶杯喝了口凉茶。他想起了自己的铁弓岭，那才叫山，虽然也有石头，但石头上长满青苔，石头缝里长着大树、青草和野花。不可想象：这里的山上竟不长植物，像一片没有生命的死山，没有绿色和水，这里的人怎么生活呢？

他忽然想起了崔明，自己此行似乎有点莽撞了。应该先到崔明的老家去一趟，他若复员了呢？自己千里迢迢地跑来，倘若扑个空，可太冤枉了。

他此刻意识到，自己匆匆忙忙地离开福北，不单是为了找崔明调查花露婵的死因，他似乎在躲避什么，想离开福北，散散心，清醒一下头脑。他在福北的日子过得太热了，名誉、地位、房子、女人等等一切令人羡慕的东西，他都有了。要知道，人都是喜欢热闹的，有谁喜欢冷寂呢？倘若是坐在火山口上的那种热乎乎，自当例外，那种热可受不了！他在福北享受的是哪一种热呢？为什么他不快活呢？那些女人带给他的只是暂时的刺激，别人的颂扬、笑脸也只能满足他一时的虚荣心，热闹过后，他骨子里立刻会感到冰冷。他一路上闷闷不乐，老是自己跟自己过不去，总觉得心里空落落的，像丢失了什么东西。按理说他的脸已经正过来了，仇也算报了(只不过对有些人不是自己亲手报的仇，不那么痛快)，他还有什么不满足，究竟还缺少什么呢？为什么没有胜利者那陶醉般的欢悦？

他在福北那种表面上的热热闹闹，跟对面这对老夫妻的欢乐在质量上是无法相比的。他失去了宁静,失去了真情,失去了真诚的欢乐,失去了生活中最充实的东西。他现在依靠的资本并不是文化局副局长的头衔儿,而是他自己创建的蛇伤研究所和那几部被人吹捧了一下的作品。若如此热闹下去,丢了根据地,写不出惊人的新作,一旦老本吃光,又当如何呢?一道寒意掠过他的脊梁。

然而更叫他感到有愧的是,现在想花露婵的时候越来越少了,那种阵发性的刻骨铭心的痛苦也减弱了,正像一个他最不佩服的哲学家所预言的一样——他也具备一般人所具有的伟大本能。那就是不管付出多大代价,也要逃避自我反省。他不是老用这样的话来敷衍自己那尚未完全泯灭的良知吗?人生的成功并不等于自己就得到了新生,反正他的灵魂和肉体已经不完善了,他的生活永远不会再得到净化了……

广播员的声音突然吓了他一跳,麻姑屯车站到了,这是他的目的地。好在他只带着一个手提包,急忙收拾一下,向教授夫妇点头告别,没有理会那两位部队首长,急匆匆走出了车厢。

麻姑屯车站很小,下车的人也不多,车站工作人员都懒得检查他们的车票。邵南孙猜测,这么小的车站为什么级别这么高,连特别快车都要在这儿停一下?可能跟一七七部队有关。他去向一个穿铁路制服的老年人问路,不待老年人张嘴,周围有好几个本地打扮的人抢先给他指点方向:"向西顺着一条公路走十几里地,翻过几个土丘,就是一七七部队的营房。"果然不出所料,一七七部队在这一带大概是尽人皆知,他不必担心会迷路。只是没有公共汽车,完全靠两条腿走这十几里地。他对自己的腿还是有信心的,爬山走路全不在乎!

没有走出去多远,邵南孙就尝到这秃山荒岭的味道了。路边没有一棵树,连那些稀落落的野草都被太阳晒得发蔫,时而有军用汽车飞驰而过,卷起一阵黄土。干燥的热风像火一样灼人,他那习惯于湿润气候的皮肤简直要被吹裂开来。将近中午,阳光愈发肆虐,像铁钳子一般夹着他的皮肉。已经走出了一个多小时,还看不见营房的影子。鬼知道当地人说的十几里路到底准确不准确!

前面又一座秃山,公路绕山拐弯了。山脚有一棵大柳树,孤零零的,绿阴如盖,大树旁边还有一间石头房子。邵南孙紧走几步,想到树底下歇一会儿,再打听一下有没有近路可走。早有几个过路人坐在树下乘凉。大柳树长得十分壮观,十几条粗大的根须拔出地面,紧紧拥抱着底下的泥土,裸露着的部分已被乘凉人的屁股磨得光滑发亮,树干粗如牛腰,枝叶繁茂。真是奇怪,别处一棵树没有,它却长得这般旺盛! 石头房子是一家私人商店,一位大嫂笑着跟他说:"同志,喝汽水吗?"

"好,来一瓶儿。"邵南孙正是口干舌燥,一边喝着汽水,一边打量这个小商店,烟酒糖果、日用小百货,东西还真不少。他不觉称赞主人的聪明,"大嫂,你把商店建在这儿真是太好了,一定能赚不少钱。"

"唉,像我们这老实巴交的人,小打小闹,能赚多少钱! 不过是给大伙预备个方便罢了。"大嫂欢眉笑眼,神色爽朗,"你吃点杏吗? 新摘下来的,保证不酸。"

邵南孙嘴里想吃。柜台里放着一堆核桃大小的黄杏,甚是馋人。只是没有水洗,他不敢入口,只好摇摇头。在交还汽水瓶子的时候,他向大嫂问路:"从这里到一七七部队营房还有多远?"

"七八里地。"

邵南孙咂咂舌头,"还有这么远! 有没有一条近路?"

大嫂说:"小路要爬山,能近三里地。"

邵南孙高兴地说:"我也是从山里来的,不怕爬山。"

热情的大嫂走出石头房子为他指路,"从我的房子后面上山,看见那座崔班长的坟了吗? 在坟旁边有条小路,一直向西,过了山就能看见营房。"

邵南孙道了谢,抄近路上山。走了没多远,果然看见一座用石头砌成的坟墓,他瞟了一眼,心里陡然一惊,墓碑上刻着"崔明班长之墓"几个字。

他以为自己眼花了,凑近了再看,果然是崔明的墓,旁边还刻着"麻姑屯大队全体革命群众立,一九七六年三月廿日"。为什么老百姓要为一个战士修墓？其中定有缘故。

邵南孙转身又跑回柳树底下，大嫂一见他的神色吓了一跳，"同志，你怎么啦？"

"那个崔班长是福北的兵吗？"

"哎呀……反正是南边的人。"

"他是怎么死的？"

"同志，这说起来可话长了。你打听这个干什么？"

"我是他的老乡，这次专程来看他。"

"呀，他死了三年多了……"

邵南孙擦着汗，大嫂又主动为他打开一瓶汽水，并递给他一把扇子。

"崔班长真是个好人。唉，要是现在，他就不会死了，家家户户多少都有了一点钱，谁还去抢飞机！"

"抢飞机？"

"周总理逝世的那年春天，有架客机撞在落鹰山上，正好掉在我们麻姑屯。那时候大家都穷疯了。飞机掉下来以后，先得到信的人就把飞机上的皮箱、手表和值钱的玩意儿抢走了。第二批得到信的人把死人的衣服扒走了。最后知道信的人只好拆飞机，弄点破烂儿也能卖点钱。谁叫大家穷哪，眼睛都红了！可是那事做得也太缺德了，飞机上的人都死了，一个个被扒得精光，怎么跟人家家属交代呀？

"上级叫一个连长带着崔班长和十几个战士赶到现场，阻止大伙抢飞机，命令群众把抢走的东西拿回来。没有人听呀！家家都拿了，连队长、支书家都不例外，可都说没拿。那些没得到大好处的人就拼命拆飞机，见什么抢什么，早来的吃块肉，晚来的还不让喝口汤嘛！上级有命令，劝说不听可以开枪，打死白打，得维护国家的脸面。连长见大伙都疯了，就命令崔班长开枪。他朝天打了一枪，不管事。大家心里有数，知道他是吓唬人，反正不敢朝老百姓开枪。人民的子弟兵怎么会打人民呢！谁想到崔班长见镇唬不住老百姓，就朝自己的脑袋开了一枪。大家吓傻了，这才停止抢飞机。"

一阵惊骇震颤着邵南孙的心头,他想象着那野蛮和恐怖的情景,神经仿佛被彻骨的寒意冻结住了。

崔明这个二愣子式的造反派小喽,怎会做出如此惊人之举?他见过花露婵的死,见过武班侯的伤,见过花啸天的眼睛是怎样被打瞎,知道什么是罪恶;是因为于心不忍,不愿再向无辜者开枪呢,还是别有原因?不管怎么说,崔明成了英雄。他这一来可以洗净一切,把自己肉体和灵魂上的一切污垢都洗刷干净,也惊醒了因贫困而变得野蛮的百姓。看来,每个人都可以用他自己的方法找到他自己的真理。百姓穷到发疯的地步,不是他们的过错,崔明没有向他们开枪是太对了!

邵南孙问大嫂:"你的店里有烧纸吗?"

大嫂摇摇头,"现在哪还有卖那种东西的,得自己砸眼儿。"

邵南孙没有再说话,回到崔明的墓前恭恭敬敬地鞠了三个躬。他正游移,还有没有必要去一七七部队……大嫂扬手招呼他,为他拦了一辆部队的汽车,叫他搭车去营房。

他钻进汽车,又向那个开车的战士了解崔明的情况。抢飞机是个大事件,一七七部队无人不知,司机证实,死的那个崔明正是他要找的那个曾经当过牛棚看守的小伙子。但是,从战士的嘴里知道,部队上对崔明的看法却比较暧昧,他是违抗军令自杀的。虽然不能说他死得活该,死得有罪,至少是死得不光彩、不值得,更谈不上是什么英雄!当时部队把他草草地埋了,当地的老百姓却感激他,为他修的墓,竖的碑,每到清明节都有人为他扫墓烧纸……

邵南孙的心战栗了,这个社会得了严重的近视病。大概没有人想到为死去的崔明落实政策,重新为他竖一块碑,把"崔明班长"换成"崔明烈士"。

司机把邵南孙带到政治部,并为他从食堂里找来正在吃午饭的政治部主任。主任非常热情,使劲儿握着他的手,"您就是作家邵南孙同志吧,我知道您要来。"

邵南孙感到好笑,"您怎么知道我要来?"

"有您一封电报。"政治部主任把一封托他们转交的电报递给邵南孙。

邵南孙拆开一看,脸色立刻变了——柳眉病重,速回铁弓岭。他顾不得客气,向主任提出请求:"主任同志,能不能派辆车把我送到火车站?"

主任一惊:"您刚来就要回去?"

"家里出了病人。"

"哎呀,我还想请您给我们的创作组和文艺宣传队讲一课呢。明天早晨再走不行吗?"

"对不起,我家里实在有急事。如果您派车不方便,我这就告辞了。"

政治部主任拦住了他,"有车,有车,您不管怎样也得吃了中午饭呀!"

"我不饿,到火车上再说吧。"邵南孙哪还有心思吃饭,恨不得一步迈回铁弓岭。

窗外混沌一片,风雨摇撼着铁弓岭。

柳眉躺在自己家的床上,已经有几天不吃、不喝,也难得睁眼。父母守在她的身边,脸上挂着一层厚厚的阴翳,愁得连心都冻结了,却一筹莫展。

柳眉的病不是药石所能奏效的。自从她看见华梅住在邵南孙的房里,第二天两人又一块说说笑笑地离开了铁弓岭。从此,邵南孙一走就没有音讯,听说他在福北升官分房子,大概很快就要结婚。他本来就是城里人,落实政策理应再回到城里去,这显然是谁也拦不住的。柳眉这不是犯傻吗?女儿的病,当父母的自然心里有数,可又不能完全怪罪邵南孙……

现在只有等邵南孙回来再说,看他能不能救柳眉。

风雨斜打门窗,屋子里冰冷、空虚、凄凉。

柳眉双目微闭,神态安详,脸上的皮肤好像透明似的,神智却仿佛飞向了另一个不可知的世界……

她尝到了死亡的滋味,没有痛苦,也不那么可怕,只是身不由己。到处飘呀、飘呀,轻得像片树叶。她想回家,却老也回不了,无法控制自己,在半空中,在黑暗里,在峭壁上飘游,越是她害怕看见的人,越会撞见,真倒霉,真别扭。

她好像坐在山涧瀑布上,一个劲儿地往下滑、往下掉。好快,好险,活活给吓死了! 没有能够抓得住的东西,呼救也没人能听得到。恰在这时候,邵南孙坐在小轿车里,从山间公路上跑过来,看了她一眼,连眼皮也没眨就过去了……她很小的时候就喜欢到水沟里、小河里去捉鱼抓蟹,所以在做梦或生病发晕的时候总离不开流香溪。河边杂草丛生,蚊虫很多。她常常发疟疾,一犯病巫婆就让她披条麻袋去跳水沟,说是能把身上的鬼甩掉。她常常摔倒在水沟边儿的草地上,无力再爬起来,浑身湿漉漉的,爸爸把她抱回,将妈妈骂一顿。

她从小长得水灵,所以小学的老师才给她起了这么个好听的名字。没有人不夸她聪明,老请病假,仍然在学习上拔尖儿。她所以身小体单,就是因为吃得不好,吃得太差、太少,常生病,活儿又太累,她从十岁起就干大人的活儿了! 她懂事早,十二岁那年得过一场大病,躺在炕上,只剩皮包骨了,爸爸流着泪给她准备棺材料子,妈妈请了个老奶奶给她做新装。妈妈一边穿针引线,一边念叨:"俺小眉从小心强命苦,没穿过好衣裳。临要走了,俺好歹也得给她做一身儿!"

邻居的老奶奶抹着眼泪说:"这么好个闺女,这么点子年纪就不行了吗? 我这么大岁数还活个什么劲儿呢?"

她听着她们的话,似懂非懂,但并不悲痛,也不想哭泣,她已经没有一滴眼泪了,心里只有一点惋惜:爸爸妈妈对她最好,她死到了他们的前头,等到他们老了怎么办? 人怎么会死呢? 她还有好多事没干呢……

最叫她苦恼的就是身子老飘在半空中,跟现在这种情况一样。她想落在炕上,可是办不到,抓不住可以使她降落的东西。她飘出窗外,飘向山野。柳莺、画眉、黄山雀唧唧啾啾地叫着来抓她的脸。她赶紧躲进荷塘,飘落在一个莲蓬上,莲蓬籽儿还没熟。她小的时候就爱在这儿划船采蚌,她们几个小孩子用荷叶做衣服穿。她是采蚌的能手,一会儿就采一大盆,人能吃,也可以喂鸭、喂鸡……她听见有人在很远很远的地方喊她:"眉,回家呀!你快回来吧!"她又累又怕,又想家。由远到近,使劲睁开眼,原来就躺在炕上,妈妈握着她的手在哭泣。她无力地说:"妈,我不走了,我累了……"说着说着就又飘走了……

人在非常爱一个人的时候,爱到刻骨铭心的程度就离着死不远了。因此她的幻想世界也非常丰富,记忆力格外活跃。她爱看《牛郎织女》和《天仙配》,那景致多像这铁弓岭,小路上开满山花,旁边溪水潺潺,织女的眼睛那么深情地望着牛郎,简直要把他吞下去。这才是爱人的眼睛。尽管那时候她还不那么懂得男女间的感情奥秘,可是她十分感动,非常羡慕织女和七仙女。她幻想,有一天自己也要这么爱上一个男人。

她终于碰到了自己要爱的人,她在他身边的时候忘记了世界上的一切和所有的人。她心里只有他,她带着那么多美好的幻想去望着他,一刻也不愿意离开他。她怀疑,是不是在上一辈子他们就非常非常地相爱过,触犯了天条,让他们在人间受分离之苦?可是他们终于又碰到一块了,原先一个在城市,一个在山沟,这难道不是天意吗?她找到他多么不容易呀!可是,又把他放跑了……

他们在一起呆了十几年。许多个晚上,她偎在他的身边,说了多少傻话、废话,就是没说出那句该说的话。她小的时候就喜爱各种各样的小动物,还跟它们有说不完的话,好像它们真能听懂似的。后来长大了,这个毛病也没有全改过来,常常会情不自禁地又跟那些小动物说起话来。有多少个美妙的夜晚,邵南孙给她上完了课,她就讲那些飞鼠呀,壁鱼呀,尺余长的蚯蚓呀,拳头大的笔猴呀……邵南孙总是笑着听她唠叨,就像应付一个难缠的孩子那么有耐性。她真蠢!

她现在多想再有一个那样的机会,长长的黑夜,她躺在他的身边,唠啊说啊,把爱他的心情全说出来,紧紧地把他拥在怀里……不可能了,永远不会再有这样的机会了,他让那些妖精拐跑了!她只能把爱当做秘密一样深深地埋起来,不让任何人看出来。她是个好强的人,丢不起这个脸!

他有一种气魄,让人望而生畏。他太严肃了,总板着脸,公事公办,讲话又那么尖锐。她愈是爱他,就愈是怕他。前些年在他面前有说不完的话,现在肚里话越多,在他面前反而不知道该说什么好了。哪个男人喜欢像她这种枯燥无味的女人? 只有那些妖精才能使他开心,他跟她们在一块儿的时候有说有笑……他太苦、太累、太寂寞了,应该叫他享受享受。她太配不上他了,他那么有才华,那是老天给的。而老天不给她才华,又让她降生在这大山里,没有办法!

她毕竟跟他甜甜蜜蜜地生活了十几年,死了也不冤枉。无论他们相隔多远,她的心永远跟随着他,时时思念着他,为他祝福,希望他才高寿高,别上了那些狐狸精的当。她真想到福北去看看他,把这句话告诉他,嘱咐他要多长个心眼儿。如果受了气,心气儿不顺的话,还可以再回到铁弓岭来。可是,她说什么也找不到汽车站,明明记得就在村中间的道边上,忽然连村子也没有了。就在这时候,她又看见了邵南孙,她在他后面追呀、喊呀,街上的人都看着她,她又急,又气,又羞。突然迎面冲过来一辆大卡车,她惊叫一声被撞上了……

“柳眉,你怎么啦? 柳眉,醒醒……”

柳眉睁开眼,却没有看出坐在她眼前的是谁。她浑身冷汗淋漓,心里难受极了,身子好像不是自己的,疼痛难忍。

“柳眉,你好点了吗?”

声音好轻,好亲,好像是从很远的地方飘来的。她忍疼集中全身的力量抬了抬头,调动全部神智到眼睛上来,双眸直勾勾地盯着眼前这张熟悉而又陌生的脸,“老师,你……”

“是我,邵南孙。”他头发是湿的,脸上潮乎乎,衣服湿漉漉。一种负罪的感觉浸渍他的灵魂,悔恨的潮水在胸中冲撞,反应到他的脸上,显得格外诚挚、谨慎,像十几年前刚来到铁弓岭时一样,那种令人畏惧的狂傲神态不见了。

“你的衣服湿了,我去找一件干净的给你换上……”这就是柳眉,她一见到邵南孙,不知从哪儿来的力量,竟一下子坐了起来,想下地为邵南孙拿替换的衣服。她身体极度虚弱,又起得过猛,一阵剧烈的晕眩,身子向床边儿倒去,邵南孙把她抱住了,“柳眉!”

　　柳眉全身酥软,像瘫痪了一般,躺在邵南孙的怀里,处于一种昏迷般的陶醉之中。她本以为再也不能见到他了,现在,那麻木的无法控制的思想又苏醒了,她感到一种幸福。这种幸福只能默默地接受,默默地体味。她生怕一睁开眼,一说话,就把这种幸福赶跑了。任邵南孙和父母怎样呼唤,她也不答声,不睁眼,两行清泪顺着眼角流出来。她宁愿时间停止,就这样躺在他怀里死去该多好!

　　她脸色憔悴,两个眼窝周围罩着分明的阴影,头发一把一把地往下掉。邵南孙知道,她的身体即使好了,这头秀发也保不住,恐怕要全部脱落后重长。他全身震颤,无比憎恨自己,重重的感伤压得他透不过气来,他真想撕开自己的胸脯。他的眼泪簌簌地流下来……

　　窗外电闪雷鸣,风雨横扫着天地间的一切,仿佛要把柳眉夺走、吞没。

　　邵南孙把她抱得更紧了,当着柳眉的父母,他没有丝毫不好意思,一种圣洁的情感回到他的身上,越聚越浓,像血液一样奔涌激荡。他抱着柳眉那虚弱柔软的身体,心里获得一种充实感。屋子里异常安静,他没有留意,任自己的眼泪滴到了柳眉的脸上。柳眉轻轻地睁开眼,她可是从来没看见邵南孙掉过泪! 尽管深重的痛楚在咬着她的心,可从她那眼神中流露出来的纯洁善良的感情,仍然像火一样燃烧,没有丝毫责怪他的地方。

　　邵南孙说:"柳眉,都是我把你害的。"

　　柳眉摇摇头,冲着他笑了,"这次回来是起户口的吧?"

　　邵南孙真诚地说:"不,我的户口永远留在铁弓岭,还要跟你的户口上在一起。"

　　柳眉挣开了邵南孙的怀抱,斜靠在被垛上,吃惊地望着他,好像不认识他。

　　"刚才我征求了你父母的意见,他们都同意。如果你不嫌弃我,等你病好了我们就结婚,然后到广州或者北京、西安去度蜜月……"

　　柳眉看看父母,妈妈急忙插嘴证实:"邵老师说的是真话。"

　　柳眉闭上眼,眼泪不住地往下流,"你走吧,我不用你可怜。我太丑,没有文化……"

邵南孙恨不得把心剖给她看,"柳眉,你说错了,现在不是我可怜你,而是要你可怜我。我曾经是个好人,像你一样好,但是十年动乱的社会现实欺骗了我,我要找人报仇。这些天我去了一趟监狱,去了一趟两千里以外的落鹰山,我的仇人有的死了,有的蹲了监狱,活着的我也报复了一下。这些并没使我感到快乐,我已经不适应那种生活了。我想铁弓岭,想你。我现在只能算是个有良心的坏人,或者叫良心出了毛病的好人。需要真诚的感情,找回自己生活的意义,需要一个温暖的家,在铁弓岭平平静静地过一辈子。求你原谅我。"

一股奇特的力量注入柳眉的血液,邵南孙那忧郁的神情令她心颤。看来男人并不是像她想象的那么坚强,也许他只在她面前才会这样,她所有的委屈都在献给他的爱情中融化了。她像刚出生到人世间,虽然身上还感到疲惫不堪,但那是一种新人的软弱,再也不会产生那种可怕的寂寞和失望的虚脱了。

纯洁本身就是很美的,心地的善良又给她增添了几分丽质,天真成了她最好的装饰。她脸上有了红色,避开邵南孙的目光,却说起了其他的事情:"我要回研究所去,今天该喂蛇了。"

邵南孙拦住她,"这些事不用你管,好好在家里养病,我马上回所去看看。"

柳眉凝眸含神,"谁给你做饭?"

邵南孙笑了,"哎呀,你生病这些天,我们那些人难道就只能喝西北风吗?"

"他们做的饭少滋没味儿。"

柳眉的妈妈赶紧说:"等会儿叫邵老师到咱家来吃饭。"

邵南孙又叮嘱几句,穿上雨衣冲进暴风雨。白煞煞的雨带像巨大的帐篷,把铁弓岭包了起来,世界变得朦胧不清了。邵南孙抬脚动步十分艰难,风雨吹得他东摇西晃,雨下得比刚才更大了。雨衣不起任何作用,他很快就被浇得通身透湿。他毫不在意,正愿意淋个痛快,把复杂的思绪,把各种恼人的感情都冲个净光,赤裸裸地和大自然融为一体。此刻,如果大自然想惩罚他,用雷电把他击毙,他也心甘情愿,决不畏惧,更无怨言。

他忽然想起口袋里还有几封情书,那是他路过福北时在自己的办公桌上拿来的。其中惟有佟佩茹的信,心最真,情最切,苦最深,让他动情,愧疚不安。而华梅的信写得俏皮,颇有新意:"……有的男人跟你生活了一辈子,挑不出他一点毛病来,处处顺着你,对你温柔体贴,可就是让你热不起来。而有的男人,你一接触他就会牵动全身的神经,跟这样的男人生活一天也是幸福的。你就是这样的男人!你的十足的男子汉气概,是我从未尝受到的。在你面前,我感到无限温暖,觉得有了依靠和保护。有你这样的男人做丈夫,女人才会感到幸福和自豪。为什么不让我早点碰到你?无论什么时候碰到你,我都会爱上的,你身上有一种东西强烈地吸引着我。而我那个合法的丈夫,尽管对我百依百顺,我们的心灵却不相通,没有激情。我一向生活在男人的包围圈里,他却没有勇气想去保护自己的女人,只能站在远处看着别的男人包围我、向我献殷勤,而不敢得罪任何人。他认为只有这样才会讨我的喜欢,其实这正是让我瞧不起他的地方……"

活见鬼,女人多么容易被假象所迷惑!男女也是一种阴阳,互有补益,也互相排斥;和谐者互补,犯克者互斥。非常和谐的夫妻天下少有,极为和谐者为天理所不容。天下数不清的爱情悲剧,都是由此而来。而不甚和谐者方能白头偕老,似爱不爱,活得自在。非常相爱就要短寿……

他从口袋里掏出那几封情书,撕扯了几下便丢进滔滔的洪水之中,以为这样便了结了一段风流债,心里一阵轻松。等到跟柳眉结婚以后,给她们每人回这样一封信:"祝贺我吧,我已经结婚,即将动身去度蜜月……"

顶头来的一股强大旋风猛然把他推倒,兜头盖脸的雨水想打瞎他的眼睛,堵住他的嘴巴,把他憋死!雷电在耳边轰然炸响。铁弓岭不甘心做暴风雨的猎获物,它发怒了,像受伤的猛兽一样发出阵阵吼叫。

邵南孙从泥水里站起来,眼前一片水色,看不清山峰和树木。铁弓岭无处不冒水,泉水变成溪流,小溪变成大河。山坡上浊浪排空,漫山遍野地倾泻下来,奔腾呼啸,令人胆寒。邵南孙凛然一惊,像发了疯一般冲进蛇园。倘若洪水冲毁蛇园的大墙,卷走那几万条毒蛇,会造成巨大的灾祸,那可真要他的命了!

他此时就像一头被激怒的五步蛇,眼睛里闪着白色的寒光,没有什么能够阻挡他。一切都无关紧要,他心里只有这一件事——保住蛇园。仿佛这个世界上除了他的蛇园,再也没有别的东西了……

他围着蛇园巡视一周,暂时还没有问题。如果大雨这样持续下去,那就十分危险,蛇园里已经积水半人深。当初建蛇园的时候,他不是没有考虑到防洪的问题,但估计不到铁弓岭会有这么大的洪水。他长这么大,还没见过这样骇人的大雨,这不叫下雨,简直是翻江倒海似的往下泼!

"这是不是专冲着我来的?"突然袭来一阵恐怖感,懊悔占据了他的心灵。

他站在最危险的一段围墙前面,面对从山上滚滚而下的洪流,一动不动。头上无遮无盖,任狂风抽打,雨箭乱射,洪水冲击,他像一块愤怒的石头。不知什么时候,蛇研所的小伙子们都来到了他的身边。从他们的眼睛里可以看出,他们多么惊奇,多么高兴。他们没有看出眼前的重大危险,却极其感激这场暴风雨,把他们的所长召唤回来了,还是原来的那个所长!他们对所长不是没有意见,可是没有所长,他们又玩儿不转,他们不希望研究所垮掉……

邵南孙叫刘二根立即安装水泵,排出蛇园里的积水,并嘱咐他,管子头上包好纱绷子,以免把蛇抽进去绞死。叫另一个徒弟到村子上喊人,请他们来帮忙。附近的农民差不多都得到过蛇研所的好处,如果用邵南孙的名义去请他们,他们是不会不来的。

邵南孙像往常一样威严、镇定,摆出老师的架子,在学生们面前喜欢动嘴不动手。

他傲慢地盯着倾斜的铁弓岭,仿佛刚找到了做一个男子汉的勇气。暴风雨包围着他,折磨着他,想把他扭弯。他身上早就被浇得透湿了,衣服凉津津地贴在身上,心里却火辣辣的,兴奋而激动。

雨水从他的脖子里、纽扣眼里和裤腰里灌进去,顺着他的皮肤往下流,就像有无数条小蛇在他身上爬,冷冰冰的……

1985年11月2日于天津芥园里

后　记

　　此生让我付出心血和精力最多的,就是建构了属于自己的"文学家族"。感谢人民文学出版社提供机会,能将这个"家族"召集起来,编成队列。

　　——这就是整理《蒋子龙文集》。

　　整理文集确实像召开家族大会。将我亲手创作的各色人物,聚集到一起,大大小小,林林总总,他们的风貌、灵魂、故事(即便是散文随笔中也有人物、事件和思想)……一下子勾起我许多回忆,感慨万端。

　　有的令我欣慰,有的曾给我惹过大麻烦。如今竟都让我感到了一种"亲情",不仅不后悔,甚至庆幸当初创造了他们。

　　将他们收拾停当,排出先后次序,送到人民文学出版社这个"大广场"上,像所有等待检阅的人一样,有兴奋,有期待,还有紧张。

　　首先将检阅我这个"家族方阵"的是责任编辑包兰英,然后是出版社的老总。他们是我写作上的贵人。而人民文学出版社则是我的文学福地。

　　"文革"结束后,我头一次住在出版社的招待所里改稿子,就是在人民文学出版社。

　　我在文学讲习所读书时,导师是人民文学出版社的秦兆阳先生,他看了我的《赤橙黄绿青蓝紫》后,给我写过一封长信,那是我收藏中的珍品。

　　我的第一部长篇小说《蛇神》在人民文学出版社《当代》杂志上发表;我下功夫最大也是自己最看重的长篇小说《农民帝国》,也是在人民文学出版社出版。

写了大半生,能在人民文学出版社出版文集,我视为是一种"终身成就奖"。

由衷地感谢包兰英先生的举荐,感谢人民文学出版社的厚意。

蒋子龙

2012年12月31日于天津